Scrittori italiani e stranieri

Valerio Massimo Manfredi

OTEL BRUNI

Romanzo

MONDADORI

Dello stesso autore
nella collezione Omnibus
La tomba di Alessandro

nella collezione Oscar
Akropolis
Alèxandros - 1. Il figlio del sogno
Alèxandros - 2. Le sabbie di Amon
Alèxandros - 3. Il confine del mondo
Archanes e altri racconti
L'armata perduta
I cento cavalieri
Chimaira
Il faraone delle sabbie
Idi di marzo
L'impero dei draghi
L'isola dei morti
L'oracolo
Palladion
Le paludi di Hesperia
Il romanzo di Alessandro
Lo scudo di Talos
Il tiranno
La torre della solitudine
L'ultima legione
Zeus e altri racconti

Questa storia, pur ispirata a fatti realmente accaduti, a personaggi esistiti e a luoghi reali, è opera di immaginazione e come tale va considerata. Sia gli eventi narrati che i personaggi non costituiscono dunque materia di carattere storico e l'esito della vicenda è comunque parte di un impianto narrativo e fantastico.

Otel Bruni
di Valerio Massimo Manfredi
Collezione Scrittori italiani e stranieri

ISBN 978-88-04-60873-8

I edizione maggio 2011

Otel Bruni

Alla memoria di nonno Alfonso e nonna Maria
e a mio figlio Fabio Emiliano, che molto ha lavorato
per riscattare l'onore di Armando Bruni.

Desolina, hai aperto il cancello di ferro?
No, madama, non l'ho aperto.
Desolina, hai aperto il cancello di ferro?
No, madama, non l'ho aperto.
Desolina, hai aperto il cancello di ferro?
No, madama, non l'ho aperto.

FIABA EMILIANA

1

La notte del 12 gennaio 1914 fu ricordata al nostro paese come una delle più rigide di tutto l'inverno e forse di tutti gli inverni a memoria d'uomo. La neve aveva cominciato a cadere verso sera e, cosa del tutto inusuale se non impossibile, il sole si era voltato indietro – come usava dire – prima di affondare dietro l'orizzonte, apparendo per pochissimi minuti nello stretto spazio che separava l'orlo occidentale della coltre nuvolosa dal profilo della terra. Il raggio vermiglio aveva attraversato la fitta cortina di fiocchi candidi creando un'immagine fantasmagorica, un'atmosfera così irreale che i contadini che stavano rientrando per la cena si erano fermati al centro dell'aia a contemplare la visione mirabile, quasi un segno divino, e a cercare di interpretarne il significato. Erano diventati parte di uno scenario stupefacente, di cui non s'era mai sentito a memoria d'uomo, e un giorno avrebbero cercato di narrare ai loro figli e nipoti di aver visto nevicare sul sole.

In breve tempo le loro sagome si erano imbiancate e la luce d'oro si era spenta.

La casa dei Bruni era un vecchio edificio colonico a tre spioventi con le grondaie corrose dalla ruggine e gli scuri di quercia che, perduta ogni traccia di pittura, avevano assunto un colore grigio uniforme. Sorgeva a poca distanza dalla strada e distava una cinquantina di metri dalla stalla e dal fienile. Non c'era una casa padronale perché il podere faceva parte della tenuta del notaio Barzini che abitava in un palazzo a Bologna. Un podere di cento tornature buone, se non di più, che confinava a levante con una proprietà dell'opera pia Bastarda, un istituto che si prendeva cura, per così dire, dei bastardini abbandonati nella ruota dei frati o delle suore in qualche convento di città.

La stalla era un edificio imponente, per metà adibito a fienile d'inverno e a cascina per il grano d'estate, dopo la mietitura. Nell'altra metà stavano le vacche con i vitelli, quattro paia di buoi per arare e un toro per la monta. Era lì che ci si trovava d'inverno a veglia per non andare a letto con le galline e per tirare tardi con ospiti sia occasionali che abituali, senza dover bruciare legna nel camino perché il calore delle bestie era più che sufficiente.

Quella sarebbe stata una lunga notte perché il giorno dopo nessuno, tranne il bovaro, avrebbe dovuto alzarsi presto, una notte da passare nella stalla ad ascoltare storie. E così, dopo cena, mentre le donne rigovernavano, gli uomini, uno dopo l'altro, andarono nella stalla portandosi dietro un bottiglione di vino rosso novello che non aveva ancora finito di fermentare. Erano sette fratelli: Gaetano, Armando, Raffaele che tutti chiamavano Floti, Checco, Savino, Dante e Fredo. Il vecchio Callisto ormai non prendeva più parte alle nottate perché aveva mal di schiena e stava scomodo sugli sgabelli per mungere. Aspettava che le donne gli mettessero nel letto il coccio con le braci coperte di cenere che chiamavano "la suora", dentro al suo trabiccolo di legno, "il prete", e si infilava sotto le coperte bollenti. E c'era in quella associazione di parole trasgressiva e irriverente una certa logica, nel senso che, secondo l'opinione comune, mettere a letto insieme una suora e un prete avrebbe creato una reazione termica elevatissima.

Ogni volta, stirandosi fra le lenzuola di canapa, Callisto borbottava: «Che grande invenzione il letto!» e in breve russava come un trombone.

Nella stalla era alloggiato un vecchio che diceva di chiamarsi Cleto e faceva l'ombrellaio per guadagnarsi un piatto di minestra e un giaciglio di paglia. Parlava sempre con un suo stile sentenzioso per ottenere rispetto e considerazione. Anche lui aveva osservato quel raggio fiammeggiante, scagliato contro la fitta cortina di neve che scendeva dal cielo, ed esordì con un proverbio: «*Quand al soul al's volta indrì, brota not ai ten adrì*». Quando il sole si volta indietro, una brutta notte gli va dietro.

Gaetano, il bovaro, fece notare che non ci voleva molto a prevedere una brutta notte visto che la neve aveva già completamente coperto le impronte lasciate poco prima attraversando l'aia. Stava ancora parlando quando si sentì bussare al portone ed entrò Fredo, che aveva portato con il biroccino la mamma alla novena di sant'Antonio. Era avvolto nel tabarro fino agli occhi e portava un cappello gualcito calato sul naso.

«Nevica che Dio la manda» esclamò come se portasse una grande notizia, battendo i piedi sul pavimento.

«Siediti» disse Gaetano porgendogli uno sgabello, «bevi un bicchiere, che ti scaldi.»

«Secondo me» disse Fredo, «domani mattina ce n'è un culo, di neve.»

«Sì e no una gamba» obiettò Gaetano. «Quando viene giù così forte non può durare molto.»

«Lo dici tu» intervenne Cleto, l'ombrellaio. «Mi ricordo che nel '94 a Ostiglia in una sola notte ne venne giù un metro.»

«Un metro non è un culo» ribatté Gaetano.

«Dipende a che altezza ce l'ha uno, il culo» ridacchiò Fredo.

Se si parlava del tempo ognuno aveva la sua da dire, l'esempio da ricordare, l'evento stupefacente da descrivere. Nelle loro vite tutto era sempre uguale, un giorno come l'altro, una notte come l'altra: solo le manifestazioni della natura sembravano ancora stupire.

«Volete saperne una?» disse il bovaro. «Quando vengono giù fiocchi così grandi che sembrano fazzoletti da naso e l'aria è così ferma, potrebbe tirare il terremoto.»

Floti, che era stato zitto fino a quel momento, volle entrare nella discussione. «Su questo non c'è da preoccuparsi» disse. «Se deve tirare il terremoto le bestie danno l'allarme in anticipo, state sicuri.»

Non aveva finito di parlare che si sentì il cane fuori abbaiare furiosamente e l'anello della catena scorrere avanti e indietro lungo il filo di ferro teso fra un noce secolare e la casa. Tutti guardarono le volte della stalla solcate da crepe, aspettandosi da un istante all'altro di veder cadere la polvere di gesso che annunciava il sussultare della terra. Ma non accadde niente di niente. I buoi e le vacche continuavano a ruminare tranquilli e il gatto a dormire raggomitolato su una balla di paglia.

«Ma che terremoto» disse Cleto, «c'è qualcuno là fuori. Andate a vedere.»

Tutti si volsero verso il portone. Checco si alzò e andò ad aprire. Una lama di luce si proiettò all'esterno illuminando prima i fiocchi di neve grandi come farfalle che scendevano a milioni sulla terra oramai completamente bianca e, subito dopo, una figura incerta e barcollante che arrancava verso la stalla.

«Sei tu, Iófa?»

«Sono io» ansimò l'interpellato. «Ho visto la luce e sono entrato.»

«Hai fatto bene. Vieni dentro, dài. Ma cos'hai fatto: hai bevuto?»

Iófa entrò, si scrollò di dosso la neve e buttò il tabarro sulla paglia: «Bevuto? Un bicchiere in tutto all'osteria, ma se me ne date un altro lo bevo volentieri. Ne ho bisogno».

Non l'avevano mai visto così: era stralunato e confuso come se non sapesse da dove cominciare. Gli si fecero intorno mentre lui mandava giù in un sorso il bicchiere di vino.

«Allora?» domandò Checco. «Cosa t'è capitato? Sembra che tu abbia visto il diavolo in persona.»

«Poco ci manca» rispose. «Ero all'osteria della Bassa con Bastiano, il Guercio e Vito Baracca a giocarci a briscola un mezzo di vino bianco. C'era pochissima gente...»

«Con una notte così, te lo credo» lo interruppe il bovaro.

«Lascialo parlare» disse Floti sicuro che l'uomo non era capitato lì per caso con un tempo del genere. Ci era venuto apposta perché aveva qualcosa dentro che non avrebbe potuto tenere solo per sé per l'intera notte. Iófa riprese il suo racconto:

«Io giocavo con il Guercio contro Bastiano e Vito Baracca e avevamo già pareggiato due mani. Vi sembra possibile? Sessanta e sessanta e Baracca che aveva avuto l'asso, il tre e il fante di briscola. Insomma stavamo per giocarci la bella che si sente aprire la porta ed entra un tizio mai visto. Aveva una barba che gli arrivava fin quasi alla cintura, un pastrano grigio lungo fino ai piedi, una borsa di pezza a tracolla e due occhi rossi da demonio. Si siede, tira fuori dalla borsa un pezzo di pane duro come un sasso e lo appoggia sul tavolo.

"Da dove venite, galantuomo?" gli fa il Guercio.

"Dal crocevia della Corona" risponde lui.

"Era meglio se dormivate là. È un bel pezzo di strada fino qui con questa neve. Potevate rimanerci seppellito."

"Sono venuto fin qua perché sapevo che questa notte sarebbe apparsa..." risponde lui con uno sguardo da far spavento.

Nessuno di noi ha il coraggio di dire una parola. Si stava lì con le carte in mano a guardarci l'un l'altro come per dire ma questo è matto da legare. Quello guarda l'oste e gli dice di portargli un bicchiere di vino che i soldi per pagarlo ce li ha, ci inzuppa il pane e se lo ficca in bocca e lo succhia e lo mastica a bocca aperta, che faceva schifo, proprio come un demonio.»

«Sarà stato il demonio» commentò Fredo, ma Floti gli diede ancora sulla voce: «Non dire bestialità, lascialo parlare».

«Alla fine gliel'ho chiesto io, visto che nessuno s'azzardava... Apparsa che cosa, galantuomo?

Lui alza la testa e mi guarda stralunato: "La capra d'oro".»

Iófa smise di raccontare per spiare nei volti dei presenti, uno per uno, l'effetto delle sue parole.

«Vai avanti» disse Floti, «non farti cavare le parole di bocca.»

«"La capra d'oro?" gli chiedo, "ma siete sicuro di star bene, galantuomo?" Lui manda giù l'ultimo boccone di pane, ingolla l'ultimo sorso di vino, e fa: "Certo. Me la sono trovata davanti così come adesso vedo voi. Era sul più alto di quattro monticelli, sulla sinistra della strada...".

"Il Pra' dei Monti!" dice il Guercio. "L'hanno sempre detto che sta nascosta là. Ma voi come facevate a saperlo visto che non siete di queste parti?"

"Splendeva in mezzo al turbinare della neve, circondata da un'aureola palpitante..."

"E voi? Voi che avete fatto?" gli chiedo.

"Mi sono fermato a guardarla incantato. Era tutta d'oro, in grandezza naturale e al posto degli occhi aveva due pietre preziose, rosse come il fuoco. Non potete immaginare che cosa si prova a trovarsi di fronte una visione del genere. È una cosa che non dimenticherò per tutta la mia vita."»

Gaetano aveva ascoltato fino a quel momento senza dire una parola e anche gli altri se ne stavano in silenzio a pensare a quell'apparizione che il forestiero aveva descritto agli avventori dell'osteria. Disse: «Io non ci credo. Quello è un furbo che viene da lontano, uno senza arte né parte che ha saputo di questa storia che circola nel nostro paese e ha voluto prendersi gioco di voi...».

«O vuole trovare qualcuno che gli dà alloggio qualche giorno per farsi raccontare di nuovo la sua storia, finché le strade non diventano percorribili e può rimettersi in viaggio» aggiunse Checco.

«Sarà» rispose Iófa, «ma a sentirlo parlare venivano i brividi: aveva una voce rauca, una voce che... sembrava venire dall'altro mondo. Bastiano, che è grande e grosso come un armadio e non ha mai avuto paura di niente, tremava come un bambino. Quell'uomo non era di qui, e però diceva di aver visto la capra d'oro...»

«E adesso dov'è?» domandò Armando che fino a quel momento non aveva proferito verbo.

«E chi lo sa» rispose Iófa, «è sparito.»

«Come, sparito?» chiese Gaetano.

«Ha chiesto un altro bicchiere di vino e lo ha mandato giù in un sorso, poi ha lasciato dieci centesimi sul tavolino ed è uscito. Noi ci siamo avvicinati alla porta a vetri per guardare fuori ma lui non c'era più... Secondo voi che cosa vuol dire?»

«Non vuol dire niente» rispose Gaetano. «Vedrete che domani salterà fuori. Sarà andato a dormire in qualche fienile.»

«Dite così per mettervi l'animo in pace» disse l'ombrellaio. «La verità è che avete paura.»

«Paura?» disse Floti. «E di che?»

«Di quella cosa... della capra d'oro. Lo sapete bene che cosa vuol dire. Quando appare così improvvisamente, in una notte come questa, a un viandante solitario, può significare soltanto che sta per accadere una disgrazia. La prima volta che se ne ha memoria apparve poco meno di trecento anni fa e l'anno dopo scoppiò la grande peste che si portò via più di cinquecento persone soltanto qui nel vostro paese. Apparve di nuovo circa sessant'anni più tardi a un frate cappuccino che viaggiava, per sfuggire alla calura, in una notte d'agosto, diretto al convento di Vignola. Pochi mesi dopo i turchi invasero le regioni orientali e poi l'Austria e per un miracolo non invasero l'Italia per prendere Roma. Sarebbe stata la fine della Cristianità! Venti giovani soldati di questo comune morirono nella battaglia di Vienna.

La capra d'oro fu vista di nuovo diciotto anni fa in una notte di tempesta da un commerciante di porci che tornava dal mercato di Sant'Agata. La vide illuminata in pieno dal lampo di una folgore in un diluvio di pioggia. Sei mesi dopo i suoi tre figli morirono nella battaglia di Adua in Abissinia assieme a migliaia e migliaia di nostri soldati...»

«Smettila» disse Floti, «si tratta solo di chiacchiere senza costrutto, superstizioni di gente ignorante che quando succede una disgrazia subito fa apparire la capra. Ecco che cos'è. Non c'è nessun significato.»

«Davvero?» rispose Cleto. «Allora, se le cose stanno come dici tu e se non hai paura di queste superstizioni, perché non andiamo a dare un'occhiata al Pra' dei Monti? Adesso.»

«Sei pazzo» disse Floti. «Non ci penso nemmeno. Fa un freddo cane e nevica sempre più forte. Se capita qualcosa andiamo giù per un fosso e moriamo assiderati, e ci trovano solo la prossima primavera.»

«Tu non ci vai molto in chiesa» ribatté Cleto, «ma io ricordo bene che cosa diceva don Massimino, che Dio lo abbia in gloria. Diceva che la capra è un simbolo del demonio che ha origini antichissime, forse era venerata come idolo pagano da queste parti, probabilmente nella zona del Pra' dei Monti, dove si sono trovati molti resti di un antico abitato: amuleti, bracciali a forma di serpenti, maschere grottesche. Diceva che in quella zona quasi duemila anni fa si combatté una grande battaglia con molte migliaia di morti che furono abbandonati insepolti nelle paludi che coprivano queste terre. Non sono casualità, ci sono ragioni ben precise per cui accadono certe cose... E lo spettacolo che abbiamo visto stasera? Un raggio color del sangue che perforava la cortina di neve... Una cosa mai vista.»

Armando, che era il più impressionabile, si alzò in piedi: «Questa faccenda sta prendendo una piega che non mi piace. Vi lascio la buonanotte e me ne vado a letto».

«Vai, vai» disse Cleto, e dopo che Armando se ne fu uscito tornò alla sua proposta. «Allora? Visto che secondo voi sono tutte chiacchiere, perché non andiamo a dare un'occhiata? Ci vestiamo bene, mettiamo gli zoccoli con la gamba alta e si parte. In meno di un'ora ci siamo.»

«Andiamo» rispose Floti alzando le spalle, «aspetta proprio te la capra d'oro. Per quello che ne so le apparizioni dovrebbero essere cose improvvise e rapide. Io me ne vado a letto. Buonanotte a tutti e te, Iófa, sta attento quando vai a casa che non incontri la capra che t'infilza con le corna.» Iófa si fece il segno della croce borbottando: «C'è poco da scherzare. Avreste dovuto vederlo quel tizio: faceva paura».

Floti uscì e dietro di lui andarono gli altri fratelli. Rimasero solo Iófa e Gaetano, che aveva ancora delle domande da fare a Cleto. Aveva sempre pensato che quell'uomo fosse qualcosa di ben diverso da un ombrellaio vagabondo che capitava ogni anno con le prime nevicate e se ne andava alla fine di febbraio, a volte senza aver aggiustato un solo ombrello. Ogni sabato faceva il suo bucato lavando calze, mutande e maglia di sotto che metteva ad asciugare davanti all'imbocco del forno dopo che ci avevano cotto il pane. I Bruni lo ospitavano come ospitavano chiunque bussasse alla loro porta chiedendo un posto dove appoggiarsi per la notte e un piatto di minestra. In cambio lui raccontava storie di paesi lontani, di vicende straordinarie che contadini di un piccolo villaggio non avrebbero potuto nemmeno immaginare.

«Ma dimmi la verità, ora che siamo rimasti solo noi tre: tu ci credi a quello che diceva don Massimino?»

«Ci credo sì. E dovresti crederci anche tu, Gaetano. Tuo fratello è un ingenuo e pensa che tutto si possa spiegare con semplici ragionamenti. Si sbaglia. Ci sono molti avvenimenti inspiegabili, c'è tutto un mondo intorno a noi che non si può vedere né sentire ma esiste e può cambiare la nostra vita da un momento all'altro. E ci sono forze che è meglio non sfidare.»

«Allora perché volevi che Floti venisse con te al Pra' dei Monti?»

«Camminare nel cuore della notte sotto la neve lungo una strada di campagna verso un luogo abbandonato in cui abita un'antichissima leggenda gli avrebbe fatto capire che siamo circondati dal mistero.»

Gaetano non era sicuro di avere ben compreso quello che l'ombrellaio aveva voluto dirgli ma sentì un brivido lungo la schiena. Iófa aveva spalancato due occhi bianchi pieni di paura e Gaetano capì:

«Perché non dormi qui, stanotte? Domani mi dai una mano a mungere e poi facciamo colazione: uova e pancetta e un bicchiere di vino nuovo.»

«Son sincero, con un tempaccio come questo non dico di no. La paglia c'è, bella asciutta, il tabarro è una buona coperta. Che si può volere di più?»

«Allora vi do la buonanotte» disse Gaetano uscendo.

Appena la porta si fu serrata l'ombrellaio riprese a parlare: «Don Massimino era un uomo non comune e io lo conobbi la prima volta che passai di qua parecchi anni or sono. Una volta, verso la fine di giugno, con i campi pieni di grano biondo come l'oro e le piante di ciliegio che si curvavano sotto il peso dei frutti rossi e maturi, si addensò su questa terra un temporale mai visto: nubi nere come l'inchiostro orlate di bianco e tuoni che brontolavano lontani non lasciavano dubbi che sarebbe caduta grandine grossa come uova. Una gragnuola di sfere di ghiaccio avrebbe devastato il lavoro di un anno e lasciato molte famiglie senza pane». Iófa si sentì come se il vento del temporale gli gelasse le ossa. «Don Massimino uscì allora dalla porta principale della chiesa e la spalancò perché anche Gesucristo nel tabernacolo sentisse il vento gelato della tempesta come quando era inchiodato nudo sulla croce. Poi alzò gli occhi a quel cielo di pece e aprì le braccia come per proteggere il paese intero. Mormorava qualcosa – non so che cosa – orazioni o esorcismi e, con quel freddo, grondava sudore copiosamente. Le ginocchia gli tremavano per lo sforzo come se reggesse il peso di quelle nubi cariche di ghiaccio sulle fragili spalle.

Non lo persi di vista un minuto, nascosto dietro una colonna del portico. Alla fine, dopo quasi un'ora di impari duello con gli elementi, don Massimino ebbe la meglio: il cielo lentamente si aprì mostrando un lembo di azzurro. La tempesta si dissolse, il tuono svanì in lontananza. Lo vidi crollare al suolo svenuto. Quando rinvenne c'ero solo io accanto a lui. Riuscì a balbettare: "Se mi fossi dato per vinto sarebbe successo un disastro, una catastrofe". E io non ebbi dubbi che stesse dicendo la pura verità. Ora capisci perché credo fermamente a quello che diceva. Anche quando parlava di quella immagine del demonio: la capra d'oro!»

Quando Gaetano arrivò alla porta di casa e si voltò indietro a guardare la stalla, vide la luce fioca della lanterna che la illuminava di rosso spegnersi d'un tratto.

2

Il giorno dopo, poco prima dell'alba, la neve si fece più sottile e leggera e poi fine come polvere. Cessò del tutto di cadere sul far del giorno. Gli uomini si alzarono di buon'ora, presero le pale e cominciarono a spalare per aprire il passaggio verso la strada. Iófa aiutò Gaetano a mungere le vacche e poté poi sedere a tavola a fare colazione: uova e pancetta e un pezzo di pane scaldato sulle braci. L'uomo apparso la notte prima all'osteria della Bassa non fu più visto in paese, tanto che qualcuno di quelli che erano presenti a giocare la briscola cominciò a dubitare di averlo veramente incontrato e di avere udito le sue parole.

I bambini del paese poterono uscire per andare a scuola solo dopo che era passata la poiana trainata da tre paia di buoi ad aprire le strade. La chiamavano così perché aveva due grandi tavole di legno divergenti per rivoltare la neve sui margini, proprio come le ali di una poiana. I più poveri non avevano mangiato nulla per colazione e andavano di casa in casa a chiedere un pezzo di pane in elemosina. Portavano zoccoli di legno di vacchetta che si inzuppavano subito e poi si restringevano e strizzavano i piedi gelati. I più fortunati ricevevano qualcosa, altri solo qualche imprecazione o un calcio nel sedere. A scuola poi i bambini ci andavano volentieri perché lì una bella stufa Becchi di terracotta spandeva calore e profumo di legno di quercia.

Erano annate magre: gelate tardive in primavera e grandinate d'estate avevano decimato i raccolti e da tempo non c'era più don Massimino a battersi a mani nude contro la tempesta. Riposava nel cimitero vecchio, all'ombra di una quercia cresciuta per caso da una ghianda. In paese nascevano storie per qualunque evento e se ne raccontava una anche per questo.

Don Massimino era vissuto povero per tutta la vita e anche in parrocchia, benché godesse di una lauta prebenda che gli veniva da cinque poderi, non si era mai concesso altro che il minimo necessario e aveva suddiviso il resto fra la diocesi e i poveri. Volle essere sepolto avvolto in un semplice sudario, senza nemmeno la bara perché con quei soldi ci si sarebbe potuto comprare abbastanza frumento da sfamare una famiglia per una settimana. Ma il Maligno, da lui sconfitto tante volte, si era accanito sul luogo della sua ultima dimora. Aveva fatto crescere ortiche e gramigna sul suo tumulo e un biscione nero come l'inchiostro vi si era ricavato la tana, cosicché nessuno osava mai avvicinarsi per fare un po' di pulizia o per mettervi un mazzo di fiori di campo. Un giorno, però, una gazza bianca e nera vi aveva nascosto una ghianda che presto aveva messo radici ed era cresciuta in brevissimo tempo distendendo una cupola verde sul tumulo. La gramigna e le ortiche erano morte, e al loro posto era cresciuta un'erbetta color smeraldo, fine come il pelo del gatto. Uno sparviero aveva afferrato il biscione mentre usciva dalla tana e l'aveva divorato. Ogni primavera, da quel giorno, l'umile sepoltura di don Massimino si copriva di margherite.

Era una delle tante storie che la gente si inventava per consolarsi, per illudersi che qualcuno pensasse a loro nei momenti del dolore, della fame e della disperazione. Le famiglie più povere affrontavano l'inverno come una maledizione di Dio, in catapecchie dove di notte gelava anche la piscia nell'orinale e i rosari delle donne non valevano a proteggerle dal flagello della fame e delle malattie. I bambini più piccoli s'indebolivano perché le madri non avevano latte, e stentavano, magri e diafani, finché una febbre maligna se li portava via. Le donne non piangevano più. Aprivano la finestra perché l'animuccia del piccolo potesse volare in cielo e mormoravano «*Sant paradis*», come a dire che aveva finito di soffrire mentre loro no. Per loro sarebbero giunte altre gravidanze, altre tribolazioni, altri bambini che urlavano per la fame fino a perdere la voce, perché gli uomini a quella cosa non rinunciavano mai e non contava chiudere gli occhi e dire il rosario per non rimanere gravide. Erano quelle le case dei braccianti, lavoratori a giornata che s'indebitavano durante l'inverno finché trovavano credito in bottega, sperando di ripagare il debito con il ritorno della primavera e la possibilità di guadagnarsi qualche giornata.

I Bruni abitavano la stessa casa e lavoravano lo stesso podere da cento anni, ma forse anche da più: nessuno in fondo aveva tenuto i conti e nessuno ricordava da dove venissero. Non avevano soldi ma non avevano mai patito la fame: il latte, il formaggio, le uova, il pane, il prosciutto e il salame non erano mai mancati perché il padrone stava a Bologna, il fattore si faceva vedere a ogni morte di papa e i Bruni si prendevano quello che gli serviva per tenersi in forze.

Con il peggiorare dei tempi però anche il padrone si era fatto più esigente. L'anno prima, quando il vecchio Callisto era andato in città con la cavallina e il biroccio a fare i conti, si era sentito dire che doveva accontentarsi di metà frumento e di metà granoturco e da come le cose erano andate c'era da aspettarsi lo stesso per l'anno da poco cominciato. Per questo continuava a rimandare il giorno in cui sarebbe andato in città. La Clerice continuava a dirgli: «Callisto, quando andate a fare i conti con il padrone?».

E lui: «Uno di questi giorni, Clerice, uno di questi giorni».

Ma ormai la farina gialla e la farina bianca erano terminate e fu giocoforza per il capofamiglia attaccare la cavallina, mettere il vestito di velluto marrone e la camicia di canapa bianca e andare a trovare il notaio Barzini. La Clerice lo salutò dal ciglio della strada con un fazzoletto bianco come se partisse per la guerra.

Tornò sul far della sera di umor nero. Si sedette a tavola e mangiò con la faccia nel piatto senza dire una parola, finché Gaetano decise di rompere il silenzio: «Allora, com'è andata con il padrone?».

«Male» rispose il vecchio, «ha detto che l'annata è stata cattiva e che dovremo mangiare mistocca di granoturco.»

«Che cosa?» rispose Gaetano. «Abbiamo lavorato come bestie in sei uomini per tutto l'anno e ha il coraggio di farci mangiare il granoturco come fossimo delle galline? Io scommetto che lui mangia del pane bianco, lui che non ha mai fatto niente. Ma che razza di conti vi ha fatto vedere?»

«I conti delle entrate e delle uscite. Dice che siamo in perdita.»

«E voi non avete detto niente?»

«Che cosa potevo mai dirgli? Lui è istruito e noi siamo ignoranti. Come dice il proverbio "Carta canta e villan dorme".»

«Se siete del parere ci torno io dal padrone domani. Ci vado con Iófa e il suo biroccio e vedrete che torno con il frumento, sangue di Giuda!»

«Fai come vuoi» rispose il vecchio, «se te la senti non dico di no. L'importante è portare a casa il frumento, ma vedrai che sarà dura.» Riprese a mangiare in silenzio la sua minestra e quando ebbe finito si alzò e andò a letto.

Gaetano era un pezzo d'uomo con due spalle come un armadio ed era deciso a tener fede al suo impegno.

La mattina dopo, all'alba, inforcò la bicicletta e andò a casa di Iófa, il birocciaio. Lo trovò che strigliava il cavallo e gli preparava la biada.

«Ho bisogno che mi fai un servizio» gli disse.

«Oggi non posso, ho un carico di ghiaia da trasportare dal fiume alla strada provinciale per farci la breccia.»

«Ci andrai domani. Adesso ho bisogno di te e del tuo biroccio.»

«E dove dovremmo andare?»

«In città, dal notaio.»

«E a che ti serve il biroccio? Non puoi andarci in bicicletta che sei anche già vestito di nuovo?»

«No. Non ci posso caricare venti quintali di frumento sulla bicicletta.»

«E chi te li dà venti quintali di frumento, il padrone?»

«Sì, lui. Ha detto a mio padre che siamo in debito e che per quest'anno ci tocca mangiare solo del granoturco come le galline. Io gli tiro il collo come un pollo a quello se non mi dà il frumento. Come facciamo a lavorare dodici, quattordici ore al giorno mangiando mistocca di granoturco? Allora che fai, vieni sì o no?»

Iófa ci pensò su, fece un po' di conti, guardò l'orologio a cipolla che portava nel taschino, scosse la testa e rispose: «Sei testone come un mulo ma siamo amici e non posso dirti di no. Tu sei pronto così?».

«Sissignore. Perché, non vado bene?»

«Vai benissimo, mi pari un milórdo. Dammi il tempo di attaccare e si parte.»

Gaetano lo aiutò a mettere il cavallo fra le stanghe del biroccio, ad allacciare i finimenti e intanto diceva: «Non lo fai mica per niente, sai? Ti do due staia di frumento che ci fai pane per un bel po'».

Quando fu tutto pronto salirono a cassetta e Iófa diede una voce al cavallo che si mise al passo. Imboccarono la strada di Fossa Vecchia e quando il sole si alzò erano quasi arrivati alla via Emilia.

Ci trovarono altri carri che andavano e venivano perché tra l'altro era martedì ed era giorno di mercato. Videro anche passare una macchina, una Fiat Tipo 3 nera, tutta inzaccherata per le pozzanghere, che strombettava cercando di farsi largo tra i carretti e gli animali da tiro.

«E pensare» disse Iófa «che c'è gente che può permettersi di comprare una di quelle. Chissà quanto costa...»

«Te lo dico io quanto costa» rispose Gaetano, «costa dodicimila lire, quasi come il nostro podere.»

«Non ci credo, giura.»

«Te lo giuro. Il nostro podere costa circa quindicimila lire ma è grande più di cento tornature e dà da mangiare a tanta gente. Se avessi i soldi me lo comprerei il nostro podere, mica mi comprerei una macchina. E così non avremmo più un padrone che ci dice cosa fare e cosa non fare. Mio padre ci ha raccontato che quando eravamo piccoli e arrivava il fattore ci nascondevano nel porcile perché quello brontolava: "Troppe bocche da sfamare e poche braccia a lavorare" e poi andava a riferirlo al padrone.»

«Chissà, forse una volta avrai i soldi per comprartelo il podere, oppure uno ancora più grande.»

«Non credo proprio. Per mettere insieme quindicimila lire non mi basterebbero dieci vite. Solo chi ha soldi può fare altri soldi. Chi non ha niente, bella grazia se riesce a mangiare a sufficienza e a sfamare la famiglia. Comunque, anche se potessi non lo vorrei un podere più grande, vorrei il nostro perché lo conosco, perché so cosa viene meglio in una parte e cosa in un'altra. So quando matura il grano e quando la frutta a seconda delle annate e dell'esposizione al sole. So quanto bisogna concimare e quanta acqua è necessaria per ogni pianta. La terra, se la conosci bene, non ti tradisce mai. Se hai della terra sai che non patirai mai la fame, che avrai carne e latte e formaggio e uova, legna per scaldarti l'inverno, e acqua fresca per l'estate, e vino e pane e lana da filare e canapa da tessere. Io gli voglio bene alla terra, Iófa, capisci?»

«Sì, lo capisco bene anche se faccio il birocciaio come ha fatto mio padre e mio nonno prima di me. E anche io gli voglio bene al mio biroccio e lo tengo da conto e al coperto perché non prenda acqua e neve, e soprattutto voglio bene al mio cavallo, eh, Bigio?» disse toccando la schiena dell'animale con le briglie.

Così chiacchierando, un po' al trotto e un po' al passo, arrivarono a Borgo Panigale in un paio d'ore. In vita sua Gaetano era stato a Bologna con suo padre tre volte ma Iófa sapeva bene la strada perché lavorava da anni per portare i raccolti ai magazzini del notaio non solo dal podere dei Bruni ma da tanti altri che il notaio possedeva in paese. Una quindicina almeno tra la via Bastarda, la Madonna della Provvidenza e Fossa Vecchia. Si fermò al Pontelungo perché il suo compagno di viaggio potesse ammirarlo. A Gaetano sembravano una meraviglia le grandi arcate che si rincorrevano attraversando il Reno e portando sulla schiena la via Emilia con i carri, i cavalli e anche qualche automobile. Ma più di tutto gli piacevano le due sirene di pietra con il corpo di donna e la coda di pesce che stavano sulle colonne d'ingresso, perché erano nude dalla cintola in su e avevano un paio di tette da far rimanere a bocca aperta.

«Non stare a guardarle troppo!» disse Iófa, «che poi ti tocca andar dal prete a confessarti.»

«Ah» rispose Gaetano, «cosa credi, guarda che gli piacciono anche al prete due tette così e dice mio padre che don Massimino, che pure era un santo, quando gli passava davanti un bel culo o un paio di tette del genere gli cadeva l'occhio anche se non voleva e se una bella sposa andava a confessarsi non si accontentava di sentire che peccato aveva fatto, voleva sapere anche i particolari prima di darle l'assoluzione: e dove te l'ha messo e tu dove l'hai preso e via così, capisci?»

Iófa si mise a ridere e disse: «E in piazza ci sei mai stato?».

«No, in piazza no.»

«Be', in piazza c'è la fontana con il gigante: un uomo alto quasi tre metri, con in mano una forca, nudo nato, che gli si vede tutto, ma proprio tutto.»

«Ne ho sentito parlare.»

«Mah, per me è uno scandalo: un uomo nudo in mezzo di piazza che lo vedono anche i bambini e le bambine. E poi anche lì ci sono le sirene come queste qui che però spruzzano acqua dalle tette.»

«Mi sembra interessante. Ma oggi non possiamo. Abbiamo altro da fare. Adesso andiamo a trovare il notaio Barzini.»

Iófa diede una voce al cavallo e si rimisero in viaggio attraversando il ponte e proseguendo poi verso la porta. C'erano orti e case sparse a destra e a sinistra, e dietro di loro il campanile della chiesa del Borgo sembrava tenerli d'occhio in lontananza.

A mano a mano che si avvicinavano alla meta Gaetano diventava sempre più nervoso e a tratti sembrava quasi pentito di aver preso la decisione di affrontare il padrone.

«Speriamo soltanto di trovarlo» disse Iófa, «altrimenti abbiamo fatto il viaggio per niente.»

«Lo troviamo, lo troviamo» rispose Gaetano, «non mi scappa. E se non c'è mi siedo davanti all'uscio e aspetto finché non lo vedo arrivare.»

«Guarda, il tram!» esclamò il birocciaio indicando una vettura color verde scuro che correva sferragliando su una rotaia.

«Lo so» rispose asciutto Gaetano.

«Bene. Lo studio del notaio è subito dopo la fermata, sulla destra, dove c'è il portone con le teste di leone.»

Si fermarono. Gaetano scese, si rassettò l'abito e tirò la maniglia del campanello. Il portone si aprì e apparve il portinaio: «Chi cerchi?» domandò in bolognese.

«Il notaio Barzini» rispose Gaetano nella stessa lingua ma con un accento più periferico.

«Hai un appuntamento?»

«Che cos'è?»

Il portiere scosse il capo: «Hai chiesto al notaio se voleva riceverti oggi a quest'ora?».

«Io sto in campagna e in casa mia siamo abituati a ricevere tutti, di giorno e di notte. Ditegli che sono Bruni Gaetano, il figlio di Callisto. Siamo suoi mezzadri. Vedrete che mi riceve.»

Il portinaio annuì e salì le scale strascicando i piedi. Dopo qualche tempo e rumore di porta che si apriva e si chiudeva e poi si riapriva, lo chiamò dalla tromba delle scale: «Vieni su, che il notaio ti riceve».

Gaetano tirò un respiro profondo e salì fino al secondo pianerottolo. Poco dopo fu introdotto nello studio. Chiese compermesso e si tolse il cappello.

Barzini era un uomo piccolo e grassoccio, seduto a una grande scrivania su una grande sedia a braccioli. Gaetano si stupì. Si aspettava uno più grosso, con un bel paio di baffi a manubrio e con i capelli tagliati all'umberta, uno che incutesse rispetto e anche una certa paura, uno che si vedesse che era padrone di quindici poderi. Insomma fu una delusione da un certo punto di vista.

Il notaio stava scrivendo qualcosa su un foglio e senza alzare gli occhi domandò: «Che cosa vuoi?».

«Voglio il mio frumento.»

Barzini alzò la testa e si tolse gli occhiali: «Che cos'hai detto?».

«Che voglio il mio frumento. Ha detto mio padre che per quest'anno dobbiamo mangiare della mistocca di granoturco.»

«Infatti. Siete in perdita. L'ho già spiegato a tuo padre e non ho intenzione di rispiegarlo a te.»

Gaetano incrociò le braccia e le maniche della giacca si gonfiarono dei suoi muscoli: «Io so soltanto che abbiamo caricato venti carri di frumento da portare nel vostro magazzino qui a Bologna e Iófa, che vuol dire Giuseppe, il birocciaio insomma, li ha contati uno per uno. Ce lo avete preso tutto. Io non voglio sapere di conti, voglio solo quello che ci serve per fare il pane: ne abbiamo bisogno per poter lavorare. Trenta sacchi: né uno di più né uno di meno».

«Esci da quella porta subito, screanzato che non sei altro.»

«Signor padrone, io ho solo chiesto quello che ci serve per tirare avanti lavorando da sole a sole tutti i giorni dell'anno comprese le domeniche, perché la campagna non aspetta e i lavori vanno fatti.»

«Esci subito da quella porta o chiamo il portinaio.»

«Voi mi avete dato dello screanzato, ma se non prendo quello che vi ho chiesto con le buone me lo darete con le cattive, e allora sì che vedrete cos'è un vero screanzato: com'è vero Dio, sangue di Giuda, vi giuro che il portinaio, se fa un passo dentro da quella porta lo butto giù per le scale e dietro ci butto anche voi!» urlò, e batté sul tavolo un tale pugno che fece ballare penne, calamai e anche il lume di ottone lucido che doveva pesare un bel po'. Barzini sbiancò in volto, guardò da sotto in su l'energumeno che aveva di fronte e capì subito che faceva sul serio. Tirò un lungo respiro, cercò di dissimulare la paura e di darsi un contegno, e disse: «Lo faccio per quel galantuomo di tuo padre, mica per te, e per pura generosità di cuore, non per altro. Se volessi potrei chiamare la forza pubblica e farti sbattere in prigione, cosa credi?».

Gaetano lo guardò con un'espressione che non faceva presagire nulla di buono e poi guardò il pesante fermacarte appoggiato sulla scrivania, così, per puro caso, e poi di nuovo il notaio, e tanto bastò.

«Trenta sacchi hai detto...»

«Sì, signore.»

Barzini scarabocchiò due righe sulla sua carta intestata e una firma. Ci passò sopra il tampone assorbente e allungò l'ordine di consegna a Gaetano.

«E come fai a portare a casa tutti quei sacchi?»

«Ci ho il biroccio giù che mi aspetta.»

«Ah» rispose Barzini indispettito. «Be', allora vai ai magazzini del Borgo con questa e ti daranno i sacchi, e poi non farti più vedere da queste parti.»

«Vi ringrazio, signor padrone. E se non ci dovessimo vedere più vi auguro una buona morte.»

Barzini trasalì senza considerare che quella era in realtà una formula beneaugurante. Per gente che era abituata ad aspettarsi soprattutto tribolazioni dalla vita, l'idea di avere in sorte almeno una buona morte era un pensiero consolatorio. Il notaio si toccò invece gli attributi sotto la scrivania a scopo apotropaico e biascicò: «Vai, vai che ho da fare».

«È successo qualcosa?» domandò il portinaio vedendo Gaetano che scendeva le scale. «Ho sentito una botta della Madonna.»

«Niente, abbiamo avuto una piccola discussione ma tutto bene, grazie a Dio.»

Iófa lo vide arrivare sorridente e quasi non poteva crederci: «Allora, com'è andata?».

Gaetano gli sventolò in faccia l'ordine di consegna.

«Lo sai che non so leggere» disse Iófa.

Gaetano compitò solennemente: «Dispongo che si consegnino al latore della presente, Bruni Gaetano, sacchi trenta di grano che verranno ritirati immediatamente. Firmato Barzini».

«Adesso questa me la devi raccontare per filo e per segno!» esclamò Iófa mentre saliva a cassetta e faceva girare il cavallo all'indietro in direzione del Borgo. Gaetano non se lo fece ripetere due volte e cominciò a narrare: «Me lo sono trovato di fronte, seduto su quella sedia come il re sul trono... ti puoi immaginare...».

«E tu?» chiedeva Iófa. «E lui? E tu allora?»

La storia si coloriva di particolari fantasiosi a mano a mano che si dipanava nella narrazione di Gaetano, il quale doveva contenersi soltanto su un aspetto: nel non dipingere a tinte troppo fosche la figura del padrone perché Iófa lo conosceva bene e l'aveva visto più volte e anche giù al paese lo avevano visto in tanti e in più di un'occasione.

Al magazzino nessuno fece storie davanti alla carta intestata del notaio, ma Gaetano dovette caricarsi a spalle tutti e trenta i sacchi perché Iófa era troppo mingherlino e per di più anche zoppo, e i facchini del magazzino non ne volevano sapere di dargli una mano. Ognuno se la doveva sbrigare da sé. Ma ne valse la pena. Gaetano offrì al suo cocchiere un piatto di polenta con le costine di maiale all'osteria del Lavino perché se le erano meritate l'uno e l'altro e poi si diressero a casa per arrivare prima che facesse buio.

Furono accolti come trionfatori. Tutti quanti gli uomini di casa uscirono a scortare il carro sotto la barchessa e lo scaricarono in una mezz'ora. Iófa, naturalmente, fu invitato a restare per la cena.

Quando fu in tavola, la Clerice disse le orazioni e Callisto dispose che si portasse nella stalla un po' di zuppa e un bicchiere di vino anche all'ombrellaio che ancora non mostrava segno né intenzione di voler riprendere il suo vagabondare.

3

Prima della fine di gennaio nevicò ancora due volte, ma non più di una spanna, e a chi si lamentava il vecchio Callisto diceva: «Non vi lamentate, che se nevica c'è il suo motivo e sotto la neve c'è il pane». E alludeva ai chicchi di grano seminati in autunno che si gonfiavano e si gonfiavano e presto avrebbero germogliato e fatto spuntare delle pianticelle di un verde brillante sullo sfondo della terra bruna.

Benché di solito non si vedesse un filo d'erba prima della metà di febbraio, la speranza anticipava il corso delle stagioni e quando veniva la festa della Madonna, il 2 del mese, le donne portavano in chiesa una candela da accendere davanti all'immagine della Vergine e dicevano: «*Per la Candelora / Dell'inverno siamo fòra*».

Ma di febbraio non c'era da fidarsi perché, come si sa, è corto e maledetto e l'inverno non se l'è mangiato il lupo, e può sempre saltar fuori quando meno uno se l'aspetta.

E fu proprio la mattina della Candelora che riprese a nevicare. La Clerice salì nella camera delle sue due ragazze, la Rosina e la Maria, una di diciassette e l'altra di quindici anni, per controllare che si coprissero bene e poi, tutte e tre imbacuccate nello scialle di lana, si diressero verso la chiesa. La Rosina, che era la più svelta, camminava davanti e la Clerice poteva vedere che aveva messo su un gran bel sedere e fianchi alti e rotondi, a primavera, con gli abiti leggeri, non ci sarebbe stato in paese un maschio che non si sarebbe voltato al suo passare.

Ed era quello il terrore di ogni madre: che una figlia le rimanesse incinta. Gli uomini facevano presto a fare dichiarazioni d'amore per ottenere quello che volevano e poi, quando avevano ingravidato la ragazza, si facevano di nebbia e dicevano se l'ha data a me può averla data anche a un altro e non ne volevano sapere di sposarla. Ma se il padrone lo scopriva poteva dargli commiato a tutta la famiglia ed era la fine. Il contadino aveva tempo fino a San Martino e poi doveva far fagotto con moglie e figli, caricare le poche masserizie su un carro e andarsene.

Non era raro vedere quella scena crudele. Intere famiglie, uomini scuri in volto e donne in lacrime, abbandonare la casa in cui erano vissuti per tanti anni e vagare per le strade di campagna sotto la pioggia a cercare un podere vacante da lavorare, a qualunque condizione, pur di sopravvivere. Le madri di famiglia quindi non si stancavano di ripeterlo alle figlie e di spiegare per filo e per segno come succedeva: se lasci che te lo metta dentro, in capo a nove mesi metti al mondo un bastardo senza nome. Anche solo se te la tocca con quel coso puoi restare incinta, hai capito? E sembrava impossibile ma c'era sempre qualcuna che ci cascava.

Alla passerella sul Samoggia c'era una casupola che sembrava abbandonata, coperta di rampicanti selvatici e di giorno nessuna persona dabbene voleva farsi vedere a bazzicare da quelle parti. Ci abitava la Malerba, una vecchia che praticava gli aborti con un ferro da calza, e la Clerice gliela faceva vedere di lontano quella casa alle sue figlie quando andavano lungo l'argine a raccogliere radicchi selvatici: «Dicono che là dietro, dove si vede quella quercia, ci sono le ragazze che sono morte dissanguate per aver cercato di abortire.

Le hanno seppellite di nascosto, così com'erano, in terra sconsacrata. È per quello che la quercia è così grande, perché si nutre dei cadaveri di quelle poverette».

Nemmeno lei credeva alle storie che raccontava ma servivano a spaventare a morte le figlie e a tenerle lontane dai guai, o almeno così sperava: «Se un uomo vi vuol bene davvero ha anche la pazienza di aspettare».

«E voi, mamma, l'avete fatto aspettare fino al matrimonio il papà?»

«Certamente» rispondeva lei, «e ho fatto la cosa giusta. Ci siamo sempre voluti bene, ci siamo sempre sostenuti l'un l'altro, fatti coraggio nelle difficoltà, e quel piccolo sacrificio non è stato niente rispetto alla vita intera che poi abbiamo passato insieme.»

Mentiva perché aveva sempre saputo che al cuore non si comanda e che quando si è innamorati non si resiste ad aspettare. Ma il suo Callisto lei l'aveva visto subito che era una brava persona, un giovane perbene che non l'avrebbe mai inguaiata e anzi sarebbe stato felice di sposarla subito se fosse successo qualcosa. E ricordava bene i primi tempi del suo matrimonio, quando si svegliava la notte e accendeva la candela per guardarlo, come Psiche con Eros, tant'era bello e non le pareva vero. Il prete le aveva anche spiegato che il nome di suo marito significava "bellissimo" ed era proprio così. Ma era una storia che teneva per sé perché la prudenza non è mai troppa e non voleva che le sue figliole corressero alcun rischio.

Era saggia la Clerice, e godeva di grande stima in paese. Quando una donna stava per partorire mandavano sempre a prendere lei per assisterla. Sia perché ne aveva avuti tanti di figli lei stessa ed era molto esperta, soprattutto nel far coraggio alle ragazze spaventate al primo parto, sia perché aveva capacità non comuni, che nemmeno i dottori avevano. Levava la buca dello stomaco con il bicchiere e la candela, segnava il mal caduco, il fuoco di Sant'Antonio e soprattutto segnava i vermi. Molti bambini restavano infettati dai parassiti giocando con la terra e mettendosi poi le mani in bocca. I vermi si moltiplicavano nell'intestino al punto che la pancia diventava dura e tesa come la pelle di un tamburo, la febbre saliva fino a provocare violente convulsioni. Certi morivano. Eppure lei sapeva come fare, e una volta che al bambino aveva imposto le mani bisbigliando sotto voce le sue preghiere, i vermi venivano espulsi, la febbre piano piano si abbassava, le convulsioni cessavano.

Poi usciva anche lei dalla casa, spesso a notte fonda, avvolta nello scialle, dicendo le orazioni per tener lontani gli spiriti della notte.

A volte, dopo aver assistito una partoriente, mentre tornava per le strade buie sgranando il rosario, ripensava a quando aveva messo al mondo i suoi figli. Ricordava cosa aveva pensato quando le avevano dato il bambino in braccio dopo averlo lavato e vestito. Aveva guardato quella creatura innocente e si era domandata, ogni volta: che cosa sarà da adulto? Cosa dovrà affrontare o sopportare nella vita? E così, all'inverso, ogni volta che vedeva passare per la strada un mendicante sporco, rognoso, coperto di stracci, pensava che anche lui aveva avuto una madre che lo aveva messo al mondo con tante speranze, che aveva desiderato per lui tutto il meglio possibile, ed ecco che cosa era stato dei suoi sogni e delle sue speranze! E di nuovo pregava.

Ricordava che ognuno dei suoi figli, nascendo, aveva dato segni che lei aveva cercato di interpretare: Dante, il primogenito, si era mostrato tranquillo e quasi taciturno, interessato al cibo più che al gioco, a raccogliere gli oggetti che gli capitavano fra le mani e osservarli attentamente. Sarebbe stato un saggio amministratore di se stesso e della sua famiglia. Raffaele in capo a una settimana aveva cominciato a toccare e afferrare tutto quello che aveva dintorno. Era stato il primo a parlare e poi a camminare. Sarebbe stato certamente il più adatto a reggere le sorti della famiglia e a tenere insieme i suoi fratelli. Aveva due anni quando cominciò a chiamarlo con un diminutivo: Floti. Gaetano era quello che pesava di più, grosso e vorace. Fin da piccolo prometteva di diventare quello che poi sarebbe diventato: il più forte e temibile e senza paura. Armando era stato il primo a ridere ma poi piangeva per nulla. Diventò il più simpatico, quello che faceva divertire tutti con le sue storie e le sue battute, ma anche il più fragile. E Francesco, poi divenuto Checco, perché in paese nessuno scampava a un soprannome, aveva pianto pochissimo dopo la nascita e quando ne era stato capace aveva sorriso invece di ridere. Sarebbe stato un buon osservatore delle debolezze e delle contraddizioni degli altri e raramente avrebbe mostrato le proprie. E così via con gli altri, ognuno con il segno del suo destino. In capo a due o tre anni anche i due più giovani, prima Fredo e poi, a un certa distanza, Savino, avrebbero passato la ventina e sarebbero andati soldati e le ragazze del paese cominciavano a guardarli di sottecchi perché, come diceva il proverbio, "Chi è buono per il re è buono anche per la regina".

Cleto, l'ombrellaio, partì un giorno dopo la metà di marzo quando vide la prima rondine entrare nella stalla a rassettare il nido che aveva abbandonato in ottobre. Si mise la bisaccia a tracolla e salutò Callisto, *l'arzdour,* e la Clerice, *l'arzdoura,* il reggitore e la reggitrice, com'erano chiamati nel dialetto locale il padre e la madre della famiglia. Termini di arcaica maestà che indicavano l'inconscia romanità della loro origine. La Clerice gli mise nella bisaccia un pane appena sfornato e gli riempì la fiasca di vino pronunciando una frase dal suono quasi sacrale: «Ricordatevi di noi, ombrellaio, quando mangerete questo pane e berrete questo vino, e che buon pro vi faccia».

«Vi ringrazio di cuore» rispose, «perché date senza attendervi nulla in cambio. Sono un uomo senza mestiere, un viandante senza meta. Porto sulle spalle pesanti ricordi e pago con la mia miseria gli errori che ho compiuto e che non ho mai avuto il coraggio di confessarvi...»

«Perché dite così, ombrellaio?» domandò turbata la Clerice. «Voi ci avete regalato tante bellissime storie che ci hanno fatto sognare e i sogni non hanno prezzo. Per voi la porta è sempre aperta. E se c'è qualcosa che vi sentite di confessare, confessatelo a Domineddio che perdona tutti.»

Cleto sembrò esitare, poi disse: «Avete sette figli maschi e io sento avvicinarsi l'ombra della tempesta...».

«Spiegatevi meglio» lo esortò Callisto turbato, «che cosa intendete dire?»

«Ci sarà una catastrofe, un bagno di sangue quale non si è mai visto prima. Uno sterminio che non risparmierà nessuno. Ci saranno avvisaglie, avvertimenti... Cercate di non lasciarli cadere senza tenerne conto. Dio predisse a Noè il diluvio e lui si salvò con la sua famiglia perché era un giusto. E se c'è un giusto su questa terra siete voi, Callisto, e vostra moglie è la vostra degna compagna. Lei pregherà che la vostra famiglia sia risparmiata e io spero che Dio l'ascolti...»

Il cielo perlaceo dell'alba si andava rischiarando; dalla stalla venivano i muggiti delle vacche e dei buoi, e finalmente il sole nascente colpiva il fianco del monte Cimone coperto di neve che s'arrossava come le guance di una vergine. Il profumo delle viole permeava l'aria limpida del mattino.

«Quanto a me» proseguì Cleto, «ho già la mia missione. Che mi crediate o no, io so che l'apparizione della capra d'oro porta disgrazie e quel viandante dalla barba lunga che si è fermato a mangiare all'osteria della Bassa ha detto di averla vista... C'è un solo modo per allontanare un così tetro presagio, trovare quell'essere demoniaco e distruggerlo, oppure...» la sua voce si fece rauca e profonda «oppure offrirgli una vittima in espiazione.»

Callisto e Clerice non capivano del tutto le parole difficili e ricercate del loro ospite ma ne percepivano il tono cupo e torbido. Abbassarono il capo e si fecero il segno della croce mentre l'ombrellaio s'incamminava verso l'uscita. Lo seguirono con lo sguardo mentre imboccava la via Celeste e poi prendeva a sinistra proprio in direzione dell'osteria. Che cosa aveva voluto dire con quelle parole?

Non lo videro mai più.

La domenica pomeriggio, con le prime giornate di primavera, gli amici dei suoi figli venivano nell'aia a giocare a bocce. Checco stappava due bottiglie di Albana e si stava allegri insieme. Ma alle cinque in punto, quando in chiesa il prete intonava i vespri, la Clerice mandava fuori tutti: non voleva che qualcuno mancasse alla funzione religiosa perché giocava a bocce in casa sua. E quando la campana suonava il tocco per la benedizione eucaristica, lei in mezzo all'aia si faceva il segno della croce e tutti abbassavano il capo in silenzio.

Con l'allungarsi delle giornate e l'accorciarsi delle notti aumentavano le ore di lavoro nei campi, la canapa cresceva a vista d'occhio e anche gli steli del grano, e di notte cominciava a sentirsi il canto monotono delle raganelle e quello dei grilli. Una sera, durante la cena, Callisto raccontò ai figli quello che aveva detto l'ombrellaio prima di lasciare il cortile e incamminarsi verso la Bassa. Parole che gli avevano lasciato un peso sul cuore di cui voleva scaricarsi.

«Papà» disse Floti, «non crederete alle bubbole che vi ha raccontato quell'uomo. È uno che vive di elemosina e deve pur mostrare di servire a qualcosa. La capra d'oro è una storia senza fondamento e lo sapete bene. La gente vede quello che vuole vedere.»

«E perché allora, secondo te, la gente vorrebbe vedere una capra tutta d'oro dritta su una delle quattro montagnole del Pra' dei Monti sotto la neve che cade fitta dal cielo?»

Floti non seppe cosa rispondere ma dentro di sé pensava che una spiegazione doveva pur esserci. D'altra parte che cosa poteva aspettarsi la povera gente se non disgrazie? Era una facile profezia. Lui che da bambino aveva fatto il chierichetto ricordava bene le parole in latino dell'invocazione: *A peste, fame et bello libera nos, Domine!* Liberaci, Signore, dalla peste, dalla fame e dalla guerra! A parte la peste, che non c'era più da secoli, la fame e la guerra avevano sempre imperversato. Rispose: «La gente ha bisogno di credere in un mondo diverso, soprannaturale, un mondo in cui accadono cose meravigliose, diverse dalla vita uguale di tutti i giorni, a fare le stesse cose nello stesso posto, un anno dopo l'altro. Ecco quello che penso!».

«Sarà» rispose Callisto. «Io so solo che di questa storia se n'è sempre parlato, da quando sono al mondo.» E andò a letto senza dire altro.

L'estate fu calda e secca e, quando fu ora di mietere, i Bruni dovettero piegare la schiena per dieci ore al giorno nella calura soffocante a tagliare il grano con il falcetto e ad affastellare covoni. A centinaia. Le donne tenevano le bottiglie di vino sottile a raffreddarsi in un secchio calato nel pozzo e le portavano in campagna agli uomini che sudavano come bestie e avevano bisogno di bere in continuazione. E quando fu ora di trebbiare, ancora peggio. Il sole picchiava come un maglio sulle teste e sulle spalle. Tuttavia fu una festa, come sempre.

Floti era stato il primo a mettersi all'ingresso del cortile per scortare l'imponente treno della trebbiatura dentro l'aia di casa. Teneva per la cavezza i buoi della stalla, bianchi e pasciuti, freschi di spazzola, per dare manforte ai brocchi che trainavano la macchina da fuoco, nera come il carbone che l'animava. In teoria avrebbe dovuto farcela da sola con la forza del vapore ad affrontare la lieve salita che portava al cortile e a trainarsi dietro il resto del convoglio, ma ormai era bolsa anch'essa e bella grazia se riusciva a far girare, da ferma, la puleggia della trebbiatrice. Floti, aggiogati avanti i suoi campioni a due a due, la trascinò dentro il cortile con dietro la trebbiatrice e l'imballatrice, di legno e di ferro, dipinte di un rosso aranciato e con in bella vista il nome della ditta che le aveva costruite. Al seguito c'erano almeno una dozzina di operai che gridavano: «Oh! Oh!», per incoraggiare lo sforzo degli animali da tiro.

Quando il treno al completo fu montato, il caposquadra guardò soddisfatto all'intero macchinario allineato perfettamente sull'aia, poi diede ordine di montare le cinghie di trasmissione. La puleggia principale non aveva bordi e se la cinghia non era in asse perfetto poteva cadere. Se cadeva all'interno, verso la parete della trebbiatrice, era solo questione di perdere un po' di tempo a rimontarla; se cadeva fuori poteva uccidere. Floti aveva assistito una volta a un incidente del genere e ricordava bene come era andata. Uno degli operai era stato colpito in pieno dalla cinghia ed era caduto esanime. Una lesione alla spina dorsale lo aveva immobilizzato per il resto dei suoi giorni. Quell'evento aveva segnato Floti, lo aveva reso consapevole della profonda ingiustizia che regolava il mondo. L'onestà di suo padre, l'equilibrio e la giustizia della sua autorità in famiglia erano valori circoscritti a una minuscola comunità il cui peso era del tutto insignificante in una società intera dominata dal sopruso.

Quando il caposquadra diede il segnale, la macchina da fuoco emise un lungo fischio, come un battello a vapore. Quattro uomini armati di forche salirono in cima alla pila di covoni sotto il tetto della barchessa e cominciarono a buttarli dentro il cassone della trebbiatrice. Là un altro operaio li spingeva verso la bocca del mostro che li ingoiava e poi vomitava dal davanti i chicchi puliti e dal fianco la paglia e la pula che finivano nell'imballatrice. Prima che il grano prendesse a zampillare passava sempre un po' di tempo, e quando finalmente la bionda cascata di chicchi cominciò a cadere dentro ai sacchi i facchini salutarono con grida di esultanza il miracolo che si ripeteva ogni anno. Aprirono le grandi mani callose per lasciare scorrere i chicchi fra le dita e sentirne la carezza.

Ci sarebbe stato ancora pane.

In breve l'intera corte fu avvolta in un polverio fitto e scintillante come l'oro ma l'aria, a quel punto, diveniva irrespirabile. Gli operai si annodavano un fazzoletto davanti a naso e bocca e proseguivano senza sosta il lavoro ritmato dal fragore delle macchine. La fatica più grande la sopportavano gli uomini sotto la barchessa. All'inizio quasi non c'era spazio fra la catasta dei covoni e il tetto arroventato dal sole, il sudore inzuppava subito gli abiti che s'impastavano con la polvere, le ariste del grano frantumate dalla trebbia diventavano aghi pungenti che s'insinuavano sotto la pelle provocando un prurito insopportabile. Poi, a mano a mano che la catasta si abbassava, l'aria circolava un po' di più e il tetto incandescente si allontanava lasciando ai lavoratori un minimo di sollievo.

Gli unici a divertirsi erano di solito i bambini, per lo spettacolo della grandiosa operazione collettiva e per la potenza delle macchine, che ai loro occhi apparivano come i mostri delle favole. Soprattutto l'imballatrice, con la sua grande trancia dentata che si alzava e si abbassava a un ritmo incessante, e che loro chiamavano "l'asino" per la forma che ricordava la testa di un somaro. Ma in casa dei Bruni di bambini ce n'erano solo due, i figli di Dante; gli altri sarebbero venuti in seguito.

All'ora della sosta meridiana il caposquadra allentò la cinghia di trasmissione e tutto il meccanismo si arrestò, tranne la macchina da fuoco. Gli uomini andarono a sedersi da qualche parte all'ombra, sotto un olmo o sotto un fico, e tirarono fuori quello che avevano da mangiare. I più fortunati erano raggiunti dalle mogli che gli portavano un pentolino con un poco di pastasciutta. I più miseri mangiavano pane e cipolla e con quel povero cibo avrebbero dovuto continuare in quel lavoro massacrante fino al tramonto, quando il caposquadra dava il segnale della fine.

Ma i Bruni erano gente generosa e il vecchio Callisto aveva fatto preparare tre o quattro galletti alla cacciatora inzuppati nel loro sugo che facevano voglia solo a vederli, e un'infornata di pagnotte, e provava soddisfazione a osservare gli sguardi sorpresi degli operai al cospetto di tutta quella graziadidio. Intanto nel campo le spigolatrici, ognuna con un sacco in mano, raccoglievano le spighe lasciate indietro dalla mietitura o cadute dai carri che trasportavano a casa i covoni.

La Clerice aveva sempre cura che il permesso di spigolare venisse dato a chi ne avesse veramente bisogno: le vedove o le mogli di disoccupati e ubriaconi buoni solo a metterle incinte. Pensava sempre alle donne la Clerice e, più che Domineddio, pregava la Madonna perché aveva patito e sofferto e aveva perso un figlio e sapeva che cosa vuol dire. E lei che era così religiosa e onesta, quando sentiva qualcuno raccontare di aver visto questa o quella donna del paese in fondo a una scolina nell'ora del demone meridiano avvinghiata a qualche manovale o operaio a giornata diceva: meglio, almeno si è goduta qualcosa.

Quel giorno, Iófa mandò un garzone a fare un'ambasciata a Floti: lo avrebbe aspettato la sera stessa al tramonto all'osteria della Bassa. Si raccomandava – cosa strana – di venire in bicicletta.

Floti si presentò proprio nel momento in cui il sole

spariva dietro le chiome dei ciliegi, con ancora la pula del grano fra i capelli ricci, e andò a sedersi al tavolo con Iófa che aveva già ordinato un quartino di bianco.

«Che novità?» gli chiese.

«Non hai sentito quello che è successo?»

«Che cosa dovrei aver sentito?»

«Che uno studente ha ucciso l'erede al trono dell'Austria.»

«E allora? Che cosa c'importa a noi?»

«Per me è un gran brutto segno. Queste cose prima o poi fanno scoppiare le guerre. E sono sempre gli studenti a fare casino.»

«E mi hai fatto venire fin qui per dirmi questa roba?»

«E poi c'è dell'altro...» cominciò con un'aria di mistero versandogli un bicchiere di vino.

«Ti ascolto.»

«Sei venuto a piedi o in bicicletta?»

«In bicicletta, visto che avevi fretta.»

«Ce l'ho anche io. Vuoi venire con me?»

«E dove?»

«Al Pra' dei Monti.»

«Ah, che baggianata è mai questa?»

«Vieni sì o no?»

«Va bene, andiamo, ma sbrighiamoci che fra un po' comincia a fare scuro.»

Pedalarono uno dietro l'altro lungo la Fiuma fino a destinazione: quattro collinette in mezzo a un prato incolto da decenni.

«Se vuoi parlarmi di quella maledetta capra io torno subito indietro.»

«Non voglio parlarti di niente: voglio solo mostrarti una cosa.»

Cominciò a salire sul primo e più alto dei quattro tumuli e Floti gli tenne dietro fin sulla cima. Il luogo era completamente deserto e benché Floti non credesse per nulla alle storie che si raccontavano su quel luogo sentì un brivido lungo la schiena.

«Dicono che questi monticelli sono fatti con le ossa dei morti di una grande battaglia di duemila anni fa...»

«E allora? Se credi di impressionarmi ti sbagli di grosso. Io ho paura dei vivi, non dei morti.»

Anche i grilli tacevano e le rane stavano zitte per non farsi sentire dalla biscia. Iófa si arrestò sulla sommità del tumulo e indicò qualcosa davanti a sé: una buca profonda almeno un paio di metri.

«Questo però era vivo fino a non molto tempo fa.»

«Questo chi?» domandò Floti non più tanto sicuro.

«Qualcuno è venuto qui a cercare la capra d'oro e c'è rimasto, e i cani se lo sono mezzo mangiato. L'ho visto per caso mentre cercavo della malva, che qui ce n'è sempre tanta.»

«Ma che cosa stai dicendo?»

«Guarda bene in fondo alla buca.»

Floti si sporse in avanti e notò che c'era qualcosa, qualcuno rannicchiato sul fondo. I due si guardarono l'un l'altro in faccia senza proferire verbo per qualche istante.

«È lui?» domandò poi Floti.

Iófa annuì. «È l'ombrellaio» confermò, «vedi? Ha cercato di trovare la capra d'oro e c'è rimasto.»

«Era da dire: ognuno di noi prepara la sua fine.»

«Tu pensi?» replicò il carrettiere. «E dove sono gli attrezzi per scavare?»

«E lo chiedi a me? Che ne so io?»

Iófa tacque mentre le ombre della sera cominciavano ad allungarsi sul terreno.

«Forse dovremmo avvertire i carabinieri» disse dopo un poco.

«Meglio di no. Sono cose che non finiscono mai più.»

«Ma se qualcuno lo vede e lo riconosce penseranno subito a voi e i grattacapi ci saranno comunque. Senti, non può aver scavato la buca con le unghie. Diamo un'occhiata intorno, alla base della montagnola.»

Floti cercò girando a destra e Iófa a sinistra e fu lui,

dopo un poco, a inciampare nel manico di un badile nascosto nell'erba alta.

«L'ho trovato» esclamò, «volevo ben dire!»

Iófa si diede a ricoprire di buona lena con il suo attrezzo i resti dell'ombrellaio. Finita l'opera accennò un segno di croce su quelle esequie sbrigative e gettò il badile in fondo alla Fiuma. In meno di mezz'ora erano di nuovo seduti al tavolo dell'osteria della Bassa.

Era la notte del 30 di giugno del 1914.

4

Floti pensò a lungo, rigirandosi nel letto, a ciò che aveva visto, all'ombrellaio rannicchiato in fondo alla buca e a come si fosse scavato la fossa in quel luogo e di che cosa fosse morto. Nessuno, in ogni caso, sarebbe mai venuto a cercarlo, non si sapeva chi fosse veramente, quasi certamente non aveva documenti che dichiarassero la sua identità. Non aveva una famiglia o, se ce l'aveva, nessuno di loro si sarebbe mai scomodato a cercarlo.

Certo, se avesse creduto alla capra d'oro, la spiegazione si sarebbe potuta trovare: l'ombrellaio si era procurato un attrezzo e aveva cominciato a scavare. Forse l'aveva trovata, perché no, dopo tutto? Si sa che gli antichi seppellivano i loro tesori quando c'era un'invasione o una guerra e poi magari venivano uccisi durante una scorreria e del tesoro si perdeva la memoria. Qualcuno l'aveva visto mentre cercava di tirarla fuori dalla buca, gli aveva assestato un colpo alla nuca con il manico dell'attrezzo, si era preso la statua d'oro e ci aveva buttato dentro l'ombrellaio. Ma la capra d'oro non esisteva, né era mai esistita e quindi non c'era spiegazione. Chi avrebbe mai assalito un povero disgraziato come lui, senza un soldo e coperto di stracci? L'unica possibilità che rimaneva era una vendetta: l'ombrellaio vagava di terra in terra, di villaggio in villaggio, si nascondeva per mesi in una stalla e poi riprendeva il suo girovagare perché in realtà c'era qualcuno che gli dava la caccia. Doveva aver commesso qualche delitto, o fatto violenza alla figlia o alla moglie di qualcuno che poi ha voluto fargliela pagare.

Si addormentò pensando che tuttavia aveva fatto bene a seppellirlo e a non lasciarlo alla mercé dei cani e delle volpi. Che riposasse in pace.

In breve altre incombenze si presentarono alla famiglia: il raccolto della canapa, una fatica ancora più grande della mietitura e della trebbiatura messe assieme. Una volta tagliata, la canapa veniva raccolta in fasci e gettata nei maceri pieni d'acqua e ogni fascio era coperto di grosse pietre di fiume perché restasse sommerso fino a che le fermentazioni non avevano staccato le fibre dalla parte legnosa. A quel punto i sassi venivano rimossi uno per uno e ammucchiati lungo i margini. I grossi ciottoli, coperti di alghe, scivolavano fra le dita e la fatica del recupero era doppia. Poi si estraevano i fasci. Così inzuppati pesavano dieci volte tanto; gli uomini lavoravano con l'acqua alla cintola, l'umidità e i miasmi delle fermentazioni ammorbavano l'aria tutto attorno, stagnante e fetida, nella calura insopportabile del meriggio.

Era come lavorare in un pozzo nero. Una volta che si erano completamente asciugati, i fasci andavano sbattuti su un tavolato di legno nell'ora più calda del giorno perché le fibre si staccassero meglio dal fusto legnoso. Solo i più forti sopportavano uno sforzo così spaventoso, i più deboli cedevano: si vedevano d'un tratto vacillare, poi impallidivano e diventavano freddi. A quel punto venivano subito trasportati all'ombra sotto un albero e spruzzati con acqua di pozzo sul viso e in testa. Poi, se rinvenivano, gli davano da bere, poco alla volta, acqua intiepidita al sole. Gliene davano finché ne mandavano giù, finché non gli veniva lo stimolo di orinare. Si sapeva di qualcuno che, avendo tracannato senza riguardo acqua fredda, ci aveva lasciato le penne.

Di solito il capofamiglia, o il caposquadra se c'erano degli operai, gli risparmiava il resto della giornata. Alle donne invece erano chiesti solo lavori leggeri come rastrellare il fieno o coltivare l'orto, a differenza di quanto avveniva nel modenese dove alle donne davano in mano vanga e badile, anche a quelle incinte.

Quando i lavori furono terminati si era ormai a luglio. La fibra di canapa era già legata in matasse e pronta per la sbiancatura, i fusti, secchi e leggeri, affastellati e messi sotto la barchessa. Non valevano niente: facevano una gran fiammata bianca che crepitava e lampeggiava e si spegneva quasi subito, ma erano buoni per accendere il fuoco. Ora toccava di dare l'ultima spruzzata di verderame alla vite e spuntare i tralci perché tutta la sostanza andasse a finire nei grappoli. Si preparavano la pigiatrice e le casse, si bussavano le botti, i tini e le bigonce con acqua riscaldata finché tenevano come un bicchiere.

Le donne raccoglievano a sacchi le foglie degli olmi a cui erano maritate le viti, così che non facessero ombra all'uva e con quelle nutrivano le vacche e i buoi che ne erano ghiotti. Erano aspre e dure le foglie d'olmo e le mani non ci guadagnavano, ma poi le ragazze avevano i loro segreti. Le mettevano a mollo nel siero del latte che gli dava il casaro e la pelle tornava morbida e liscia come quella di un bambino. La Clerice raccontava che l'ultima volta che s'era lavata la faccia era stato quando si era sposata. Tutti le dicevano: «*Lèvet al mustàz, Clerìz, ch'et vè al sgabel*», lavati il mostaccio, Clerice, che vai allo sgabello! Lei alla fine si era convinta e s'era lavata con il sapone da bucato e, a suo dire, non era mai più stata quella.

Storie di sempre, come cento anni prima, come mille anni prima, e tuttavia una vita in cui i Bruni riuscivano a ricavare non pochi momenti di serenità se non di felicità vera e propria. Le ragazze pensavano al futuro, a incontrare forse un giorno un bel giovanotto intelligente e prestante come i loro fratelli. Questi, a loro volta, pensavano alle ragazze del paese o – i più audaci – anche di un paese vicino dove comunque era pericoloso avventurarsi se non si era disposti a ingaggiare una scazzottata con qualche coetaneo del luogo che non gradiva concorrenti. Ma Callisto sentiva approssimarsi ogni giorno l'ombra della tempesta di cui gli aveva parlato l'ombrellaio la mattina che era partito. Se lo immaginava ormai chissà dove, in qualche posto lontano, magari a Cremona o a Treviso, o forse addirittura a Genova dove avrebbe potuto imbarcarsi su un piroscafo di quelli che andavano in America, in cerca di fortuna.

Non avrebbe mai immaginato, Callisto, quant'era vicino invece, rannicchiato in fondo a una buca dentro una delle quattro montagnole del Pra' dei Monti, dove forse un giorno l'avrebbe trovato un altro cercatore del demone d'oro.

Verso la fine del mese, mentre andava al mulino a mettersi d'accordo per la molitura del frumento, che ormai era il suo turno, Callisto vide la prima pagina dell'"Avanti!" esposta nella bacheca della Società Operaia. Il titolo era stampato così in grande che si leggeva da lontano: *L'Austria dichiara guerra alla Serbia*. Si avvicinò e vide un articolo intitolato *L'Italia non può stare a guardare*. Ma era scritto troppo in piccolo e troppo in difficile perché potesse leggerlo. Davanti alla bacheca c'era Bastianino, il sarto, che leggeva attentamente con gli occhiali sulla punta del naso pronunciando a bassa voce parola per parola. Callisto, che stava per chiedergli "cosa dice il giornale?", restò in silenzio ad ascoltare fingendo anche lui di leggere. E, a mano a mano che Bastianino andava avanti nella lettura, la paura e l'angoscia gl'invadevano l'animo.

Alla fine il sarto lesse la firma del giornalista che aveva scritto l'articolo: «Benito Mussolini».

«Ma perché questo Mussolini vuole fare la guerra?» domandò Callisto.

«Non è che vuole fare la guerra, non è mica il re» rispose il sarto. «Lui dice che anche l'Italia deve combattere contro l'Austria per liberare Trento e Trieste che sono città italiane.»

«Ma questo è il giornale dei socialisti, che dovrebbero tenere la parte di quelli che lavorano sotto padrone; perché vuole mandare in guerra i nostri ragazzi? Come faremo a tirare avanti? Chi lavorerà i campi? Chi terrà dietro alle bestie? E quanti ne moriranno?» E mentre lo diceva sentiva un groppo serrargli la gola pensando che ne aveva sette, lui, di ragazzi e tutti buoni per il re.

Bastianino si volse verso di lui e vide che aveva le lacrime agli occhi. «State tranquillo, Callisto» lo rassicurò, «che noi restiamo fuori. L'Italia rimane neutrale. C'è scritto qui, vedete?»

«Cosa vuol dire neutrale?»

«Che non stiamo né da una parte né dall'altra.»

«Non è facile.»

«No. Non è facile» ammise Bastianino.

Callisto proseguì per la sua strada fino al mulino che era ricavato in una vecchia chiesetta sconsacrata. Sulla parete di fondo si riusciva ancora a intravedere un crocefisso mezzo imbiancato, tanto che nessuno osava bestemmiare là dentro. Callisto, entrando, guardò quel povero ragazzo appeso e martoriato e distolse subito lo sguardo.

«Vi sta bene» domandò al mugnaio «se vi porto il frumento domani sera?»

«Non prima delle quattro» rispose il mugnaio. «Ho parecchio lavoro da fare.»

Callisto uscì con la testa piena di brutti pensieri.

La vendemmia andò bene e vi parteciparono tutti, i ragazzi e le ragazze e anche i vicini e gli amici di famiglia perché alla fine a tutti sarebbe toccata una damigianella di vino e tre fiasche di mosto per fare i sughi e la saba. I giovanotti però si presentavano volontari soprattutto per un'altra ragione: erano le donne e le ragazze a schiacciare i grappoli sotto i piedi dentro la pigiatrice e, per muoversi più liberamente, tiravano su la gonna fino a mostrare le cosce.

Fecero anche una festa sull'aia con tre suonatori: uno con la fisarmonica, uno con il clarino e uno con la chitarra e tutti gli altri che ballavano. I ragazzi avevano tirato da una parte all'altra dell'aia un filo che sosteneva dei palloncini di carta colorata con dentro delle candele accese che creavano una bellissima illuminazione. La Rosina era così bella che i giovanotti se la mangiavano con gli occhi, ma anche la Maria che aveva solo quindici anni trovò un corteggiatore: un giovane bracciante di una famiglia che proveniva da San Giacomo, nel bolognese. Si chiamava Fonso. Si presentò a Callisto e gli chiese se era contento che ballasse con sua figlia. «Ballate pure» rispose il vecchio, «ma comportatevi da galantuomo.»

Fonso non era una bellezza, aveva il mento troppo squadrato e un principio di alopecia sulla nuca ma era un gran parlatore, cosa rara fra i suoi coetanei, e le donne lo ascoltavano incantate. Si vedeva bene che la Maria era rimasta impressionata, anche se ci aveva fatto due balli in tutto, e per il resto della serata era rimasta a sentirlo raccontar storie.

Floti guardò il bracciante con uno sguardo di sospettosa diffidenza: «Chi è quello?» domandò a Checco.

«È uno a giornata che ci ha mandato la lega.»

«Lo conosci?»

«Ci ho scambiato qualche parola. Sembra un bravo ragazzo e comunque è uno che lavora sodo e rende più di chiunque altro.»

«Però fa il cascamorto con nostra sorella.»

«Sta solo chiacchierando» rispose Checco, «mica se la mangia.»

«A me non piace. Lei ha solo quindici anni. Adesso gli dico che giri alla larga.»

«Lascia perdere: non ci vedo niente di male se si parlano. Stai tranquillo che non succede niente. E poi se si dovessero piacere, che male ci sarebbe? L'importante è che sia una persona onesta e con voglia di lavorare.»

Floti non disse altro ma continuò a tenere d'occhio il bracciante per tutta la sera fino a quando i suonatori si alzarono passando in giro con il cappello per raccogliere qualche mancia. Il fatto che un bracciante a giornata ballasse e chiacchierasse con sua sorella gli dava fastidio, prima di tutto per una questione di rango sociale. Lui in quel caso era datore di lavoro, l'altro era un subordinato che non aveva niente da mangiare se non si guadagnava la giornata. In ogni caso per un bel po' non ci furono più occasioni di incontro per i due giovani, anche perché non c'erano più grandi lavori che necessitassero di manodopera in aggiunta, e se ci fossero stati, Floti avrebbe fatto in modo che non venisse chiamato Fonso.

Per i Santi e per i Morti ci furono giornate fredde ma limpide, e anche per San Martino. Le foglie delle viti erano rosse e gialle e quelle del lambrusco perfino viola, che era una meraviglia a vederle. Sulla vetta del Cimone apparve la prima neve. La Clerice disse a tutti di ringraziare Dio che avevano un tetto sulla testa e cibo sufficiente e vino buono, e di pregare per quei poveracci che avevano avuto commiato dal padrone e dovevano lasciare tutto e andare in cerca di qualcuno che li prendesse a lavorare un pezzo di terra.

«Pregate Dio che allontani la guerra» disse Callisto. «Il sarto, che legge il giornale tutte le mattine, mi ha detto che è un macello dappertutto e che potrebbe toccare anche a noi.»

Floti cercò di tranquillizzarlo: «Cosa volete che sappia il sarto, papà, e poi i giornali scrivono quello che vogliono: sono gente come noi, cosa credete? Io penso invece che vedendo quello che succede in Europa il governo si guarderà bene dall'entrare in guerra». La Clerice li guardava e ascoltava senza dire niente, ma le venivano subito gli occhi lucidi e dentro di sé invocava la Madonna, che aveva provato cosa significa perdere un figlio, perché tenesse lontano il flagello.

Callisto continuava a preoccuparsi e quando venne l'inverno sperò molto che arrivasse anche l'ombrellaio così come accadeva da alcuni anni. Avrebbe voluto chiedergli di parlare ancora, di dirgli che cosa vedeva nel futuro, ma i giorni passavano e non compariva nessuno.

«Come sarà che l'ombrellaio non si fa vivo?» diceva. «Di solito con le prime nevicate si vedeva arrivare.»

Gaetano alzava di spalle: «Che c'importa, papà, quello era solo un mangia a ufo e basta. Se non torna, tutto di guadagnato. Almeno avesse dato una mano. Se ne stava sempre nella stalla ad aspettare il piatto della minestra. Non vi preoccupate che non perdiamo niente». Ma Callisto era inquieto e continuava a chiedersi dove fosse finito il suo ospite. Floti, quando si trovava coinvolto nella discussione, cercava di tagliare corto perché ciò che lui e Iófa avevano visto era meglio che restasse segreto. Finché una volta, stanco di quell'argomento, riferì di aver sentito dire che l'ombrellaio era emigrato in America in cerca di fortuna e che difficilmente sarebbe tornato.

Con la primavera le voci che l'Italia sarebbe entrata in guerra si fecero sempre più insistenti, ma erano anche contraddette da ciò che in realtà accadeva. Il parroco, interpretando l'angoscia crescente della comunità, spiegò una domenica mattina all'omelia per filo e per segno come stavano le cose: il re era propenso a entrare in guerra per liberare Trento e Trieste ancora sotto il tallone austriaco ma la maggioranza del parlamento, e cioè dei rappresentanti del popolo, era contraria alla guerra e siccome il governo non poteva fare guerra a nessuno senza che il parlamento fosse d'accordo non sarebbe accaduto niente. Era comunque opportuno innalzare solenni preghiere al Signore perché facesse cessare l'atroce conflitto in corso e perché ne tenesse lontana l'amata patria italiana.

Anche Bastianino, il sarto, approvò quello che aveva detto il parroco e questo rafforzò l'opinione comune che non ci fosse da temere.

Finché un giorno il postino arrivò nel cortile dei Bruni con la borsa di cuoio assicurata al manubrio piena di cartoline con lo scudo dei Savoia e ne lasciò una per Bruni Gaetano.

Era una raccomandata. Floti firmò al posto del vero destinatario che era nella stalla, ma lo mandò subito a chiamare. Gaetano restò allibito perché non aveva mai ricevuto posta in vita sua e la cosa comunque lo spaventava.

«Che cos'è?» domandò.

«Leggila» rispose Floti, «è indirizzata a te.»

«È scritta in difficile» disse Gaetano scorrendo con mano tremante la convocazione battuta a macchina, «leggila tu.»

Floti, che già si era reso conto, lo guardò negli occhi e disse: «È la cartolina di chiamata alle armi. Devi partire per la guerra, *Tanein*, entro quattro giorni».

«Sei sicuro?» chiese Gaetano. «C'è proprio scritto così?»

«Sono sicuro» rispose Floti.

«Non posso darmi malato?»

«Ti mandano subito un dottore che scrive che stai benissimo e poi ti fa partire. E se non parti sei renitente alla leva, arrivano i carabinieri e ti arrestano: se va bene ti mandano al fronte in un battaglione di punizione dove ti resta poco da vivere. Se va male ti fucilano.»

Gaetano abbassò il capo con le lacrime agli occhi.

La Clerice, che passava in quel momento, vide la scena e capì subito quello che stava accadendo. Mormorò: «Oh, Dio, Vergine santa no...».

In pochi istanti tutta la famiglia era riunita in piedi sull'aia attorno ai due fratelli.

«Be', cos'avete da guardare?» disse Floti. «È la cartolina: Gaetano deve partire ma presto ne arriveranno altre. Dipende da quanti ne moriranno al fronte.»

Callisto guardò i suoi ragazzi uno per uno scuotendo il capo, con un'espressione confusa e incredula. La nube di tempesta che gli aveva annunciato l'ombrellaio si stava addensando sulla casa dei Bruni, oscurava il sole e annunciava un disastro senza limiti. Non c'era nulla che potesse fare per scongiurare la catastrofe. Tutti i dolori e le fatiche sopportati nella vita gli parevano nulla in confronto a ciò che accadeva in quell'istante sotto i suoi occhi.

Quando arrivò il giorno della partenza, Iófa venne a prendere il suo amico con il carretto e il cavallo: voleva essere lui ad accompagnarlo al treno, come lo aveva accompagnato un anno prima a trovare il notaio Barzini a Bologna per portare a casa il frumento per la famiglia. Gaetano era vestito con un paio di pantaloni di fustagno, un camicia di canapa bianca con il solino, una giacca di cotone e un paio di scarpe di vacchetta cucite dal calzolaio ambulante. Lo abbracciarono per primi i suoi fratelli: Floti, Checco, Armando, Dante, Fredo e Savino. Poi le sorelle Rosina e Maria che non riuscirono a trattenere le lacrime. Callisto, con il mento che gli tremava come a un bambino che sta per piangere, si mordeva le labbra e la Clerice si asciugava gli occhi con la cocca del grembiule.

«Non piangete, mamma, che porta male» le disse Gaetano abbracciandola, «vedrete che torno.»

Callisto gli batté la mano sulla spalla: «Stai attento ai cecchini, figliolo» gli disse, «non fumare mai di notte perché vedono la brace della sigaretta».

«State tranquillo, papà, che alla vita ci tengo anche io.»

«Scrivi quando puoi» gli disse Floti, ma subito si rese conto di aver detto una sciocchezza. Gaetano non prendeva in mano una penna dalla terza elementare. «Oppure fai scrivere a uno che è capace.»

Gaetano salì sul carretto di Iófa e partì. Tutti andarono sull'orlo della strada e continuarono a salutarlo con le mani e i fazzoletti finché non sparì alla vista. Poi ognuno tornò alle proprie occupazioni, ancora incredulo di quanto aveva appena visto.

Nel volgere di due settimane partirono Dante, Armando, Checco e Floti, e per ultimo Fredo. Rimase a casa Savino che aveva solo sedici anni. La scena si ripeté, uguale e straziante, per ognuno di loro.

Quando anche Floti fu partito, la Clerice restò sola in ginocchio in mezzo all'aia deserta a pregare per i suoi figli.

5

Gaetano scese dal biroccio di Iófa alla stazione di Castelfranco. Lì presentò il buono del governo che gli consentiva di viaggiare gratis fino a Modena e di là fino a Verona dove avrebbe dovuto presentarsi al comando di reggimento.

«Come faccio a cambiare treno a Modena?» domandò.

«Ci sono i tabelloni dove c'è scritto in che binario devi andare.»

«Ma io non ci capisco niente» rispose terrorizzato Gaetano.

«Allora fai vedere questo biglietto a un ferroviere e gli dici: "Io sono un soldato e devo andare a Verona, dov'è il binario?". Vedrai che ti risponde. I ferrovieri hanno una divisa grigia con un berretto in testa come un ufficiale dell'esercito. Quello con il berretto rosso è il capostazione. Non ti puoi sbagliare.»

«E quando arrivo a Verona? Come faccio a trovare il reggimento?»

«Non ti preoccupare che ti trovano loro.»

«Però, Iófa, tu sì che sai di mondo. Dove le hai imparate tutte queste cose?»

«Perché ho portato in giro tanta merce da caricare sui vagoni dei treni e la stazione è come un porto di mare: c'è gente e roba di ogni tipo.»

Si sentì un fischio e poco dopo la locomotiva si fermò ansando e sbuffando avvolta in una nube di fumo e di vapore. Un'impressione. Era come una macchina da fuoco ma dieci volte più grande e al posto della trebbia aveva i vagoni. Iófa scaricò il bagaglio del suo passeggero: un sacco con un po' di biancheria, qualche camicia, un pezzo di parmigiano, un salame e qualche pagnotta.

«Quello è il tuo treno, *Tanein*» gli disse Iófa consegnandogli il sacco, «è ora di salutarci.»

«A te ti è arrivata la cartolina?» gli chiese Gaetano.

«No. Non vedi che ho una gamba più corta dell'altra? Io non sono buono per il re.»

«Beato te. Io farei cambio.»

«Non dire così. Perché a me non mi vuole nessuno. Non ho mai conosciuto una donna. E quando ne ho voluta una ho dovuto pagarmi una puttana sui viali a Bologna che mi è costata un occhio e mi ha fatto anche venire lo scolo. Non avrò una famiglia, non avrò figli e nemmeno nipoti. Pensi davvero che io sia fortunato? Va là, sali su quel treno prima che ti parta. Stammi bene, *Tanein*. Vedi di non farti ammazzare.»

«Farò il possibile. Stammi bene anche tu, Iófa.»

E così Gaetano Bruni salì su un treno per la prima volta in vita sua, per andare in guerra.

Arrivò a Modena e poi a Verona e di là al reggimento dove un sergente gli diede una divisa e gli confiscò il salame. In un mese gli insegnarono a usare un fucile e poi lo rimisero su un altro treno che andava al fronte.

Agli altri suoi fratelli toccò una sorte simile ma non ebbero la fortuna di trovarsi nello stesso reparto. Così persero tutti i contatti. Floti fu destinato a un reggimento della Quinta Armata. Un sergente li mise in fila sull'attenti, poi diede il riposo e il comandante della compagnia, il tenente Caselli, li arringò: «Siete qui per liberare l'ultimo pezzo d'Italia ancora sotto il tallone dello straniero e per respingere gli austriaci che occupano le nostre terre. Se non li ricacceremo indietro arriveranno fino ai vostri villaggi, violenteranno le vostre donne e si prenderanno le vostre case e i vostri raccolti. Molti di voi cadranno ma i vostri figli, le vostre fidanzate e le vostre mogli sopravvivranno e vi ricorderanno per sempre. Viva l'Italia, viva il re!». Floti pensò che non aveva figli né fidanzata né moglie, che i raccolti e la casa erano del notaio Barzini; sentì un groppo alla gola e le lacrime che gli salivano agli occhi contro la sua volontà. Caselli, un giovane con la faccia da ragazzino, lo vide e gli si avvicinò: «Come ti chiami?».

«Bruni Raffaele, signor tenente» rispose.

«Che cosa fai nella vita borghese?»

«Il contadino, signor tenente.»

«Hai paura?»

«Sì, signor tenente.»

Il sergente lo fulminò con uno sguardo. L'ufficiale restò interdetto per un momento a quella risposta sincera, poi riprese a parlare:

«Anch'io ho paura, Bruni, ma se diventeremo un Paese libero e unito dalle Alpi al mare, se dimostreremo al mondo che nessuno ci può calpestare saremo rispettati, ci sarà pace e prosperità per tutti. Ne vale la pena. E sappiate» proseguì alzando la voce perché anche i più distanti lo sentissero «che ogni qual volta andremo all'assalto ci sarò io davanti a voi.»

Floti chinò il capo senza fiatare ma l'ufficiale era rimasto impressionato dal suo italiano corretto nella forma e nella pronuncia, cosa insolita per un contadino, e dallo sguardo intelligente di quel ragazzo dagli occhi neri e dalla barba fitta e ispida. Più volte, in seguito, lo prese con sé, con compiti di fureria, per dettare lettere per il comando, per trasmettere ordini del giorno. L'ufficiale passava la più parte delle serate da solo, a leggere o a scrivere. Forse aveva una fidanzata, forse scriveva ai genitori che erano di Perugia e avevano un negozio di stoffe. Era figlio unico. E Floti da allora pensò che non si doveva avere un figlio solo perché se ti muore sei rovinato.

Una sera trovò la camera del tenente vuota ma con il lume acceso. C'era un libro aperto sul tavolo, intitolato *La nascita della tragedia*. Il nome dell'autore era così difficile che non si riusciva a leggere perché erano quasi tutte consonanti, certamente un forestiero. Pensò che fosse un libro sulla guerra.

«Stai cercando qualcosa?» risuonò poco dopo la voce dell'ufficiale alle sue spalle. Floti si voltò scattando sull'attenti: «Mi scusi signor tenente, io non...».

«Non ti preoccupare, non hai fatto nulla di male, la curiosità per la cultura è una buona cosa: significa che hai voglia di imparare. Ti spiegherei io di che cosa parla quel libro ma temo che non capiresti. Ora vai, Bruni, vai dal sergente. Fra tre giorni si parte per il fronte: questa volta si fa sul serio.» E mentre lo diceva aveva la malinconia nello sguardo.

Floti salutò portandosi la mano al berretto e uscì dirigendosi verso il quartier generale a consegnare l'ordine del giorno: «Da parte del tenente Caselli».

Il sergente glielo strappò quasi di mano, stracciò la busta, lo scorse rapidamente e lo congedò: «Che fai lì impalato?» disse. «Levati dai coglioni!» E Floti se ne andò.

Era una notte serena e con molte stelle. Il vento che veniva dalle montagne portava l'odore del primo fieno e quel profumo gli fece per un attimo provare la sensazione di essere a casa, al paese.

Partirono il terzo giorno all'alba in doppia fila: fanti di tutti i corpi dell'esercito. C'erano i bersaglieri con il fez rosso con la lunga nappa che dondolava di qua e di là a ogni passo, gli alpini con la penna nera sul cappello, i lancieri di Montebello e i granatieri di Sardegna, e poi muli, carri, pezzi di artiglieria, camion. Non aveva mai visto tanta gente tutta assieme, tanti cannoni e tanti mezzi. Cercava di immaginare quanto costasse quella roba e subito dopo quanti di quei ragazzi sarebbero stati ancora vivi in capo a un mese.

Partecipò alla prima battaglia dell'Isonzo e solo la sua naturale forza d'animo gli evitò di impazzire. Al primo assalto la testa del tenente Caselli gli rotolò fra i piedi tranciata di netto da una scheggia. Vide il suo sguardo triste fissarlo per un attimo prima di spegnersi.

L'inferno non poteva essere peggio di ciò che stava vivendo. Il fragore massacrante dell'artiglieria, le fiammate, le urla dei feriti, le membra maciullate dei compagni, arti e teste strappati dai corpi. Non sapeva dove guardare né come muoversi. All'inizio era quasi paralizzato. Poi l'istinto della sopravvivenza aveva prevalso e in due settimane di fuoco era riuscito a diventare un altro, una persona che non sapeva di essere. Da bambino non sopportava le strida del maiale che si dibatteva sotto il coltello del norcino e si tappava le orecchie sotto le lenzuola, né sopportava l'odore del sangue. Ora il sangue era dappertutto ed era sangue di ragazzi di vent'anni. Aveva imparato a sparare, a usare la baionetta, a strisciare sul ventre, a valutare il fischio di una bomba da mortaio. Ma non aveva ancora capito niente di quello che gli succedeva intorno. Era come essere all'altro mondo o nell'incubo di un pazzo. Almeno l'ombrellaio, seppellito a testa in giù così come l'aveva trovato, non vedeva niente di quella carneficina, buon per lui.

Una volta vide il nemico. Un soldato austriaco o croato, biondo come una pannocchia, bianco come un cencio lavato, morto stecchito in fondo alla buca di una cannonata. Certo era molto diverso da lui, che era più basso, con i capelli neri e la barba dura, ma per il resto non aveva niente di terribile. Sembrava un bambino cresciuto troppo in fretta.

Alla fine di ogni offensiva, quando il campo di battaglia era coperto di morti, seguiva un periodo in cui si stava per intere settimane in trincea ad aspettare una mossa del nemico o ad attendere ordini per una nuova azione. Ed era quasi peggio che andare all'attacco. Il calore insopportabile, la puzza di sudore e di escrementi, le mosche che si posavano su quella porcheria e poi ti venivano negli occhi, in bocca, nelle orecchie, le pulci e i pidocchi che non ti davano tregua né di giorno né di notte, l'impossibilità di lavarsi, l'inutilità di grattarsi, il cibo rivoltante, l'acqua insufficiente... Floti si rese conto che c'era ben di peggio che sbattere la canapa nell'ora del meriggio o di inforcare covoni sotto la barchessa nel caldo canicolare, che le fatiche più dure erano sopportabili quando se ne conosceva la durata e quando erano seguite da un tuffo in Samoggia e una cena con pane caldo e vino fresco spumeggiante.

L'intelligenza, la capacità di leggere e scrivere correntemente lo avevano fatto destinare all'inizio dell'inverno a compiti di maggiore responsabilità e minore pericolo. Ma in quell'incombenza vedeva passare sul suo tavolo la contabilità della strage: migliaia, decine di migliaia di morti, di ragazzi come lui falciati dalla mitragliatrice, crivellati dalle baionette.

Una delle sue incombenze era di scrivere le lettere che annunciavano che "cognome" e "nome" era caduto nell'adempimento del dovere il "giorno, mese, anno" e consegnarle al servizio postale dell'esercito che avrebbe provveduto a recapitarle. Alla fine metteva il timbro "firmato Cadorna".

Come se fosse lui il comandante supremo dell'armata.

Scriveva ogni tanto, per fare arrivare notizie al padre, alla madre e alle sorelle: «Cari genitori, io sto bene come spero di voi...» ma non parlava dei combattimenti e della spaventosa carneficina che si consumava al fronte perché la censura non avrebbe lasciato passare la lettera. Era per non fiaccare il morale della popolazione civile.

Pensava anche ai suoi fratelli e si chiedeva dove fossero. Se fossero ancora vivi. Lui che aveva la contabilità dei morti riusciva anche a fare un calcolo statistico: su sette, tre o quattro di loro sarebbero morti e uno o due feriti. A chi sarebbe toccato? Chi fra i sette sarebbe rimasto l'unico illeso? Quale scrivano avrebbe compilato le generalità di chi era morto?

Vedeva molte richieste di informazione da parte di famiglie disperate per i loro figli dispersi e smistava le risposte nel linguaggio burocratico delle autorità militari: «Sull'elenco dei caduti in guerra non risulta il nome del caporale Munaretto Martino». Chi era questo Martìn, come dicevano loro? Un ragazzo veneto biondo come una pannocchia? Un artigiano? Un calzolaio o un bracciante a giornata o un *marangòn*, come dicevano loro, un falegname? Dietro ogni nome c'era una storia senza più futuro. D'altra parte avrebbe potuto succedere anche a lui quando era al fronte. Si doveva tirare a campare.

L'affetto che lo univa ai fratelli era molto austero ed essenziale, privo di manifestazioni sentimentali. Nel senso che, potendo, ci si doveva dare una mano ma che ognuno doveva badare a se stesso. La sua predilezione andava piuttosto alle sorelle, per le quali avvertiva un sentimento misto di tenerezza e di protezione. In particolare per la più piccola, la Maria. Si preoccupava che non toccassero loro dei lavori pesanti in assenza di quasi tutti gli uomini di casa, che non si facessero male portando pesi o usando la vanga e il badile. C'era pur sempre Savino, ma su di lui non si poteva fare molto affidamento, che ancora non aveva finito di crescere.

Cercò attivamente di mettersi in contatto con gli uffici di fureria di altri corpi d'armata per rintracciare i fratelli, ma le lettere spesso si perdevano; le risposte, quando giungevano, arrivavano dopo mesi e nel frattempo c'erano stati trasferimenti, spostamenti, accorpamenti di unità decimate in nuovi reparti. L'unico di cui sapeva qualcosa era Checco, che era anche quello con cui andava più d'accordo. E questo, tramite il parroco che leggeva le sue lettere ai genitori e scriveva le risposte.

Floti sapeva bene che sull'Isonzo, dal mare alle Dolomiti, erano schierate settanta divisioni con quasi un milione di uomini. Come cercare un ago in un pagliaio. Aveva però dato istruzioni a casa che qualunque messaggio ricevessero dagli altri fratelli glielo facessero avere tramite il parroco perché il suo ufficio era stabilmente piazzato nelle retrovie ed era un punto di riferimento sicuro.

La cosa prese a funzionare: verso la fine del 1916 ricevette da casa notizie di Gaetano e di Armando che avevano scritto con l'aiuto di qualcuno. Erano vivi. Continuò a cercare per tutto il tempo libero che gli rimaneva. Imparò anche a usare il telefono e a comunicare con altri uffici. A mano a mano che passava il tempo la strage si faceva sempre più spaventosa, il numero dei morti incalcolabile. I reparti venivano mandati all'assalto delle trincee nemiche e la logica era che i soldati dovessero essere più numerosi delle pallottole che la mitragliatrice del nemico poteva sparare. I sopravvissuti avrebbero alla fine eliminato la postazione.

Una volta che era stato incaricato di trasferire certe carte a un comando di divisione ebbe l'occasione di incontrare un reparto di soldati speciali chiamati "Arditi". Ne aveva sentito parlare molte volte, sapeva che erano destinati ai compiti più pericolosi, alle azioni più audaci. Erano addestrati nel corpo a corpo con il pugnale, nell'uso delle granate, e avevano in dotazione una pistola automatica che nemmeno gli ufficiali possedevano.

Vide che indossavano una uniforme diversa dalla sua, con il maglione a collo alto al posto della camicia e portavano in testa un fez come quello dei bersaglieri ma nero di colore. E gli fece impressione la loro bandiera di combattimento: nera anche quella, con una testa di morto che teneva un pugnale fra i denti. Parlavano sottovoce e fumavano delle sigarette ovali molto profumate invece delle Milit di trinciato forte che fumava la truppa. Non cantavano mai.

Prima di Natale arrivò di supporto nel suo ufficio un romagnolo, uno di Imola. Parlavano due dialetti abbastanza diversi, ma si capivano comunque piuttosto bene, senza essere capiti dai loro ufficiali che erano abruzzesi e siciliani.

Si chiamava Gino Pelloni, il romagnolo, ed era simpatico. Suo nonno era stato nella pineta di Ravenna con Garibaldi quando questi aveva tentato di raggiungere Venezia assediata dagli austriaci nel 1849. Faceva discorsi che non aveva mai sentito prima:

«La guerra è una porcheria inventata dai padroni per far schiattare i proletari e guadagnare cifre enormi nella vendita di armi ed equipaggiamenti. Hai mai letto Marx?»

Floti cadeva dalle nuvole: «E chi ha tempo di leggere? So a malapena chi è».

«Ma come, "proletari di tutto il mondo unitevi", non l'hai mai sentito?»

Floti si strinse nelle spalle.

«Be', è uno che ha studiato come funziona il mondo dei padroni, che sfruttano gli operai e con quello che guadagnano comprano altre fabbriche per sfruttarne degli altri e così sono sempre più ricchi, perché il guadagno che fanno sul lavoro degli operai è un furto. Hai capito?»

«Sì, e sono abbastanza d'accordo. Però io penso che se uno è il padrone di una grande fabbrica e un altro è un operaio ci deve essere un motivo.»

«Che il padrone ruba.»

«Tu saresti in grado di dirigere l'Ansaldo?»

«Ma che discorsi sono? I padroni hanno anche i soldi per far studiare i figli mentre i proletari non li hanno.»

«Sì, ma anche il figlio di un proletario può essere stupido.»

Pelloni a quel punto si spazientiva: «Oh, ma tu da che parte stai?».

«Dalla parte dei più poveri ma questo non vuol dire che non devo ragionare. Tu, se diventassi ricco, che cosa faresti? La penseresti sempre così?»

Pelloni andava di nuovo in bestia e la discussione si animava, ma il dialetto che ambedue parlavano non era il più facile degli strumenti per rendere concetti filosofici ed economici così complicati. Tuttavia, nel corso dei mesi Floti, che pure aveva simpatie per il partito socialista, approfondì, parlando con Pelloni, le sue conoscenze sul sistema industriale, sui sindacati, sui profitti di azienda e sull'organizzazione del lavoro. Ma non sempre era d'accordo. Dal suo osservatorio, la contabilità della guerra dimostrava che, in proporzione, morivano altrettanti ufficiali che soldati semplici, e a volte anche in maggior numero. Aveva sempre davanti agli occhi l'ultimo sguardo del tenente Caselli che si spegnava nella morte, ed era convinto che anche un uomo di umili origini, usando l'ingegno, potesse migliorare le proprie condizioni senza ricorrere alla rivoluzione.

«Ne ho visto abbastanza di sangue in questi mesi» diceva, «ci deve essere un modo per migliorare le cose senza uccidere.»

«Sei un illuso» rispondeva Pelloni, «alla forza si risponde con la forza. La patria, il valore, l'onore: tutte balle inventate dai ricchi. Sono sicuro che i figli dei padroni trovano il modo di rimanere imboscati e a morire mandano noi che siamo poveri.»

«Tu che cosa fai nella vita civile?»

«Il meccanico da biciclette. Perché?»

«Allora sei un morto di fame più di me, perché a casa mia da mangiare e da bere almeno ce n'è sempre. Eppure sei imboscato qui in un ufficio mentre i nostri compagni fanno anche due assalti al giorno e muoiono come mosche.»

«E tu, allora?»

«Anche io.»

E lì scendeva il silenzio.

Le offensive intanto si susseguivano l'una all'altra e la carneficina s'ingigantiva ogni giorno. Floti temeva che presto avrebbero chiamato anche Savino che era rimasto l'ultimo perché aveva solo diciassette anni.

Poco prima di Natale, il capitano Cavallotti lo chiamò nel suo ufficio per affidargli una missione personale: «Non abbiamo più portaordini e la linea telefonica che ci collega al comando avanzato è interrotta. Devi portare questo messaggio al colonnello Da Pollenzo. Sai guidare una motocicletta?».

«Signornò, signor capitano.»

Cavallotti era ormai abituato alla mancanza di quasi tutto quello che avrebbe potuto servirgli. Si alzò e appoggiò una mano sulla sella di una Frera grigioverde: «Vedrò di rimediare qualcuno che sappia guidare. Tu monterai dietro». Floti non riusciva a capire perché dovevano andare in due quando sarebbe bastato quello che guidava la motocicletta. Il capitano sembrò leggergli nel pensiero: «Di te mi fido perché sei un ragazzo sveglio, ma non sai guidare. Devo trovare uno che guida, anche se non è un'aquila: in due ne fate uno all'altezza della situazione. E poi se uno muore l'altro può sempre continuare, in un modo o nell'altro. Il tuo amico Pelloni non è un romagnolo? I romagnoli sono tutti fanatici per i motori. Qualunque mezzo meccanico è *e mutór*: moto, trattore, automobile, tutto *e mutór.* Vedrai che è capace. Aspetta qui e non ti muovere».

Pelloni arrivò di corsa in pochi minuti e si mise sull'attenti: «Comandi».

«Sai guidare una motocicletta?» ripeté l'ufficiale.

«Signorsì, signor capitano.»

«Vedi? Che ti dicevo?» disse Cavallotti rivolto a Floti. Gli consegnò una mappa della regione e gli indicò come seguire l'itinerario che l'avrebbe condotto al comando avanzato.

«È un messaggio di importanza fondamentale. Può salvare la vita di molti ragazzi come te se arriva in tempo. Se doveste cadere in mano ai nemici, distruggetelo subito.»

Floti si rese conto, guardando la mappa, di che cosa intendeva il capitano per "ragazzo sveglio". Si trattava di leggerla e di capirla e lui non l'aveva mai fatto prima.

«Signor capitano» disse, «mi dia qualche minuto per orientarmi. Questa carta non è facile.»

«Lo so. Adesso il tenente Cassina ti insegna: vedrai che è meno complicato di quanto sembri.»

L'itinerario, segnato in rosso, attraversava una zona accidentata dove la strada era interrotta in più punti e sconvolta dai bombardamenti. Cassina gli fece notare che in certi passaggi la linea del fronte era molto vicina e non si potevano escludere incontri con pattuglie nemiche in avanscoperta al di qua del fiume. In tutto, l'itinerario copriva una distanza di trentadue chilometri. Il punto di arrivo era poco lontano dall'Isonzo. Per quello Floti accettò l'incarico. Voleva vederlo, perché se lo immaginava rosso di sangue. Nell'ultima battaglia c'erano stati sessantaduemila caduti. Quanto sangue potevano versare sessantaduemila ragazzi? E se l'era bevuto tutto la terra o l'aveva rigurgitato nel fiume?

Quando arrivò a un punto dove il fiume era vicinissimo volle vederlo, sfidando il pericolo.

Era verde. Come i prati in primavera.

6

La terra era sconvolta dai crateri delle bombe, l'aria intossicata dall'odore di cordite che faceva lacrimare gli occhi. Il suolo squarciato non aveva più né erba né piante. Quelle che erano esistite prima erano monconi carbonizzati e anche le radici, bruciate, parevano mani scheletriche protese a maledire il cielo e ad attestare l'inferno.

Il grigio era uniforme, forse perché il fumo si era disteso dovunque e aveva ucciso tutti gli altri colori. Il rumore della motocicletta era l'unico in mezzo alla desolazione e Floti aveva paura che richiamasse l'attenzione, che qualche cecchino appostato stesse prendendo la mira e presto anche lui e Pelloni sarebbero stati abbattuti e sarebbero finiti nella lista dei caduti. Pelloni si mise a passo d'uomo perché la strada era praticamente scomparsa e si poteva avanzare solo con grande cautela per non bucare le gomme su schegge e rottami. Poi si fermò.

«Salta giù» disse, «dobbiamo andare a piedi. Io tengo il manubrio e tu spingi da dietro.»

Floti obbedì. In due pesavano troppo sulle ruote e avrebbero sicuramente forato.

«Quanto manca, secondo te?» domandò Pelloni dopo un centinaio di metri.

Floti guardò la carta e fece un conto approssimativo anche se nessuno dei due aveva un orologio e non c'erano ombre sul terreno. La luce stava scemando e presto sarebbe scesa l'oscurità.

«Secondo me siamo vicini. Meno di un'ora di marcia. Se riusciamo a rimontare in sella, mezz'ora, forse meno. Guarda...»

«Che cosa?»

«Là, su quel sasso. È un merlo. Un pulcino. Deve aver perso i genitori.»

Pelloni alzò di spalle: «Ma chi se ne frega del merlo. Andiamo che viene sera».

«No. Aspetta» disse ancora Floti.

«Ti ho detto che non mi frega niente del merlo.»

«Giù, mettiamoci giù. Giù ti dico, anche la moto.»

Pelloni comprese e piegò in basso la Frera senza fare rumore, sdraiandosi al suolo. Da un dosso erano apparse delle sagome che si muovevano con circospezione.

«Sono austriaci» disse Floti mettendo mano al moschetto che aveva a tracolla.

«Lascia. Sono proletari come noi» disse Pelloni.

«Tu te lo faresti anche mettere in culo da un proletario» sibilò Floti. «Se vengono da queste parti io sparo. Tu fa' quello che ti pare.»

Pelloni si appiattì ancora di più fra le rughe del terreno: «Come fai a dire che sono austriaci?».

«Perché hanno un elmetto che sembra un orinale» rispose Floti.

Li contò: erano quattro.

«Non fare l'idiota» continuò Floti, «stanno venendo da questa parte: se fanno ancora dieci passi ci vedono. Io sparo per primo. Poi spari tu mentre io ricarico. Sparo io, tu ricarichi e spari di nuovo. È questione di un minuto e li abbiamo tolti di mezzo tutti e quattro. Hai capito?»

«Ho capito» rispose cupo Pelloni, e controllò di avere il colpo in canna.

La pattuglia si fermò, quasi i soldati avessero udito

la conversazione dei due italiani. Il sottufficiale che li guidava borbottò qualcosa, era così vicino che la sua voce si sentiva nettamente. Poi tornarono, circospetti, verso il fiume. Si udì uno sciabordare: stavano passando a guado l'Isonzo per tornare dall'altra parte. Floti sospirò di sollievo: «Meno male».

«Perché, tu avresti sparato?» domandò Pelloni. «Avresti ucciso degli esseri umani?»

«Di sicuro» rispose Floti.

«Io no.»

«Senti, meglio così. Nessuno può dire cosa farebbe se fosse messo alla prova. Magari tu che non avresti voluto avresti sparato e io che ero deciso a farlo non avrei trovato la forza. Adesso muoviamoci.»

Pelloni rialzò la Frera, diede un calcio al pedale di avviamento e il motore partì. Procedettero a passo d'uomo ancora per un paio di chilometri con Floti che seguiva a piedi, poi il percorso divenne più praticabile e si poté aumentare la velocità e stare ambedue sulla moto. Presto si fece scuro e dovettero accendere il fanale per non finire in una buca o su qualche rottame. Era schermato per illuminare solo un paio di metri davanti alla ruota ma questo faceva di loro un bersaglio comunque.

«Da lontano si vede una chiazza gialla che si muove qua e là» disse Pelloni.

«Come lo sai?»

«Perché l'ho visto» rispose.

«E hai sparato?»

«No, grazie a Dio.»

«Perché, tu credi in Dio?»

«No» rispose Pelloni.

Una fiammata e una detonazione. Poi una voce: «Alto là, fermi o sparo. Identificatevi!».

«Portaordini.»

«Venite avanti.»

Pelloni fermò la Frera e Floti mostrò il plico con il

messaggio. La sentinella, un sardo alto non più del re, fece per prenderlo ma Floti lo fermò: «Ho ordine di consegnarlo personalmente al colonnello Da Pollenzo».

Pelloni restò accanto alla motocicletta, Floti fu portato al comando. Passò accanto all'ospedale da campo e vide un medico ritto davanti alla tenda con un grembiule sporco di sangue come quello di un macellaio, che fumava una sigaretta. La faccia era grigia e immobile, di pietra.

Floti proseguì fino alla tenda del comando. Da Pollenzo era uomo che incuteva soggezione: alto più di un metro e ottanta, con gli stivali tirati a specchio, la barba curata in punta di forbice, la giubba impeccabile, stava in piedi dietro un tavolino da campo coperto da una carta topografica a mo' di tovaglia e illuminato da una lanterna a petrolio. La visiera del chepì nascondeva in parte gli occhi scuri sormontati da folte sopracciglia. A Floti parve impossibile che un uomo in linea di combattimento potesse mantenere un aspetto tanto curato e, se avesse potuto, glielo avrebbe domandato. Si rassettò alla meglio prima di entrare, poi scattò sull'attenti e gli porse il plico sigillato.

«Siediti, sarai stanco» gli disse il colonnello mentre apriva il plico con la punta di una baionetta.

Floti fu sorpreso da quell'espressione premurosa ma restò in piedi: «Grazie, signor colonnello, non sono stanco».

«Lo sai che cosa c'è scritto qui? C'è scritto che fra un'ora ci sarà un attacco in forze dell'ottava divisione ungherese accampata proprio di fronte a noi dall'altra parte dell'Isonzo» estrasse l'orologio dalla tasca interna della giubba e gli diede un'occhiata, «e fra mezz'ora inizierà il tiro dell'artiglieria pesante.»

«Poco fa, a circa dieci chilometri da qui, signor colonnello, abbiamo visto un gruppo di austriaci o di ungheresi da questa parte del fiume.»

Da Pollenzo gli si avvicinò fissandolo negli occhi: «Che cosa stavano facendo?».

«Non saprei, li abbiamo visti all'ultimo momento e ci siamo nascosti, pronti a sparare se fossero venuti dalla nostra parte. Forse esploravano il terreno o il guado. Sono arrivati a pochi passi da noi, poi hanno riattraversato il fiume. Noi siamo ripartiti con la moto e siamo arrivati qui prima che abbiamo potuto.»

«Avete fatto bene. Ancora pochi minuti di ritardo e migliaia di vostri compagni sarebbero morti sotto il bombardamento. La vostra missione è compiuta e potreste anche tornarvene indietro, ma credo sia troppo pericoloso. L'artiglieria potrebbe cominciare il bombardamento in qualunque momento.»

«Con il suo permesso, signor colonnello» rispose Floti, «noi vorremmo tornare subito indietro. Vogliamo raggiungere il nostro reparto e i nostri compagni e riferire che abbiamo fatto quello che ci è stato ordinato. Il nostro comandante starà in pensiero.»

«Allora andate. Ma state attenti. Il rischio è altissimo.»

«Sì, signor colonnello, grazie.»

Da Pollenzo uscì e convocò subito i suoi ufficiali per fare arretrare tutti i reparti su una linea il più possibile fuori tiro dall'artiglieria austro-ungarica: «Fate suonare l'allarme e poi l'adunata. Ogni minuto guadagnato vale la vita di migliaia di uomini, noi compresi. Muovetevi».

Floti raggiunse Pelloni che stava riempiendo il serbatoio della moto con una tanica di benzina: «Qui fra poco scoppia l'inferno. Dobbiamo andarcene subito».

«D'accordo, monta.»

La Frera partì al terzo calcio e Pelloni la guidò con perizia fra le buche e i rottami, fra i brandelli di veicoli sventrati. Il fanale schermato rivelava il terreno metro dopo metro e ogni oggetto improvvisamente illuminato era un imprevisto.

«Secondo te ci stanno osservando?» domandò Floti a voce alta per sovrastare il rumore del motore.

«Può darsi» rispose Pelloni voltandosi indietro.

«Magari uno di quei quattro che abbiamo visto prima ci sta puntando.»

«Stai tranquillo. Vedono solo un riflesso luminoso che appare e scompare. A noi non ci vedono e in ogni caso non fanno a tempo a prendere la mira che siamo già oltre.»

Il ragionamento sembrava giusto e Floti si tranquillizzò per un poco, ma poi cominciò a pensare che la canna di un fucile non avrebbe dovuto spostarsi più di qualche centimetro per seguire la loro moto a un chilometro di distanza e riprese a preoccuparsi, ma non disse più nulla per non sembrare molesto.

Passò del tempo e il borbottare del motore che girava a basso regime era diventato quasi una voce rassicurante. Poi un tuono squarciò il silenzio della notte. Pelloni si fermò e si voltò indietro. Floti scese a terra.

«Ecco» disse Pelloni, «è cominciata. Chissà se hanno fatto in tempo ad arretrare fuori tiro. Quanto tempo è passato secondo te?»

«Mezz'ora.»

«Guarda che roba» disse Pelloni. «Sembra la fine del mondo.» E indicò il riverbero di centinaia di esplosioni. Il fragore si poteva udire distintamente anche se un poco attutito dalla distanza.

«Speriamo che ce l'abbiano fatta» disse Floti, e Pelloni vedeva riflessi sul suo viso e nei suoi occhi i lampi del cannoneggiamento.

«In mezz'ora se ne fa di strada» rispose, «e se siamo riusciti a salvare anche solo qualche centinaio di persone, la nostra missione non è stata inutile. Per i generaloni la vita di un soldato non è niente: ne hanno migliaia, decine di migliaia, centinaia di migliaia da spendere, da mandare allo sbaraglio, ma per me, per te, per noi, anche una sola vita è preziosa. Andiamocene, Floti, qui non abbiamo altro da fare.»

Procedettero per un centinaio di metri, poi si sentì uno sparo, poco dopo un altro e Pelloni cadde disarcionato. La moto continuò ad avanzare d'inerzia per qualche metro poi cadde anch'essa e Floti rotolò sulle pietre.

«Pelloni!» gridò appena si fu ripreso dal colpo. «Dove sei?»

Non ebbe risposta e si mise a cercare a tentoni finché lo trovò seguendo al buio il suo rantolo di agonia. Il compagno non riusciva a muoversi e quando Floti cercò di tirarlo su sentì che le mani gli si bagnavano di sangue. La vita del suo amico gli scorreva fra le dita e andava a inzuppare la terra arsa.

«Maledizione Pelloni, non crepare che siamo quasi fuori!» gridava fra i singhiozzi. «Dio, cosa faccio, che cosa faccio adesso... proprio ora che c'eravamo quasi riusciti!» Ma il compagno non poteva più sentirlo. Il suo corpo era un peso inerte e lo adagiò con riguardo sulla terra. Tirò su con il naso e si asciugò le lacrime con il rovescio della manica, poi prese il piastrino di riconoscimento e il portafoglio con i documenti e provò a rimettere in piedi la Frera che era ancora in moto, con la ruota posteriore che girava e girava...

La seguì correndo, dopo averla raddrizzata, tenendola per il manubrio e poi balzò in sella proprio come fosse un cavallo. Non sapeva usare la frizione né il cambio e andò avanti per tutta la notte con la stessa marcia che aveva inserito Pelloni. In quel modo gli sembrò che fosse il suo amico a riportarlo a casa.

Non sapeva e non vedeva, non riconosceva i luoghi nell'oscurità fitta, gli doleva la schiena, tutti i muscoli erano contratti allo spasimo, l'umidità della notte gli si appiccicava sul volto e sulle mani e attendeva l'alba con ansia montante, con una frenesia incontrollabile. Temeva che sarebbe caduto da un momento all'altro, che qualcuno gli avrebbe sparato o che, sopraffatto dalla fatica, si sarebbe schiantato contro un ostacolo.

I primi chiarori lo trovarono lungo una strada di campagna. Non molto dopo vide un 18 BL carico di rifornimenti diretto verso sud. Pensò che andasse al quartier generale a portare munizioni e pezzi di ricambio e si mise nella sua scia. Non poteva fermarsi a consultare la carta perché poi non sarebbe più riuscito a ripartire e pensò che quella fosse la migliore soluzione.

Il camion procedeva piuttosto lentamente perché la strada era sterrata e piena di buche e lui riusciva in un modo o nell'altro a mantenere il contatto.

Sorse il sole, finalmente, e la luce limpida gli ferì gli occhi stanchi e arrossati dalla fatica e dalle lacrime. Superò un paio di paesi, poi vide un passaggio a livello e sentì il rumore della campanella che annunciava l'abbassamento della sbarra. Aveva imparato l'uso dell'acceleratore e si portò a ridosso del camion che appariva lanciato per passare prima che la stanga si abbassasse.

Per un pelo passò anche lui.

E proseguì, avanti, sempre più avanti, con i crampi che gli attanagliavano i muscoli. Aveva fame e sete e sonno. E, soprattutto, sentiva sempre più impellente il bisogno di orinare. La vescica gli faceva così male che gli pareva di stare seduto su una pietra. Ma non voleva cedere, voleva riportare la Frera al quartier generale e la notizia che la missione era compiuta. Alla fine, vincendo il naturale ritegno e il senso di dignità che gli era stato inculcato fin da bambino, orinò nei pantaloni. Il liquido caldo e dall'odore forte che gli correva giù per le gambe fino a inzuppargli le fasce e gli scarponi gli fece schifo, ma si sentì meglio e soprattutto in grado di proseguire il suo viaggio. In fondo sarebbe stata questione di poco tempo e poi avrebbe potuto lavarsi.

Aveva ragione e, in capo a mezz'ora, si trovò al campo da cui era partito, riconobbe il posto di guardia e si preparò a toccare terra. Tolse gas portando la manopola a fine corsa, il motore batté in testa malamente poi, non avendo più la potenza per trascinare il peso del veicolo, si piantò con un contraccolpo secco come una schioppettata.

«Ma come la tratti quella moto, caprone!» bestemmiò un caporale che passava in quel momento. «Lo sai che costa più di te?»

«Non la so guidare» rispose Floti, «faccio come posso. Devo parlare subito con il capitano Cavallotti.»

«La sua tenda è laggiù» disse l'altro con mala grazia. E aggiunse: «Puzzi di piscia, caprone».

Floti avrebbe voluto prenderlo a cazzotti ma lasciò perdere. Appoggiò la moto al sostegno laterale e si diresse verso la tenda del capitano.

Cavallotti lo riconobbe: «Sei tu, Bruni, com'è andata?».

«Ho consegnato il messaggio appena in tempo. Dopo mezz'ora è cominciato il cannoneggiamento. Il colonnello Da Pollenzo avrebbe cercato di fare arretrare i suoi fuori del tiro dell'artiglieria austriaca. Non so se ci sia riuscito. Noi siamo ripartiti subito per venire a riferire.»

«Avete fatto quello che avete potuto. Bravi. Vai a chiamare il tuo compagno e fatevi dare un piatto di minestra in cucina, un po' di lesso e un fiasco di vino. Ve lo siete meritato.»

«Il soldato Pelloni è morto, signor capitano, nell'adempimento del dovere» rispose Floti. «Questi sono i suoi effetti personali.» E appoggiò sul tavolo da campo il piastrino di riconoscimento e il portafogli del suo amico. Portò la mano alla fronte nel saluto e aggiunse: «Con licenza, signor capitano» e si allontanò.

L'ufficiale restò perplesso a guardare quel ragazzo che parlava come un libro stampato e puzzava di piscia.

7

Floti fu colpito profondamente dalla fine di Pelloni e in un certo senso se ne stupì. Che cos'era mai il decesso di un solo uomo in quel macello? Non aveva forse certificato lui stesso la morte di migliaia di ragazzi? La risposta non era difficile a trovarsi: alla gente importa di chi conosce, non di chi non conosce. Se uno dovesse dispiacersi ogni volta che sa della morte di qualcuno, la vita sarebbe solo un pianto continuo. Era giusto così, pensava, ognuno piangeva per le persone che gli premevano. Poco più in là altri piangevano per le loro. Un po' come quando si va al cimitero per i morti e per i santi. Dapprima si va tutti insieme dietro al prete in processione, poi, una volta dentro al cancello, ci si divide e ogni tomba ha qualcuno che se ne prende cura. Le vedove dicono il rosario sopra i loro mariti, i figli attorno alle sepolture dei genitori, le sorelle più giovani presso quelle dei fratelli più anziani e già passati di là.

Di solito comunque, pensava Floti, sono i più giovani a seppellire i più vecchi, mentre in guerra è tutto all'incontrario. I ragazzi che erano partiti sani e pieni di vita tornano a casa dentro una cassa da morto e tocca alle madri e ai padri che li avevano messi al mondo metterli sotto terra.

Le cose procedettero più o meno nello stesso modo per alcuni mesi durante i quali Floti continuò a cercare i fratelli. Trovò Dante con l'aiuto di un furiere di stanza a Colloredo in Friuli. Faceva parte di un reggimento di bersaglieri, quelli con il fez rosso e la nappa. La scoperta lo mise di buon umore e per un poco gli fece passare il dispiacere per la morte di Pelloni: lui, Gaetano, Checco e Dante, quattro su sei, una bella media. Restavano da trovare Fredo e Armando che non si sapeva dove fossero. Savino per fortuna era ancora a casa perché era troppo piccolo.

Verso la fine dell'estate ricevette una lettera del parroco con notizie da suo padre: avevano dovuto prendere un garzone perché lui e Savino non ce la facevano a tirare avanti. Un bravo ragazzo che si chiamava Secondo e veniva da una famiglia di montagna poverissima. I montanari non avevano molta fantasia per i nomi. Quando gli nasceva un figlio, quelli di chiesa, se sapevano leggere, guardavano nel calendario e gli davano il nome del santo del giorno. Qualcuno invece usava i numeri: Primo, Secondo, Terzo e via così anche se a un certo momento di solito si fermavano. Chiamare un figlio Dodicesimo o Quattordicesimo diventava impegnativo. Lui aveva conosciuto un ragazzo che si chiamava Ultimo. Si vede che suo padre e sua madre dovevano averne avuto abbastanza di figli e con quel nome speravano di darci un taglio.

La notizia più importante della lettera era alla fine: la Rosina si era sposata con un finanziere della bassa Italia ed era andata a stare a Firenze. Da un lato gli sembrò una buona cosa perché aveva un marito con uno stipendio fisso, e prendere dei bei soldi ogni fine mese, sia che piova sia che nevichi, è un gran privilegio; dall'altro gli dispiaceva perché Firenze era lontana e chissà quando l'avrebbe rivista sua sorella. E poi, a pensarci bene, uno stipendio fisso non era mica granché e non c'erano soldi che bastassero per comprare una bellezza come quella della Rosina.

Rispose:

Cari genitori,

io sto bene come spero di voi. Qui è ogni giorno più dura ma si tira avanti e c'è chi sta peggio di me. Ho trovato Dante. È vivo e sta bene, e anche gli altri per quello che ne so, e comunque, come dicono: nessuna nuova, buona nuova. Non è una fortuna da poco in una guerra come questa. Mi dite che avete preso un garzone e avete fatto bene, ma perché alla fine della stagione? Non ce n'è abbastanza di mangiapane a gratis nella stalla d'inverno? Sarebbe stato meglio farlo venire all'inizio della stagione nuova. Il mio capitano è una brava persona e mi tratta bene. Mi regala qualche pacchetto di sigarette e anche del caffè, di quello vero. Io penso che potrebbe anche mandarmi a casa in licenza e sarebbe una gran bella cosa, ma non voglio farmi illusioni né farne a voi. La settimana scorsa c'era mancato poco ma poi ha cambiato idea. Ogni tanto penso a quando si andava a mietere o a vendemmiare e si cantava e poi si cenava tutti assieme e si beveva il vino nuovo e mi viene da piangere.

Sento che si è sposata la Rosina. Speriamo che suo marito la tratti bene. In caso contrario, appena torno lo vado io a trovare, a Firenze, o in qualunque altro posto.

Vi auguro di conservarvi in salute.

Vostro figlio Raffaele.

Si firmava Raffaele invece di Floti come tutti lo chiamavano a casa perché voleva far vedere che nei soldati aveva imparato a fare le cose in regola.

Tutto cambiò improvvisamente in autunno. Una notte di ottobre. Gli austriaci e anche i tedeschi loro alleati attaccarono di sorpresa con una potenza di fuoco spaventosa. I nostri non se l'aspettavano e furono travolti. I territori rosicchiati metro per metro al nemico in due anni di durissimi combattimenti al costo di perdite spaventose andarono perduti in poche ore. Più di mezzo milione di uomini lasciarono le posizioni che avevano tenuto per mesi e mesi e intasarono tutte le strade, le vie di campagna e i sentieri cercando scampo dal nemico che li incalzava. Intere armate vennero accerchiate e decine e decine di migliaia di soldati vennero fatti prigionieri. Il panico, la confusione, il terrore regnavano dovunque e anche gli ufficiali non sapevano che fare. Le linee di comunicazione erano interrotte, l'artiglieria nemica martellava le strade, i ponti e i guadi. Era come il giorno del giudizio. Molti avevano gettato le armi e pensavano che se tutti avessero fatto la stessa cosa la guerra sarebbe finita.

Floti si ritirò con il suo reparto ma tutti assieme, senza perdersi di vista. Il capitano Cavallotti sapeva il fatto suo: aveva fatto raccogliere tutte le munizioni disponibili, e fatto caricare sui mezzi le mitragliatrici, le taniche di benzina, le provviste.

«Se stiamo tutti insieme» diceva, «possiamo farcela; se ci separiamo siamo perduti: ci possono catturare gli austriaci e sbatterci a marcire in un campo di prigionia a morire di fame, di stenti e di umiliazioni. Ci odiano, perché eravamo i loro servi e abbiamo avuto il coraggio di attaccarli, e ce la faranno pagare in tutti i modi. Oppure può capitare anche di peggio: vi possono fermare i carabinieri e fucilarvi per diserzione. Finché state con me, con la vostra uniforme, le stellette, le vostre armi e i vostri comandanti, siete un reparto dell'esercito italiano in ripiegamento e chiunque è tenuto a fornirvi aiuto e assistenza. Se ci imbattiamo nel nemico prendiamo posizione e gliela facciamo vedere. Se ci fermano i nostri non ci sarà altro problema che capire dove dobbiamo andare e cosa dobbiamo fare. Datemi retta, ragazzi: l'unione fa la forza. E adesso muoviamoci, che quelli ci potrebbero arrivare addosso da un momento all'altro.»

Non c'era posto per tutti sui mezzi, per cui un centinaio di uomini dovettero andare a piedi, ma ogni sei ore il capitano faceva fermare la colonna: chi aveva marciato saliva sui camion e gli altri smontavano per procedere a piedi. In questo modo si evitava di fare soste per riposarsi e c'era modo anche di dormire alla bell'e meglio.

Verso le quattro del mattino videro sulla loro sinistra un caposaldo con un reparto di bersaglieri che opponeva resistenza, e Cavallotti disse: «Quei ragazzi perderanno la vita per farci passare e consentirci di metterci in salvo. Ricordatevelo quando sarete al sicuro e anche quando sarà ora di preparare il contrattacco».

Floti pensò che se lo sarebbe ricordato, anche se tutto gli sembrava comunque senza senso: una bolgia, una fornace che divorava tutto e tutti, una tempesta di ferro e di fuoco che non avrebbe lasciato scampo a nessuno.

Accanto a lui sul camion era seduto un ragazzo di poco più di vent'anni. Aveva un braccio al collo e lo sguardo perso.

«Di dove sei?» gli chiese.

«Di Feltre, provincia di Belluno» rispose.

«Cos'hai fatto a quel braccio?»

«Una scheggia di mortaio, due giorni fa.»

«L'osso è sano o si è rotto?»

«Non lo so. Mi fa molto male.»

«Se si è rotto forse ti riformano.»

«Speriamo» rispose il ragazzo con un soffio di voce e si richiuse nel suo silenzio.

Più in là c'era un siciliano e di fronte due sardi che non si capiva niente di quello che dicevano, peggio dei bergamaschi. Andarono avanti quasi sempre a passo d'uomo, fermandosi spesso perché la strada era intasata di mezzi e di soldati, a volte si bloccavano per ore, e la voce del cannone non taceva mai, invece che allontanarsi sembrava sempre più vicina. Quando venne l'ora del cambio, Floti si presentò al capitano che stava seduto davanti, vicino all'autista: «Signor capitano, c'è quel ragazzo di Feltre che è ferito. Non può restare sul camion? Non ce la fa secondo me a camminare per sei ore messo com'è. È pallido come un cencio lavato e la voce gli esce a stento».

«Va bene» rispose il capitano, «fallo restare sul camion.»

Uno di quelli che aveva camminato fino a quel momento restò a terra e prese a lamentarsi e a brontolare.

«Piantala» gli disse Floti, «che cosa brontoli? Al prossimo cambio il turno doppio lo faccio io.»

E cominciò a marciare, cercando di stare sempre a portata di voce perché oramai si era fatto buio. Dopo tre ore il camion dovette fermarsi perché non si passava. Un mezzo di testa aveva rotto un semiasse e non andava né avanti né indietro. Floti si avvicinò al ragazzo e gli mise una mano sulla fronte: bruciava. Allora andò dal comandante:

«Signore, quel ragazzo scotta. È un brutto segno per quello che ne so.»

«Sì, vuol dire che c'è un'infezione.»

«Non c'è un ospedale da queste parti?»

«Un ospedale? Stai scherzando. Il primo sarà a Udine e, ammesso che riusciamo a raggiungerlo, hai idea di come sarà messo con tutti i feriti che arrivano dal fronte?»

«Allora non c'è niente da fare per quel ragazzo?»

«Lo seppelliremo, quando sarà il momento, e faremo scrivere alla sua famiglia: altro non possiamo fare, Bruni. Lo vedi anche tu.»

Lo vedeva anche lui.

Ma non ci poteva credere. Era lì a poca distanza, seduto sulla panca del camion, con la faccia arrossata dalla febbre, gli occhi lucidi nel riverbero dei fanali. Si muoveva e pensava e respirava e di lì a poco non sarebbe stato più niente.

Finalmente la colonna si rimise in marcia e i camion, con il loro seguito di fanti, ripresero la strada. La stanchezza si faceva sentire quasi a ogni passo per chi andava a piedi perché il cibo veniva distribuito con grande parsimonia, l'indispensabile per sopravvivere e andare avanti: era sempre più scarso e fra poco sarebbe terminato del tutto. A metà della notte, mentre ormai erano in vista della pianura e in lontananza si vedevano le luci dei convogli che avanzavano nel buio, ci fu un momento quasi di silenzio. L'autocarro si era fermato di nuovo e il motore girava al minimo, nessuna voce risuonava nella notte fredda. Nell'aria pesante si udì il rintocco di una campana, come colpi di martello dal cielo: uno, due, tre tocchi e poi due più alti e acuti. Le tre e mezza.

«C'è un paese qui» disse Floti, «che cosa sarà?»

«E chi lo sa?» rispose il suo compagno di fila, un giovane con i capelli neri e ricci e con l'accento napoletano.

«C'è qualcuno di queste parti?» domandò ancora voltandosi intorno. Si fece avanti un sergente sulla quarantina con la barba e i capelli rossicci.

«Abbiamo sentito le campane: che paese c'è qui?»

«Dovrebbe essere Sant'Ilario, ma potrei sbagliarmi.»

«E sai se c'è un ospedale?»

«Ma che cosa stai dicendo?» replicò il sergente alzando di spalle.

«Aspetta, e quelle luci laggiù nella pianura? Quello sembra un centro importante.»

Il sergente annuì: «Quello è Cividale».

«E lì c'è un ospedale?»

Il capitano Cavallotti gli si parò davanti sbucando dal buio: «Ti capisco, Bruni, so cosa provi e l'ho provato anche io tante volte, ma non c'è niente da fare. Bisogna farci il callo se non si vuole impazzire. Stiamo cercando di sfuggire all'accerchiamento dell'esercito austro-ungarico e non possiamo mai fermarci. Mettiti il cuore in pace: non c'è rimedio, non ci sono ospedali, non ci sono medici né medicine, non c'è un cazzo. E adesso rimettiamoci in cammino».

Proseguirono senza interruzione scendendo lungo la costa della montagna, poi il lungo serpente di uomini e mezzi si allungò nella pianura in direzione di Cividale. Alle spalle le salve di cannone facevano tremare i monti e riempivano il cielo di bagliori come di un temporale. Il ragazzo con il braccio al collo si era lasciato andare contro la sponda del camion come se stesse cedendo al sonno. A ogni curva e a ogni sobbalzo dondolava come un pupazzo.

Andarono avanti così fino quasi all'alba, quando ci fu un'altra sosta forzata. Cavallotti si fece vivo di nuovo: «Coraggio, ragazzi, forse l'abbiamo scampata. Oramai li abbiamo distanziati e non ci prenderanno più, almeno credo». Floti si avvicinò al ragazzo ferito e gli appoggiò sulla fronte il dorso della mano: bruciava, e quando gli prese il polso sentì una specie di fremito continuo anziché un battito scandito. Capì che delirava. Dalle labbra gli uscivano suoni confusi: forse imprecazioni, forse preghiere. Niente che avesse un senso.

Scese dal camion e camminò per un poco per rendersi conto della situazione finché, d'un tratto, dietro un rilievo roccioso, vide una tenda con una luce. Sulla tela era impressa una croce rossa. Senza nemmeno dare un'occhiata tornò indietro di corsa: «Capitano! C'è un ospedale da campo a cento metri da qui». E senza attendere risposta si fece aiutare dagli altri a far scendere dal camion il compagno febbricitante. Lo stesero su una barella e si portarono fin davanti alla tenda. Lì all'ingresso erano raggruppati altri feriti, alcuni dei quali più morti che vivi. Dall'interno giungevano grida strazianti, pianti e bestemmie.

I soldati si guardarono in faccia l'un l'altro al primo pallido riverbero dell'alba scoprendo volti color del fango, occhiaie scure e scavate, labbra secche e screpolate, espressioni smarrite.

«Vado io» disse Floti. «Voi bagnategli le labbra con un po' d'acqua» aggiunse lasciando la sua borraccia. Entrò.

C'era un tavolaccio coperto di sangue al centro della tenda e, dietro, un uomo con un grembiule talmente inzuppato che grondava. Due infermieri stendevano per terra un poveretto semisvenuto cui era stata amputata una gamba. L'arto s'intravedeva dentro un mastello di legno da bucato.

Due militari e una crocerossina deponevano sul tavolaccio un altro soldato con il ventre squarciato che, ormai senza voce, continuava a urlare arrochito. Oltre che la vista, anche l'odore era insopportabile, e Floti riuscì a stento a controllare un conato di vomito.

«Che cazzo vuoi?» urlò il medico. «Levati dai coglioni, non vedi come sono messo?»

Floti capì e si girò verso l'uscita masticando fra i denti un'imprecazione nel suo dialetto.

«*S'et dett?*» gridò il dottore nella stessa lingua, che cos'hai detto?

Floti s'arrestò immobile senza voltarsi e rispose in italiano: «Credo lei abbia capito bene se mi ha fatto quella domanda, signor dottore... tenente».

«Vieni qua» disse il medico. «Di dove sei?»

«Provincia di Bologna.»

«Anche io. Sei il primo che vedo: che cosa vuoi?»

Prima che Floti rispondesse, il paziente disteso sul tavolo emise un ultimo rantolo e si afflosciò inerte.

«Questo è andato» disse il medico, «portatelo via. E poi fermatevi che devo tirare il fiato.»

Gli porse uno sgabello, estrasse dal taschino del panciotto un pacchetto di sigarette e gliene offrì una. Poi accese la sua e aspirò una lunga boccata di fumo.

«Signor tenente» riprese Floti che aveva visto i gradi sulle spalline del medico, «qui fuori c'è un ragazzo di poco più di vent'anni che rischia di morire perché ha una ferita infetta. Non può fare qualcosa per lui?»

«Lo sai che se faccio passare lui davanti, qualcun altro morirà al posto suo, vero?»

«Ognuno si dà pensiero per quelli che gli premono e gli sono vicini, signor tenente. Ed è già tanto.»

«Già. *Mors tua vita mea*» disse il tenente medico citando in latino.

«In tre minuti ha parlato in tre lingue diverse, signor

tenente» commentò Floti, «ma a me ne basta una sola, può rispondermi anche in dialetto: gliela dà un'occhiata a quel ragazzo, sì o no?»

Il medico spense il mozzicone sotto il tacco dello stivale, guardò Floti negli occhi e rispose: «Fallo portare dentro».

Floti fece segno ai compagni che sollevarono la barella e appoggiarono il ragazzo sul tavolaccio. Un attimo prima un infermiere ci aveva buttato un secchio d'acqua per lavarlo. Il tenente medico tagliò le garze con le forbici e scoprì la ferita. Il braccio era gonfio e infiammato, l'infezione aveva progredito, il fetore che emanava non lasciava dubbi.

«Bisogna amputare» disse il tenente medico, «o morirà di cancrena.»

Il ragazzo aveva sentito tutto e il terrore gli riempì lo sguardo, le lacrime gli scesero copiose dagli occhi.

C'era una bottiglia di grappa su un tavolino accanto: «È tutto quello che ho» disse il tenente, «fagliene bere più che puoi». Si asciugò la fronte con il rovescio della manica, poi disse agli assistenti di immobilizzarlo e di dargli un pezzo di cuoio da mordere.

«E bendatelo» soggiunse, «meglio che non veda i ferri.»

Floti ebbe il coraggio di guardare quando il medico tagliò la carne fino all'osso, poi appoggiò la sega e con una sola spinta recise l'osso del braccio poco sopra il gomito. L'urlo del ragazzo, deformato dai denti serrati sul cuoio, risuonò come il mugolio di una bestia macellata. Il medico pinzò i vasi che buttavano sangue a un metro di distanza, disinfettò con alcol e tintura di iodio e cominciò subito a cucire. Quando ebbe finito lo affidò agli infermieri e uscì, stremato, a respirare l'aria del mattino.

Floti lo guardò mentre si accendeva una sigaretta, quasi non potendo credere che un essere umano fosse capace di tanto.

«Quante probabilità ha di sopravvivere?» gli domandò.

«Cinquanta, forse sessanta per cento... dipende da quando potrà essere ricoverato in un ospedale. Se non avessimo amputato, nessuna.»

Floti annuì come per approvare la scelta che era stata fatta, poi si congedò: «Magari ci rivediamo dalle nostre parti. Io mi chiamo Bruni, Bruni Raffaele. Chi ho avuto l'onore di incontrare, signor tenente?».

«Mi chiamo Munari» rispose l'ufficiale, «Alberto Munari.»

Floti gettò uno sguardo dentro la tenda e riuscì a distinguere la macchia bianca delle bende che sigillavano la mutilazione del suo compagno. Si ricordò che non sapeva neppure che nome avesse, ma tanto che cosa cambiava? Guardò di nuovo il tenente Munari e vide che aveva sangue anche sui baffi, un paio di baffetti ben curati.

«Buona fortuna, signor tenente» disse raggiungendo il suo gruppo.

«Buona fortuna anche a te» rispose il medico, «ne avrai bisogno.»

Il capitano Cavallotti lo accolse imprecando: «Dove ti eri cacciato, Bruni? C'è già passato davanti mezzo corpo d'armata. Sbrigati, perdio!».

Floti prese posto sul camion perché ormai non ce la faceva più a muovere un passo e si sdraiò sul pavimento del cassone fra i piedi degli altri soldati, si mise sotto la testa il tascapane, si coprì alla meglio con la mantella e cercò di dormire. Era così stanco che nonostante i sobbalzi, il rumore del motore e il chiasso confuso della colonna in marcia piombò in un torpore profondo, ma l'incubo a cui aveva assistito ritornava alla sua mente senza sosta riempiendogli l'animo di angoscia. Non poteva nemmeno figurarsi che cosa avrebbe provato se si fosse trovato da un giorno all'altro senza un braccio, ma si consolava pensando che c'erano soldati che erano saltati su una mina e avevano perso tutte e due le gambe. Quel ragazzo ce l'avrebbe fatta, altrimenti perché mai il destino avrebbe dovuto mettere sulla sua strada uno come lui, Bruni Raffaele detto Floti, che lo aveva aiutato, aveva trovato un ospedale da campo con un dottore che parlava il bolognese e che era intervenuto giusto in tempo prima che l'infezione lo uccidesse? Perché mai?

Raggiunsero Cividale del Friuli verso l'una del mattino del giorno dopo. Un mare di uomini, di mezzi, di muli, di pezzi d'artiglieria, un rincorrersi frenetico di soldati di ogni corpo e reparto da un capo all'altro di un enorme spiazzo fangoso, fra gruppi di tende, recinti improvvisati e pattuglie di carabinieri che lo percorrevano da un punto all'altro per impedire che la confusione degenerasse in caos e panico e sparavano a vista al minimo accenno di insubordinazione. C'era qua e là qualche slargo illuminato dove era stato possibile far passare un cavo elettrico e quelli erano i punti di ritrovo per gli ufficiali superiori che cercavano di ripristinare la catena di comando.

Il capitano Cavallotti riuscì, in quel marasma, a localizzare il gagliardetto del suo battaglione e andò a rapporto dal colonnello. Tornò poco prima dell'alba, stravolto.

L'esercito austriaco era affondato nello schieramento italiano come un coltello nel burro. Si parlava di intere divisioni cadute prigioniere, accerchiate da ogni parte senza possibilità di scampo. Cinquantamila, centomila, forse duecentomila prigionieri: circolavano stime disastrose sulla catastrofe.

«Dobbiamo rimetterci immediatamente in marcia» disse alla fine Cavallotti, «l'intero fronte, dalla Bainsizza al Carso, è collassato. Abbiamo gli austriaci e i tedeschi alle calcagna. Il generale Cadorna sta cercando di allestire una linea di resistenza sul Tagliamento. È là che andiamo, è là che smetteremo di scappare e ci volteremo indietro a sparare. Buona fortuna, ragazzi.»

8

Il piccolo esercito del capitano Cavallotti continuò la sua ritirata finché ci fu una goccia di benzina nei serbatoi. Poi, abbandonati i camion, proseguì a piedi fermandosi ogni tanto – soprattutto di notte – per riprendere fiato o per brevi pause di sonno all'addiaccio. Le riserve di cibo erano terminate; restava soltanto qualche bottiglia di grappa, ma Floti non era abituato a bere a stomaco vuoto e si sarebbe venduto l'anima per una bella crescente appena fritta in padella e farcita con qualche fetta di prosciutto. Ricordava come la sottile rima di grasso che contornava la fetta rosso corallo si scioglieva al contatto con la superficie fumante della crescente, trasmettendole l'anima sublimata del suino. Sogni e ricordi dei rustici banchetti consumati in famiglia. Cibi da re sulla modesta mensa contadina, sulla tovaglia di canapa che profumava di spigo.

Era rimasto di nuovo senza notizie dei fratelli. Informazioni che filtravano di tanto in tanto, conversazioni fra ufficiali ascoltate di nascosto, parlavano di perdite ingenti, di decine di migliaia di prigionieri, di altrettanti dispersi, che poi voleva sempre dire morti o prigionieri, e si faceva l'idea che, visto che lui per il momento si era salvato, le probabilità di morte, ferite e prigionia crescevano per i restanti fratelli.

A chi era toccato? A Checco? Ad Armando, che era

sempre stato pelle e ossa? A Dante o a Fredo, o a Gaetano? O a tutti? Gli veniva la pelle d'oca solo a pensarci, a immaginare cosa sarebbe stato della Clerice e di suo padre Callisto. Non avrebbero retto al colpo, ne era certo.

A circa trenta chilometri di distanza verso ovest s'imbatterono in un altro centro di smistamento gremito di soldati e di profughi, con un andirivieni di portaordini in sella alle loro motociclette, e crocerossine che sembravano bianche farfalle in un mare di panni grigioverdi. Eppure, in un modo o nell'altro, il centro funzionava. Circolavano delle auto, passavano i camion della sussistenza carichi di pane e altre vettovaglie, e anche un furgone della posta.

Floti trovò un pezzo di carta in fondo al tascapane e un lapis che affilò con la lama della baionetta e approfittando della sosta scrisse una lettera ai suoi genitori. Li informava che c'era stata una grande sconfitta, che i tedeschi e gli austriaci erano alle loro calcagna, che sarebbe ripartito di lì a poco con il suo reparto per non essere catturato dagli inseguitori. Scrisse anche che non aveva più notizia dei fratelli, che i telefoni erano saltati come ogni altra forma di comunicazione e che non sapeva quando avrebbe più potuto farsi vivo, ma di non preoccuparsi, che avrebbe cercato di cavarsela. Non aveva una busta e scrisse l'indirizzo sul retro del foglio che piegò in tre e sigillò con la cera di un mozzicone di candela. Poi lo depose in una cassetta per la posta, rossa, con lo stemma dei Savoia, sperando che sarebbe giunto a destinazione.

Quando lasciarono il centro di smistamento, il nemico era a poche ore di distanza e avanzava a tappe forzate. Si procedeva verso Udine, ma in poco tempo divenne chiaro che anche quella città era persa. Floti capì subito che non ci si sarebbero fermati quando vide arrivare i camion con viveri, tende e munizioni. Nessuno sapeva dove ci si sarebbe diretti, dove sarebbe finita la loro fuga affannosa. C'era nel battaglione un soldato delle sue montagne di nome Sisto. Lo conosceva a malapena perché non era il tipo di persona con cui gli piaceva scambiare due parole, ma lui invece cercava spesso di attaccare bottone. Quel giorno si era messo a dire che la guerra era persa e che tanto valeva buttare il fucile e tornarsene a casa, e Floti quasi lo prese a cazzotti. «Pezzo d'idiota» gli disse tirandolo da parte, «vuoi morire fucilato? Se ti sentono sei morto.» Sisto impallidì non essendosi reso conto del rischio che aveva corso e, da allora, non osò più dire una parola su quell'argomento. D'altra parte non passò molto che ebbe modo di vedere di persona che cosa intendeva Floti con quella frase.

Accadde dalle parti di Codroipo, poco prima di raggiungere il Tagliamento. Mentre passavano per la strada provinciale, i camion al centro, le due linee di fanti sui lati, il napoletano gridò: «Guardate là, un aeroplano!».

«È dei nostri!» disse un altro.

«No, è austriaco, attenzione!» gridò il capitano. «Tutti al riparo!»

Gli uomini si misero al riparo dietro la scarpata della strada provinciale, altri si rifugiarono dietro i camion.

«È in missione di ricognizione» disse il capitano, «vuol rendersi conto delle nostre condizioni per poi riferire ai suoi superiori.»

«Allora tiriamolo giù» disse il sergente imbracciando il moschetto e prendendo la mira.

«No!» lo fermò Cavallotti. «È proibito: se quello si abbassa tu gli tieni dietro con la canna del fucile e rischi di ammazzare qualcuno dei nostri. È già successo. Lascia perdere, vedrai che qualcuno se ne occuperà. Ecco, guarda: quello là è uno dei nostri.»

Tutti si fermarono con il naso all'insù per vedere il duello che i due cavalieri dell'aria stavano per ingaggiare. L'aereo italiano puntava frontalmente l'intruso come se volesse scontrarsi, poi all'ultimo momento virò a destra e tentò di mettersi in coda all'avversario.

I soldati a terra gridavano incitando il pilota ma il capitano li richiamò: «Basta! Rimettetevi in riga, non abbiamo tempo da perdere e quelli se la sbrigano da soli. Sergente, in marcia!».

Aveva appena finito di parlare che si udirono altre grida. Venivano da un casolare poco lontano, che sembrava abbandonato. Quando furono più vicini, videro due carabinieri con la lucerna di panno grigio in testa e i moschetti a tracolla che conducevano fuori dall'edificio un giovane con le mani legate dietro la schiena. Era un soldato, e non doveva avere più di vent'anni. Gridava e piangeva a dirotto. Cavallotti si fermò e tutto il reparto dietro di lui. Il soldato fu condotto davanti alla stalla dove già stava ad attendere un plotone di fanteria con le armi al piede.

In quel momento si sentì crepitare una mitragliatrice e poco dopo uno dei due aerei si avvitò verso il basso lasciando dietro di sé una scia di fumo.

«Ma che cosa fanno, sergente?» chiese Floti.

«Non lo vedi? Lo fucilano. È un vigliacco che si è tolto l'uniforme e stava scappando.»

«Ma così, senza un processo?»

«Si chiama corte marziale, Bruni» disse il capitano Cavallotti. «Bastano dieci minuti per condannare un disertore.» Floti, che già sapeva, diede di gomito a Sisto per fargli capire che la lezione era per lui.

I carabinieri fecero sedere il ragazzo su una sedia e ve lo legarono fronte al muro.

«Fucilazione alla schiena» disse il sergente, «la pena riservata ai codardi e ai traditori: magari è sia l'uno che l'altro.»

Il ragazzo piangeva ancora più forte mentre lo bendavano. Gridava: «*Mama, mama aiutem! Mamaaa!*». Invocava la madre come un bambino atterrito dal buio.

L'ufficiale ordinò: «Plotone, dietro... front!».

I soldati, che fino a quel momento davano le spalle al casolare, si volsero verso il condannato.

«Il plotone non vede mai il condannato» commentò il sergente, «e il condannato non vede mai il plotone.»

Floti lo ignorò e si volse al capitano: «Ma è solo un ragazzo disperso e spaventato, non si può ucciderlo così. Non può fare qualcosa, capitano?».

Cavallotti non rispose, ma si capiva che quella sosta era voluta. Non c'era più fretta ora, il nemico non era più alle calcagna. Si trattava di dare una lezione a tutti. Far vedere cosa capitava a chi cercava di scappare.

L'ufficiale esecutore sguainò la sciabola: «Plotone, aaat-tenti!».

Floti abbassò gli occhi a terra per non guardare. La stessa voce risuonò secca: «Caricate!». Quel ragazzo aveva ancora pochi secondi di vita: aveva udito lo scatto metallico dei carrelli che spingevano il colpo in canna. Che cosa gli passava per la mente?

«Puntate!» Le canne dei fucili conversero sul bersaglio.

Aveva smesso di piangere.

«Fuoco!»

Si afflosciò sulla sedia e Floti sentì che, al tuonare dei fucili, il cuore gli si era fermato per un istante. Pensò alla Clerice che lo aspettava a casa sgranando rosari, la notte, al buio, stesa sul letto. Fu certo che da qualche parte, da qualunque parte sui monti o nei campi, la madre di quel ragazzo aveva udito la sua ultima, silenziosa invocazione, quella che non trova la via d'uscita fra i denti serrati nello spasimo del terrore. E si era accasciata anche lei a terra nei campi, o in casa con le spalle al muro, con gli occhi attoniti spalancati sul nulla.

Floti si volse indietro e vide che Sisto aveva le lacrime agli occhi. Cavallotti non disse una parola e ordinò con un'occhiata al sergente di fare altrettanto mentre si riprendeva il cammino. Verso Codroipo. Verso il Tagliamento che scorreva gonfio e grigio fra le sponde. Intere divisioni convergevano verso i ponti con le salmerie e i pezzi d'artiglieria. Il rumore degli scarponi che si trascinavano stanchi era il sordo sottofondo che accompagnava quella marcia interminabile. Eppure quella enorme massa di uomini, all'aspetto più simile a una mandria che a un esercito, portava le armi e le uniformi e obbediva agli ordini. La disciplina spietata, e forse anche la convinzione che non c'era alternativa al serrare le fila, teneva insieme centinaia di migliaia di soldati in ritirata.

Passò per prima la Terza Armata al comando del cugino del re, il duca d'Aosta. Si potevano distinguere da lontano perché erano inquadrati nei ranghi, marciavano al passo, reparto per reparto, con i loro ufficiali in testa e ai fianchi. Non avevano perso nulla della loro dotazione e appena attraversato il Tagliamento si disposero in assetto di guerra per poter coprire gli altri che ancora dovevano passare. Ma non doveva essere quella la linea di resistenza. Il re in persona aveva deciso che il fronte si sarebbe attestato sul Piave e si dichiarò pronto ad abdicare se quella linea di difesa avesse ceduto.

Floti e i suoi compagni passarono anche Udine la notte del 30 di ottobre e fu là che il capitano Cavallotti venne informato da un messaggio dell'Alto Comando che la nuova linea di resistenza era il Piave, mentre il monte Grappa sarebbe stato la roccaforte da cui l'artiglieria avrebbe tenuto lontani gli austriaci se avessero tentato di sfondare.

Verso sera, quando già avevano piantato il campo, Floti vide arrivare sul sidecar di una Frera un colonnello che chiamò subito a rapporto il capitano. Da poca distanza sentì il loro colloquio.

«Quanti uomini hai, Cavallotti?»

«Seicentoquindici, signor colonnello.»

«Armamento?»

«Armi leggere e sette mitragliatrici con munizioni.»

«Bene. Qui c'è la posizione che dovrai prendere con i tuoi tra Ponte della Priula e il Montello: sarete in un punto cruciale perché il Montello sarà uno degli obiettivi principali per l'esercito austriaco. Bisogna tenere botta a tutti i costi. Sono arrivati anche il comandante inglese e quello francese a offrire rinforzi.»

«Era ora» rispose Cavallotti.

«Sì, ma non farti illusioni: hanno le loro gatte da pelare. Cadorna ha ordinato il ripiegamento della Quarta Armata dal Cadore oltre il Piave, per saldarsi con il resto del nostro fronte difensivo. Di Robilant non sarà molto contento ma dovrà obbedire. C'è un bisogno disperato della sua artiglieria per tenere il Grappa.»

Cavallotti annuì. «Quando?» domandò.

«Domani alle cinque dovrete già essere in marcia. Non vi fermate finché non siete alla vostra postazione. Appena arrivati trinceratevi: gli austriaci attaccheranno subito e non ci daranno un attimo di tregua.»

«Agli ordini, signor colonnello.»

«Volevo anche avvertirti che chiameranno alle armi altre due classi: il '98 e il '99.»

«Il '99? Ma sono dei bambini!»

«Hai un figlio del '99? Ne ho uno anche io ma non c'è altra scelta, Cavallotti. Buona fortuna.»

Floti ebbe un tuffo al cuore. Il '99! Savino avrebbe ricevuto la cartolina da un giorno all'altro. Sarebbero rimasti solo la Maria e il garzone con i suoi genitori. Tutti e sette i fratelli, se erano ancora vivi, sarebbero stati schierati sul Piave. Ma dove?

Pensava a quegli uomini dai nomi altisonanti – così almeno suonavano alle sue orecchie – che decidevano del destino di centinaia di migliaia di loro simili con due righe scritte su un foglio di carta intestata o con una conversazione, al potere enorme che avevano quelle dita ben curate che facevano scorrere la penna sulla carta spostando intere divisioni, e ripensava ai discorsi che gli faceva Pelloni.

La mattina dopo si rimisero in marcia e andarono avanti finché non videro il Piave. Era molto più grosso del Samoggia; era in piena e faceva paura: probabilmente in montagna era piovuto parecchio.

«Ragazzi, guardate!» esclamò il capitano. «Il fiume ci aiuta. Faremo saltare i ponti dopo che l'avremo attraversato e gli austriaci non ce la faranno a passare con questa piena.»

Floti però non poteva fare a meno di pensare che gli austriaci e gli ungheresi non gli avevano fatto nulla di male. Sparavano perché glielo ordinavano, proprio come faceva lui e se uno non voleva sparare lo fucilavano come quel poveretto che aveva visto prima di Codroipo. Pensava però anche a quello che diceva il capitano e gli sembrava giusto che ogni popolo fosse indipendente e non dovesse essere sottomesso a gente straniera che parlava un'altra lingua. In definitiva, l'unica cosa che veramente contava era salvare la vita e sperava che anche i suoi fratelli si sarebbero salvati. Non solo per loro, ma anche per i suoi genitori che non l'avrebbero sopportata una perdita così grave.

Alla fine della prima decade di novembre si diffuse la voce che il generale Cadorna era stato destituito e che al suo posto il re aveva messo un generale napoletano che si chiamava Armando Diaz. Floti aspettò che si presentasse l'occasione e domandò al capitano Cavallotti che tipo di uomo fosse questo generale nuovo che si chiamava Armando proprio come suo fratello.

«È una brava persona» rispose Cavallotti, «ha molta esperienza sul campo ed è uno che pensa che i soldati non sono bestie e non si possono solo trattare a bastonate, che bisogna anche fargli coraggio e dargli delle buone ragioni per combattere.»

Floti avrebbe voluto rispondere che non ne vedeva molte di buone ragioni, ma preferì stare zitto perché non era aria. Cavallotti, invece, sembrava gli avesse letto nel pensiero: «So che cosa pensi, Bruni, e in parte hai ragione, ma tu non sai come stanno le cose e non puoi capire quello che gli italiani hanno patito per secoli a causa della perdita della loro libertà e indipendenza. Una nazione è un po' come una famiglia. Bisogna stare tutti insieme, e quando uno da fuori vuole entrare in casa nostra deve chiedere permesso e comportarsi come un ospite, non come un padrone, e il frutto del nostro lavoro deve restare qui da noi. E chi sta meglio deve aiutare chi sta peggio».

Floti annuì senza dire verbo e Cavallotti concluse il suo discorso: «Lo so che abbiamo visto troppi morti, troppi... anche io non ci dormo la notte, non credere. I miei ragazzi non li mando allo sbaraglio e faccio tutto il possibile per non esporli inutilmente al pericolo».

«E fa bene, signor capitano» disse Floti facendosi coraggio, «perché le loro madri mica li hanno comprati al mercato, li hanno fatti e partoriti e vegliati la notte quando erano ammalati, e nutriti con quello che avevano di meglio perché crescessero e vivessero il più a lungo possibile. Speriamo che questo nuovo generale la pensi come lei.»

Cavallotti chinò il capo in silenzio per qualche istante, poi andò a controllare le postazioni. Prima di sera lo nominò caporale.

Non ci fu, per i primi due mesi almeno, alcun contatto con altri reparti e Floti non poté quindi avere alcuna notizia dei suoi fratelli. Di giorno in giorno sempre nuove unità venivano a disporsi lungo la sponda del Piave perché il re aveva detto che di lì non doveva passare nessuno. Con l'anno nuovo arrivarono anche le nuove reclute, ragazzi di diciotto, diciannove anni. Floti frugava con lo sguardo nei loro reparti per vedere se gli riuscisse mai di trovare Savino, ma sarebbe stato più facile vincere la lotteria. Non desisteva comunque e, quando gli capitava, fermava uno di quei ragazzi e gli chiedeva: «Hai mai incontrato uno che si chiama Bruni Savino?». E non si scoraggiava se lo guardavano come se fosse matto o gli rispondevano con un'alzata di spalle o con un "che minchia dici?".

Ma una volta Floti vide che l'impossibile poteva accadere: un alpino sui quarantacinque anni con i gradi da sergente, alla testa della sua compagnia, tornava dalla trincea sporco di fango da capo a piedi a eccezione della penna nera che gli svettava sul cappello. Sotto la pioggia che cominciava a cadere dal cielo grigio, scandiva la marcia con il passo dei suoi scarponi e lo stesso facevano i suoi uomini inquadrati nei ranghi. Stanchi morti com'erano, fradici, alcuni feriti, tenevano il passo che sembravano uno solo. A un tratto, mentre incrociavano un altro reparto che dava loro il cambio, tutti *bocia*, come dicevano loro, ragazzi, uno dei fanti si mise a gridare: «Bepi! Bepi!». Si voltarono in una mezza dozzina come se qualcuno gli avesse ordinato l'"attenti a... sinist!". Ma a lui ne interessava uno solo, quello con gli occhi chiari e la faccia piena di lentiggini. Anche lui uscì dai ranghi incurante delle imprecazioni del suo sergente e si abbracciarono in mezzo al campo. I due reparti si fermarono e i sottufficiali che li comandavano non se la sentirono di separare il padre dal figlio.

Con il passare del tempo, la pressione si faceva di giorno in giorno più forte, con cannoneggiamenti continui e tentativi di attraversamento del fiume da parte degli austriaci, che infine riuscirono a costituire due teste di ponte sulla riva destra del Piave.

Il capitano Cavallotti, che a stento aveva messo su una tenda con una parvenza di fureria, un giorno diede ordine di impacchettare tutto e consegnare ogni documento al comando del Genio. «Dobbiamo prendere tutti il fucile, Bruni» disse a Floti, «fino all'ultimo uomo, perché se non li ricacciamo indietro questa volta è finita. Cade Venezia, cade tutto. Sai quanti sacrifici sono stati fatti per fare l'Italia? Sono quasi cento anni che si combatte, dobbiamo terminare l'opera una volta per tutte e dopo non ci pensiamo più. So cosa pensi, "Francia o Spagna purché se magna", ma è un modo di pensare da morti di fame. Solo le bestie e gli schiavi hanno dei padroni: tu sei una bestia, Bruni? No. Sei uno schiavo? No» si dava da sé le risposte, «e allora possiamo finalmente permetterci di essere uomini liberi, costi quel che costi.»

«A dire la verità, signor capitano, io a casa ce l'ho un padrone, il notaio Barzini. Noi lavoriamo la sua terra, lui non fa niente e prende più di metà di tutto.»

«Sistemeremo anche quello, ma ora ricacciamo indietro questo esercito che invade il nostro Paese. Anche quelli della banda, ho armato, Bruni: fucili al posto dei tromboni e dei clarini.»

Ed era vero. Floti li vide in trincea quelli della banda, e non sparavano neanche male.

Dalle due teste di ponte gli austriaci battevano senza sosta il Montello e il monte Grappa, e dalle sue posizioni Floti poteva vedere l'inferno che si scatenava per il controllo di quelle cime. Si sentivano i boati in lontananza e si vedevano le colonne di fumo con il fuoco dentro. I vulcani in bassitalia dovevano essere pressappoco così. Si aspettava che da un momento all'altro gli italiani avrebbero ceduto di schianto come a Caporetto, e che tutto sarebbe andato in malora.

E invece no.

Assalto dopo assalto, gli austriaci venivano respinti. Si poteva spiegare tutto questo solo con la paura di essere fucilati?, si chiedeva Floti. Perché tutti quei proletari non si ribellavano e si mettevano a sparare ai carabinieri invece che ai proletari austro-ungarici, come avrebbe detto Pelloni? Apparentemente la cosa non era facile da spiegare, ma Floti si era fatta un'idea combattendo al fronte: aveva notato che il generale napoletano che comandava ora e che si chiamava come suo fratello non li mandava al macello, i suoi soldati; chiedeva loro di resistere ma non di farsi massacrare correndo a petto nudo contro le mitragliatrici. Il cibo era migliore, le scarpe più robuste, la grappa e le sigarette di migliore qualità. Bastava poco, in fin dei conti, per non farli sentire solo carne da cannone: un po' di rispetto e qualche riguardo. E poi c'era quel fiume, così grande e bello, che bisognava difendere a tutti i costi, e uno finiva per crederci e fare la sua parte.

Una sera Floti, strisciando, raggiunse un rudere non lontano dalla sponda del fiume perché, se gli riusciva, voleva vedere se c'erano segni di questa offensiva di cui si parlava. Ma ormai era troppo scuro e non si distingueva quasi nulla. Poi sentì un leggero sciabordare lungo la riva. E vide delle sagome nere che facevano scivolare in acqua dei piccolissimi scafi su cui trovava posto un uomo solo disteso, che usava le braccia come remi. Ne contò diversi, due, tre, cinque, vestiti di nero. Una mezza dozzina in tutto. Attraversavano il fiume in direzione della riva opposta. Là cominciava l'impero di Cecco Beppe, anzi di suo figlio, perché il vecchio era morto. In parte assecondavano la corrente tagliandola in diagonale finché non toccavano terra.

A un tratto, quando stava per tornare indietro, sentì uno scarpone sulla schiena che lo schiacciava al suolo e una cosa dura come la canna di un fucile che gli premeva sulla nuca.

«Che ci fai qui, bello? Non dovresti essere a nanna?»

«Senti» rispose Floti, «sono del trentottesimo. Volevo solo dare un'occhiata dall'altra parte perché ho sentito dire che ci sarà un'offensiva.»

L'altro, un pezzo di marcantonio con due spalle come un armadio, nero come l'inchiostro, lo rivoltò con il piede e gli mise la canna al centro del petto: «Non è che sei una spia e stavi per passare di là? Se non fosse che non possiamo fare rumore ti sparerei, tanto per stare nel sicuro».

«Ma sei matto? Io non so neanche nuotare e in tedesco so dire solo kartoffen.»

«Si dice kartoffeln, testa di cazzo.»

«Va bene, ma adesso lasciami andare. Devo rientrare al reparto. Il mio comandante è il capitano Cavallotti, io sono il caporale Bruni Raffaele e non sono una testa di cazzo.»

«Allora levati dai coglioni. Per questa volta ti è andata bene. Se ti pesco ancora in giro a ore strane ti tolgo dalle spese, è chiaro?»

«Chiarissimo» rispose Floti. Si alzò, si rassettò e si allontanò in direzione del campo.

Riferì al capitano il giorno dopo mentre gli portava un caffè.

«Sono Arditi incursori» gli spiegò l'ufficiale, «attraversano il fiume praticamente a nuoto, passano di là, fanno fuori le sentinelle con il pugnale, raccolgono informazioni, piazzano mine e tubi di gelatina, seminano il terrore e ripassano dalla nostra parte. Hai visto i Caimani del Piave, Bruni, non è da tutti» concluse Cavallotti enfatico.

Passava il tempo, i giorni e i mesi, le stagioni. Le trincee dove prima si stava con la melma fino alle ginocchia diventarono polverose con l'avvicinarsi dell'estate, ma dei suoi fratelli Floti continuava a non avere notizie. Ricevette una volta una lettera dei genitori vecchia di tre mesi, scritta come sempre dal parroco, che diceva che nemmeno loro ricevevano notizie e che papà Callisto non riusciva a darsi pace e non faceva che pensare a dove fossero i suoi ragazzi, se fossero vivi o morti. Floti scrisse a sua volta, ma non ebbe risposta. Quale poteva essere mai il destino di un pezzo di carta in quell'inferno di ferro e fuoco?

Un giorno, verso l'inizio di giugno, il capitano Cavallotti gli fece sapere che c'era qualcosa nell'aria, che probabilmente ci sarebbe stata un'offensiva e anche molto presto. Gli austriaci avevano già cinque teste di ponte sulla riva destra del Piave e cercavano di saldarle l'una con l'altra. Si diceva che volessero arrivare al Po, nientemeno.

Nelle ore successive arrivarono tre portaordini e subito dopo tutto il campo andò in ebollizione. In cielo cominciarono a passare aeroplani in gran numero – mai visti tanti tutti assieme –, poi passarono perfino dei battelli armati sul fiume. Ci si preparava a combattere in terra, in acqua e in cielo. Una cosa mai vista. Poi l'attacco iniziò per davvero, il 15 di giugno: gli austriaci, dalle loro teste di ponte, e poi l'artiglieria. Preparava la strada ai fanti che dovevano prendere d'assalto il Grappa e il Montello, che sbarravano la via e martellavano trenta chilometri di territorio tutto attorno.

In poco tempo il fragore di ventimila bocche di cannone fece tremare l'aria lungo tutto il corso del Piave, e due ore dopo l'inizio dell'offensiva il reparto di Floti fu lanciato all'attacco, prima con scariche di fucileria, poi all'arma bianca, una, due, tre volte nella stessa giornata. E così nei giorni successivi. Si tornava alla sera con l'energia sufficiente solo per mandare giù un po' di rancio freddo. Tre giorni dopo Floti stentava a credere di essere ancora vivo. Si reggeva in piedi per miracolo e non dormiva quasi mai. Sonnecchiava, appoggiato a un albero o dietro un muro, quando c'era una sosta nei combattimenti. Gli austriaci avevano attraversato in più punti con passerelle appoggiate sul greto del fiume, e lanciavano attacchi continui e potenti come spallate cercando di sfondare, ma il fronte continuava a tener botta.

Quella sera ci fu un'adunata del reggimento e il colonnello disse che i loro compagni sul Grappa e sul Montello si erano battuti da leoni, respingendo il nemico e mettendolo in fuga. E finché il Grappa e il Montello tenevano, tutta la linea del fronte era protetta alle spalle. Il nemico aveva subito perdite massicce e anche l'aeronautica aveva fatto la sua parte mitragliandolo dall'alto in ritirata. Gli alleati francesi e inglesi sull'altopiano dei Sette Comuni avevano dato un contributo importante e avevano potuto vedere quanto valevano i soldati italiani. «Ce la possiamo fare, ragazzi!» aveva urlato alla fine. «Ce la possiamo fare! Tutto il Paese parla di voi. Nelle vostre case arriverà la notizia del vostro valore e i vostri familiari saranno fieri di voi!»

La truppa rispose questa volta con un grido di entusiasmo, e anche Floti si sorprese a gridare con gli altri. "Al cuore non si comanda" pensò dopo fra sé quando diedero il "rompete le righe!".

L'offensiva austriaca continuò incessante fino al 20 del mese, poi cominciò a spegnersi ora dopo ora. Il 24 del mese l'esercito nemico cominciò a ripiegare, l'aviazione e l'artiglieria non gli diedero tregua e poi anche la fanteria incalzò le truppe austriache mentre si accalcavano in disordine sulle passerelle per attraversare il Piave, e fu una strage.

Pure il caporale Bruni Raffaele fece la sua parte guidando la compagnia all'assalto, e andò avanti finché ebbe fiato, poi, a un tratto, sentì un dolore bruciante sul lato sinistro del petto e cadde in ginocchio. Gli si annebbiò la vista in una nube rossa e il fragore della battaglia svanì d'un tratto nel silenzio.

9

Checco era sparito da un pezzo e nemmeno i suoi ne avevano più notizie da parecchio tempo. Il suo reggimento era stato trasferito in Francia ad aiutare i francesi che non se la passavano molto bene. Il reparto si era acquartierato a Bligny e Checco, artigliere semplice addetto al trasporto e rifornimento munizioni, guidava un 18 BL carico di proiettili da mortaio e da 320, di nastri da mitragliatrice e anche di tubi di gelatina per aprire varchi nei reticolati dei tedeschi.

Sapeva bene che poteva saltare in aria a ogni momento: bastava un colpo di fucile, una pallottola vagante, una buca troppo profonda affrontata in velocità e addio Checco. Ma preferiva di gran lunga quell'incombenza all'impegno di servire al pezzo, infilare le bombe in canna, respirare fumi di cordite giorno e notte sotto una pioggia continua di ferro e fuoco, nel fragore che stracciava l'aria e il cielo. Pensava anzi che gli era andata anche troppo bene. Se gli fosse toccato morire sarebbe stato un colpo solo, non se ne sarebbe nemmeno accorto e per il resto, almeno, aveva tempo di chiacchierare in santa pace con il suo compagno, un muratore emigrato in Francia, seduto di fianco a lui, ascoltando il ronfo del motore e guardando in giro la campagna. Bastava uscire di una ventina di chilometri dalla zona del fronte che il paesaggio si faceva incantevole. Su un suolo leggermente ondulato si stendevano vigneti allineati in perfetto ordine, di viti piccole e basse come non ne aveva mai viste. Quanta uva potevano mai produrre viti di quella taglia? Certo dovevano essere comode da vendemmiare, non come quelle di casa, alte più di due metri con tralci così lunghi che bisognava spostare la scala continuamente per raccogliere fino all'ultimo grappolo.

Quello che più lo incuriosiva era che non si vedevano case per quanto lo sguardo si potesse spingere lontano e non si vedevano nemmeno siepi che segnassero i confini. Dove stavano i contadini? E quanto erano grandi quelle proprietà? E quanti vendemmiatori ci sarebbero voluti per raccogliere tutta quell'uva?

Il suo compagno di viaggio gli raccontava che il vino che si produceva da quei grappoli si chiamava "sciampagn" ed era talmente prezioso che il filare posto sul confine e segnato con un cespuglio di rose veniva vendemmiato una volta per uno dai due confinanti. «Quante cose si imparano a girare il mondo!» diceva Checco, e pensava che prima o poi sarebbe arrivato qualcun altro a dargli il cambio e a lui sarebbe toccato andare al fronte, in prima linea, dove ogni giorno la guerra faceva migliaia di morti, feriti e mutilati che avrebbero passato il resto della vita con una gamba di legno o il moncherino di un braccio nascosto dentro la manica della camicia, senza poter più lavorare e guadagnarsi il pane per sé e per la propria famiglia.

La cosa si verificò dopo neanche due mesi, quando gli arrivò un ordine di servizio firmato dal capitano Morselli, un toscano brusco come l'aceto ma buono come il pane, che lo trasferiva a una batteria da campagna a venti chilometri dalla sua base di rifornimento.

«Oh te» gli disse quando si presentò al comando con l'ordine di servizio in mano, «bisogna fare un po' per uno, Bruni, altrimenti tutti vorrebbero guidare il camion e nessuno vorrebbe stare al pezzo. Ma fatti coraggio, perché sul Piave gli austriaci e i tedeschi non sono riusciti a sfondare e i nostri tengono botta e non gli lasciano fare un passo. Se continuano così potremmo anche avere delle buone notizie... chissà, forse già prima di Natale.»

Checco non capì bene che cosa intendesse il capitano con quell'ultima frase, ma pensò ai suoi fratelli che erano là a tenere la sponda del Piave, ammesso che fossero ancora vivi. Chissà quanti gliene erano rimasti. E chissà se i suoi genitori avevano notizie o non sapevano ancora niente.

Il giorno dopo, alle cinque del mattino, era già con la sua batteria al fronte. I proiettili del cannone erano così grossi che dovevano essere in quattro a prenderli su e infilarli nella bocca da fuoco. Poi il servente tirava la leva dell'otturatore, tutti si tappavano le orecchie e partiva il colpo. Una deflagrazione così potente che faceva tremare la terra sotto i piedi e faceva saltare all'indietro l'affusto del cannone. Poi Checco contava uno, due, tre, quattro e c'era l'altro botto, l'urto del proiettile sul suolo e un'esplosione ancora più forte, una fiammata e una gran nube di fumo e di polvere che si alzava per decine di metri. E tutto intorno cadevano a pioggia gli altri proiettili e la terra sussultava dolorosamente come squassata fin nelle profondità.

Forse, prima della guerra, quel deserto pieno di buche, quella pietraia annerita che aveva di fronte avrebbero potuto essere un bel vigneto, come quello che attraversava ogni mattina quando guidava il camion per le stradine bianche di campagna, o un campo di grano e di papaveri.

Andò avanti così per una decina di giorni, con scambi continui di salve fra i due schieramenti, una tempesta di colpi che, anche quando tornava al campo a dormire, continuavano a rimbombargli in testa per tutta la notte.

Poi, un giorno, vide avanzare i carri armati, mostri di ferro alti come una casa che sputavano fuoco e fiamme e rombavano e cigolavano da spaccare i timpani e ti mandavano il sangue in acqua. Una scena che, se avesse avuto vita a campare, non avrebbe dimenticato mai più. Fra le due linee di combattimento martellate da una parte e dall'altra dai tiri incessanti delle artiglierie c'era uno spazio largo forse trecento metri su cui stagnava una pesante nube di fumo, e dall'interno di quella nube parve a Checco – che quella mattina era di vedetta in posizione avanzata – provenire un suono intermittente che si avvicinava a ogni momento e diventava più netto. Era da non crederci ma erano le note di una canzone, urlata a squarciagola:

«Bella spagnola che cantiii
Tu sei più bella di un fiooor!»

Poi apparve la sorgente di quelle note e Checco pensò veramente di avere le traveggole. Un carro di legno a due ruote trainato da due muli avanzava sobbalzando, affondando a destra e a sinistra nelle buche delle bombe, rischiando di ribaltarsi a ogni piè sospinto. Alla guida sedeva Pipetta, un birocciaio del suo paese che trasportava ghiaia per fare la breccia sulle strade e che adesso veniva verso la sua postazione avvicinandosi sempre di più ai carri armati e alla fascia battuta dall'artiglieria.

Appena si fu riavuto dallo stupore, approfittando di un denso sbuffo di fumo che copriva tutto, Checco uscì dalla buca dove stava acquattato, corse verso la sagoma contorta di un tronco mezzo bruciacchiato e, mentre Pipetta urlava sempre più la sua canzone, cominciò a chiamarlo: «Pipetta, Pipettaaa! Fermati, perdio, sono Checco!».

Pipetta tirò le redini dei suoi muli e, come se l'avesse incontrato nella piazza del paese la domenica mattina, esclamò in dialetto:

«*At salùt, milórd!*»

«*Mo che milórd*» rispose Checco, «*t'an vad c'a sein al frount?*», non vedi che siamo al fronte?

Pipetta si mise a ridere e si diresse verso i carri armati, in mezzo allo scrosciare delle bombe, cantando la sua canzone.

Checco urlava: «Fermati, Pipetta, fermati disgraziato, fermati!».

Ma Pipetta non lo ascoltava più, continuava a cantare la bella spagnola con quanto fiato aveva in petto e a dirigersi, in totale incoscienza, verso la bocca del drago. Checco lasciò il suo riparo e si mise a corrergli dietro, ma una granata scoppiò quasi subito fra lui e il carro e Checco fu seppellito sotto un massa di detriti. Ebbe appena il tempo di pensare che almeno avrebbe fatto viaggio con uno del suo paese.

Gaetano prese parte al contrattacco di Pederobba con il suo reggimento, e siccome era grande e grosso e forte come un toro lo avevano messo assieme ad altri come lui a montare i pezzi della passerella sul ponte di chiatte gettato per fare passare i granatieri della Sesta Armata dall'altra parte del Piave. Si andava al contrattacco e correva voce che gli austriaci fossero ridotti male. Si diffuse anche la notizia che il duca d'Aosta, il cugino del re, stava lanciando un'offensiva dall'altra parte del fiume con la Terza Armata, quella che l'anno prima aveva preso Gorizia e aveva fatto sperare che si sarebbe arrivati a Trieste.

Il tempo peggiorava a mano a mano che si avvicinava l'autunno, ma chi ci badava al tempo? Gaetano aveva fatto quattro battaglie sull'Isonzo e quella dell'Ortigara e poi sul Montello. Due suoi compagni ci avevano perso completamente l'udito con ottomila bocche di cannone che sparavano. Un altro aveva perso la vista, e gli occhi adesso gli servivano solo per piangere.

All'inizio aveva una paura fottuta e molte volte si era

pisciato addosso nel momento in cui il tenente gridava "avanti, Savoia!" e ordinava l'attacco. Ma poi aveva imparato a infilzare gli avversari con la baionetta per non essere infilzato. Lui che si era sempre rifiutato di scannare il porco perché gli sapeva di male per quella povera bestia che strillava e si dibatteva; ora ammazzava dei cristiani come se niente fosse e dopo che ne aveva ammazzati tanti non ci faceva nemmeno più caso.

Voleva farla finita. Non gli importava più di niente. Voleva farla finita e basta, e l'unico modo era vincere quella maledetta guerra e ammazzare più tedeschi e austriaci e croati e ungheresi che poteva, anche se non gli avevano fatto niente. Tanto loro facevano lo stesso, e nessuno veramente sapeva il perché.

Quando venne finalmente il momento, l'artiglieria cominciò più a monte un fuoco di martellamento da far paura a Dio, mentre il grosso dell'armata passava a valle sul ponte di barche a Pederobba. Gaetano ne aveva messe giù un bel po' di quelle tavole di frassino nuove di zecca, che sapevano ancora di segheria, e su cui adesso passavano i fanti. Sotto una pioggia battente, avanzavano in silenzio e alla rinfusa, senza marciare al passo per non farsi sentire. Si udiva solo uno scalpiccio continuo, una specie di rumore di fondo confuso con quello del Piave che s'ingolfava per un momento fra le chiatte del ponte e poi riprendeva a correre libero e veloce verso il mare.

Gaetano passò fra gli ultimi per controllare con la sua squadra che il ponte fosse in ordine. Ma non perché si dovesse riattraversare, che indietro non si tornava più, quanto per assicurare il passaggio dei rifornimenti e delle munizioni all'esercito che andava avanti.

A un certo momento gli sembrò di udire una canzone, appena sussurrata. Un battaglione di bersaglieri, si vedeva dal ciuffo di penne che sporgevano dall'elmetto. Cantavano così basso che dovette tendere l'orecchio. Non era una canzone di guerra, o forse lo era, chissà...

Gli suonava come certe canzoni del tempo della vendemmia in un dialetto che non capiva del tutto. Una ragazza si struggeva perché il fidanzato era partito per la guerra e di lui non sapeva più nulla. Gaetano pensò che sarebbe stato bello avere una fidanzata che lo aspettasse a casa consumata dall'attesa, ma non aveva nessuna e al suo ritorno avrebbe dovuto cercarsene una e mettere su famiglia.

L'avanzata durò sei giorni in tutto, senza fermarsi mai. A volte interi reparti dell'esercito austro-ungarico, circondati da ogni parte, si arrendevano assieme agli ufficiali che li comandavano. Ne avevano abbastanza anche loro della guerra e non ci credevano più. Ognuno per sé e Dio per tutti. Ovunque c'erano rovine, case diroccate, paesi dov'era rimasto su a malapena il campanile, fattorie in abbandono con poche sparute galline e qualche vaccherella magra che li guardava passare con i grandi occhi umidi, immobile sotto la pioggia.

A mano a mano che si procedeva si sentiva diffondersi fra le truppe e gli ufficiali una sorta di eccitazione, di frenesia: il presentimento della vittoria e, ancora di più, della fine della guerra. E anche Gaetano si rendeva conto di esserne contagiato. Dopo tanti mesi di scontri sanguinosi, di massacri e distruzioni, era giunto al convincimento che le guerre non si devono fare perché portano solo strage e rovina e non servono a niente, ma che se proprio bisogna farle è meglio vincerle che perderle. Non ci si guadagna granché, ma almeno sembra di aver combattuto per qualcosa. Un po' come quando a casa, d'inverno, nella stalla, giocava a briscola di niente. Preferiva vincere comunque.

Il 3 di novembre – se lo sarebbe ricordato per il resto della sua vita – gli austriaci si arresero. Il 4 la guerra finì.

10

Checco si svegliò su una brandina da campo e per qualche minuto non riuscì a rendersi conto se fosse morto o vivo, ma presto capì di essere vivo perché non c'era un centimetro del suo corpo che non gli dolesse. Sembrava che gli avessero scaricato addosso una camionata di sassi.

«Alla buon'ora» disse una voce, «ti sei svegliato finalmente. Che razza di rotto in culo! Tutti i lavativi hanno fortuna.»

Checco riconobbe l'ufficiale medico che lo guardava masticando un mezzo toscano: «Che cosa è successo, signor maggiore?» domandò.

«È successo che ti sei salvato il culo. Il tuo reggimento è stato decimato mentre tentava di fermare i tedeschi. Hanno combattuto come leoni mentre tu te ne stavi comodamente sdraiato a letto, razza di poltrone!»

«Ma signor maggiore» cercò di spiegarsi Checco, «io non so nemmeno come ci sono finito qua dentro.» Si alzò a sedere e si portò una mano alla tempia, sospirò, tossì, sputò e cominciò a palparsi dappertutto. Era pieno di lividi, la pelle era scorticata in più punti, i piedi erano bruciacchiati come se avesse camminato su carboni ardenti. «L'unica cosa che mi ricordo è che il Pipetta andava contro un carro armato con un carretto e due muli cantando *Bella spagnola che canti*. E prima mi ha chiesto *"mo 'sa fèt que milórd?"*.»

«Ma che cazzo dici? Ma che cazzo vai dicendo?» urlò il medico.

«Sì» replicò Checco, «poi è scoppiata una bomba e ho detto "sono morto" e poi non mi ricordo più niente.»

Si guardò intorno: era in un camerone di venti per dieci almeno, pieno di brande come la sua con sopra centinaia di ragazzi massacrati. A chi mancava una gamba, a chi un braccio, a chi tutt'e due. Erano fasciati di bende macchiate di sangue, altri avevano la testa rotta, molti si lamentavano, chi chiedeva dell'acqua, chi urlava "infermiere, infermiere!", chi bestemmiava e chi chiamava sua madre, la Madonna e Gesucristo. A mano a mano che riprendeva coscienza, Checco si accorgeva anche degli altri, dell'inferno e del purgatorio dove era capitato. Intanto il medico si era messo alla bocca una bottiglia di grappa e ne aveva buttata giù un bel po' e si era allontanato bestemmiando e scaracchiando lungo la corsia principale.

Poi entrò una crocerossina con un grembiule candido e la croce rossa in mezzo alla cuffia rigida e inamidata, con un petto dritto che sembrava un bersagliere, portando un vassoio con una siringa e una vaschetta con delle fiale. Si avvicinò proprio alla sua branda, gli disse voltati e prima che potesse rendersene conto gli piantò un ago nel sedere.

«Ecco» gli disse poi, «sei già guarito. Domattina puoi tornare al tuo reggimento.»

Checco si fregò il didietro per un po', poi si girò sul fianco e cercò di dormire. Pensò che in fin dei conti gli era andata bene in confronto a quei poveracci che pativano le pene d'inferno in quel camerone freddo e nudo. Pensò al Pipetta che di sicuro non cantava più e gli si strinse il cuore.

Il giorno dopo un infermiere gli diede il foglio di dimissioni, gli riconsegnò i suoi stracci e le sue scarpe e gli spiegò come raggiungere il comando del suo reggimento. Si rivestì, appoggiò i piedi per terra e, un passo dopo l'altro, guadagnò l'uscita. Fuori c'era il sole.

I suoi compagni avevano fermato i tedeschi ma in tanti ci avevano rimesso la pelle. Il suo capitano non c'era più: era morto in combattimento. Ne arrivò un altro che fece suonare l'adunata per dire loro che il generale francese li ringraziava e lodava il loro valore perché con il loro sacrificio avevano impedito che i tedeschi si aprissero la strada verso Parigi.

C'era accanto a Checco il suo amico muratore emigrato che lo accompagnava sul camion quando andavano a caricare le munizioni. Si volse verso di lui e gli disse: «Non è mica una cosa da poco questa: i francesi non ringraziano mai nessuno, pensano che tutto gli è dovuto, specialmente con noi italiani».

Poi l'ufficiale continuò e disse che il più era fatto e che ormai i tedeschi non sarebbero più riusciti a sfondare, e annunciò anche il contrattacco italiano sul Piave.

«Quanti ne abbiamo oggi?» domandò Checco al suo amico.

«È il 25 di luglio» gli rispose quello.

Checco fece un po' di conti e stabilì di essere rimasto in ospedale per più di tre settimane, segno che non doveva essere messo molto bene quando ce l'avevano portato, e se non l'avevano mandato in licenza significava che c'era ancora da tribolare e non poco.

Ce ne fu per tre mesi all'incirca poi, quasi d'improvviso, arrivò la notizia che si tornava a casa.

A casa.

Da non crederci. Da non pensarci perché poi non gli dicessero che era stato un errore, che non era vero. E invece sì. Una mattina salutò il suo amico muratore emigrato perché lui restava là in Francia dove ci aveva famiglia e dove sua moglie e suo figlio parlavano francese.

«Adìo, Beppe» gli disse, «se per caso torni in Italia vieni a trovarmi. Quando arrivi al paese chiedi dell'Otel Bruni e tutti ti mostreranno dov'è casa mia.»

«Adìo, Checco» rispose l'altro battendogli una mano sulla spalla, «buona fortuna.»

Poi ognuno andò per la sua strada.

Li portarono a una stazione e li misero su un treno tutto pieno di tricolori: alcuni con il blu e altri con il verde. Per ore e ore e per decine di fermate le stazioni ebbero nomi francesi. E poi venne la notte e poi il giorno e i nomi diventarono italiani: Ventimiglia, Albenga, Genova. Ecco, Genova l'aveva sentita nominare parecchie volte e conosceva uno che c'era anche stato. Era lì che partivano i bastimenti che andavano di là dall'acqua fino in America.

A mano a mano che il convoglio procedeva, i soldati scendevano, chi in un posto chi in un altro, per cambiare treno e dirigersi in altre città, in altre campagne, in mezzo ai monti o sul mare, dove c'erano i paesetti che avevano abbandonato partendo per il fronte. Che cosa avrebbero trovato a casa? E cosa avrebbe trovato lui? Gli venivano i brividi. Dopo l'entusiasmo per la fine della guerra arrivava la paura, il panico, al solo pensiero delle disgrazie che nel frattempo dovevano essersi accumulate, appollaiate come corvi sui tetti della casa di famiglia.

L'intera nazione era imbandierata perché l'ultimo pezzo d'Italia era stato riunito al resto del Paese. Era costato caro ma ormai era fatta e tanto valeva guardare avanti. In molte stazioni c'era la banda che suonava la marcia reale e rendeva onore ai reduci. A quelli che zoppicavano sulle stampelle, a quelli che ancora camminavano, a quelli che piangevano e a quelli che scendevano muti, stupefatti e increduli a calcare la terra da cui erano nati. Passò un altro giorno e un'altra notte e poi venne mattina e il treno si fermò mentre una voce gridava: «Modena, stazione di Modena!».

Checco si riscosse e si guardò intorno: molti dei suoi compagni di viaggio scendevano e passavano ancora assonnati davanti alla banda che suonava la marcia reale e *il Piave mormorava calmo e placido al passaggio...* Lui invece restava, perché c'era ancora una fermata, e di sicuro non ci sarebbe stata la banda ad aspettarlo.

Il treno ripartì e il suono della banda si perse dietro l'ultimo vagone. Checco cominciava a riconoscere i luoghi e si sentiva venire il batticuore: la Fossalta, il ponte di Sant'Ambrogio; ormai era questione di minuti. Vide che un soldato con lo zaino in spalla gli passava davanti. Per la miseria: ma era Pio Patella! Un bracciante che viveva in via Menotti.

«Pio!» gridò. «Pio, *mo indun vèt?*»

Pio si voltò: «*Mo it té, Checo?*».

E certo che era lui, chi altri poteva essere? Non è che fossero mai stati molto amici, ma trovarsi così, sullo stesso treno dopo tre anni di guerra ed essere diretti tutti e due al paese gli sembrava un miracolo, una cosa bellissima. Avrebbero fatto gli ultimi chilometri a piedi insieme.

Il treno si arrestò e scesero, ma Pio voleva fermarsi a salutare sua sorella, che abitava poco distante dalla stazione. Così Checco s'incamminò da solo con lo zaino in spalla. Erano passati da poco i Santi e i Morti e nell'aria c'era il profumo delle foglie d'acero delle siepi, e le bacche rosse del biancospino brillavano tra le foglie color ruggine. I pettirossi e gli scriccioli saltavano da un ramo all'altro e lo guardavano curiosi con i loro occhietti neri e brillanti come capocchie di spillo. Ogni tanto un cane abbaiava e cominciava a correre avanti e indietro facendo scorrere l'anello della sua catena lungo il filo teso fra la barchessa e la casa. Poi, dopo che era passato, si fermava uggiolando, rassegnato alla sua vita sempre uguale. Da cani.

L'aria era frizzante e il sole splendeva freddo nel cielo limpido.

Passò davanti al Pra' dei Monti e sbirciò i quattro tumuli bucati qua e là dai cercatori di tesori. Era tranquillo: la capra d'oro non sarebbe più riapparsa perché una disgrazia più grande della guerra appena passata non avrebbe mai potuto accadere. E se mai fosse riapparsa sarebbe stato in una notte di bufera con i tuoni che scuotevano la terra e le saette che laceravano i nuvoloni neri o in una tormenta di neve con fiocchi grandi come stracci e non certo in un limpido mattino di fine novembre.

Arrivò al Chiusone sulla Fiuma e poi ai lavatoi, con le donne che sbattevano i panni sulle pietre e cantavano per non pensare al freddo che gl'intorpidiva le dita, poi al ponticello sul viale di tigli, che portava alla villa del signor Goffredo. All'ingresso del paese, vicino al mulino di San Colombano, cominciò a incontrare gente ma nessuno che gli facesse un po' d'accoglienza, a malapena un cenno del capo, un mezzo sorriso se andava bene. Non gli piaceva per niente, segno che la fine della guerra non aveva portato gioia, segno che molti, troppi mancavano all'appello e non sarebbero mai tornati a casa, e chi era tornato non era più quello di prima: ferito, invalido, mutilato.

Giunse finalmente in piazza: a sinistra il muretto di Poldo con i tralci delle viti che sporgevano da sopra i coppi che lo ricoprivano, al centro la fontana con la pompa a stantuffo, a destra la chiesa con l'immagine del Sacrocuore sulla lunetta del sovrapporta e il campanile che segnava l'ora per tutti: l'ora di nascere, di sposarsi, di morire. E proprio in quel momento, la campana maggiore cominciò a battere i lenti rintocchi di una *passata*. Nello stesso istante, dalla porta dell'oratorio uscivano quattro becchini con una portantina e dietro il prete con la stola viola e la cotta di pizzo bianco sulla sottana nera. Un chierichetto portava il secchiello con l'aspersorio.

Passarono di fianco al torrazzo e poi alla Casa del

Popolo e Checco ebbe l'impressione che volessero svoltare a destra lungo la fossa, invece tirarono dritto facendogli quasi da battistrada. Superarono la farmacia e, all'osteria della Bassa, Checco fu quasi sicuro che avrebbero proseguito per la Madonna della Provvidenza. Subito dopo capì che la sua non era una congettura ma una speranza. Invece girarono a destra, fra i campi, e proseguirono in direzione del bivio e Checco cercava di convincersi che lì le loro strade si sarebbero separate. Ormai era a meno di mezzo chilometro da casa sua. Avrebbe riabbracciato sua madre e suo padre; forse qualcuno dei suoi fratelli era già tornato, Gaetano o Floti, chissà...

Il piccolo corteo voltò a sinistra dove anche lui avrebbe girato di lì a poco, ma subito gli venne in mente che prima dell'incrocio con la via Celeste abitava la vecchia Preti che già era molto malandata quando lui era partito. Di sicuro andavano a prendere lei.

Invece entrarono nel cortile dei Bruni.

La prima a vederlo fu la Maria che era nell'aia a governare i polli e gli corse incontro e gli buttò le braccia al collo piangendo. Non riusciva ad articolare parola. Arrivò subito la Clerice. Lo abbracciò e lo baciò, poi chinò il capo asciugandosi gli occhi con la cocca del grembiule: «Tuo padre, Checco, non ce l'ha fatta. Tanto tempo senza sapere niente dei suoi figli, tante notizie terribili dal fronte. Si era fatto l'idea che la metà di voi non sarebbe tornata perché erano questi i numeri che venivano dal fronte, e anche peggio. Ho provato tanto a fargli coraggio ma non c'è stato verso».

«Mamma, gli altri dove sono?»

«Non ci sono, Checco, sei il primo che torna e trovi questa brutta accoglienza. Vieni adesso, vieni a salutare tuo padre prima che lo portino al cimitero.»

Entrarono e Checco guardò suo padre e pianse. Lo avevano composto nella cassa da morto, quattro assi di olmo inchiodate alla meglio, con l'unico vestito buono che aveva, con la camicia di canapa bianca abbottonata sul collo, la corona del rosario intrecciata alle mani ceree. Aveva la barba di due giorni perché nessuno aveva provato a raderlo per paura di tagliarlo.

«Non si dava pace. Ogni notte lo sentivo sospirare "dove saranno i nostri ragazzi, Clerice, dove saranno? Chissà che terra li tiene su", e poi si voltava e si rivoltava nel letto e non trovava pace. Non dormiva quasi niente. Quante volte l'ho sentito piangere! Quando vedeva passare dei soldati con lo zaino affardellato e il fucile, stanchi morti e stremati, li chiamava "venite dentro ragazzi, mangiate e bevete". E quando ripartivano diceva "chissà che altri non facciano lo stesso con i nostri figli". Era un uomo buono tuo padre, Checco, che migliore non avrei potuto trovarlo e vi voleva bene come se vi avesse partorito lui. È morto di crepacuore per la vostra lontananza.»

I becchini aspettavano per inchiodare il coperchio e portarlo via. Checco gli appoggiò una mano sulla fronte gelata e disse: «Perché non mi avete aspettato, papà, almeno un giorno, che potessi salutarvi». La Clerice gli diede un bacio e si coprì il viso con le mani. Il parroco prese l'aspersorio e sparse acqua santa sulla cassa di olmo mormorando delle preghiere, poi i becchini appoggiarono la cassa sulla portantina e uscirono mentre il prete cominciava a recitare ad alta voce il rosario.

Intanto, nel cortile era arrivata la gente del paese, gli amici, i parenti. La Clerice si tolse il grembiule, si aggiustò i capelli e si mise a seguire il feretro fra la Maria e Checco che la teneva sottobraccio. Dietro, le donne con il fazzoletto in testa, poi il garzone, da ultimo gli uomini avvolti nei loro tabarri e con il cappello in mano. In chiesa era pronto il catafalco, rivestito di un panno nero orlato di giallo. Il parroco disse la messa e pronunciò un breve elogio, che Callisto era stato un buon cristiano e il Signore lo avrebbe sicuramente accolto in paradiso.

Il corteo s'incamminò verso il cimitero e i becchini nemmeno si diedero il cambio perché il povero Callisto era ridotto pelle e ossa e non pesava niente. Checco non ebbe cuore di guardare mentre lo mettevano sotto terra, suo padre, e se ne andò via. Girovagò a lungo per i campi, da cui cominciava ad alzarsi una nebbiolina sottile, e pensava che adesso toccava a lui preoccuparsi di chi sarebbe tornato e chi no, pensava a quando il postino avrebbe recapitato una lettera con la brutta notizia e a come l'avrebbe detta a sua madre. Perché, come dice il proverbio: "*Al maré al pasa al fté. Al fiol al pasa al cor*". Il marito passa il vestito, il figlio passa il cuore.

Quando rincasò si fece portare un piatto di minestra nella stalla, come facevano i viandanti che capitavano all'Otel Bruni, e poi si sdraiò sulla paglia perché nel suo letto di sicuro non sarebbe riuscito a prendere sonno. Sentì a un certo punto che la Clerice era entrata, sentì che gli tirava su il pastrano militare a coprirgli le spalle, così come quando veniva a rimboccargli le coperte da piccolo, ma non disse niente e fece finta di dormire.

Una settimana dopo tornò Gaetano. Era tutto intero ma ci rimase di sasso quando seppe che il papà era morto e che l'avevano appena seppellito. Non se lo aspettava, aveva sognato tante volte il momento in cui avrebbe rimesso piede nel cortile e riabbracciato i suoi e poi avrebbe attraversato l'aia e sarebbe andato a vedere le vacche e i buoi nella stalla, e invece era un momento triste, più triste di quanti ne avesse trascorsi in guerra. Se la prese con Secondo, il garzone, che non ne aveva colpa, e disse che non c'era più bisogno di lui. Quando poi seppe che si era innamorato della Maria e non capiva più niente, e che aveva due orecchie gialle che di sicuro si faceva le seghe per lei, gli disse di far fagotto e di levare il disturbo il giorno dopo.

Checco lo prese da parte: «Lascia stare, Gaetano, che innamorarsi non c'è niente di male, e lui non ha mai mancato di rispetto a nostra sorella. Che poi, lo sai, è innamorata di Fonso il contafavole e lui non lo guarda nemmeno per quanto è lungo. Mandarlo via adesso che andiamo incontro all'inverno è come condannarlo alla fame, al freddo e alla miseria più nera. La sua è una famiglia montanara che non hanno caldo neanche sotto la lingua e mangiano solo dei castagnacci. Abbiamo dato da mangiare e da bere a tanti girovaghi che non sapevamo nemmeno chi erano. In fondo, quando eravamo in guerra ha aiutato i nostri genitori a tirare avanti per un piatto di minestra e un pezzo di pane. Ti dà una mano nella stalla, sa impagliare le sedie e aggiustare gli attrezzi... Questa primavera ci pensiamo, va bene?».

Gaetano brontolò qualcosa che voleva dire che andava bene e si tirò avanti. La Clerice andava al cimitero un giorno sì e un giorno no a dire le orazioni sulla tomba di suo marito, e siccome fiori non ce n'erano più metteva in un vasetto due rami di biancospino con le loro bacche rosse, che facevano figura lo stesso. Quando finiva le orazioni gli raccontava come andavano le cose, sicura che lui la stava ad ascoltare. Che erano tornati Checco e Gaetano e stavano bene. Checco era ancora ammaccato e zoppicava un po', ma non c'era da lamentarsi. «Tu li vedi, da dove sei adesso, i nostri ragazzi, e se puoi aiutali, che il Signore ti ascolta perché sei sempre stato un brav'uomo e non hai mai fatto male a nessuno, anzi hai fatto solo del bene. Fai che mi tornino a casa.» E poi s'interrompeva perché le veniva il groppo alla gola. «Se... se per caso qualcuno fosse lì con te, meglio per voi e peggio per me.» Poi si soffiava il naso, si asciugava le lacrime e, passo passo, se ne tornava verso casa.

Eppure, in quell'angoscia, in quelle continue preoccupazioni, a volte capitava anche di ridere. Come quando, una settimana dopo il ritorno di Checco, arrivò nel cortile Pio Patella gridando come un disperato: «*Clériz! Clériz, avrì la porta! Che a g'ho dal coran acsé grandi c'anch pas brisa!*». Clerice! Clerice, spalancate la porta! Che ho delle corna così grandi che non ci passo!

Lei lo sapeva bene che con gli uomini lontani per anni ce n'erano in paese di quelle che si erano consolate con qualcun altro, ma sapeva altrettanto bene che le corna erano il male minore e che tanto valeva scordare tutto e ricominciare da capo.

«*Mo parché dit acsé, Pio?*»

Pio rispose che quando era arrivato a casa aveva trovato che era cresciuta la famiglia senza il suo aiuto. Non uno ma due bambini e che lui non ne voleva sapere.

La Clerice lo fece sedere e gli versò un bicchiere di vino per tirarlo su di morale. Certo che uno, pazienza, ma due erano un bel po'. Bisognava trovare una soluzione e il modo di rassicurarlo:

«*Mo quant it sté via, Pio?*»

«*Zdòt mis*» rispose. Era stato via diciotto mesi. La Clerice s'illuminò.

E allora? Che problema c'era? Nove e nove diciotto, computò. Visto che la gravidanza di uno dura nove mesi quella di due il doppio. Tutto in regola!

Pio Patella ci restò un momento perplesso ma, considerato che la Clerice era donna di esperienza e sapeva tutto quello che c'era da sapere, l'abbracciò, ringraziandola e dicendo che lei era la persona più saggia e più buona che ci fosse in paese e che gli aveva levato un peso dal cuore. Tornò a casa di ottimo umore e, adesso che era tranquillo riguardo al suo onore, si scusò con la moglie per aver pensato male di lei e le indicò subito la scala che portava di sopra in camera da letto, il posto dove si risolvevano tutti i problemi, o almeno quelli a cui c'era rimedio.

Dopo Gaetano tornò Dante, poi Armando, poi Savino, Fredo e da ultimo Floti. Si era preso una scheggia in un polmone durante la battaglia del solstizio e lo avevano trattenuto in ospedale per un mese finché non era stato in grado di viaggiare. Nessuno di loro sapeva che il padre era morto e sembrò a tutti una beffa del destino che il povero Callisto si fosse dovuto arrovellare fino alla fine pensando che di sette figli sicuramente ne avrebbe persi due o tre e forse anche di più. Sapeva di battaglioni decimati, intere divisioni annientate. Perché la Nera Signora avrebbe dovuto risparmiarli, perché non avrebbe dovuto passare con la sua falce sul campo dei Bruni? La Clerice pensò invece che la Madonna l'avesse ascoltata, che in qualche modo il sacrificio di suo marito avesse pagato perché i suoi ragazzi tornassero a casa, uno dopo l'altro, senza lasciare indietro nessuno.

Si erano salvati tutti e sette: anche Savino, il più piccolo e inesperto. Solo Floti tornava menomato, ma da fuori non si vedeva: era il bel giovanotto di sempre, che le ragazze si voltavano a guardare quando passava per la strada. Soltanto che i dottori gli avevano proibito le fatiche e gli strapazzi, e i lavori pesanti perché non avevano potuto operarlo e la scheggia, una scheggia piccola piccola, gli era rimasta conficcata nel polmone sinistro. Nessuno ci fece caso, dapprima perché era anche naturale che lui si occupasse soprattutto degli affari di famiglia, che andasse al mercato, che pranzasse fuori nelle osterie con i mediatori, che andasse a trattare con il padrone, visto che era il più sveglio. Ma a lungo andare la sua posizione sarebbe stata considerata più vantaggiosa di quella degli altri, cui toccava il duro lavoro nei campi, nella stalla, nell'aia, e sarebbe nata l'invidia o quantomeno il malcontento.

Una volta tornò a casa dal mercato con una cavalla magra rifinita, con lo sguardo spento e il pelo ispido e opaco. E la coda impastata dalla diarrea.

«Ma perché hai sprecato dei soldi per questo brocco?» gli domandò Gaetano. «Morirà prima della fine del mese e non riuscirai nemmeno a vendere la pelle.»

«Perché è solo stata trattata male da un padrone stupido e cattivo.»

«E come fai a dirlo? Tu non ti sei mai occupato di bestiame.»

«Un cavallo non è bestiame. E poi perché si vede. Guarda qui, e qui, i segni delle frustate e poi le ferite agli angoli della bocca. Uno che frusta un cavallo e gli tira il morso a quel modo non è solo malvagio, è anche idiota perché danneggia il suo stesso patrimonio.»

Gaetano non disse verbo ma si vedeva dalla sua espressione che era scettico.

«E poi, concluse Floti, l'ho pagata quattro soldi. Tempo un mese e vedrai che meraviglia.»

Fu lui a prendersene cura personalmente. Le dava acqua limpida di pozzo e fieno di erba medica che è il più nutriente, e quando si fu un poco ripresa cominciò anche a darle biada: una miscela di franto che preparava personalmente con orzo, farro, grano, avena, veccia e fave. E quando li trovava, perfino piselli secchi. Dopo una settimana aveva già drizzato gli orecchi e aperto due occhi belli scuri e brillanti e il muso era diventato morbido come il velluto. Poi il pelo, giorno dopo giorno, si era fatto lucente e fitto e la criniera e la coda sembravano di seta. Una meraviglia. Lo stesso Gaetano dovette ammettere che non si sarebbe mai immaginato una cosa del genere.

In capo a un mese cominciò a metterla fra le stanghe di un calessino che aveva preso da un rigattiere e restaurato un po' per volta. L'aveva tutto carteggiato, poi stuccato dove c'erano delle crepe, poi verniciato di nero lucido, e le stanghe tirate a coppale. Un gioiello. Quando attaccò la cavallina c'era da rimanere senza parole: un tiro da signori. I sei fratelli, la Maria e la Clerice, con i pugni arrovesciati sui fianchi, fecero semicerchio attorno al magnifico traino, stupefatti. Neanche il fattore di Barzini ne aveva uno simile.

«Ma non sarà troppo?» domandò la Clerice. «Non vorrai andare in giro con quell'arnese.»

«Perché, cosa c'è di male, mamma?» rispose Floti. «Domenica mattina voglio accompagnarvi a messa con questa, come una signora.»

La Clerice scosse il capo scandalizzata: «Sei proprio matto, Floti, non ci penso nemmeno».

Gaetano rincarò la dose: «Se arriva all'orecchio del padrone dirà che gli abbiamo rubato i soldi».

Floti chinò il capo, seccato dall'accoglienza negativa al suo successo: «Il padrone non dirà una parola quando vedrà che aumenterà la produzione in questo podere e aumenteranno i guadagni, per lui e per noi. Quanto a questo tiro: lo userò per un certo periodo, non tanto per godermelo – sì, anche quello, visto che ci ho lavorato molto – ma soprattutto perché la gente che fa gli affari si accorga di chi sono io. Devono farsi l'idea che sono loro ad aver bisogno di me e non io di loro. Con poco si ottiene poco e non si fa nozze con le lumache. Fidatevi. In guerra ho imparato un po' di cose e soprattutto ho pensato e ragionato, da solo e con altre persone, perché nell'esercito ce n'è di tutti i tipi».

Le parole gli uscivano di bocca sciolte e naturali e intanto gli veniva in mente il suo amico Pelloni e quello che gli aveva detto del socialismo, della giustizia e dell'ingiustizia, dei diritti di chi lavora. Ne aveva viste tante in guerra, ed era certo che la vittoria costata tanto sangue non avrebbe portato alcun vantaggio ai fanti che avevano difeso il Piave e ricacciato i nemici dall'altra parte. I diritti, quelli avrebbero dovuto conquistarseli in pace così come avevano conquistato in guerra gli ultimi pezzi d'Italia. E mentre pensava, rivedeva come in sogno la Frera di Pelloni, a terra come un cavallo ferito a morte, la ruota che girava e girava...

11

Anche i morti tornarono al paese, almeno quelli che erano stati riconosciuti, e furono riconsegnati ai genitori straziati che li avevano visti partire sani e pieni di vita e li vedevano tornare fra quattro assi di abete per essere messi sotto terra. Altri non tornarono mai perché i loro corpi erano andati semplicemente distrutti dalle bombe, portati via dai fiumi in piena, precipitati nei crepacci delle montagne. Quel che era rimasto di loro si confuse con i resti dispersi di tanti altri, in attesa che venissero eretti grandi cimiteri di pietra e di marmo nei luoghi in cui si erano combattute le più feroci battaglie della Grande guerra.

Ma la gente voleva dimenticare, gli uomini desideravano tornare alle vecchie occupazioni, ai mestieri che avevano lasciato partendo, ai ritmi di una vita tranquilla senza più urla di dolore, lamenti di agonia, esplosioni, lampi accecanti. Una vita illuminata dal sole e dalla luna, sostenuta dal lavoro e dalla normale, dura fatica quotidiana.

Verso la primavera dell'anno dopo, Gaetano cominciò a vedersi con una ragazza del paese che si chiamava Iole e faceva la rammendatrice. Un giorno la madre gli aveva chiesto di accompagnare la sorella Maria a portare degli abiti a fare acconciare, perché lei non ci vedeva più granché e la Maria non era portata per il rammendo: le piaceva di più accudire i vitelli nella stalla, o andare a nidi in primavera per allevare un bel merlo o un cardellino o un usignolo, e sentirli cantare una volta che fossero cresciuti. Non le piacevano i lavori sedentari.

E così Gaetano accompagnò la sorella portando il fagotto dei panni da rammendare e, mentre le due ragazze discorrevano, lui osservava la Iole perché era proprio bella: bruna, con occhi verde azzurro, con un bel seno pieno e dei bei fianchi. Il tipo di ragazza che aveva sempre sognato. Lei se ne era accorta e aveva incontrato il suo sguardo senza abbassare gli occhi, segno che non era timida. E così Gaetano ci andò da solo, quando fu il momento, a riprendere gli abiti rammendati, e chiese a prestito la cavallina e il calesse di Floti. E lui glielo diede perché ci teneva che Gaetano facesse bella figura, dovunque avesse intenzione di andare, a patto che lasciasse a casa la frusta perché non c'era bisogno.

Iole non riuscì a nascondere una certa gioia nello sguardo quando lo vide, né la curiosità per quel tiro lustro e signorile che tuttavia contrastava con la condizione contadina del giovane che aveva davanti e di cui ben conosceva la famiglia.

«Che bel calesse che avete, Gaetano» gli disse per prima cosa.

«Sono contento che vi piaccia» aveva risposto lui.

«Sarà costato un patrimonio.»

«Sarà costato quel che sarà costato» rispose Gaetano, rispettando la regola che gli interessi della famiglia non vanno mai messi in piazza, «l'importante è che faccia la sua figura e il suo servizio.»

«Avete ragione. Dicevo così tanto per dire.»

«Forse vi piacerebbe farci un giretto, adesso che si va incontro al bel tempo, magari alla fiera di San Giovanni che ormai ci manca poco. Penso che insieme potremmo fare la nostra figura.»

La ragazza lo guardò con due occhietti maliziosi:

«Bisogna vedere che cosa ne direbbe mia madre. Perché avete l'aria di essere un po' birbante».

Gaetano sorrise imbarazzato ma dentro di sé quasi non poteva crederci di star parlando a tu per tu con Iole, e che lei gli sorridesse e gli facesse capire che stava volentieri in sua compagnia. Soltanto tre anni prima, quando era partito, non avrebbe osato nemmeno alzare gli occhi su di lei e ora gli era sembrato tutto così facile e spontaneo! Mentre diceva l'ultima frase, gli si era avvicinata e lui aveva sentito il profumo di spigo della sua camicetta di lino che gli dava alla testa come un bicchiere di Albana a digiuno.

«Vostra madre sa che sono una persona onesta e che vi porterei rispetto.»

«Quand'è così allora vi do licenza di chiederglielo. Chissà che non dica di sì.»

Gaetano pensò che in poco tempo erano arrivati parecchio avanti con i discorsi ma che forse era bene battere il ferro finché era caldo. Pensò anche che il calesse di Floti e la cavallina dal pelo lucido e dagli occhi intelligenti erano stati un gran buon investimento e che, se tutto andava bene, glielo avrebbe chiesto in prestito un'altra volta al fratello, per la fiera di San Giovanni.

«E dov'è vostra madre?» domandò.

«È dentro che sbuccia dei piselli. Fatevi coraggio allora, che cosa state ad aspettare, che cambi idea?»

Gaetano entrò: «Compermesso...».

«Venite pure avanti, giovinotto» rispose una voce dall'interno.

«Sono venuto a chiedere quanto dovete avere per il lavoro di vostra figlia.»

La vecchia, che si chiamava Giuseppina, rispose: «Sono quattro soldi in tutto».

Gaetano glieli contò sul palmo della mano e prima che lei finisse di ringraziare proseguì: «Volevo anche chiedervi...».

«Dite pure, giovinotto» lo incoraggiò lei.

«Volevo chiedervi se siete contenta che accompagni vostra figlia alla fiera di San Giovanni, da qui a otto, con il mio calesse.»

La vecchia si alzò in piedi appoggiando il cestino con i piselli sul tavolo e si avvicinò alla finestra per guardare fuori: «È quello il calesse?».

«Sì, signora Peppina» rispose Gaetano sicuro che la vecchia, al sentirsi dare della signora e chiamare con il vezzeggiativo nobile, si sarebbe ben disposta nei suoi confronti.

«Certo che ci fareste una gran bella figura voi e la mia Iole.»

«Allora la posso portare alla fiera?»

«Certamente, se mi date la vostra parola d'onore che vi comporterete bene.»

«Parola d'onore, signora Peppina» rispose Gaetano e si congedò salutando cerimonioso.

Uscì e si avvicinò a Iole che osservava da vicino la cavallina: «Ha detto di sì, che vi posso venire a prendere per andare alla fiera di San Giovanni. Se voi siete contenta di venire, allora la cosa si fa».

«Vi aspetto, Gaetano» disse la ragazza con un tono di voce e due occhi che avrebbero sciolto le ginocchia del brigante Musolino. Gaetano si sarebbe messo a fare le capriole per la gioia, ma sapeva bene, per averlo sentito dire, che non bisogna mai mostrare troppo alle donne che si è innamorati, perché altrimenti ne approfittano e uno diventa il loro zimbello. Si sentiva felice, come non era mai stato da quando era al mondo, e tutto gli pareva bello. In un attimo aveva dimenticato gli orrori che aveva visto in guerra, e non pensava che a lei mentre tornava a casa con il fagotto della roba rammendata.

Floti lo vide lontano un miglio che non stava più nelle braghe per la contentezza: «Com'è andata?» gli domandò.

«Bene, ho la roba rammendata e ho pagato il giusto.»

«Non dire balle, sai benissimo di che cosa parlo. Ti sei innamorato della Iole, vero? Lei ti ha fatto due smorfie e tu ti sei innamorato come un tacchino.»

Gaetano diventò paonazzo. «Allora? Mi piace, che cosa c'è di male e poi...»

«E poi cosa?»

«Mi ha detto che le sta bene se l'accompagno alla fiera di San Giovanni.»

«E ti serve la cavallina con il calesse...»

«Se non serve a te...»

«E dire che avevo fatto una stupidaggine, che mi ero fatto imbrogliare, che avevo portato a casa un brocco buono solo per fare pelle da tamburi...»

«Avevi ragione tu» rispose Gaetano, «e non sai che cosa ho provato a presentarmi con questa meraviglia di tiro: lei non smetteva di guardare sia la cavallina che il calesse.»

«Ascoltami: l'abito non fa il monaco e una rondine non fa primavera. Non basta un calesse per essere dei signori. Quanto a lei, stai attento: è troppo bella e lo sa, è abituata a essere corteggiata da tutti. Oggi ti fa gli occhi dolci, domani non ti guarda per quanto sei lungo. Una donna così sa che un giorno la può notare un possidente, il figlio di un avvocato o di un notaio, la può chiedere in sposa e farle fare la vita da signora con la donna di servizio, la cameriera e il resto. Nel frattempo non le dispiace togliersi qualche piccola soddisfazione, qualche capriccio, come avere qualcuno ai piedi che l'adora come se fosse la Madonna di San Luca, e che si fa delle illusioni.»

Gaetano abbassò lo sguardo e arrossì di nuovo: «L'accompagno solo alla fiera di San Giovanni...».

«Ho capito. Usalo pure il calesse, ma ti ripeto di stare attento perché, se una donna del genere ti prende e poi ti lascia, diventi matto. Non ti rassegni: te la sogni di giorno e di notte, ti sembra di sentire il suo odore addosso quando ti corichi, cerchi di guardarla di nascosto quando lei non ti vuole più incontrare, ti illudi che un giorno tornerà e quel giorno non arriva mai.»

Gaetano lo guardò perplesso e percepì nelle parole del fratello qualcosa di sgradevole, come se si fosse spinto troppo oltre, ma cercò di non pensarci. Raggiunse la stalla, staccò la cavallina e la lasciò libera nel suo recinto, poi lustrò ben bene il calessino e appoggiò le stanghe in alto contro il muro.

Da quel momento in poi non fece che contare i giorni che lo separavano dalla fiera e quando venne il momento si presentò con l'abito migliore che aveva, una camicia di bucato, le scarpe lucide e il calesse che sembrava un gioiello tanto era lustro. Aiutò Iole a salirvi, diede una voce alla cavallina e partì al trotto.

Il giorno prima c'era stato vento e l'aria limpida aveva il profumo lieve dei fiori invisibili del grano. Il verde dei campi era punteggiato di ranuncoli gialli e papaveri rossi, la strada era fiancheggiata da ambo i lati da due filari di ciliegi secolari carichi di frutti rossi e, ogni tanto, Gaetano accostava al ciglio della strada, si alzava in piedi per raccoglierne qualcuno e offrirlo a Iole. Lei sorrideva e lui stava a guardare le sue labbra che si tingevano di rosso vermiglio quando le ciliegie succulente le si scioglievano in bocca. Ci fu un momento in cui, per un piccolo sobbalzo del calesse, una goccia di succo le cadde dalle labbra fra i seni, rossa come sangue, e lui si sentì preso da una forte vertigine, come in guerra nell'istante che precedeva un assalto.

Alla fiera le diede il braccio mentre passeggiavano fra le bancarelle, e quando vide che lei si fermava davanti a un venditore di zucchero filato gliene comprò due soldi e vi aggiunse un pezzetto di croccante. Sentiva che le comari li guardavano di sottecchi e poi sorridevano ammiccando fra loro, e gli pareva di sentire i loro commenti. Quando venne la sera le domandò: «Avete fame, Iole?».

«Non vi disturbate, Gaetano» rispose lei, «avete già speso abbastanza.»

«Non vi preoccupate» replicò, «venite con me.»

La portò al posteggio del calesse, la fece salire e prese dalla cassetta un cestino con due pezzi di focaccia e del prosciutto fragrante. Poi aprì un fiasco di vino novello versando il bel liquido rosso in due bicchieri luccicanti.

«È il poco che posso offrirvi» disse, «ma di cuore.» Lei addentò la focaccia e mangiò di gusto bevendo lunghe sorsate di vino. Ogni tanto si puliva le labbra e rideva divertita. Aspettarono che venisse l'ora del teatro dei burattini e poi i fuochi d'artificio che coloravano il cielo e le guance di lei di prodigiosi riflessi metallici.

Venne l'ora di tornare a casa. La notte era rischiarata da una bella luna quasi piena, cosicché la cavallina procedeva di buon passo sulla strada bianca. A un certo momento, quando furono in aperta campagna, Iole si appoggiò alla spalla di Gaetano come se cercasse il suo calore nel fresco della notte, o avesse paura delle ombre che la luce lunare stampava sulla strada. Lui sentì un tuffo al cuore e un'onda di calore che gli saliva dal petto ad arrossargli il viso. Non aveva mai provato nulla del genere in tutta la vita. Il profumo dei fiori del grano e il profumo della pelle di lei si confondevano in una sola fragranza indistinta e soave, così leggera che nessun altro, forse, l'avrebbe percepita. Lui sì: fin da bambino quello per lui era il profumo della primavera. Volle condividere con lei quella sensazione: «Iole, lo sentite questo profumo?».

«Sì» rispose lei, «mi pare di sì.»

«E sapete che cos'è?»

«Un qualche tipo di fiori?»

«Sì, un tipo molto speciale... sono i fiori del grano.»

«Mi prendete in giro? Il grano non fa i fiori, fa solo le spighe.»

«Certo che li fa: tutte le piante, prima di fare i frutti, fanno i fiori. Solo che alcuni si vedono, altri non si vedono perché sono piccoli piccoli. Aspettate» disse.

Fermò la cavallina, salto giù dal calesse e si avvicinò alle spighe che ondeggiavano appena per la brezza che scendeva dalle colline. Ne colse una e gliela portò: «È questo il profumo che sentiamo nell'aria».

«Avete ragione. Non ci avrei mai pensato.» Gli strinse le grandi mani callose fra le sue minute e delicate e le portò, assieme alla spiga che racchiudevano, fino alle piccole narici. Gaetano ebbe paura che l'odore di stalla gli fosse rimasto attaccato alle dita nonostante i robusti lavaggi con il sapone da bucato, ma lei non diede segno di avvertire alcunché di sgradevole. Aspirò profondamente: «Avete ragione: ed è il più buono che abbia mai sentito. È da qui dunque che viene il profumo della primavera e anche quello dell'estate. Chi l'avrebbe mai detto?». Depose un bacio su quelle mani enormi e Gaetano sentì il cuore battergli all'impazzata ma anche un senso di sottile, indicibile sfinimento. Che fosse quello l'amore? Un profumo esile come quello dei fiori del grano?

Lei si avvicinò ancora finché le sue labbra furono a un soffio da quelle di lui. Lo baciò.

Gaetano non aveva mai baciato una donna e rispose in modo goffo e maldestro, ma le sue mani si posarono su lei cercando le forme di quel corpo che aveva sempre e soltanto cercato di immaginare. Lei lo lasciò fare. Lo fermò soltanto quando cercò di insinuarsi fra le sue cosce. E anche lui si ricordò a quel punto di aver fatto una promessa alla madre di lei di comportarsi da galantuomo. Ma il rifiuto di Iole in fondo gli piacque, perché significava che era una ragazza per bene che voleva proteggere il suo pudore.

Continuarono a vedersi per tutta l'estate e per lui fu sempre più difficile controllarsi. Iole gli era entrata nel sangue e non sognava altro che il giorno in cui si sarebbe disteso accanto a lei in un letto con la benedizione di Dio, di sua madre e della madre di lei. E l'avrebbe vista nuda prima di soffiare sulla candela e prendere di lei tutto quello che voleva e che non osava confessare nemmeno a se stesso.

Quale poteva essere un momento buono per chiederle di sposarlo? L'autunno o la primavera? L'autunno di sicuro, visto che la gente si sposa in primavera e lui poi sarebbe stato il primo in famiglia dopo il ritorno dalla guerra. Ogni volta, però, che ci pensava e si riproponeva di parlarle, poi non ne trovava il coraggio e rimandava alla volta successiva. Alla fine si risolse a farle la sua offerta di matrimonio per San Martino. Spesso si preparava al momento cruciale, si guardava allo specchio mentre si radeva provando a pronunciare le parole in modo disinvolto e spontaneo: "Iole, io vi voglio bene e vorrei sposarvi, e se voi foste d'accordo pensavo che il giorno di San Giuseppe sarebbe una giornata buona". Che si poteva dire di meglio? Nemmeno Floti sarebbe stato più bravo.

A volte gli veniva da pensare anche alla possibilità che lei gli dicesse di no, ma non la voleva nemmeno considerare, perché in tal caso sarebbe successo proprio ciò che gli aveva predetto Floti e lui avrebbe fatto la figura dello stupido.

Quando venne il giorno stabilito, si presentò in calesse con un cestino in cui aveva messo un salame, un pezzo di formaggio parmigiano, una dozzina di uova fresche e una focaccia ingrassata appena sfornata. Chi avrebbe potuto resistere? E infatti Iole e ancora di più sua madre sembravano molto felici per tutto quel bendidio. La signora Giuseppina, con la scusa di svuotare il cestino per restituirglielo, si appartò in cucina e Gaetano si trovò solo con Iole. Le disse: «Vi va di uscire un momento, che avrei bisogno di parlarvi?».

«Ma certo» rispose Iole mettendosi uno scialle sulle spalle.

Andarono a sedersi su una panchina di legno sul

lato sinistro della casa, dove spesso avevano trascorso a chiacchierare lunghe sere d'estate. C'era il sole tiepido di novembre e una vite arrampicata sul muro sfoggiava foglie di un acceso colore vermiglio.

«Vi trovo bene» cominciò Gaetano.

«Anche voi avete un ottimo aspetto» rispose lei.

«Intendo dire che siete una meraviglia.»

«Vi ringrazio del complimento, ma non lo merito.»

«Vi devo chiedere una cosa.»

«Se posso, volentieri.»

Gaetano deglutì, il momento era arrivato: «Vi voglio bene, Iole, non penso che a voi tutto il giorno, e ogni notte prima di addormentarmi...». Lui stesso si stupì che gli fossero venute spontanee parole che non aveva preparato. Lei abbassò il capo. «Vi voglio bene e vorrei sposarvi. Ho anche pensato che per San Giuseppe potrebbe essere il momento giusto...»

«Come correte, Gaetano» rispose lei, «avete già deciso anche il giorno.»

Le sue parole gli gelarono il sangue.

«Scusatemi, era solo per dire. Per me qualunque giorno va bene, e se siete contenta di sposarmi io sono l'uomo più felice del mondo. Scegliete voi il giorno o il mese... o l'anno. Non voglio mettervi fretta.»

Iole alzò lo sguardo e Gaetano vi lesse una totale indifferenza che gli fece morire il cuore in petto. In un attimo pensò a tutto quello che lei gli aveva lasciato fare, a come gli aveva insegnato a baciare con la lingua in bocca, a come si era lasciata toccare il seno e le cosce e tutto il corpo a eccezione di una cosa sola. Non era forse amore quello?

«Gaetano, io non me la sento.»

«Ma perché? Io credevo che anche voi...» e non riuscì a continuare perché un nodo gli stringeva la gola.

Iole chinò ancora il capo, non per imbarazzo, né per nessun altro motivo. Sembrava stesse pensando a una scusa qualunque.

«Perché... perché mettete troppa canapa, voi Bruni.»

Gaetano sembrò riprendere coraggio: «Troppa canapa? Ma no, non vi preoccupate: è vero, mettiamo molta canapa ma ci pensiamo noi uomini. Siamo in sette e non abbiamo paura di far fatica. Le donne si rispettano, in casa mia. Solo lavori leggeri, come stare davanti alle bestie, raccogliere le uova dai nidi alla mattina, dar da mangiare alle galline e ai conigli. E quando una rimane in stato interessante se ne sta in casa tranquilla a preparare i pannolini e le copertine per il bambino che nascerà. Tre mesi prima e quattro mesi dopo. Davvero».

Iole gli appoggiò una mano sulla spalla come per interrompere l'accorata perorazione: «Dicono tutti così. E poi una gravidanza dopo l'altra e lavare e stirare e le galline, i maiali, la zappa e la vanga: le mani che diventano come suole di scarpe, il viso che si riempie di rughe... No, Gaetano, parlo sul serio, davvero non me la sento».

Gaetano si alzò e disse: «Ma quello che abbiamo fatto insieme... io credevo che mi voleste bene».

«Non abbiamo fatto niente, Gaetano» rispose lei e con lo stesso tono avrebbe potuto dire "adesso tagliatevi pure la gola, che non m'importa". Il discorso era chiuso.

Se ne andò con il calesse mentre la Giuseppina, apparsa nel frattempo sulla porta, gridava: «Il cestino, il cestino!».

12

Gaetano trascorse giorni disperati: sembrava fuori di testa e come stordito, neanche gli fosse cascato in testa il tetto della barchessa. La Clerice lo guardava di sottecchi senza dire nulla. Capiva anche troppo bene di che si trattava, perché nulla di quello che passava per la mente dei suoi figli le sfuggiva. Per di più, in un paese così piccolo la cosa era diventata di dominio pubblico in capo a tre o quattro giorni. Non che si sentisse offesa perché il suo figliolo era stato rifiutato; come Floti, anche lei l'aveva sempre saputo che sarebbe andata a finire così. Certo, non era mai usato che una donna lasciasse un uomo, e quando accadeva significava che era una di quelle che ne conoscevano più d'uno e amavano passare da questo a quello.

«Non hai perso niente» disse Floti una volta che sorprese Gaetano nel fienile con la testa appoggiata a un pilastro a piangere in silenzio. Gaetano non rispose e Floti era abbastanza intelligente da evitare la frase più odiosa in un momento simile: "Te l'avevo detto". «Non ti merita» ricominciò, «ti avrebbe fatto soffrire, forse ti avrebbe tradito, anzi, è molto probabile. Tu sei una brava persona, Gaetano, sei un bel ragazzo, forte come un leone, non hai paura neanche del diavolo e sei buono come un pezzo di pane. Ce n'è tante di donne e ognuna sarebbe felice di prenderti. Davvero, sei serio e quando dici una parola è quella, e una donna con te si sente protetta e difesa e tenuta in considerazione. Non ci pensare, *Tanein*: adesso ti fa molto male ma poi ti passa. Hai presente quando ti dai una martellata su un dito? Ti sembra di morire dal male però, giorno dopo giorno, la ferita guarisce, si rimargina, l'unghia ricresce. Siamo fatti così. Si può soffrire molto ma poi, con il tempo, tutto passa.

Solo alla morte non c'è rimedio, *Tanein*. Sai una cosa? A volte vado sulla tomba del povero papà e sto a guardare il suo ritratto sulla lapide che sembra vivo, e invece è sotto terra a consumarsi finché resteranno solo le ossa. Quella sì che è una cosa terribile. Sai quante volte penso "se ci fosse il papà gli chiederei questo o quel consiglio" e invece non c'è più, mentre noi ci siamo salvati tutti e sette, grazie a Dio. Ricordati quello che abbiamo passato in guerra: le ferite, gli assalti alla baionetta, i cadaveri dei nostri compagni che marcivano sotto la pioggia per giorni e giorni e nessuno che li seppelliva, perché se uscivi ti beccavi subito una pallottola in fronte. È peccato che abbiamo perso il papà ma per il resto non ci manca nulla. Stiamo bene, Gaetano. Fatti coraggio, dài. Quando hai bisogno di fare due chiacchiere io ci sono sempre. E sei vuoi il calesse prendilo quando ti pare.»

Gaetano tirò su con il naso, borbottò qualcosa come per dire grazie e si mise a trinciare bietole per le bestie, con foga, come se tagliasse teste.

Fu un'estate bollente quella. Il sole picchiava sul capo della gente come un fabbro sull'incudine e qualcuno si prendeva dei malanni, dava i numeri e delirava. Il figlio della Martina Cestari, una vedova con tre o quattro tornature di terra, si impiccò a un albero di more in un pomeriggio di agosto con l'aria ferma e fosca, così calda e soffocante che nemmeno le cicale osavano dire niente e le foglie pendevano inerti dagli alberi. Per fortuna don Giordano, il nuovo parroco, li seppelliva lo stesso in terra consacrata i suicidi, perché sapeva bene che quella povera gente non l'aveva fatto per offendere Dio, ma solo perché non riusciva più a sopportare il tedio, la disperazione e l'angoscia. Perché la vita gli pesava molto di più che la morte. Li benediceva lo stesso e diceva: «*Requiescat in pace, amen*», spargendo con abbondanza l'acqua santa. Poi si avvicinava alla madre e diceva: «Fatevi coraggio, che Dio non vi abbandonerà».Belle parole, ma la Martina piangeva come una fontana ed era inconsolabile. «Si ha un bel dire che poi di là ci si ritrova» diceva la Clerice, che pure era religiosa, «ma intanto non lo vedi più.»

Piangeva la Martina, e continuava a dire fra un singhiozzo e l'altro nel suo bizzarro dialetto montanaro: «*Puvrin e' me bastèrd!*». Poverino il mio bastardo, che poi era un modo affettuoso per dire "il mio figliolo". Anche se c'era un motivo preciso in quella parola, perché le ragazze di montagna per non patire la fame venivano in pianura a fare le serve e quasi subito si trovavano il padrone nel letto e facilmente rimanevano incinte e venivano rispedite a casa a partorire, per l'appunto, un bastardo. Che non era poi il caso della Martina, che il marito ce l'aveva avuto finché Dio glielo aveva lasciato ed era anche un buon diavolo.

Floti e Gaetano con Fredo e Dante lo portarono al cimitero a spalla il figlio della Martina, perché erano suoi amici e perché erano tutti alti uguali e così la cassa da morto andava via pari. E non pesava niente, meschino, ridotto a pelle e ossa dalle fatiche disumane che faceva tutto solo su quella terra. Armando ai funerali non ci veniva perché aveva paura dei morti, per quanto ne avesse visti tanti in guerra, e non voleva pensare che un giorno o l'altro sarebbe toccata anche a lui. Savino invece, che aveva imparato ad ammazzare a diciannove anni al fronte, sul Piave, non aveva paura nemmeno del demonio in persona ed era anche troppo spavaldo, e Floti ogni tanto doveva dargli sulla voce proprio come avrebbe fatto un padre.

Da allora in poi, quando era il tempo dei lavori in campagna, andavano in due o in tre a dare una mano alla Martina, che altrimenti non avrebbe saputo come fare a tirare avanti. E quando era il tempo dell'aratura si presentavano con un paio di buoi che sembravano dei monumenti e avevano una forza che avrebbero tirato giù una casa. In tre giorni il lavoro era fatto, e la terra rivoltata dal vomere esalava un vapore leggero che sapeva di foglie morte.

L'inverno quell'anno arrivò gelato come una lama, la terra s'irrigidì e le foglie caddero dagli alberi tutte in una notte. La legna per fortuna non mancava, ma Floti diceva che era meglio venderla per farci dei soldi e consumarne meno che si poteva. Le lunghe sere di dicembre e di gennaio ci si trovava nella stalla. Nel camino la Clerice accendeva un fuocherello appena sufficiente a fare quel poco di braci da mettere nel prete per scaldare il letto.

E per passare il tempo si giocava a carte o si ascoltava una storia. Dopo le prime nevicate cominciarono a fermarsi dei girovaghi, e quelli sì che ne avevano di storie da narrare per guadagnarsi un piatto di minestra e un paglione su cui dormire. Una volta si fermò un arrotino. Un forestiero che parlava un dialetto strano, che solo Floti riconobbe perché era stato parecchi mesi in Friuli. Era bravo non solo perché sapeva affilare i coltelli, che sembravano dei rasoi, ma sapeva anche fare le sedie, o *scrane* come diceva lui. Prendeva del legno di acacia e con quattro o cinque colpi di falcione faceva i montanti e poi i traversi e da ultimo i pioli, e dopo le impagliava che venivano una meraviglia. Ma le sue storie mettevano paura davvero. E a volte uno aveva l'impressione che fosse un po' fuori di testa. Forse era stata la guerra e tutto quello che aveva passato. Diceva che nella casa in cui viveva da solo in cima a una montagna ci si vedeva e ci si sentiva e più di una volta aveva visto la moglie morta da tre anni attraversare la sua camera da letto con in braccio il bambino morto anche lui durante un bombardamento di artiglieria, immobile come un fagotto di stracci. La donna lo guardava con gli occhi rossi per il gran piangere e se lui cercava di dirle qualcosa lei non rispondeva.

Tutti tacevano a quel punto perché nessuno aveva voglia di dire son tutte bubbole e nemmeno di dargli occasione di continuare. La Clerice però diceva che forse era vero quello che diceva e quelle che vedeva erano anime del purgatorio.

«Ma il bambino?» chiedeva la Maria. «Che cosa volete che abbia da purgare un bambino così piccolo, mamma. Che peccati volete che abbia, povera creatura?»

«Anche se non ha fatto niente sta con sua madre. È troppo piccolo per stare da solo.» E poi si faceva un segno di croce e diceva sotto voce delle giaculatorie.

Pure Fonso, il contafavole, era sopravvissuto alla guerra e come lui non c'era nessuno nel narrare storie. I Bruni lo accettavano volentieri, anche se a Floti non piaceva che sua sorella Maria si fermasse con lui che non era bello per niente ed era un operaio a giornata. Per giunta, quando tornò, era mezzo sordo perché aveva fatto la battaglia del Montello, con ottomila bocche di cannone che sparavano tutte assieme producendo un fragore spaventoso, e l'udito ne aveva patito non poco.

Eppure, quando la sera arrivava avvolto nel tabarro, anche le donne volevano venire nella stalla con la scusa di filare la canapa. La Maria stava ad ascoltarlo a bocca aperta e le sue storie erano così belle che diventava bello anche lui mentre le raccontava. Almeno ai suoi occhi. E quando cominciava con la sua solita formula d'inizio "Dovete stare a sapere che c'era una volta...", si faceva un silenzio che si poteva udire il ruminare lento dei buoi. A volte veniva accompagnato da amici che speravano così di poter godere dei suoi privilegi: qualche bicchiere di vino o addirittura, quando aveva finito il suo racconto, un galletto fritto in padella là per là con una buona pagnotta di pane. Ma questo accadeva di rado e, comunque, quando la brigata non era troppo numerosa.

E poi c'erano delle convenzioni: se il narratore, per qualunque motivo, nominava il re, significava che gli si doveva versare da bere. Per questo, ogni tanto chi lo accompagnava gli sussurrava, proprio dentro l'orecchio: «Nomina il re, nomina il re!» così un bicchiere sarebbe toccato anche agli altri.

Durante il tempo di guerra il contatto tra lui e la Maria non si era del tutto interrotto. A volte lui le mandava una cartolina postale con degli stornelli:

Fior di giaggiolo,
t'amo più che la mamma
il suo figliolo.

Fior di ginestra,
per te mi butterei
dalla finestra.

Da chi sempre ti pensa,
Alfonso

E lei non si stancava mai di leggerla e rileggerla, di nascosto dai suoi genitori.

La ricompensa per il narratore era sempre proporzionata alle facoltà del suo uditorio e della sua committenza: poteva essere una bottiglia, un pezzo di forma, o anche un sacco di frumento da una trentina di chili che lui si caricava in spalla e si portava a casa camminando nel cuore della notte fino davanti all'uscio. La sua fama si era diffusa nei paesi vicini e lo chiamavano anche da parecchio lontano: da San Giovanni e anche più in là se avesse voluto. Fonso era uno dei pochi che leggevano, in paese, oltre al parroco, al dottore e al farmacista. Leggeva romanzi: *Guerra e Pace*, *Il corsaro ros-*

so, *Il conte di Montecristo, Il padrone delle ferriere*... E poi li raccontava in dialetto. A volte la narrazione prendeva più di una notte, specie con i romanzi lunghi. *Guerra e Pace*, per esempio, prendeva tre sere consecutive.

Con il ritorno della primavera Gaetano cominciò a sentirsi un po' meglio e in qualche modo rassegnato. Dopo tutto, era da dire che Iole non avrebbe mai potuto prendere uno come lui. Avrebbe di sicuro sposato il figlio di un notaio o di un farmacista o di un possidente come Barzini, per esempio. Si era illuso per niente. Pazienza. Però a volte, ripensandoci, gli veniva in mente l'ultima volta che si erano visti e che lei gli aveva detto quelle parole così crude. Davvero le parole non gli avevano lasciato alcuna speranza ma, per un istante, gli era parso che gli occhi di lei parlassero diversamente. O forse, ancora una volta, aveva voluto illudersi.

Per qualche tempo si era comportato da stupido, proprio come aveva predetto suo fratello Floti, e più di una volta si era nascosto dietro la siepe per guardarla, non visto, quando andava in paese a fare la spesa o si fermava a chiacchierare con le sue amiche o con qualche corteggiatore.

Alla fine decise di buttarsi il passato alle spalle e una sera che tornava in calesse dalla cooperativa, dove aveva portato i conti del latte conferito, incontrò una ragazza che andava verso casa lungo il Finaletto con un cesto di panni che aveva lavato nelle chiuse della Fiuma. Era di costituzione minuta e la cesta doveva pesarle molto perché l'anca sinistra sembrava quasi cedere per lo sforzo. Però aveva un certa grazia e dei bei capelli neri raccolti in una treccia che le arrivava fino in cintura.

«Buona sera, signorina» le disse, «quella cesta deve pesare un bel po'. Se permettete potrei darvi un passaggio sul mio calesse.» La ragazza rispose in modo brusco: «Andate di lungo, galantuomo, che non ho bisogno di niente e non sono abituata a parlare con gente che non conosco». Riottosa, ma buon segno: era sicuramente una ragazza per bene e lavoratrice.

«Non voglio darvi incomodo» rispose, «ma solo aiutarvi. Quella roba è troppo pesante. Per favore, lasciate che vi aiuti.» La ragazza si fermò fissandolo negli occhi: «Non penserete che salga con voi solo perché avete un bel calesse». Gaetano sorrise: «Non è neanche mio, è di mio fratello e per dimostrarvi che non ho cattive intenzioni vi faccio una proposta: carichiamo la cesta sul calesse, io scendo e vi accompagno a piedi, tanto sono di strada». Mentiva ma gli interessava la ragazza e poi di sicuro doveva abitare da quelle parti. Lei accettò. «Mi chiamo Gaetano» cominciò lui, «e vivo non molto lontano da qui, posso sapere come vi chiamate?»

«Silvana» rispose lei. E nel tempo che passò a percorrere la strada fino davanti all'uscio di casa si rese conto che aveva di fronte un bravo ragazzo, semplice e onesto, dopo che aveva già notato la sua prestanza fisica. Quanto a Gaetano, capì da subito che Silvana avrebbe potuto essere una buona moglie e un'ottima madre. Inoltre intuiva, guardandola di sottecchi, che avrebbe potuto trovare intrigante e attraente la sua intimità, quando fosse stato il momento giusto.

E così continuarono a vedersi. Gaetano l'aiutò per un poco a portare a casa i panni lavati, ma poi le domandò di essere presentato ai suoi genitori. Era un impegno importante, quasi un fidanzamento, perché entrava in casa, si faceva conoscere, in qualche modo dichiarava, con quel solo gesto, di avere intenzioni serie. E così, da quel giorno, prese ad andare a morosa tutti i martedì, i giovedì e i sabati, e talvolta anche le domeniche, dopo aver governato le bestie e vuotato la stalla dal letame. Le giornate che si allungavano permettevano di trovare più tempo per fare altre cose. Si lavava anche, nel tino, e la Clerice gli spazzolava la schiena e la testa con la brusca da bucato per togliergli l'odor di stalla. Poi gli dava una camicia di canapa stirata e profumata di spigo perché facesse bella figura. Anche lei ci teneva a che il fidanzamento andasse a buon fine perché si era informata e aveva saputo che la ragazza era onesta e con pochi grilli per la testa.

Gaetano si preparava a chiederla in sposa alla fine di giugno. Ormai i discorsi se li erano fatti tutti e non c'erano incognite di alcun genere, tanto valeva prendere la decisione.

«Mi sposo, mamma. Siete contenta che prenda la Silvana?» disse un giorno alla Clerice.

«Certo che sì. I figli prima si fanno e meglio è, così si vedono crescere e si ha tempo di vederli anche sistemati. La ragazza poi è una perla che di meglio non potevi trovare, mica come quella...»

«Per favore, mamma» la fermò Gaetano, «lasciate perdere. Sono cose che riguardano soltanto me.»

«Non dire stupidaggini: alla tua età non si capisce niente. Quella ti avrebbe mangiato in un boccone.»

«Mamma, vi ho detto che sono affari miei, non vi immischiate per favore.»

La Clerice restò sorpresa e amareggiata per la risposta così sgarbata di un figlio che era sempre stato buono e rispettoso, e si convinse ancora di più che certe donne gli avvelenano il sangue agli uomini, e gli fanno fare quello che vogliono. Fortuna che era finita. Non disse altro perché sarebbe stato peggio, e discutere gliel'avrebbe fatta ricordare ancora di più.

Qualche tempo dopo, una mattina di fine aprile, mentre tornava dal mercato di Sant'Agata, Gaetano la vide lungo il fosso del quercione che raccoglieva radicchi selvatici con un coltellino e un cesto di vimini. Fu lei a salutarlo per prima: «Buongiorno, Gaetano».

Lui rallentò per rispondere al saluto: «Buongiorno, Iole».

«Beato chi vi vede.»

«Non dite così: siete stata voi a non volermi più vedere.»

«Questo non è vero. Ho solo detto che non me la sentivo di sposarmi. Non per voi che mi siete sempre piaciuto e ve l'ho anche dimostrato...»

Gaetano si sentì rimescolare il sangue a un riferimento così diretto a memorie comuni. Un riferimento sfacciato e per questo ancora più seducente.

«Io mi aspettavo che voi mi proponeste un'altra vita: andare in città, aprire un negozio, per esempio, e dopo che i guadagni ce lo avessero permesso, andare a teatro, passeggiare sotto i portici a braccetto...»

«E come faccio a portarvi in città, ad aprire un negozio, a comprare la roba da vendere? Ci vuole un sacco di soldi: e chi me li dà a me tanti soldi?»

«Queste non sono cose a cui debba pensare io, sono cose da uomini, e so di tanti che partendo dal niente hanno fatto strada. Ma voi non ve la siete sentita e non vi posso biasimare.»

Gaetano restò in silenzio, tormentato da pensieri che non riusciva a dominare. La presenza di Iole, che non vedeva così vicina da tanto tempo, aveva cancellato ogni altra immagine, ogni altro evento, ogni altra persona. Per fortuna indossava il vestito buono e una camicia pulita: si sarebbe vergognato come un cane se fosse stato in disordine. Osò rivolgerle di nuovo la parola: «Dite la verità che vi sono sempre piaciuto?».

«Non mi fate parlare. Cosa credete, che mi lasciassi toccare e accarezzare e baciare perché sono una poco di buono? Lo facevo perché mi piacevate. Ma io non me la sento di fare quella vita. Quando ci vedevamo eravate sempre in ordine, con la camicia stirata e profumata, su quel bel calesse. Ma poi vi avrei visto spalare letame nella stalla, sedervi a tavola con quella puzza addosso, io stessa sarei sempre stata in disordine, nell'aia con le galline e le oche, a camminare nel fango d'inverno e nella polvere d'estate, a fare figli uno dopo l'altro come fate voi contadini perché avete bisogno di braccia... e tutto questo voi lo chiamate lavori leggeri.»

Gaetano fu ferito da quella descrizione spietata; si sentiva un infelice, un miserabile: Iole gli aveva fatto balenare la visione di una vita del tutto diversa, con a fianco lei, bellissima e forse innamorata, una vita che lui sapeva essergli negata da un destino inevitabile, quello di chi nasce contadino e deve fare per forza il contadino, perché altrimenti è peggio. Iole gli si avvicinò e a lui sembrò di essere ubriaco. Gli si accostò ancora di più, fino a sfiorargli le labbra con le sue: «Pensate a cosa vi perdete Gaetano» sussurrò. E si allontanò lungo la viottola che attraversava il campo. Lui restò immobile in lacrime accanto alla cavallina che lo guardava con i grandi occhi umidi come se cercasse di capire.

Tornò a casa sconvolto e per parecchi giorni non andò a trovare la fidanzata, tanto che quella, preoccupata, gli mandò un messaggio tramite un suo parente che frequentava i Bruni: un giovane di nome Tonino. Gaetano era nella stalla a mungere le vacche e lui gli si avvicinò: «Gaetano, Silvana vi manda a dire che è molto preoccupata di non vedervi. Chiede se vi sentite poco bene o se avete qualche altro problema. Dice di non farvi scrupolo di parlarle direttamente e di dirle, per favore, la verità, qualunque sia. Capite che cosa intende?».

Gaetano si fermò, scostò lo sgabello e il secchio del latte e si avvicinò all'improvvisato ambasciatore: «Tonino... mi dispiace, ho passato un momento difficile... dille che ho bisogno di qualche giorno per rimettermi e che poi mi farò vivo personalmente e le spiegherò tutto».

«State poco bene Gaetano?» domandò il ragazzo.

«Sì... No, no. Ma vai ora, vai a riferire quello che ti ho detto.»

Il ragazzo rimontò in bicicletta e tornò da dove era venuto. Una settimana dopo, fu Gaetano ad affidare un messaggio per Silvana a Iófa, perché doveva passare di là con il biroccio: le dava appuntamento per la sera successiva alla cappellina di San Firmino, un posto non lontano da casa sua ma tranquillo e isolato. Silvana arrivò all'ora convenuta, poco prima del tramonto, e trovò il fidanzato seduto sulla panchina di pietra appoggiata al muro di fianco alla porta. C'era un buon profumo di rose nell'aria. «Come state, Gaetano? Sono stata molto in pensiero per voi: speravo ogni giorno di avere notizie.»

Gaetano si alzò e le diede un bacio sulla guancia: «Perdonatemi, Silvana, sono stato... poco bene».

«Poco bene? Ma di che cosa? Tonino mi ha detto che vi ha trovato a lavorare nella stalla. Che tipo di male vi ha tenuto lontano da me?»

Gaetano capì che ce l'aveva scritto in fronte il motivo del suo male e che tanto valeva parlare sinceramente: «L'altro giorno ho incontrato per caso la mia vecchia fidanzata, Iole».

«Per caso?»

«Sì, per caso. Tornavo da Sant'Agata e lei era lungo il fosso del quercione a raccogliere radicchi selvatici. Da quando mi fermo con voi non l'ho mai cercata, ve lo giuro.»

«E allora? Che cosa è successo?»

«Nulla. Abbiamo solo parlato ma questo è bastato a guastarmi il sangue. Da allora non penso che a lei e a quello che mi ha detto.»

«Che cosa vi ha detto, Gaetano?» domandò Silvana con gli occhi lucidi ma con la voce ferma.

«Mi ha fatto capire che se io fossi disposto a cambiare vita, lei mi vorrebbe ancora.» Abbassò il capo arrossendo. Sentiva quale dolore e quale umiliazione stava soffrendo la sua fidanzata.

«Cambiare vita? E perché, che cosa c'è di sbagliato nella vostra vita?»

«C'è... c'è che sono un contadino, un bovaro, e lei vuole una vita diversa, vorrebbe stare in città e se io... ecco, se io potessi accontentarla, lei mi riprenderebbe.»

«Ho capito... ora, ascoltatemi bene, Gaetano: se per

qualunque motivo voi desiderate tornare da lei, se avete trovato il modo di farla contenta, io non vi sarò di ostacolo, vi lascerò libero dalla vostra promessa. Non mi dovete niente. Vedete, non è successo niente fra di noi. Mi avete baciata qualche volta sulla guancia, nulla di più e dunque sentitevi libero. Vi ricorderò ugualmente con affetto. Ricorderò quel giorno che mi avete accompagnata a casa mettendo il cesto del mio bucato sul calesse e camminando con me a piedi. Non ve l'ho mai detto prima perché non sono abituata e perché sono timida. Ve lo dico adesso perché non pensiate che sono una persona insulsa. Vi voglio bene, Gaetano; siete un bravo ragazzo e ai miei occhi siete bello e amabile e credo anche che sareste un ottimo padre se avessimo dei figli. Da quando ci vediamo ho spesso pensato a come sarebbe la nostra vita insieme. Non mi spaventa la fatica, ci sono abituata. E se la sera andrò a letto stanca, meglio. Avrò voglia di venirvi vicino» ora era lei ad arrossire «per scaldarmi, per parlare della giornata vissuta insieme e del futuro nostro e della nostra famiglia. Quel sogno mi faceva felice, ma ora le cose sono cambiate. Capisco che non avete mai dimenticato Iole e che forse non riuscirò mai a farvela dimenticare: non sono bella come lei, non conosco le sue arti e, soprattutto, non vorrei mai vedervi infelice e con dei rimpianti. Proprio perché vi voglio bene.» Gaetano fece per dire qualcosa ma lei lo fermò: «No, ancora poche parole e avrò finito. Pensate a quello che davvero volete. Vi aspetterò per sette giorni. Se entro quel tempo non sarete tornato da me, non tornate più, vi prego, perché sarei costretta a respingervi». Si alzò e gli fece una leggera carezza sulla guancia poi s'incamminò lungo la viottola che fiancheggiava il Finaletto, verso casa.

Sei giorni dopo Gaetano, vestito con quanto aveva di meglio, si presentò ai suoi genitori e la chiese in sposa.

13

La mattina di un sabato di metà giugno, vigilia del suo matrimonio, Gaetano attaccò la cavallina al carretto per andare a prendere la dote della sposa: lenzuola, biancheria, asciugamani, tende, teli ricamati, tutto quello che una brava e onesta ragazza preparava in attesa del matrimonio. Strada facendo, forse per caso o forse per intenzione, passò davanti alla casa della sua vecchia morosa. Iole, bella come sempre, stava sull'uscio di casa a sbucciare piselli e, quando se lo vide passare davanti vestito a nuovo, lo salutò: «Buongiorno, Gaetano, dove andate di bello così in ghingheri?».

Gaetano rallentò fino a fermarsi. Tutti sapevano che l'indomani si sarebbe sposato e di sicuro anche lei. La domanda quindi era posta per altri motivi. Rispose: «Vado in un posto che ci potreste essere voi, se mi aveste detto di sì».

Iole smise d'un tratto di sbucciare i piselli e lo fulminò con uno sguardo di ghiaccio: «Dio faccia che non vi godiate nemmeno la prima notte» sibilò. Poi scaraventò in terra i piselli che si sparsero dappertutto e rientrò in casa sbattendo la porta. Gaetano restò immobile per alcuni istanti come paralizzato, mentre una sensazione di gelo gli riempiva il cuore e gli scendeva come un serpente lungo la schiena. Perché tanto odio? Perché lo malediceva quando era stata lei a rifiutarlo?

Non avrebbe mai capito cosa le passava per la testa, mai capito che Iole, a modo suo, gli aveva dimostrato di provare per lui un sentimento, ma aveva di sé una tale considerazione da pensare di meritare qualcosa di diverso dall'aia, dalla stalla e dal porcile dei Bruni.

Gaetano cercò di scacciare quel cupo presagio e diede una voce alla cavallina, che riprese il trotto. Lo spettacolo della natura trionfante nel colmo della bella stagione, le rose rampicanti attorno ai pilastrini delle Madonnine nei trivi, il grano che cominciava a imbiondire lo rincuorarono e arrivato al Finaletto già si sentiva meglio. Pensò che quelle erano parole senza senso, che non avrebbero avuto alcuna conseguenza, che era tutta invidia perché lui sposava Silvana e lei invece, a forza di aspettare quello che la portava in città, sarebbe rimasta zitella.

Quando ebbe caricata la dote sul biroccino, tornò verso casa dove già fervevano i preparativi per le nozze. La Clerice, con in mano il mestolo, impartiva ordini alle donne che l'aiutavano a preparare il pranzo: amiche, figlie, parenti. Quella era una delle occasioni più ghiotte per chiacchierare, spettegolare, occuparsi dei fatti altrui. Alcune, quelle che di natura avevano le mani più calde, impastavano la farina con le uova finché la massa diventava liscia come il velluto ed era pronta per essere tirata con il mattarello. Si cominciava dai bordi a piccoli colpi ritmati, poi si procedeva verso il centro e poi di nuovo indietro.

Quando la sfoglia era diventata abbastanza sottile, veniva avvolta come un pezzo di stoffa attorno al mattarello e fatta rullare avanti e indietro cosicché diventava fine come un velo da sposa, trasparente e dorata, così leggera che volava sul tagliere quando le davano l'onda per stenderla in modo uniforme e senza rughe. Altre preparavano il ripieno dei tortellini tagliando il filetto di maiale, il prosciutto, i tocchetti di mortadella, l'odore appena del salame. Poi, prima di scottare in padella tutto quel bendidio, aggiungevano sale, pepe, e giusto un sentore di noce moscata.

A parte bolliva la carne da brodo: doppione di manzo, gallina vecchia con le uova ancora nell'ovaia, di misure decrescenti e solo di tuorlo, cappone, e poi gli odori, i fegatini e il magone pelato e aperto in due. Altre ancora si occupavano degli arrosti: galletti novelli, maiale, faraone, due fagiani che Floti aveva cacciato tre giorni prima in collina dalle parti di Savignano.

Poi c'era chi preparava i dolci: gli zuccherini a forma di anelli da sposi, la torta secca con cioccolato e mandorle e il croccante a forma di chiesetta con sulla cima due pupazzetti di zucchero che rappresentavano gli sposi. Da ultimo la zuppa inglese fatta di strati di savoiardi inzuppati nell'Alchermes con strati alternati di crema pasticcera e crema di cioccolato. Il profumo usciva dalla cucina nell'aia, si spandeva addirittura nei campi, e gli uomini si fermavano a commentare e gli veniva l'acquolina in bocca solo al pensiero di cosa sarebbe stato il pranzo. Un tale banchetto era proporzionato all'unicità dell'evento e non si usava nemmeno per Pasqua e Natale, e neppure per la sagra della Madonna della Provvidenza che durava sette giorni, tanto che gli abitanti dei paesi vicini avevano coniato una beffarda tiritera:

Dein dan, dein don,
tri dé et turtlein
tri dé et turtloun
e ander inanz
puleinta e zrdoun.

Din dan, din don, tre giorni di tortellini, tre giorni di tortelloni e ad andare avanti polenta e cetrioli.

In quelle solennità bastava un buon piatto di tortellini, il lesso con la salsetta verde piccante e per finire un po' di ciambella da intingere nel vino bianco.

Gaetano era il primo della famiglia a prendere moglie,

fra quelli che erano tornati dalla guerra, e la cosa era di tale importanza che la figlia maggiore, la Rosina, maritata a Firenze con un finanziere siciliano, aveva deciso di tornare per l'occasione sfidando le ire del gelosissimo consorte. Sarebbe arrivata a Bazzano con il trenino delle undici e Floti attese il ritorno di Gaetano per staccare il biroccino e attaccare il calesse.

La Rosina scese dal predellino vestita di un bell'abito lungo con la frappa che ondeggiava sulla punta degli stivaletti. Aveva la borsa, un cappellino con la veletta e pareva proprio una signora. Floti l'abbracciò, poi le prese la valigia e l'accompagnò al calesse. «Che meraviglia!» esclamò lei al vedere il luccicore sia del mezzo che della cavallina, e si accomodò accanto al fratello. Percorrere quei pochi chilometri nel sole e nell'aria della sua terra le diede una gioia indicibile. Non taceva un momento, e Floti aveva del bello e del buono a tenerle dietro: guarda quello, guarda questo, e quella casa non c'era quando sono partita e chi ci abita e cosa fanno e cosa non fanno. Poi raccontò al fratello le meraviglie di Firenze: le passeggiate lungo l'Arno, la chiesa di Santa Maria del Fiore che aveva una cupola che ci sarebbe stato dentro tutto il paese e in cima una specie di tabernacolo grande come la loro chiesa. Gli raccontò, con un risolino, che nella piazza principale c'erano due giganti di marmo più alti della loro casa, nudi nati, che gli si vedeva tutto.

«Se è per questo» rispose Floti, «ce l'abbiamo anche noi il gigante in piazza, a Bologna, nudo uguale, con in mano un tridente da pescatore. Rappresenta Nettuno, il dio del mare, perché una volta la gente credeva negli dei invece che in Gesucristo.»

Quando arrivarono nel cortile, la Clerice, la Maria e le comari uscirono nell'aia con le mani e i grembiuli infarinati per accogliere la bellissima Rosina. «*C'ma stèt, Rusein?*» Come stai, Rosina?, le chiese la Clerice come se l'avesse vista il giorno prima e usando il diminutivo maschile.

Rosina l'abbracciò stretta e le vennero i lucciconi agli occhi. Per la commozione, certo, ma la Clerice sapeva bene che c'era un altro motivo: che suo marito, essendo siciliano, era geloso marcio e la teneva sotto chiave come il vino buono, ma lei si sentiva male, non era abituata e ci soffriva. E se a volte protestava lui la picchiava. «Adesso goditi la festa» le disse la madre, «e non ci pensare. Chissà che con il tempo non gli passi.»

«Sì» rispose Rosina, «quando sarò vecchia e grinza e non mi vorrà nessuno. Allora si metterà tranquillo.»

Tempo qualche minuto e anche lei, cambiata d'abito e messo un grembiule, era già in mezzo alle altre a chiacchierare e spignattare, e si sentiva libera e felice, nella sua casa dove non c'erano soldi, ma tanta allegria e si cantava sempre. La Bettina, moglie di Pio Patella, esortava la Clerice a farsi un bel bagno nel mastello del bucato visto che l'indomani avrebbe portato lo sposo all'ingresso della chiesa, ma la Clerice era riluttante e raccontava la solita vecchia storia a tutte ben nota: «Quando sposai il povero Callisto la mia vicina continuava a dirmi lavatevi il mostaccio con il sapone, Clerice, che domani andate allo sgabello. Io non volevo, ma lei ha tanto insistito che alla fine le ho dato retta, ma non sono più stata quella. Avevo una pelle liscia come una prugna appena colta, avevo, e guardate come sono messa adesso».

«Ma non è colpa del sapone, mamma» rispondeva ridendo la Rosina, «è colpa degli anni e con quelli non c'è niente da fare.»

Il giorno dopo Gaetano andò con sua madre ad aspettare la sposa davanti alla chiesa mentre le campane suonavano a festa e la gente si fermava a guardare. Indossava un abito di fustagno color canna di fucile e due scarpe lucide a specchio che facevano un male cane ma anche una gran bella figura. Gli stava accanto la madre con un abito scuro di cotone, una camicia bianca con le trine al colletto e alle maniche e, attorno al collo, tre giri di granatine rosse come il fuoco. Checco, in giacca di fustagno grigio, pantaloni neri, camicia e cravatta, gli faceva da testimone. E mentre se ne stava così ad aspettare gli venne in mente Pipetta, che prima di andare a morire contro i carri armati lo aveva chiamato *milórd*. Silvana, vestita con un abito di cotone chiaro e una corona di margherite intrecciata ai capelli, arrivò puntuale assieme a suo padre e ai suoi fratelli su un biroccino lustro di olio da mobili e con i mozzi dipinti di nero brillante. Il padre l'aiutò a scendere e l'accompagnò fin davanti la chiesa dove l'affidò al suo fidanzato perché procedesse con lui fino all'inginocchiatoio coperto di un panno rosso, davanti all'altare.

Silvana non trattenne le lacrime quando l'arciprete le chiese se volesse sposare il qui presente Bruni Gaetano per servirlo e onorarlo per il resto dei suoi giorni e lei rispose sì, lo voglio, e si scambiarono gli anelli. Quando uscirono nel pieno sole, una delle compagne di sgabello le passò un canestrino con degli zuccherini e qualche confetto da distribuire ai bambini che attendevano impazienti. Lei ne buttò alcune manciate su cui i bambini si tuffarono azzuffandosi. Poi Floti li fece salire tutti e due sul calesse e, in piedi come un antico auriga, li condusse al passo fino a casa.

Quando tutti furono arrivati, ci fu il pranzo nell'aia sotto il pergolato di vite, con Iófa che suonava la fisarmonica e cantava a squarciagola la canzone dello spazzacamino che era tutto un doppio senso, ma la Clerice lasciò correre perché ci si sposa una volta sola e un po' di divertimento ci vuole. Gaetano, stranamente, non mangiò granché, anzi, poco e di malavoglia, sicché la moglie s'impensierì: «Non vi sentite bene? Come mai non avete appetito? È tutta roba così buona!». Gaetano rispose evasivamente che era un po' stanco, e cercava ugualmente di ridere e scherzare con gli amici, ma si vedeva che non era nelle sue pieghe.

Gli invitati invece mangiarono e bevvero per ore, fino al tramonto, prendendo giù due o tre volte per ogni portata. Quasi tutti erano brilli, qualcuno era del tutto ubriaco, qualcun altro, per fortuna, vomitò. Sandrone Burgatti, detto Pizìga, uno che pativa la fame per quasi tutto l'anno, si era ingozzato al punto che non ce la faceva a digerire e nemmeno a vomitare sicché era diventato bianco come una pezza lavata e borbottava «*odìo a mur, odìo a mur*», oddio muoio, oddio muoio.

«Andate a chiamare il dottore» disse la Clerice, «che questo qui crepa davvero.» Floti non se lo fece dire due volte: attaccò la cavallina e la spinse al galoppo fuori dall'aia e poi via per la strada verso il paese.

Tutti pensavano che sarebbe tornato di lì a minuti ma, aspetta e spera, Floti non arrivava mai e non si sapeva che fine avesse fatto. Forse il dottore era da qualche altra parte ed era andato a cercarlo, ma intanto Pizìga aveva preso un colorito verdastro che non faceva presagire nulla di buono. Che si fa, che non si fa, a un certo punto uno dei vecchi, tale Anselmo Borzacchi che la sapeva lunga, disse che bisognava subito seppellirlo nel letamaio fino al petto sennò ci avrebbe lasciato le penne. Tutti si guardarono in faccia: nel letamaio? Sissignore, nel letamaio, perché là sotto fa un gran caldo e lo fa digerire. Detto fatto: Pizìga venne spogliato dalla cintola in giù e ficcato dentro a un buco scavato nel letamaio e poi rincalzato tutto attorno. Borzacchi lo guardò soddisfatto dicendo che gli ricordava, *mutatis mutandis*, non si sa che personaggio della *Divina Commedia* e aspettò pazientemente che la cura facesse effetto. Non passò gran tempo che Pizìga riacquistò un minimo di colore. «Buon segno» diceva il vecchio, «cosa vi avevo detto?»

Intanto arrivò di gran carriera Floti con il dottore il quale, con sorpresa di tutti, confermò in pieno la terapia del vecchio Borzacchi. Si fece portare una sedia, un piatto di faraona con le patate arrosto, una bottiglia di Albana, e restò a vegliare accanto al paziente, in chiacchiera con gli altri invitati seduti attorno al letamaio. Finché questi non migliorò decisamente. Quando fece scuro, Pizìga venne estratto, lercio come un maiale e puzzolente che non gli si stava vicino, e subito chiese licenza di appartarsi perché sentiva la necessità di scaricare. Quando riemerse dal canepaio fu messo così com'era nell'abbeveratoio delle vacche e strigliato con la brusca da bucato finché parve rimesso a nuovo e se ne andò a casa con le sue gambe.

Quella stessa notte Gaetano si sentì male.

Il medico condotto fu chiamato solo dopo un giorno o due perché si sperava che le cose migliorassero spontaneamente. Il giovane Bruni era un pezzo d'uomo che aveva superato le prove più aspre durante la guerra, era capace di sollevare da terra un sacco da un quintale e caricarselo sulle spalle da solo: cosa poteva mai scalfire una simile tempra?

Né il medico né alcun altro seppe mai dare una risposta. Si provarono diverse cure, sia prescritte dal dottore, sia dalla sapienza della Clerice che conosceva molti rimedi. Ma purtroppo senza esito. Armando e Fredo sostituirono nella stalla Gaetano, che continuava a peggiorare finché si ridusse a letto. Silvana gli stava accanto giorno e notte e quando lui si appisolava recitava il rosario e pregava la Madonna di conservarle suo marito perché era innamorata e non lo voleva perdere e perché era incinta e non voleva partorire un figlio orfano del padre. A volte non reggeva all'angoscia e andava a rannicchiarsi in terra in un angolo della camera da letto e scoppiava in singhiozzi nascondendo il viso fra i due muri. La Clerice veniva su, ogni tanto, con un brodo caldo, con degli infusi d'erbe, gli strofinava il petto con un unguento speciale di cui solo lei conosceva la composizione, ma non otteneva che piccoli miglioramenti passeggeri. Una volta Silvana lo udì proferire strane frasi nel deliquio e pronunciare il nome della rivale. Lo disse subito alla suocera, all'*arzdoura*, la matriarca e suprema reggitrice della famiglia, e la Clerice abbassò il capo oppressa da profondo sconforto: «È per questo, dunque» mormorò, «è lei che lo fa morire...».

«Ma cosa dite, mamma?» domandò Silvana.

«Non c'è nulla di più terribile dell'odio di una donna, figlia mia.»

«Non crederete al malocchio?»

«La Chiesa impone di non crederci, ma io so cose che nessun prete conosce. Hai mai sentito parlare di donne tradite o respinte che levano la *pèdga*? Non so come la chiamate voi al vostro paese: è quella massa di fango che si attacca agli scarponi degli uomini che lavorano nei campi d'inverno quando la terra è umida, o anche d'estate dopo un forte temporale. Quando diventa troppo pesante si stacca dalla suola e rimane per terra conservando l'impronta del piede di chi l'ha lasciata.

Se una donna ha cattive intenzioni, la raccoglie e la mette all'incrocio dei rami principali di una quercia. A mano a mano che il vento, la pioggia, il sole cominciano a sgretolare la forma del piede, l'uomo che l'ha lasciata comincia a deperire e quando quella forma è completamente dissolta, l'uomo muore. Prima del vostro matrimonio ci sono stati diversi temporali e Gaetano è più volte andato in campagna a portare a casa l'erba per le bestie.»

Silvana si portò la mano alla bocca ed esclamò sgomenta: «Oh, no!». La Clerice la fissò con gli occhi umidi, annuendo. «E non si può fare nulla?»

«Se si riesce a sapere dove si trova, bisogna prelevarla con molta cura perché non si sbricioli, cuocerla in un forno e poi nasconderla in un posto dove nessuno la può trovare. In questo modo la persona colpita dal maleficio comincia a riprendersi, finché recupera del tutto la salute.»

Silvana piangeva a dirotto con la faccia nascosta fra le mani, la Clerice guardava il suo figliolo, così grande e così forte, ridotto a uno straccio. Per un istante pensò che avrebbe fatto qualunque cosa pur di salvarlo. Silvana la precedette: «Prenderò quella donna, e con le buone o con le cattive mi farò dire dove ha nascosto l'impronta di mio marito, a costo di torturarla, di strapparle le unghie una a una...».

Clerice alzò la mano per porre fine al delirio: «No. Queste sono soltanto fantasie di due donne disperate. Tu non farai niente, figlia mia, perché potresti anche compiere la più terribile delle ingiustizie. Non sappiamo nulla, non abbiamo visto nulla, hai soltanto udito, o creduto di udire, le parole di un uomo malato che vaneggia. Preghiamo la Madonna: lei che ha visto morire suo figlio ci può capire».

Gaetano morì, sei mesi dopo essersi sposato, ridotto a pelle e ossa. I fratelli lo portarono al cimitero e lo seppellirono accanto al loro padre. Prima di morire aveva lasciato detto alla moglie quale nome avrebbe dovuto dare al figlio se fosse stato un maschio e quale altro se invece fosse stato una femmina.

Silvana partorì una bambina che morì prima di compiere il sesto mese, e per molto tempo si chiuse in un dolore muto e disperato. La Clerice non cessò mai di pregare e di raccomandarsi alla Madonna: se non aveva potuto concederle la grazia di salvarle il figlio e la piccola, le desse almeno la forza di sopportare un simile dolore e di tirare avanti con fede e forza di volontà, nella certezza che un giorno si sarebbero tutti rincontrati nell'aldilà.

Per alcuni mesi ancora Silvana restò in casa dei Bruni, e ogni tanto accompagnava la suocera al cimitero a pregare sulle tombe dei loro morti. Poi, un giorno, le disse: «Mamma, ho pensato di tornare dai miei: voi siete una buona donna e vi voglio bene. Qui tutti mi trattano con rispetto, come una sorella, ma ormai questa non è più la mia casa perché non ho più né mio marito né mia figlia».

La Clerice le fece una carezza: «Hai ragione e ti capisco, figlia mia. Se fosse per me ti terrei volentieri perché sei la moglie di mio figlio e gli avevi partorito una bambina, ma è giusto che tu torni dalla tua famiglia e, se riesci, a rifarti una vita. Sappi, però, che qualunque cosa succeda, questa casa per te è sempre aperta, sia di giorno che di notte, con il bello e con il cattivo tempo. Che Dio ti benedica».

Fu quindi fissato il giorno della partenza. Floti attaccò la cavallina al biroccio e vi caricò la dote e i vestiti della cognata. Silvana strinse la Clerice in un lungo abbraccio e tutte e due piansero in silenzio, poi abbracciò la Maria e salutò uno per uno i suoi cognati. Floti l'aiutò a salire, diede una voce alla cavalla e partirono.

Silvana non tornò mai più: la sua famiglia si trasferì in Piemonte per motivi di lavoro e se ne persero le tracce, ma la Clerice non la dimenticò mai, la tenne sempre nel cuore e nei pensieri, perché aveva amato suo figlio di un amore forte e sincero e, con la volontà di Dio, avrebbe potuto renderlo felice.

La morte di Gaetano, giunta in modo tanto improvviso e inatteso, gettò un'ombra di profonda tristezza sulla famiglia e la morte successiva della figlioletta parve il segno di un destino ineluttabile. La fortuna dei Bruni, che in sette avevano scampato il flagello della guerra, si era dissolta d'un tratto. Il dolore inconsolabile e sempre presente sul volto e nei gesti della Clerice rese difficile a tutti anche solo cercare di dimenticare. Savino, per la sua giovane età, fu quello che reagì meglio: era bello e pieno di vita, e piaceva molto alle donne che gli concedevano le loro grazie anche senza promesse di eterno amore. Floti, forte di natura e di carattere, cercò di reagire e di infondere coraggio agli altri e, soprattutto, si prese cura della madre. La portava in giro in calesse, a visitare i parenti o al mercato dove le comprava qualche piccolo regalo. E parlava con lei più che poteva.

«Mamma, purtroppo sono cose che succedono in tutte le famiglie, ma vi restano altri sei figli e due figlie che vi vogliono bene e desiderano vedervi sorridere ancora. Voi che avete fede sapete che Gaetano lo rivedrete in luogo di bene, perché era un bravo ragazzo e non faceva male a una mosca.»

«Una madre non si rassegna mai a perdere un figlio» rispondeva lei, «questi sono dolori che non ti uccidono ma che non ti abbandonano mai. Prego ogni giorno che Dio mi conceda la forza di tirare avanti e di essere ancora una buona madre per i miei figli.»

Con il passare del tempo la Clerice riuscì a riprendere, almeno in parte, la sua vita di un tempo, a occuparsi delle faccende domestiche e a governare la casa. Fredo e Dante si sposarono e le nuore le riconobbero, con il loro comportamento, il ruolo di autorità che le competeva. Era usanza che, quando una nuora entrava in casa, per un certo periodo di tempo non prendeva parola a tavola se la suocera non glielo chiedeva, ma la Clerice volle che le due ragazze si sentissero subito a proprio agio e concesse loro di partecipare fin da subito alla conversazione. Le trattava con affetto, ma in cuor suo la Silvana restava la preferita, forse perché l'aveva perduta, forse perché l'aveva vista assistere suo figlio con commovente devozione.

Nel volgere di un anno e mezzo partorirono tutte e due, ma la Clerice mandò a chiamare l'ostetrica, anche se costava soldi, perché non poteva essere lei ad assisterle per non metterle in imbarazzo. L'una partorì una femmina, l'altra un maschio e la vita parve sorridere di nuovo.

Poi accadde un evento destinato a cambiare radicalmente la vicenda dell'intera famiglia.

14

Era da poco cominciata la stagione della vendemmia quando il postino arrivò con una raccomandata indirizzata alla "Gentilissima Signora Clerice Ori, ved. Bruni". La destinataria rimase non poco turbata al ricevere un simile messaggio, che sapeva di uffici statali e linguaggi incomprensibili. Chiamò quindi subito Floti che era più capace di districarsi in simili situazioni. Fu lui a firmare, perché tanto era sufficiente la firma di un familiare, e ad aprire la busta. Il postino intanto, inforcata la bicicletta, se ne andava scampanellando per avvertire ciclisti e birocciai che stava uscendo in strada.

Floti cambiò rapidamente espressione mentre leggeva la lettera.

«Brutte notizie?» domandò la Clerice per stare nel sicuro.

«Al contrario, mamma. Andiamo dentro, che fa freddo.»

«Allora?» domandò di nuovo la Clerice richiudendo la porta dietro di sé.

Floti si sedette e appoggiò la lettera sul tavolo: «Mamma, avete ereditato».

«Che cosa?»

«È così. Questa è la lettera di un notaio di Genova che vi convoca nel suo ufficio per leggervi il testamento di un vostro parente. A quanto pare, vi ha lasciata erede universale.»

«E che cosa vuol dire?»

«Vuol dire che vi ha lasciato tutto quello che possedeva.»

«E quanto è?» domandò la Clerice.

«Nella lettera non c'è scritto, ed è per questo che ve l'hanno mandata. Lo saprete quando sarete davanti al notaio. Lui vi leggerà il testamento in presenza di due testimoni, così nessuno potrà mettere in dubbio quello che c'è scritto.»

«E quindi io dovrei andare a Genova.»

«Penso proprio di sì.»

La Clerice, che fino a quel momento era rimasta in piedi, si mise a sedere e restò in silenzio a pensare con i gomiti appoggiati sul tavolo.

«Quanto è lontana Genova?»

«Mamma, non ci dovete mica andare a piedi. Si prende il treno e si va. A ogni fermata il capostazione dice dove siete. Quando sentite dire "Genova! Stazione di Genova!" dovete saltare giù perché altrimenti il treno vi porta in un altro posto, e finché non è arrivato alla stazione successiva non si ferma.»

«Ci devo pensare» rispose dopo averci pensato su a lungo.

«Mamma, non c'è niente da pensare. C'è un'eredità e potrebbe essere un'occasione molto importante per la nostra famiglia. Fatevi venire in mente se avevate dei parenti da quelle parti. Ci deve essere il modo di sapere. Ne avrete sentito parlare dai vostri genitori o dai vostri nonni. Qualcuno che era partito in cerca di fortuna...»

La Clerice sembrava sempre più confusa. Disse ancora: «Ci devo pensare, poi ne riparleremo».

«Fate come volete» rispose Floti asciutto, «ma tenete presente che, dopo un certo periodo di tempo, se nessuno si presenta a reclamare un'eredità, i soldi e le proprietà se li prende il governo.»

Per alcuni giorni né Floti né sua madre tornarono più sull'argomento e nessuno dei due ne parlò con anima viva, nemmeno in famiglia. Poi fu la Clerice a rompere il silenzio. Fermò Floti mentre usciva con il carretto carico di bidoni di latte per il caseificio.

«Ho pensato a quella faccenda, Floti, e la cosa migliore mi sembra di parlarne tutti assieme in famiglia. Questa sera.»

«La cosa migliore, mamma? Io non ne sono sicuro. E se poi qualcuno di noi ne parla fuori? Armando, per esempio: lo avete visto in giro? Io no. Scommetto che se mi fermo all'osteria lo trovo là a chiacchierare con dei perdigiorno.»

«È sempre tuo fratello» rispose la Clerice, «anche se è più debole di te. È buono di animo e non farebbe male a una mosca. Stasera, Floti, dopo cena. E ci dovete essere tutti.»

Floti uscì in strada e si diresse verso il caseificio. Il fatto che sua madre non si fosse fidata di lui, che ne sapeva certamente più degli altri suoi fratelli, lo irritava, e anche il dover sottostare a una donna anziana, che non si era mai mossa dal paese in tutta la vita. Ma era sua madre e doveva rispettarne la volontà.

La sera stessa si trovarono attorno alla tavola. C'era anche la Maria.

La Clerice aspettò che tutti avessero finito di cenare prima di cominciare il suo discorso. Si era parlato del tempo, della stalla, della Lola che aveva partorito un vitello tre giorni prima, di quando cominciare a potare la vigna, di Checco che si sarebbe sposato in primavera e bisognava organizzarsi per il matrimonio. Verso le nove la Clerice prese la parola: «C'è una novità» esordì, «e quindi state ad ascoltarmi con attenzione. Si tratta di una lettera che ho ricevuto cinque giorni fa. Solo Floti ne è al corrente, perché era presente quando è arrivata e mi ha aiutato a capire quello che c'era scritto».

«Una lettera?» domandò Fredo. «Che lettera?»

Tutti prestarono attenzione, anche Armando che stava raccontando a Savino l'ultima barzelletta imparata all'osteria. Non accadeva spesso che arrivassero lettere.

«Buone o cattive notizie?» chiese Checco.

«Più buone che cattive di sicuro» rispose la Clerice, «ma le cose non sono così semplici. Parla tu, Floti, che ti spieghi meglio.»

Floti, investito del compito che lo metteva in realtà nella posizione del padre che era morto, nel ruolo di reggitore, benché non fosse il primogenito, prese la parola: «È la lettera di un notaio alla mamma, e dice che è morto un suo parente e le ha lasciato tutto in eredità».

«E quanto abbiamo ereditato?» domandò Dante.

«È la mamma che ha ereditato» specificò Floti, «noi non abbiamo ereditato nulla.»

«Sì, però...» fece per replicare Dante.

«Però niente: è roba di nostra madre.»

«L'eredità è mia» disse la Clerice, «ma non vivrò in eterno e quando morissi sarebbe divisa fra voi in parti uguali. Un genitore vive sempre per i propri figli.»

Il pensiero di un'eredità, e cioè di denaro e proprietà che piovevano dal cielo e non erano frutto di durissime fatiche, era abbastanza sconvolgente da insinuare forse nella mente di qualcuno dei presenti orribili pensieri, come il fatto che la morte di Gaetano rendeva più ricca la quota rimasta per ciascuno di loro. Non era cattiveria né cinismo, era probabilmente solo un pensiero automatico. La Clerice dovette intuire un'idea del genere nello sguardo di qualcuno dei suoi figli, ma continuò senza interrompere il filo del suo discorso.

«I sentimenti sono la parte migliore di ognuno di noi e in questo momento nessuno deve dimenticare che siamo una famiglia prima di ogni altra cosa, e che i soldi non sono tutto nella vita, anche se fanno comodo in tante situazioni. Ricordatevi che i soldi creano invidie, gelosie, discordie e malignità. Molta gente si è rovinata per non essersi saputa accontentare.»

Floti riprese a parlare: «Ci sono problemi, comunque: per avere l'eredità bisogna andare a Genova. Ossia, nostra madre deve andare a Genova. Dovrà firmare davanti al notaio che accetta l'eredità con tutto quello che comporta...».

«Che cosa vuol dire?» chiese Fredo.

«Che uno può ereditare anche dei debiti e quindi deve decidere se gli sta bene o no.»

«Che cosa?» domandò Dante. «Ma che eredità è allora?»

«È così. Che piaccia o non piaccia. Ma se ci fate caso tutti quelli che ereditano sono ben contenti e quasi sempre migliorano di molto le loro condizioni.»

Alcuni, ascoltando i discorsi di Floti e quelli di Dante, si erano già persi per la strada e avevano chiaro solo il concetto che era tutta una gran confusione, roba da gente istruita, e che un poveraccio senza istruzione sarebbe subito stato imbrogliato da notai, avvocati e consiglieri e poi spolpato fino all'osso. E quando Floti finalmente chiese alla famiglia riunita in assemblea: «Allora, che cosa dite di fare? Dobbiamo prendere una decisione perché, se entro un certo periodo di tempo non si presenta nessuno a reclamare l'eredità, se la prende lo Stato, se c'è da prendere», seguì un lungo silenzio.

Armando cercò di buttarla in ridere con una delle sue barzellette – ne aveva una per tutte le occasioni – ma fu zittito dagli altri: «Quando si parla di interessi non si dicono stupidaggini» ammonì Dante e Armando tacque, non prima di avere detto: «Peccato perché questa era proprio bella».

«Allora, di' la tua, Dante» lo esortò Floti chiamando in causa i fratelli secondo l'ordine di anzianità.

«Io non la vedo così grassa» disse Dante, «prima di tutto Genova è un bel po' in là. Tocca prendere un treno, poi andare in albergo, mangiare all'osteria. Poi, solo per trovare l'ufficio di questo notaio, ci vorrà chissà quanto, a meno di non prendere una vettura di piazza. Sono tutte spese. Poi, come hai detto tu, bisogna vedere se c'è da prendere o se sono tutti debiti. Non sarebbe la prima volta. E il notaio? È da pagare anche lui. E come si farà a calcolare se siamo in dare o in avere? Anche lì bisognerà pagare un ragioniere che faccia i conti, e saranno altre spese. Di sicuro non abbiamo niente. Io lascerei perdere. In fondo non ci va tanto male: chi ce lo fa fare di andare a cercarci delle rogne?»

Floti non lasciò trapelare nessun sentimento o emozione e proseguì nel richiedere l'opinione dei fratelli.

Fredo la pensava come Dante. La città era lontana, sconosciuta, e si sa, la gente di città non vede l'ora di farsi beffe dei campagnoli, di fregarli e fargli fare la figura dei fessi. Troppo complicato, e poi l'unica cosa sicura erano le spese. Meglio lasciar perdere.

Armando fece un discorso, a modo suo abbastanza sensato, che in qualche modo riecheggiava quello della madre: finché non c'era nulla da spartirsi le cose andavano bene, quando ci sarebbero stati soldi e proprietà ci si sarebbe scannati per un quattrino. A lui non sembrava un gran interesse questa eredità e poi c'erano i soldi per tutte queste spese? Gli sembrava di no e questo tagliava la testa al toro.

Floti si aspettava che almeno Checco sarebbe stato favorevole all'impresa e invece si mostrò molto freddo, più per il no che per il sì. In qualche modo mostrò un certo fatalismo: quando si nasce poveri è meglio rassegnarsi alla propria condizione. Cercare di uscirne comporta più rischi che vantaggi. Anche lui era molto perplesso all'idea che la Clerice si recasse in una città così lontana: e se si fosse ammalata? Se avesse avuto qualche tipo di incidente? Come l'avrebbero ritrovata? Come l'avrebbero riportata a casa?

"E quattro" pensava Floti dentro di sé e si rendeva conto che a quel punto aveva già perso, a meno che sua madre non si fosse dimostrata favorevole. Si pentì di aver sciorinato sia i pro che i contro, quando avrebbe dovuto mettere in risalto soltanto i pro.

Toccava comunque a lui parlare adesso e doveva mostrare tutta la sua abilità per far cambiare idea a sua madre e agli altri che già si erano espressi. A Checco soprattutto, che era un ragazzo intelligente.

«Io penso invece che vi sbagliate tutti quanti: tu Dante, e tu Armando e Fredo e tu soprattutto, Checco, che hai girato il mondo e sei stato in Francia, mi meraviglio di te. Come fai a dire una cosa simile? Si sa di tantissima gente che ha cambiato profondamente le proprie condizioni: chi è partito senza il becco di un quattrino e ha costruito una fortuna in un Paese estero, chi ha comprato a debito e ha rivenduto a un valore dieci volte più grande. Il rischio è il sale della vita. Ma come fate a vedere soltanto le difficoltà e i problemi? Se nessuno avesse mai tentato qualcosa di nuovo saremmo ancora come i selvaggi. I problemi ci sono ma si possono risolvere. I soldi? Possiamo sempre andare in una banca, mostrare quella lettera e dire: "Qui c'è un'eredità; se tu, banca, ci presti i soldi per andarla a prendere noi ti diamo il cinque per cento". Non lo capite?

La mamma potrebbe aver ereditato della terra, dei poderi, per esempio. Vi immaginate, finalmente lavorare ognuno la sua terra senza dover spartire con nessuno? Oppure iniziare un'altra attività? Sempre con il permesso di nostra madre, s'intende, faccio per dire. Ma lasciare tutto così, al governo, mi sembra una pazzia. Il mio parere è che dobbiamo racimolare i soldi per il viaggio e l'alloggio della mamma a Genova in modo che possa ricevere la sua eredità. Se volete la posso accompagnare io e non credo che ci troveremo in difficoltà.»

E fu lì che sbagliò. Già la sua funzione di *arzdour*, di reggitore, senza essere il fratello più grande non era da tutti ben vista. Si taceva perché i risultati erano buoni ma un po' d'invidiuzza serpeggiava. Quando si offrì di accompagnare la madre, più di uno pensò in cuor suo che qualche interesse particolare doveva avercelo per fare quella proposta. E se avesse convinto la madre a favorirlo in qualche modo? O se si fosse messo d'accordo con il notaio? In pochi istanti il "meglio niente per tutti che troppo per uno solo" prese il sopravvento tra i fratelli. L'ignoranza, a cui sempre si accompagna la diffidenza, faceva il resto.

Fu Savino, invece, a parlare apertamente in suo favore. Ancora troppo giovane per certi pensieri, era affascinato dalla personalità del fratello maggiore, da quel suo sapere sempre che cosa fare, senza avere quasi mai dubbi, e se li aveva, se li faceva passare prendendo sempre il toro per le corna. Inoltre Floti era amato dalle donne. Però non era facile a innamorarsi. Le faceva soffrire, lui; quando accettava una relazione era lui a guidarla, non a subirla come aveva fatto il povero Gaetano che alla fine ne aveva avuta la vita distrutta. Doveva ancora nascere quella che gli metteva la scuffia sugli occhi a Raffaele Bruni, detto Floti.

«Floti ha ragione!» disse subito Savino quando lo interpellarono. «È lui che deve andare con la mamma. Lui sa cosa fare, a lui gli avvocati e i notai non lo imbrogliano e non si fa prendere per il naso da nessuno. Per di più è nostro fratello: di chi altri dovremmo fidarci?»

Floti cercò di chiamare in causa anche la Maria, che era la sua preferita. Dal mercato le portava sempre qualche vestitino, qualche capo per la dote: un pizzo, un asciugamano ricamato, a volte un profumo. Ma fu la Clerice a fermarlo: «In questa casa e in tutte le altre che conosco non è mai usato che siano le donne a occuparsi degli interessi della famiglia, al di fuori dell'*arzdoura*, e quindi vale la mia parola anche per lei, e la mia parola la conoscete già».

La discussione era finita, la decisione presa. Non se ne faceva niente. E quel non evento divenne leggendario: per anni in paese si fantasticò di un'eredità favolosa lasciata andare in malora per la dabbenaggine dei Bruni. Nessuno seppe mai a quanto ammontasse.

Che esistesse davvero, però, non ci fu dubbio, perché un anno dopo arrivò un'altra lettera del notaio di Genova che scriveva per dire che, non essendosi presentato nessuno a reclamare l'eredità, essa era stata incamerata dall'Erario. Armando disse che questo Erario era proprio fortunato e che loro erano stati dei coglioni, ma ormai era tardi. Floti non disse nulla, perché si sarebbe solo guastato il sangue.

In capo a qualche giorno la vita riprese come se nulla fosse accaduto.

15

Checco sposò una brava ragazza del paese, di nome Esterina, una donna intelligente, tranquilla e affettuosa, che subito entrò nelle grazie della Clerice. Il loro fu un matrimonio felice perché si trovavano bene insieme ed erano contenti di quello che avevano. Checco non voleva fare il contadino per tutta la vita, e pensava di imparare un mestiere che gli consentisse di sbarcare il lunario e di lasciare la moglie in casa a fare le faccende senza troppo affaticarsi, con un po' di tempo per chiacchierare con le comari in paese. Per questo ci stava attento a fare figli, perché una volta che si fosse trasferito in una casa a pigione, non avrebbe avuto grande spazio a disposizione. La sorte poi diede una mano alla sua intenzione perché la moglie, dopo la prima volta, non rimase più incinta.

Il loro unico figlio lo chiamarono Vasco, un nome che avevano preso da una delle storie di pirati che raccontava di notte Fonso nella stalla. I ricordi della guerra e della battaglia di Bligny erano ormai molto più lontani nella memoria di Checco di quanto non lo fossero sul calendario, ma era sempre vivo nella sua mente il ricordo di Pipetta che urlava la sua canzone per sovrastare il fragore delle cannonate e lo apostrofava con uno spavaldo *at salùt milórd* prima di dirigere il suo carretto contro i mostri d'acciaio e sprofondare negli Inferi come Anfiarao nei *Sette contro Tebe*.

Anche Floti cominciò infine a frequentare una ragazza, in maniera stabile e con serietà d'intenti. Ma anche in questo, come in tante altre cose, il suo comportamento si differenziò da quello dei fratelli: fu l'unico a infrangere il proverbio "moglie e buoi dei paesi tuoi" cercandosi una sposa fuori dal villaggio natio, in un paese vicino, sul Samoggia. Per mescolare un po' le carte, come diceva lui. Si chiamava Mafalda ed era bella senza essere appariscente, di una bellezza che richiedeva di essere scoperta e apprezzata. Soltanto gli occhi risplendevano senza veli: neri come carboni, ombreggiati da lunghe ciglia, rapidi e intriganti. Parlavano molto di più della sua bocca che restava spesso chiusa, anche in compagnia.

Ed era questa sua qualità che era molto piaciuta a Floti: gli sembrava una manifestazione importante di intelligenza. Quando finalmente se la trovò di fronte nuda, la prima notte di matrimonio, le forme appena disegnate dalla luce di una candela che lei distrattamente aveva dimenticato di spegnere si manifestarono in tutta la loro sensuale perfezione. I suoi seni erano duri e forti come quelli delle sirene di bronzo nella grande piazza di Bologna. A terra aveva lasciato i panni smessi, come esuvie di una crisalide, e le pieghe informi e grigie della stoffa contrastavano con la meravigliosa sinuosità del suo corpo.

Floti, che era rimasto in mutande fino a quel punto, per suo naturale pudore, si spogliò a sua volta, incoraggiato dall'improvvisa e inattesa impudicizia della sposa, e quando la strinse a sé sul letto le chiese: «Perché ti sei sempre nascosta con abiti larghi e senza forma? Non avrei mai immaginato che tu fossi così bella».

«Perché avrei dovuto farmi ammirare da uomini che non mi interessano? Mi sarei solo procurata il fastidio di respingerli. Aspettavo questo momento, per mostrarmi soltanto a te.»

Floti sentì che sua moglie era un'amante degna di un uomo ricco e potente, una specie di miracolo che fosse capitata a lui. Pensò che l'avrebbe amata senza riserve e senza limiti e che sarebbero stati insieme per tutta la vita. Si rese conto che voleva quel corpo, quegli occhi e quel sorriso solo per sé, e che non l'avrebbe deformato con una serie ininterrotta di gravidanze, né fiaccato con fatiche, né bruciato al sole e al gelo. L'avrebbe tenuta e difesa come il grano pronto da mietere, come l'uva matura.

Ma anche questo fatto di avere una moglie bella che rimaneva tale, alla fine avrebbe suscitato invidia: sia quella dei fratelli che delle loro mogli. Floti amministrava tutto e viveva bene. Non si sporcava le mani nella stalla, non s'imbrattava le scarpe nel fango o nella polvere. E quando usciva indossava una camicia sempre pulita e stirata, giacca e pantaloni di cotone d'estate e di lana d'inverno. Pochi ricordavano che era tornato dalla guerra con una scheggia in un polmone e che i medici gli avevano proibito di fare fatiche o lavori pesanti, ma che il benessere di tutti dipendeva comunque in gran parte da lui. Vendeva il formaggio al prezzo migliore stando attento all'andamento della stagione, il suo fieno era senza muffa, la frutta senza un segno, il vino senza difetti. E tutto questo perché sapeva anche scegliere gli uomini adatti alle varie mansioni. Per il resto non si dava arie, trattava tutti con rispetto e quando aveva fatto buoni affari non dimenticava mai di portare a casa qualche pezza di stoffa con belle fantasie per le cognate e qualche giocattolo per i bambini.

Per tutto l'inverno la vita continuò come sempre nella fattoria: le grandi nevicate avevano portato non pochi clienti all'Otel Bruni. Girovaghi e viandanti, persino pellegrini diretti a Roma a pregare sulla tomba di san Pietro. La casa, come da tempi immemorabili, era sempre aperta per chi soffriva la fame, il freddo e la solitudine.

Fonso raccontava le sue storie e le notti trascorrevano tranquille nella stalla dove tutti lo ascoltavano. La Maria era ormai la sua fidanzata, anche se di nascosto perché Floti non voleva. I Bruni attraversavano, si sarebbe potuto dire, un momento di grazia. Avevano assorbito il duro colpo della scomparsa di Gaetano, ricaduto in buona parte sulle spalle della Clerice, e andavano formando ognuno la propria famiglia.

Floti, nonostante le apparenze, non era un signore, era un uomo di campagna, tutto dedito a migliorare le condizioni del suo rustico e numeroso casato. Gli nacque per primo un maschio, che fu chiamato Corrado, e poi una bambina che volle chiamare Ines, un nome spagnolesco che aveva un che di esotico e a un tempo di aristocratico.

Fu forse quello il momento migliore nella storia dei Bruni ma non durò molto. Poco dopo la nascita della piccola Ines, Floti fu colpito duramente dalla perdita della moglie. Forse indebolita dal parto, o colpita da un'infezione, Mafalda cadde ammalata e in capo a una settimana se ne andò. Floti non l'abbandonò un momento e le tenne la mano fino all'ultimo, sempre sperando che si sarebbe ripresa. Le faceva compagnia e ascoltava ogni sua parola come pensando al tempo a venire in cui il suono della sua voce gli sarebbe mancato.

Era insolito per gli uomini del suo stampo essere così teneri con la propria moglie, era ritenuto quasi segno di poca virilità, ma Floti la colmava di carezze e la serviva come una principessa, le portava sempre arance fresche che costavano una fortuna.

«Credi che ci rivedremo di là?» gli chiese poco prima di morire.

Floti non si sentì di mentirle in un momento così terribile: «Non lo so» rispose, «forse avrei dovuto dirti che ci credo senz'altro, per farti contenta se questa è la tua speranza. Ma non cambia niente per me. Il paradiso l'ho già conosciuto: i momenti che ho passato con te in questa nostra camera sono stati i più belli della mia vita e non ve ne saranno mai più di uguali. Io continuerò a pensare a te per il resto dei miei giorni, e se anche dovessi rivederti non credo che godremo del nostro amore più di quanto abbiamo goduto in questo letto, che potremo guardarci ancora con altrettanto desiderio».

A quelle parole gli occhi di lei si riempirono di lacrime, e quando sentì che la sua ora era giunta gli strinse la mano con tutta la forza che le era rimasta, dicendo: «Prenditi cura dei nostri bambini e dammi un bacio, poi vattene, che adesso devo morire». Floti la baciò, poi scese le scale e si rivolse alla Maria: «Fra un poco vai su, vai tu a vestirla da morta» le disse, «io non ci riesco».

Quell'inverno morirono altre persone al paese, per denutrizione, per il freddo e per la tubercolosi e più volte i rintocchi funebri della campana maggiore risuonarono per le strade del paese. La Clerice fu spesso chiamata al capezzale dei moribondi, soprattutto delle donne, a recitare il rosario dopo che erano morte. La Maria l'accompagnava e quando l'agonia si protraeva lungo la notte rabbrividiva al verso delle civette, sincopato come un singhiozzo.

«È proprio vero che le civette portano disgrazia» diceva alla madre.

«Le disgrazie succedono anche senza le civette, figlia mia» le mormorava nell'orecchio la madre, ma senza riuscire a convincerla. Da quel momento in poi, la Maria, ogni volta che trovava un nido di civetta – o mentre faceva la foglia sugli olmi o mentre raccoglieva le ciliegie –, lo distruggeva e, se c'erano i piccoli, li uccideva, così ci sarebbero state meno disgrazie.

Quando l'inverno allentò la sua morsa e la gente smise di piangere i suoi morti, i lavori nei campi ripresero. Molte famiglie ricominciavano a vedere qualche soldo e a potersi acquistare il cibo, ma non pochi bambini, al mattino, prima di andare a scuola, andavano a chiedere l'elemosina. E presto anche i rapporti fra chi lavorava la terra e i proprietari giunsero ai ferri corti. Dopo estenuanti trattative i sindacati erano arrivati a ottenere condizioni più vantaggiose per i mezzadri, che avrebbero potuto trattenere il sessanta per cento del raccolto per sé e lasciare il quaranta al padrone. Tutti i proprietari terrieri si erano allora coalizzati per rappresentare i socialisti come dei sovversivi rivoluzionari, da paragonare ai bolscevichi che in Russia avevano rovesciato lo zar e massacrato tutta la sua famiglia.

Per ottenere il loro scopo, già da anni avevano finanziato e sostenuto il movimento dei Fasci di Combattimento guidato da Benito Mussolini e le sue squadre d'azione che picchiavano, intimidivano, terrorizzavano chiunque volesse schierarsi a favore dei braccianti e dei contadini.

Savino era l'unico a interessarsi a queste cose in famiglia, oltre a Floti, e glielo chiese un giorno, a suo fratello, che cosa pensasse di questo Mussolini.

«È un uomo che ha deluso molte legittime speranze» rispose Floti, «ed è passato dalla parte dei più forti perché solo loro gli possono dare il potere. All'inizio della sua carriera aveva proposto la giornata lavorativa di otto ore e il pensionamento all'età di cinquantacinque anni, aveva militato come socialista e aveva scritto sull'"Avanti!", il giornale del partito. Ora è addirittura il capo del governo, ed è giunto a comandare da solo. Si chiama dittatura quando comanda uno solo, e non può che finire male.»

Floti, con il suo discorso, dava per scontate troppe cose. A Savino, di certe questioni, nessuno aveva mai parlato. Lui, però, dal canto suo, giunse comunque alla convinzione che non poteva più restarsene da parte ad assistere alla negazione sistematica dei diritti di chi faticava dalla mattina alla sera. La perdita della moglie lo spingeva ancora più a occuparsi di politica, perché gli teneva la mente occupata con altri pensieri. Decise di candidarsi alle elezioni comunali come consigliere, nonostante la Clerice lo supplicasse di non farlo, di non immischiarsi, perché non potevano venirne che guai.

Un giorno di primavera Savino si trovava lungo la scolina che separava la loro terra da quella del confinante e notò che un gruppo di persone si stava radunando in una capezzagna in mezzo a due grandi appezzamenti di granoturco. Due o tre di loro erano garzoni che lavoravano nei poderi confinanti. Gratuitamente, in cambio soltanto del cibo e del letto. Non era terra sua per cui restò per un poco a guardare incuriosito, ma uno di quelli lo notò e gli fece cenno di avvicinarsi. Savino lo riconobbe e riconobbe anche, fra i presenti, un suo amico che era stato in guerra con lui e aveva combattuto sul Piave, uno dei "ragazzi del '99", come li chiamavano. Savino si avvicinò saltando il fosso: un gesto che avrebbe ricordato in seguito come allegoria di una decisa scelta di campo.

L'amico si chiamava Antonello, ma tutti lo chiamavano Nello. In guerra si era dimostrato un formidabile combattente, coraggioso come un leone. L'uomo che gli aveva fatto cenno di avvicinarsi era del Magazzino, un borghetto distante poco più di un chilometro; si chiamava Graziano Montesi ed era un fabbro. Aveva una fronte alta e spaziosa e il mento fine, capelli nerissimi che portava pettinati all'indietro con una passata di brillantina. Indossava un abito di fustagno, una camicia di cotone nocciola e una cravatta di lana grigia. Erano indumenti modesti, ma gli conferivano distinzione ed eleganza come se quella rustica assemblea meritasse lo stesso rispetto del Senato del Regno.

«Tu sei un Bruni, non è vero?» gli domandò.

«Sì, mi chiamo Savino.»

«Sei il benvenuto fra noi. Tuo fratello Floti si è candidato al consiglio comunale, non è vero? Bene. Io sono qui per raccomandare a tutti di votarlo perché è un socialista come noi. E spero che lo voterai anche tu. Siamo gente che lavora, e dovremmo essere rispettati, dovremmo vedere riconosciuti i nostri diritti di cittadini di questo Paese.» Per Savino il paese era il villaggio in cui era nato mentre l'uomo che gli stava parlando in quel momento si riferiva all'Italia intera, ma la sostanza non cambiava di molto.

Il discorso dell'improvvisato tribuno si protrasse per quasi un'ora e Savino non perse una parola. Montesi parlò con tono ispirato di libertà, di diritti, di uguaglianza, dei dolori e delle perdite insanabili causate da una guerra che aveva giovato soprattutto ai grandi gruppi industriali, e ai loro padroni, che ora avevano assoldato i fascisti per impedire che gli operai, i braccianti e i contadini ottenessero condizioni di vita più umane. «Non vogliamo fare nessuna rivoluzione» concluse, «abbiamo già visto abbastanza sangue. Chiediamo solo di essere trattati come esseri umani, di vedere riconosciuto il valore del nostro lavoro e delle nostre fatiche, chiediamo che ci sia riconosciuta la nostra dignità di cittadini. E vogliamo uno Stato che faccia pagare le tasse a chi ha di più per soccorrere chi ha di meno. Non regali né elemosine, che sono soltanto un altro modo per umiliarci, ma ciò che ci spetta di diritto.

Ma non sarà questo governo, ormai sulla strada della dittatura, a darci tutto questo. Parole vuote e roboanti in Parlamento e nelle piazze, ma la verità la vediamo noi qui nelle campagne dove abbiamo subito solo violenze e umiliazioni. E il re non sta facendo nulla per difendere le libere istituzioni. Non dobbiamo arrenderci, dobbiamo continuare a lottare fino alla vittoria.»

Seguì un silenzio che parve interminabile, poi ognuno cominciò a esprimere la propria opinione: chi voleva tagliargli la gola, ai padroni, perché erano tutti bastardi, chi invece la pensava più o meno come l'oratore, altri ancora ritenevano che si dovesse abolire la proprietà privata, come in Russia, cosicché tutti avessero lo stesso trattamento, il giusto secondo il bisogno di ciascuno, non più il lusso dei pochi e la miseria di tutti gli altri, e che bisognava confiscare le grandi proprietà e farci delle cooperative.

Mentre ognuno diceva la sua e Montesi cercava di rispondere come meglio poteva, Savino e Nello si allontanarono insieme saltando di nuovo il fosso. «Secondo me ha parlato bene» disse Savino.

«Sì, belle parole, per carità, ma non fanno che alimentare l'odio. Li hai sentiti? Ognuno diceva il suo sproposito: e io farei questo e io farei quell'altro, come quando sono dal barbiere. E nessuno si rende conto che se uno è un contadino invece che un capo di Stato ci deve essere il suo perché. Chi era Mussolini solo tre o quattro anni fa? Nessuno. E chi è ora? L'uomo più importante d'Italia, con progetti grandiosi. Troppa gente parla solo per dare aria ai denti.»

«Sarà, ma i fascisti che conosciamo noi sono solo dei prepotenti. Picchiano, umiliano la gente che non la pensa come loro. Un sindacalista di Sant'Agata è stato bastonato finché ha perso i sensi. E quando è rinvenuto lo hanno obbligato a bere una mezza bottiglia di olio di ricino, davanti ai suoi figli e a sua moglie. Ha passato tutta la notte sul cesso. Un brav'uomo, un padre di famiglia... Ma lo sai che se uno fa una cosa così a me, lo vado a cercare finché lo trovo e lo ammazzo com'è vero Dio, altro che olio di ricino.»

«Calmati, Savino. È vero, sono teste calde ma poi tornerà l'ordine...»

«Quale ordine, quello di Mussolini?»

«Perché, quello dei russi è meglio?»

Savino si fermò per guardarlo bene in faccia: «Sei fascista, Nello?».

«Farebbe differenza?»

Savino restò in silenzio per un poco a riflettere, poi rispose: «No, un amico è un amico. Abbiamo combattuto insieme in guerra. Uno a fianco dell'altro. E ogni minuto, ogni secondo era questione di vita o di morte. Per me sei più di un fratello, ma stai attento a dove vai; stai attento, Nello, che se imbocchi quella strada non so dove andrai a finire. È brutta gente, sbandati senz'arte né parte, banditi e avventurieri».

«Non è vero, sono patrioti.»

«Noi, siamo patrioti! Noi che abbiamo respinto gli austriaci dal Piave. Potevamo cedere, scappare, tornare a casa. Avevamo soltanto diciotto anni. Ti ricordi quanti compagni abbiamo visto cadere?» e aveva le lacrime agli occhi, Savino, mentre lo diceva. «Pensa agli Arditi, che dopo la guerra si sono schierati a difesa del popolo, che hanno tenuto Parma contro i fascisti per difenderla dalle loro violenze e dai loro soprusi. Nello, Arditi! Gente che in guerra andava all'assalto con il pugnale fra i denti, anche tre volte in una mattinata, ricordi? Balbo e i suoi fascisti hanno dovuto ingoiare il rospo. Sono stati respinti. Ecco, quelli sono patrioti, perché la patria non è quella signora vestita di verde, bianco e rosso che si vede sui libri di scuola, siamo noi: i contadini che producono il pane per tutti, gli operai che fanno girare le fabbriche, e anche tutti gli altri, se vogliono capire una buona volta.»

Nello chinò il capo: «Ti capisco, Savino, ma i vostri capi vi avvelenano con le loro teorie per aizzarvi contro le classi borghesi che guidano la nazione, vi riempiono di odio per poi fare la rivoluzione, per trasformarvi in fanatici facinorosi. Anche quel Graziano Montesi che hai ascoltato prima e che ti è tanto piaciuto. E ne conosco molti. Ma non ci riusciranno. Mussolini farà grande il nostro Paese e aiuterà tutti: darà terra e sementi, aiuterà le donne e i loro bambini, costruirà ferrovie e porti, aprirà nuovi cantieri e troverà lavoro per tutti, qui o nelle nostre colonie. Questa violenza purtroppo è inevitabile. Non possiamo permetterci il disfattismo, la faziosità, le ribellioni».

«Ecco la differenza fra voi e noi» replicò Savino, «noi soffriamo soprusi quasi ogni giorno, voi ce li infliggete perché ci attribuite, nella vostra mente malata, delle intenzioni che non abbiamo, anche se avremmo tutte le ragioni per ribellarci alla nostra schiavitù. No, non è come dici, ma capisco che in questo momento non riusciremo certo a metterci d'accordo. Ora come ora, l'unica cosa che possiamo augurarci è di non doverci trovare con un fucile in mano, l'uno contro l'altro questa volta, in campi avversi.»

«Non accadrà. Mai uno contro l'altro, te lo giuro... Mi credi?»

«Ti credo.»
«Bene. Ci vediamo, Savino.»
«Ci vediamo, Nello.»
Si separarono.

Floti si presentò alle elezioni e fu eletto nel consiglio del comune diventando vice sindaco. Iniziò una politica a favore dei lavoratori più svantaggiati: i braccianti e, fra i mezzadri, quelli che vivevano nelle condizioni più dure. Cercava di creare occasioni di lavoro nelle opere pubbliche, per gli uni, e cercava di organizzare forme di collaborazione fra gli altri in modo che i loro prodotti potessero essere venduti ai prezzi migliori sul mercato e generare profitti. Nell'entusiasmo del suo ruolo arrivò a commettere delle stupidaggini come quella di piazzare suoi uomini sulle strade, fermare i carri di grano dei grandi possidenti che andavano ai magazzini e dirottarne una parte verso le abitazioni di contadini miserabili che pativano la fame. Il suo amico Pelloni sarebbe stato orgoglioso di lui se avesse potuto vederlo. In generale, però, cercava di applicare alla sua gente gli stessi criteri con cui aveva migliorato le condizioni di vita della sua famiglia e questo, se da un lato lo rendeva molto popolare, dall'altro però lo qualificò subito come un "rosso" e quindi un bersaglio per le squadre fasciste.

Cominciarono ad apparire sui muri delle scritte minacciose: "Morte al Bruni!".

La Clerice era atterrita e cercava di convincerlo in ogni modo a lasciare la sua carica e la politica. Lei vedeva solo l'eventualità di perdere un altro dei figli, che pure la guerra aveva miracolosamente risparmiato. E le sembrava di chiedere troppo alla Madonna, che già glielo aveva salvato una volta il suo Floti, a implorare di salvarglielo di nuovo, perché prima lui non aveva scelta, mentre adesso ci si era cacciato di sua volontà in quella brutta situazione.

«Puoi sempre dire che non stai bene, che non puoi strapazzarti, che poi è la pura verità. Ne troveranno di certo un altro che voglia fare il vice sindaco, non ci sei mica solo tu.»

«Mamma, la gente mi ha eletto perché ha fiducia in me e non posso abbandonarli proprio adesso che la situazione si fa ogni giorno più difficile.»

«Io non voglio che ti succeda qualcosa. Ho già perso Gaetano e ho pianto tutte le mie lacrime. Non voglio perdere anche te, preferisco morire.»

«Mamma, non mi succederà niente. Non mi uccideranno. Ci sono ancora i giudici e la polizia e i carabinieri. I fascisti sono bravi a mettersi in dieci contro uno per massacrarlo di botte, ma uccidere un uomo è un'altra cosa: si va in galera, si va. C'è l'ergastolo, ci si resta per tutta la vita e lo sanno.»

«Sarà come dici tu, ma sono teste calde e in quelle baruffe i più violenti possono diventare pericolosi: basta un colpo un po' più forte, cadere malamente, sbattere la testa e sei morto. E tu poi, con quello che hai, sei di vetro. Se ti picchiano, la scheggia che hai nel polmone può riaprire la ferita, farla sanguinare... o Dio, Dio! Non sfidare la sorte Floti, dai ascolto a tua madre.»

«Mamma, vi prego di stare tranquilla» rispondeva lui, «non sono solo. I miei amici tengono gli occhi aperti e mi passano di continuo informazioni. Li sorvegliano e quando li vedono muoversi di notte cercano di avvertire quelli che potrebbero essere i bersagli, perché si nascondano, perché si mettano in salvo. Non stiamo a farci macellare come pecore. E se proprio il male andasse per il peggio, sappiamo sempre difenderci: abbiamo fatto la guerra.»

«Ecco, vedi? Lo vedi che già pensi a usare le armi? Dio Signore aiutatemi!» E invocava la Madonna e tutti i santi perché cambiassero la testa a quel figlio ostinato.

Una sera, verso la metà di marzo, arrivò trafelato un ragazzino alla casa dei Bruni chiedendo di Floti. Poteva avere dieci o dodici anni, magro, con i capelli bagnati di sudore e con due occhi spiritati come avesse veduto il diavolo in persona. Floti usciva in quel momento dalla stalla, dove la Guendalina aveva appena partorito un vitello, e se lo trovò di fronte.

«Sono il figlio di Graziano Montesi» gli disse con il fiatone, «questa notte i fascisti sono arrivati a casa nostra e hanno picchiato mio padre, a pugni, calci, bastonate. Gli sputavano addosso e gli hanno detto che se non la smette di ficcare certe idee nella mente dei villani lo ammazzano.»

Floti cercò di calmarlo: «Tu eri presente?» gli chiese.

«Sì. Mi hanno rinchiuso nello stanzino ma la porta aveva una crepa e ho visto tutto.»

«Hai riconosciuto qualcuno?»

«Mi sembra di sì. Mio padre dice che erano di Sogliano.»

«Come sta tuo padre?»

«È a letto, ha la faccia gonfia e tutta nera, un labbro spaccato, un occhio completamente chiuso, ha male dappertutto, fa spavento; se lo vedete non lo riconoscete. La nonna piange. Mio zio ha cercato di difenderlo ma lo hanno rinchiuso nel porcile e gli hanno detto che lo ammazzano se solo dice una parola. L'ho tirato fuori io quando se ne sono andati.»

«Aspetta, vengo subito.» Attaccò la cavallina al calesse, vi fece salire il ragazzino e partì di carriera verso il Magazzino.

«Come ti chiami?» gli domandò Floti mentre andavano.

«Mi chiamo Bruno.»

«Ci vai a scuola?»

«Tutti i giorni.»

«Bravo, devi imparare bene a leggere e scrivere se vuoi che nessuno ti imbrogli, e leggere tanti libri. È così che si impara a stare al mondo. E che cosa vuoi fare da grande?»

«Il fabbro. Come mio padre e mio nonno.»

Appena arrivarono Floti saltò a terra, legò la cavalla a un'anella di ferro che pendeva dal muro e salì le scale dietro al ragazzo. Graziano, disteso sul letto più morto che vivo, sembrava un Cristo in croce. Sua madre, seduta accanto al letto, piangeva tenendogli una mano.

«Guardate che cosa gli hanno fatto, Floti» disse appena lo vide entrare, «diteglielo anche voi che vada via appena si regge in piedi. Se resta qui lo ammazzano, capite? Lo ammazzano.» E riprese a piangere asciugandosi gli occhi con il fazzoletto.

«Puoi parlare, Graziano?» domandò Floti.

Montesi accennò di sì.

«Forse tua madre ha ragione. Ti faccio portare via, in un posto dove ti aiuteranno a rimetterti in piedi e dove potrai restare nascosto e protetto finché non passa questa buriana. È venuto il dottore?»

«Sì.» E indicò con il dito la fasciatura attorno alla fronte.

«Ti ha dato delle medicine?»

La madre intervenne: «Ha detto di fargli degli impacchi freddi e di prendere queste pastiglie, che gli fanno passare il male».

«Domani vado a denunciare questo crimine ai carabinieri ma tu devi andartene» ripeté Floti, «ti portiamo via.»

Montesi scosse debolmente il capo e gli fece cenno di avvicinarsi. Floti si accostò al letto.

«Non posso fuggire. Chi assisterà la nostra gente? Non possiamo lasciarli in balia di quegli esaltati.»

«Non dire stupidaggini. Sei conciato da far pietà. Ti porto via io, domani stesso, dopo aver sentito il dottore. E subito dopo vado a denunciarli ai carabinieri.»

Montesi gli appoggiò la mano sul braccio: «Io non parto, Floti. Non dobbiamo lasciargli campo libero. Tu torna pure a casa. Io resto».

Non ci fu verso di convincerlo e Floti tornò a casa scuro in volto.

16

Floti si recò alla caserma dei carabinieri del capoluogo il giorno successivo al pestaggio di Montesi e, in qualità di vice sindaco, fu ricevuto immediatamente dal maresciallo Curto, una brava persona anche se non proprio un cuor di leone.

«Signor maresciallo» cominciò Floti, «ieri notte Graziano Montesi ha subito un pestaggio da una squadra fascista arrivata da Sogliano, ed è in condizioni gravi. Voi ne sapete niente?»

Curto rispose con un'altra domanda, segno di evidente imbarazzo: «State sporgendo una denuncia?».

«Sì, se voi non agite d'ufficio. Per questo vi ho chiesto se ne sapete nulla.»

«Sì che lo so, il collega di Sogliano mi ha telefonato stanotte per dirmi che una squadra era partita verso il Magazzino. L'obiettivo era facilmente intuibile.»

«E perché non siete intervenuto?»

Curto sospirò: «Caro Bruni, io mi trovo fra due fazioni agguerrite ormai sull'orlo dello scontro fisico e dispongo in tutto di cinque carabinieri e un brigadiere. Voi vorreste che io procedessi d'ufficio contro i fascisti che hanno pestato Montesi, ma vi siete mai chiesto se non avrei dovuto procedere d'ufficio anche contro di voi? Più volte avete fermato assieme ai vostri amici i carri di grano di Ferretti, Borrelli, Carani, e non so di quanti altri proprietari, vi siete impadroniti del carico e l'avete dirottato verso altre destinazioni».

«Se dobbiamo giocare a carte scoperte, maresciallo, allora vi dirò che quei carri non sono stati sequestrati, ma solo parzialmente alleggeriti di qualche sacco di frumento o di farina a vantaggio di famiglie di braccianti o di contadini che morivano di fame, dopo di che i conducenti sono stati lasciati liberi di raggiungere la loro destinazione. Se non mi credete, interrogate le persone interessate.»

«Già fatto, e potete facilmente immaginare il motivo per cui gli autori di questa prodezza e voi stesso non siete stati arrestati con l'accusa di furto.»

«Non vorrete mettere le due cose sullo stesso piano? Quelli sono dei delinquenti che hanno pestato a sangue una persona che non aveva fatto nulla di male. Noi abbiamo cercato di aiutare chi soffriva.»

«Commettendo un reato. Le squadre fasciste sono sostenute dal governo, il governo è legittimato dal re. Davvero pensate che un modesto sottufficiale dell'Arma, in un piccolo centro dell'Emilia, potrebbe partire lancia in resta contro poteri di quella stazza? C'è evidentemente un tacito accordo: da parte loro niente morti e da parte nostra...»

«Connivenza?»

«Moderate i termini, Bruni. Noi stiamo cercando di salvare il salvabile, di evitare il peggio. Non possiamo venir meno al nostro giuramento di fedeltà al re e men che meno scatenare una guerra civile. Date retta a me: consigliate Montesi per il meglio. Fatelo allontanare, almeno per qualche tempo, poi si vedrà. Lui fa opera di propaganda e questo è visto come una attività sovversiva, connessa anche ai furti commessi dai suoi uomini, Bruni. Lo capite? È un serpente che si morde la coda.»

«Va bene, maresciallo, noi interromperemo i prelievi, voi farete il vostro dovere con i fascisti.»

Curto si accese un toscano e soffiò una gran nuvola di fumo, come se volesse celarvi dietro il proprio imbarazzo: «Se voi interrompete quegli interventi mi rendete tutto più facile» rispose, «di più non posso promettere. Ma dite a Montesi di andarsene, almeno finché le acque non si saranno calmate».

Floti riuscì a convincere i suoi a interrompere le azioni ai danni dei produttori di grano, almeno per un certo periodo, ma non riuscì a persuadere Montesi che, appena ristabilito, riprese a incontrare braccianti e operai e a organizzarne la resistenza. I fascisti tornarono più volte, non più armati di bastoni e spranghe ma usando un'arma più subdola e devastante. Lo sottoponevano a ogni sorta di umiliazioni e angherie ma senza lasciare alcun segno di violenza, finché cadde in uno stato di totale prostrazione. Non parlava più con nessuno, stava rinchiuso nella sua camera, al buio come in una tomba. Una mattina lo trovarono impiccato a un trave della camera da letto.

Preferì andarsene a quel modo piuttosto che fuggire.

Floti capì che a quel punto sarebbe diventato lui il bersaglio, ma quello che poi realmente accadde non se lo sarebbe mai immaginato.

Una sera, a ora di cena, mentre era a tavola con la famiglia, bussarono alla porta. Erano i carabinieri.

«Bruni Raffaele» disse il brigadiere che li comandava, «vi dichiaro in arresto e vi intimo di seguirci.»

«Non capisco» rispose Floti allarmato, «che cosa ho fatto?»

«Lo saprete a tempo debito. Adesso seguiteci.»

La Clerice si disperava: «Perché lo portate via? Non ha fatto niente!», e anche i fratelli erano sconvolti: i carabinieri non avrebbero dovuto mai mettere piede nella casa di una famiglia onorata.

Floti cercava di calmare sua madre: «State tranquilla, mamma. Si tratta di sicuro di un malinteso, vedrete che domani sarò di nuovo qui». Invece si trattava di una cosa molto seria.

«Tentato omicidio» gli disse il maresciallo Curto quando se lo trovò di fronte.

«Cos'è, uno scherzo?» domandò Floti. «Sapete benissimo che non è possibile.»

«Dovrete convincere il giudice, Bruni, e temo che non sarà facile.»

«Ma chi è che avrei dovuto ammazzare?»

Curto, che masticava un mozzicone di toscano quasi spento, rispose: «Renato Marassi, vi dice qualcosa?».

«Altroché. È un bastardo, uno squadrista...»

«State attento a quel che dite: Marassi vi accusa di avergli sparato.»

«Che figlio di un cane! E come fa a dire una cosa simile?»

«Be', una ferita alla coscia ce l'ha, e dice che siete stato voi a procurargliela con un colpo di pistola e che se aveste avuto una mira migliore lo avreste ucciso.»

Floti andò su tutte le furie ma non ci fu nulla da fare. Il maresciallo gli consigliò di trovarsi un buon avvocato se poteva, perché, a suo modo di vedere, quella era una trappola per toglierlo dalla circolazione.

Il giorno dopo fu trasferito al carcere di Reggio Emilia e il giudice, che aveva intanto avuto modo di leggere un rapporto della polizia che lo descriveva come un sovversivo, ve lo trattenne a lungo.

La Clerice andava a trovarlo ogni due settimane: si faceva portare da Checco fino alla stazione a Castelfranco con il biroccio e poi proseguiva in treno con la Maria. Portavano del pane, un salame, qualche pezzo di parmigiano, una mezza pancetta, un paio di bottiglie, la roba rammendata, lavata e stirata, e restavano il più a lungo possibile per sentire come andavano le cose, se ci sarebbe stato un processo e cosa aveva detto l'avvocato.

Assieme a Floti c'erano altri "politici" provenienti da parecchie località della regione, alcuni dei quali parlavano con lo stesso accento del povero Pelloni. E lui divideva con loro tutto quello che gli portavano.

Per la Clerice tutta la vicenda era un incubo. Non che avesse dei dubbi sull'innocenza del figlio, era solo profondamente rattristata da una situazione che sconvolgeva la vita a lei e a tutta la famiglia. Avere a che fare con giudici, poliziotti, carabinieri e avvocati era quanto di peggio potesse capitare, e tutto perché Floti non aveva voluto dare ascolto alle sue raccomandazioni. Pensò che i giovani sono sempre convinti di saperla più lunga dei vecchi, che molte cose invece le hanno già sperimentate, e non se ne fanno ragione finché non hanno sbattuto la testa. E quando finalmente se ne sono resi conto il danno è già fatto.

Oltre ai guai con la giustizia c'erano i problemi a casa: nessuno era in grado di sostituire Floti nella gestione degli affari di famiglia e in generale le cose andavano male. La sua disavventura inoltre aveva attirato anche sugli altri una cattiva nomea, e il rapporto dell'intera famiglia con la comunità non era più lo stesso. Gli altri fratelli, in sua assenza, tendevano a litigare più spesso e la Clerice doveva cercare di tenere insieme la famiglia e di difendere il figlio assente: «Ricordatevi» diceva, «che ha sempre fatto gli interessi di tutti prima che i suoi; quando tornava dal mercato aveva sempre un regalo per le vostre mogli e le trattava come sorelle, senza fare differenze. I fascisti e i signori lo hanno messo in prigione, ma che gli diate addosso anche voi è uno scandalo».

I mugugni cessavano attorno alla tavola per riprendere nei campi dove la madre non li poteva sentire. L'unico che si asteneva dalle critiche era Checco e, da un certo punto di vista, anche Armando. Un po' perché era mingherlino, un po' perché la voglia di lavorare non era il suo forte. A un tratto spariva e non si faceva vedere prima di notte, specialmente quando c'era da sbattere la canapa nell'ora del mezzogiorno sotto il solleone. D'altra parte, era l'unico che avesse mantenuto un certo rapporto con la gente del paese. Le sue storie erano sempre esilaranti, le sue battute memorabili. Nel creare e diffondere allegria era inarrivabile e, in un tempo difficile e greve come quello, la sua innocente follia era un sollievo per chi gli stava dintorno, e a volte perfino una benedizione. La gente amava la sua compagnia perché si divertiva, ma non lo stimava perché era debole: con i più forti, con i più arroganti, con l'alcol. Per il resto non erano molti quelli che continuavano a intrattenere rapporti con i Bruni. Iófa, il birocciaio, si faceva vedere di tanto in tanto per questioni di lavoro e per avere qualche notizia. Nonostante la sua costituzione cagionevole, l'andatura claudicante e l'aspetto bizzarro, non aveva paura di nessuno, anche perché nessuno aveva paura di lui.

L'estate quell'anno fu più torrida e soffocante del soli to e i lavori nei campi ancora più duri e faticosi. L'acqua nei maceri marciva, emanando un odore nauseabondo e diffondendo una sottile nebbiolina quando si faceva buio e l'aria della notte si rinfrescava. Sopravvivevano in quel torbido liquame solo i pescigatto, annidati nella melma del fondo, immobili.

Quando verso l'autunno la morsa del caldo sembrò allentarsi, si cominciò a vendemmiare. Uve dorate e dolcissime che diedero un vino straordinario. Si continuava a cantare durante la vendemmia, un po' per dimenticare gli affanni, un po' perché i colori, i profumi e la luce sembravano comunque una benedizione di Dio.

Le rondini se ne andarono la terza settimana di ottobre, a San Martino il vino era già nelle botti e il vento si portava via le foglie gialle e rosse lungo i filari e le faceva volteggiare come farfalle. Anche Armando decise di sposarsi e la Clerice ne rimase non poco sorpresa. Quale donna mai poteva decidersi a sposare quel suo figlio strampalato?

«La Lucia, la Lucia Monti, mamma. La conoscete?» le spiegò Armando.

La Clerice lo guardò con un'espressione perplessa: «La Lucia Monti? E di dov'è? Non sarà di quei Monti del Botteghetto?».

«Proprio lei!» esclamò soddisfatto Armando.

La Clerice si rabbuiò in volto.

«È bella, mamma.»

«È bella sì, ma lo sai, vero, perché nessuno se l'è voluta prendere fino a ora?»

Armando chinò il capo e disse soltanto: «A me piace. Del resto non mi importa».

«Sono una razza che ha sempre avuto delle tare. Quella donna è bella ma è una disgrazia. Lasciala dov'è, che se la prenda un altro.»

«Mamma, io la conosco bene: è vero, a volte è un po' strana ma niente di più, basta non farla arrabbiare.»

«Sei grande, figlio, e non hai più bisogno che ti dica cosa devi e cosa non devi fare. Ricordati però che ti ho avvertito e ti dico ancora: lascia perdere, finché sei in tempo. Di donne con un bel culo e un bel paio di tette ce ne sono delle altre, e poi cosa credi, tempo cinque o sei anni passa tutta la buriana e dopo ti resta sul groppone una creatura che non saprai cosa fartene.»

Armando non intese ragione e sposò Lucia Monti alla fine di novembre, in un giorno grigio e freddo. Aveva paura che cambiasse idea e non la voleva perdere aspettando fino alla primavera, la stagione in cui quasi tutti si maritavano. Pensava che una ragazza così bella non l'avrebbe più trovata.

A lui fu data la camera da letto che era stata di Gaetano e Silvana, perché nessun altro aveva voluto starci anche se lo spazio in casa era ormai poco e si era dovuta adattare una porzione del fienile a camere da letto. Il pranzo di nozze fu fatto alla buona e con poche pretese perché, finché Floti era via, c'era poco da sperperare. L'allegria comunque non mancò, anche se l'assenza di Floti pesava come un macigno. Per scaldare l'ambiente, Armando raccontò una quantità di storielle piccanti sul tema del matrimonio.

«*La saviv quala dal gob Lazar?*», la sapete quella del gobbo Lazzari, il fabbro?, cominciò. «Dunque, il gobbo Lazzari se l'era presa male con il suo vicino di casa che gli aveva fatto un dispetto e voleva restituirgli pan per focaccia. Sapeva che ogni mattina quello si alzava che era ancora buio per andare al lavoro. Aspettò che fosse uscito, scivolò in casa dietro le sue spalle e quatto quatto s'infilò nel letto di sua moglie che dormiva della grossa. Prima, al buio, fece quello che una moglie può aspettarsi che le faccia il marito nel letto, poi, proprio mentre lei era ben rilassata e riprendeva a dormire, il gobbo Lazzari le forò il sedere con una forchetta e subito dopo scappò via al buio senza farsi riconoscere.

Quando la sera tornò il marito stanco morto, lei lo aspettò dietro la porta con la cannella per tirare la sfoglia e gliene diede tante ma tante che per tre giorni non poté andare a lavorare.»

Le risate scrosciarono e i commensali, ormai brilli, raccontarono le loro fino all'arrivo della torta e del caffè. Anche la sposa rise, ma in un suo modo sguaiato ed eccessivo che creò imbarazzo nei presenti e rabbuiò la suocera. All'imbrunire la brigata si sciolse.

Per cena la Clerice servì ai suoi un po' di avanzi e poi ognuno si ritirò, gli sposi per primi, mentre lei assieme alla Maria e a un paio di nuore rigovernava e cominciava a lavare i piatti. Avevano appena finito di sparecchiare che si sentì provenire dal piano di sopra un urlo di terrore, come se stessero ammazzando qualcuno.

«Misericordia!» esclamò la Clerice, deponendo il sapone nel secchiaio. «Cosa succede lassù?» Si tolse il grembiule e salì in fretta le scale fermandosi davanti alla camera nuziale.

«Armando, cosa succede?»

Armando venne ad aprire in camicia da notte e tutto scarruffato, e la Clerice poté vedere, dall'altra parte della stanza, la sposa con gli occhi sbarrati, mezzo discinta, tremare di paura e di freddo in piedi in un angolo.

«Tu vai fuori» disse ad Armando, «ma cos'hai combinato?»

«Niente, mamma, ve lo giuro, le sono andato vicino per...»

«Ho capito, ho capito. Ma adesso vai via che questa qui è fuori di testa.»

Entrò brontolando: «Lo dicevo io, lo dicevo...».

Armando andò in camera di sua madre perché aveva freddo e s'infilò sotto le coperte aspettando con gli occhi spalancati di poter tornare nel posto che gli competeva, ma il tempo passava e non si sentiva niente. Finalmente apparve la Clerice con una candela in mano: «Dove sei?» domandò alzando la candela e cercandolo in giro per la stanza.

«Sono qui, mamma. Mi ero messo a letto perché avevo freddo.»

«Senti un po', sei sicuro che non le hai fatto niente di strano?»

«Ma scherzate? Le sono andato vicino e come dire... Io ero pronto e...» cercò di spiegare Armando, imbarazzato.

«Ho capito, ho capito. Adesso puoi tornare nel tuo letto. Le ho spiegato che non le fai niente e che dormirete e basta. Poi si vedrà, un poco alla volta, dovrai trattarla come una bambina, capisci? Non saltarle addosso come un caprone.»

«Mamma, non è così, io...» si giustificò Armando, ma la Clerice lo fermò:

«Purtroppo i problemi sono cominciati prima di quello che mi aspettassi.»

Evitò di aggiungere "te l'avevo detto" perché le sembrò del tutto inutile.

Il giorno dopo nevicò.

17

Quell'inverno Fonso fu invitato a raccontare le sue storie in varie fattorie, anche piuttosto distanti dal paese, ma non tanto che non ci si potesse arrivare a piedi. Lo faceva volentieri: in primo luogo perché gli piaceva avere un uditorio che ascoltava incantato i suoi racconti, e poi perché tutti gli regalavano qualcosa, soprattutto cibarie, vino e legna da ardere, e di quei tempi non era poco. Chi gli dava un salame, chi un galletto già spennato e chi un bel ciocco di quercia o di olmo da bruciare nel camino. I più generosi gli lasciavano, per così dire, una scelta, gli dicevano: «Fonso, il tronco che riesci a caricarti in spalla e a portare a casa è tuo». E lui sorrideva sornione come per dire vedrete che le spalle non saranno da meno che la lingua. E quando aveva finito di raccontare la sua storia e tutti si davano la buonanotte e andavano a letto, lui usciva nel cortile al lume della luna, si caricava in spalla il tronco più grosso che poteva sollevare e a piedi, in mezzo alla neve, se lo portava a casa anche per un chilometro. Ogni tanto appoggiava in terra l'estremità anteriore e così si riposava, poi si faceva sotto di nuovo, lo sollevava da terra e tirava avanti.

Ma a casa dei Bruni ci sarebbe andato anche per niente, perché il suo premio era ben altro, perché era innamorato perso della Maria. Quell'anno, poi, a chiedere alloggio erano arrivati dei personaggi mai visti. C'era un tizio che diceva di essere stato un membro della banda di Adani e Caprari – i due banditi che, in sella a una Frera come cavalieri erranti, rubavano ai ricchi per donare ai poveri – e che aveva fatto l'assaltastrada per quattro anni prima di vedere i suoi capi stesi a schioppettate dai carabinieri del maresciallo Capponi nei campi della Bassa. Quando aveva bevuto un bicchiere di troppo i Bruni lo sentivano urlare nel cuore della notte:

«Quando la luna la scavalca i monti
E noi siam pronti e noi siam pronti
A assassinaaar!»

La Maria ne aveva una gran paura quando lui la guardava con certi occhiacci stralunati e diceva, come un orco delle favole: «Ho proprio fame di carne di cristiano, bella tenera» e scoppiava in una risata fragorosa e gorgogliante mentre lei appoggiava in fretta a terra il piatto della minestra e correva via a gambe levate.

Nessuno, ovviamente, gli dava peso. Ma quando Armando, steso immobile nel suo letto a occhi aperti di fianco alla moglie torpida e fredda, sentiva la voce di quel millantatore squarciare la notte, ne rabbrividiva:

«Il primo assalto che abbiam fatto
Abbiam 'ssaltato una signora
Le abbiam piantato un cortello in gola
Ed il denaro ed il denaro abbiam pigliàaa!»

Quell'anno il freddo era pungente, i ghiaccioli pendevano dalle grondaie come pugnali di cristallo per settimane e la galaverna rivestiva gli alberi di una canuta fantasmagoria che il pallido sole brumale non riusciva a sciogliere. Era in stagioni come quella che l'Otel Bruni registrava il tutto esaurito. Il bovaro apriva due o tre balle di paglia, la spandeva nello stalletto e i sopravvenuti vi si stendevano comodi e al caldo. Alle ore dei pasti la Clerice mandava loro un piatto di minestra fumante e un fiaschetto di vino convinta che in ciascuno di essi potesse nascondersi Nostro Signore in persona che si aggirava nella notte per vedere chi avesse il cuore duro e chi la carità per il prossimo.

C'era anche chi si dava da fare per meritarsi quella graziadidio: aiutava a governare le bestie o a portare fuori il letame o anche soltanto a impagliare le sedie o a fare i manici nuovi alle vanghe e alle zappe, e in quel caso era ammesso alla mensa assieme ai familiari perché chi lavora è giusto che metta i piedi sotto la tavola.

Poteva succedere, in stagioni come quella, che anche donne bussassero alla porta. Pure se molto raramente. In quei casi la Clerice apriva per loro lo stanziolo dell'aceto, perché non voleva pasticci di nessun genere. Ce n'era una, via con la testa, che era già venuta più volte, e quell'anno era arrivata ai primi di dicembre e alla fine di gennaio non dava segno di volersene andare. Quando le chiedevano chi fosse e da dove venisse rispondeva sempre con la stessa frase cantilenante: «Poverina la Desolina, infermità di mente, poverina...», la meccanica ripetizione di una diagnosi e sa dio dove l'aveva avuta. Una delle rare volte che era sembrata limpida di mente aveva detto che, prima di scoprire l'Otel Bruni, aveva più volte bussato alla porta della canonica, ai tempi di don Massimino, ma nessuno le aveva aperto.

«E te lo credo» aveva risposto la Clerice, «i preti non possono tenere donne in casa di notte.»

Vi fu chi disse di conoscerne la storia: era una vedova che viveva in collina con l'unica figlia, lavorando dalla mattina alla sera un campicello ingrato, tutto sassi e gramigna. La figlia un giorno diede segni di non star bene: pallori, svenimenti improvvisi, nausea e vomito.

«Non sarai per caso incinta, vero?» le aveva chiesto. «Guarda che se sei incinta ti ammazzo. Te lo avevo detto che il padrone ci dà commiato se viene a saperlo. Ci ridurremo a chiedere l'elemosina, moriremo di fame!»

La ragazza era terrorizzata da quelle minacce e non sapeva darsi pace, si sentiva colpevole di tutte le disgrazie che sarebbero loro accadute e alla fine, non potendo più sopportare il senso di colpa che la schiacciava, bevve del sublimato corrosivo, andando incontro a una morte spaventosa. La madre era impazzita per il dolore e il medico del suo villaggio l'aveva fatta rinchiudere nell'ospedale dei matti a Reggio, di dove, non si sa come, era stata dimessa, oppure era riuscita a fuggire. Doveva averla imparata là quella frase: "Poverina la Desolina, infermità di mente... infermità di mente...".

Nessuno avrebbe potuto dire se quella storia così cruda fosse vera o inventata, ma lo sguardo perennemente smarrito della donna faceva pensare a una perpetua lotta contro se stessa, a un incessante tentativo di dimenticare o di rimuovere ricordi e immagini intollerabili. Tuttavia, e nonostante tutto, le storie di Fonso sembravano in qualche modo acquietarla e agire su di lei come un balsamo. Lo ascoltava rapita senza batter ciglio e, se avesse potuto, lo avrebbe ascoltato per ore e ore. Certo, in quel modo, fuggiva dalla realtà di un passato che non le dava tregua, migrava in un altro tempo e in un altro luogo, trasportata dalla voce del narratore.

Quando tutto era finito e lei doveva raggiungere il suo alloggio attraversando il cortile, si stringeva addosso lo scialle sdrucito e la sua figura si rattrappiva fin quasi a scomparire, nuovamente preda dei ricordi.

Una notte, verso la fine di gennaio, mentre Fonso raccontava una delle sue storie, si sentì, nel silenzio profondo di una pausa, bussare al portone della stalla.

«Chi è?» domandò Checco.

«Sono io» rispose una voce arrochita dal freddo. Checco andò ad aprire e si trovò di fronte Floti, pallido, col volto scavato, la barba lunga e gli occhi lucidi, quasi febbricitanti. La Maria gli saltò al collo e la Clerice si asciugò gli occhi con la cocca del grembiule. Gli altri, sia familiari che forestieri, restarono allibiti all'improvvisa apparizione. I fratelli, in particolare, non sapevano che dire. Fu Fonso ad avere la prontezza di rompere quel silenzio di pietra andandogli incontro con il fiasco per versargli un bicchiere di vino.

«Coma va, Floti?»

«Molto meglio, adesso che sono a casa mia» rispose. Vuotò d'un sorso il bicchiere e lo tese ancora. «Dammene un altro» disse, «ma andate pure avanti, non voglio interrompere la storia. Cos'è, la tua preferita, vero Fonso?» e si mise a citare a memoria:

«Dal di là dal mar io son venuto
Per prender l'acqua del fiume Ossillo
Che fa guarire ogni sorta di male.»

Ci fu un altro momento di imbarazzo. La circostanza avrebbe richiesto che tutti uscissero, che ognuno tornasse a casa o al proprio giaciglio per lasciare soli i Bruni a confrontarsi con il fratello, uscito – evaso forse? – di prigione. Ma nessuno si mosse e Fonso capì che doveva veramente continuare. E continuò.

«Vai pure avanti, Fonso, che adesso viene il bello, se ricordo bene» ripeté Floti facendo cenno a Checco di seguirlo fuori dalla porta. Il fratello, avvoltosi nel tabarro, gli andò dietro.

Erano uno di fronte all'altro, nell'aia ghiacciata, e il cielo li spruzzava di nevischio.

«Come vanno le cose, Checco?»

«Male. Ognuno pensa solo a se stesso e la mamma non riesce più a tenere insieme la famiglia. Savino se ne vuole andare. Ha trovato una ragazza e un lavoro nella tenuta di Ferretti. Si sposerà.»

«Ci siamo sposati tutti. È normale.»

«Sì» rispose Checco, «è normale.»

«Novità?»

«Abbiamo comprato un toro per coprire le vacche.»

«L'ho notato, nella posta in fondo a sinistra. Bella bestia.»

«Sì, e l'ho pagato il giusto. Si chiama Nero.»

«Voglio sapere chi ha parlato male di me mentre ero dentro.»

«Perché, Floti, a cosa serve?»

«Voglio sapere chi ha organizzato la trappola per mandarmi in galera.»

«Ti sei incattivito a stare in prigione e ti posso capire, ma devi cercare di dimenticare. Con la vendetta non si va da nessuna parte: con l'aria che tira si può finire solo male.»

«Tanto lo imparerò lo stesso. E il contafavole? È più qui che a casa sua mi sembra.»

«La Maria gli vuole bene, e lui a lei. Che male c'è? È un bravo ragazzo, un gran lavoratore, tante volte è venuto a darci una mano quando c'era bisogno.»

«L'ha fatto per farsi accettare. Ma questa è una faccenda che sistemerò più avanti. Hai idea di chi mi abbia tradito?»

«Floti, si muore dal freddo qui fuori. Perché non parliamo domani? Che fretta c'è? O c'è un motivo? Come sei riuscito a venir fuori?»

«Mi hanno prosciolto. Quel cretino che mi ha accusato non ha avuto l'accortezza di sbarazzarsi della giacca bucata dal colpo di pistola. Il giudice l'ha sequestrata e i periti hanno dimostrato che il colpo era partito dall'interno e non dall'esterno. Uno stupido incidente che qualcuno ha voluto sfruttare per incastrarmi.»

«Questa volta ti è andata bene, ma non è detto che sia finita qui. Chi ci ha provato una volta ci proverà ancora. Ma adesso vai a dormire, la tua camera ti aspetta. La mamma l'ha sempre tenuta pulita e in ordine. Era sicura che saresti tornato.»

Floti annuì gravemente.

«Buonanotte» gli disse Checco, «ben tornato a casa.»

Entrarono insieme e Floti salì nella sua camera da letto. Dalla finestra vide Fonso salutare la Maria davanti all'uscio della stalla e poi coprirla con il suo tabarro e stringerla a sé in una furtiva intimità. Si sentì salire il sangue alla testa e avrebbe voluto scendere, ma Fonso già si stava incamminando verso casa.

Floti era convinto che, con il suo ritorno, le cose sarebbero tornate come erano prima, ma si sbagliava. In sua assenza la situazione familiare, che già presentava delle crepe, si era ulteriormente deteriorata. L'ingresso di tante donne aveva moltiplicato i motivi di attrito o di discordia. Ognuna credeva di vedere nelle cognate privilegi e vantaggi che lei non aveva o riteneva che il proprio marito non fosse tenuto nella dovuta considerazione, che qualcuno facesse molto e qualcun altro troppo poco. I mariti, dal canto loro, volevano apparire importanti e degni di considerazione agli occhi delle mogli e tendevano a dare peso a piccolezze, sgarbi involontari che prima avrebbero lasciato perdere o completamente ignorato. Per giunta la Clerice, indebolita dalle gravi perdite subite, aveva perso non poco della sua grinta e non aveva più il polso per reggere una tribù così numerosa.

Floti riprese in mano le redini, ma ormai le brutte abitudini avevano attecchito e non era facile tornare indietro. Ci sarebbe voluto un colpo grosso che ripristinasse il suo prestigio compromesso e l'occasione si presentò inaspettatamente verso la fine della primavera successiva. Il notaio Barzini era passato a miglior vita, e siccome nessuno dei suoi eredi intendeva occuparsi di agricoltura avevano deciso di comune accordo di vendere i poderi di campagna e spartirsi equamente il denaro. Ai Bruni fu offerto quindi di acquistare il podere che la loro famiglia coltivava a mezzadria da più di cento anni, per giunta con una dilazione del pagamento.

Il consiglio di famiglia fu immediatamente convocato: ne facevano parte la Clerice e i sei figli maschi. Parteciparono tutti, compreso Armando che, nel frattempo, doveva aver convinto la sposa a concedergli le sue grazie, visto che era incinta. La riunione ebbe luogo in cucina, attorno al tavolo su cui si consumavano i pasti, e Floti prese immediatamente la parola: «Sapete il motivo per cui ci troviamo qui tutti assieme. L'ultima volta è stato per decidere se dovevamo pagare il viaggio della mamma a Genova per prendere la sua eredità. Sappiamo come è finita: l'eredità se l'è presa il governo. Ora si presenta un'altra occasione e io penso che non dobbiamo lasciarcela scappare: gli eredi del padrone sono disposti a venderci il podere.

La nostra famiglia coltiva questa terra da più di cento anni, ma il frutto delle nostre fatiche se lo è sempre preso il padrone. Prima ci lasciava a malapena da sopravvivere poi, grazie alle lotte della lega, abbiamo ottenuto condizioni più umane, ma quello che gli diamo è sempre troppo visto che la fatica è tutta nostra e lui non viene ad aiutarci nemmeno un giorno, nemmeno un'ora».

Dante temeva che il fratello la buttasse in politica, e disse: «Veniamo al sodo».

«Arrivo subito» rispose Floti, senza nascondere una certa irritazione, «quello che voglio dire è che dobbiamo comprare il nostro podere. Gli eredi ci concedono di pagarlo un po' alla volta in dieci anni, e da parte loro è un gesto positivo: significa che riconoscono che abbiamo sempre lavorato e che meritiamo di diventare proprietari di questa terra. Un po' di soldi in banca li abbiamo messi da parte...»

«Abbiamo dei soldi in banca?» domandò Fredo.

«Certo» rispose Floti, «tutto quello che sono riuscito a risparmiare l'ho messo da parte intestato alla mamma, e ci ha anche reso degli interessi.»

«Nemmeno io sapevo che avessimo dei soldi in banca» intervenne Dante.

«Quanti sono?» domandò Armando.

«Abbastanza da pagare le prime due rate del debito che andremmo a contrarre e da viverci discretamente.»

Floti si rese conto che ognuno dei presenti in quel momento stava facendo mentalmente i conti di quanto gli sarebbe toccato se si fossero divisi il deposito in parti uguali e cercò di interrompere quei calcoli: «So a che cosa state pensando, ma sbagliate. Se teniamo quella somma tutta insieme ci facciamo un grosso interesse; se la dividiamo, ognuno di noi si troverà qualcosa in tasca ma non potrà farci niente. È l'unione che fa la forza, lo sapete bene. Ci chiedono trentamila lire da pagare in dieci anni, il che vuol dire che ce lo danno per un pezzo di pane, anche se la cifra in sé sembra alta. Se restiamo uniti ce la possiamo fare, ve lo assicuro. E una volta che lo avremo comprato, saremo padroni in casa nostra, nessuno ci potrà dire cosa dobbiamo fare e cosa non dobbiamo fare, nessuno ci potrà mandare via da un giorno all'altro. E quel quaranta per cento che diamo al padrone ce lo divideremo fra noi ogni anno, oppure compreremo altra terra e costruiremo un avvenire per i nostri figli».

Floti concluse la sua perorazione senza rendersi conto che l'entusiasmo e la foga che ci aveva messo, lungi dall'aver convinto i presenti, li avevano resi diffidenti. Quando se ne accorse si sarebbe morso la lingua. Capì quello che stavano pensando: se si scaldava tanto doveva averci un interesse. Sentì che l'atmosfera era pesante e il silenzio seguito al suo discorso non prometteva niente di buono. Se avessero avuto voglia di comprare l'avrebbero detto subito.

La Clerice questa volta lo sostenne: «Floti ha ragione, la terra non tradisce mai. Chi ha della terra è sicuro di non patire mai la fame, qualunque cosa succeda, e quando la vuole rivendere ci guadagna sempre. Pensateci ragazzi, Floti non si è mai sbagliato in queste cose. E poi vi rendete conto? I Bruni, che hanno lavorato la terra per cento anni, diventano proprietari terrieri!».

Ma nessuno si sentì di dare una risposta. Armando abbozzò una battuta che non fece ridere nessuno.

«Ma cos'è» disse Floti, «non vi fidate di me? Pensate che andiamo a indebitarci? Non succederà. Se uno fa dei debiti senza avere un capitale allora sì che è un problema, ma se uno ha un capitale, cioè il podere, se si trova in difficoltà può sempre venderlo e recuperare i soldi. Possiamo comprarla comunque la nostra terra, possiamo metterci in società in modo che ognuno sia protetto e non abbia rischi. Pensateci, per favore.»

I fratelli dissero che ci avrebbero pensato su, che non potevano decidere così su due piedi, che trentamila lire non erano poi uno scherzo e infine che gli avrebbero dato una risposta di lì a qualche giorno.

Due giorni dopo, quando Floti andò al mercato con il biroccio a vendere una scrofa, i fratelli ne approfittarono per riunirsi per conto loro e discussero per più di un'ora. E dopo aver discusso, ognuno di loro ne parlò con la propria moglie, il che peggiorò ancora di più la situazione. La Clerice se ne accorse e provò un grande dispiacere perché significava che la famiglia era spaccata e difficilmente si sarebbe potuta rimettere insieme come una volta. Floti ebbe il verdetto quando tornò la sera, a cena. Parlò Dante per tutti: «Sono troppi soldi e dovremmo fare molti sacrifici per pagare le rate. E se le cose vanno male? Le fatiche di un contadino sono alla mercé dei capricci del tempo. E se viene una grandinata e distrugge il raccolto? E se la stagione è troppo piovosa e il grano e la canapa ammuffiscono prima del raccolto? Io dico di tirare avanti così come siamo. In fondo non ci è mai mancato niente».

Floti fece un ultimo tentativo: «Ma non vi rendete conto che se non compriamo noi compra qualcun altro? E può capitarci un padrone molto peggiore di Barzini, che in fin dei conti ci ha sempre lasciato spazio. Con la terra, in un certo senso, verremmo venduti anche noi e lo sapete. Se compriamo saremo padroni di noi stessi e del nostro destino».

Non ci fu nulla da fare. Il vero motivo del rifiuto era un altro: tutti, chi più chi meno, pensavano che per loro non sarebbe cambiato nulla, avrebbero continuato a sgobbare nei campi, a mungere, a vuotare la stalla, a zappare, vangare, spandere il letame, sbattere la canapa nella calura del solleone; e d'inverno a potare le viti con le mani gelate dal freddo e dalla galaverna, perché lui non poteva, poverino, aveva una scheggia in un polmone. E quindi doveva andare al mercato, mangiare all'osteria con i mediatori e i commercianti, girare in calesse, vestire con abito, camicia e cravatta perché non si può mica fare brutta figura, specie quando vai in banca a depositare i soldi. Lui sarebbe stato il vero padrone, lui avrebbe fatto gli interessi e questa era una faccenda che non andava a genio né a loro né tanto meno alle loro mogli che a ogni occasione soffiavano sul fuoco.

Quando venne a sapere di questa faccenda Fonso, che aveva studiato sui libri, disse che quella brutta storia era tale e quale l'apologo di Menenio Agrippa, ma nessuno gli fece caso perché nessuno l'aveva mai sentito menzionare questo Meno Grippa.

In paese la voce si diffuse perché Armando non teneva neanche la piscia, figuriamoci un segreto. E la causa del mancato acquisto fu da molti attribuita all'invidia dei fratelli verso Floti e all'influenza che su di loro avevano avuto le mogli. Ma Dante e gli altri non avevano in fondo tutti i torti. Un debito di quell'entità e un investimento così importante potevano far paura, specialmente a gente che era abituata a condurre una vita dura ma sempre uguale, una vita dove le sorprese potevano venire solo dagli elementi naturali.

Chiunque avesse ragione e chiunque avesse torto, sta di fatto che quella fu veramente l'ultima occasione che il destino presentò ai Bruni per affrancarsi dalla loro condizione eternamente subalterna e preparare un futuro diverso per sé e per i loro figli. Ormai era questione di tempo: il tempo che sarebbe trascorso da allora al momento in cui i Barzini avrebbero trovato un compratore. A quel punto i Bruni una decisione l'avrebbero dovuta prendere per forza.

18

Floti si era messo in testa che sua sorella Maria non doveva fare l'amore con Fonso. Non aveva nulla contro di lui, anzi, sapeva che era una persona seria, che aveva voglia di lavorare e che godeva in paese di una buona reputazione.

La sua era piuttosto una questione di pelle. Per lui Fonso non era adatto per la Maria, brutto com'era, con il mento largo e prominente e anche mezzo sordo. Sapeva che i discorsi fra lui e sua sorella erano già molto avanti e che bisognava interromperli se non voleva trovarselo in casa un giorno a chiedere la mano della Maria.

Fonso, dal canto suo, si rendeva conto di dover offrire alla fidanzata e ai fratelli di lei una garanzia seria e cioè un lavoro fisso, cosa non facile a quel tempo. L'offerta di braccia era comunque molto maggiore della richiesta e il lavoro valeva quindi poco. Ma quello non era un problema: l'importante era trovarne uno, poi ci si poteva far conoscere per quel che si valeva.

L'ufficio di collocamento esisteva ma i padroni preferivano servirsi da soli, passando davanti al "muretto": un parapetto di mattoni che si affacciava sul fossato medievale, ormai privo d'acqua, che circondava il paese con le quattro collinette artificiali a terrapieno che ne marcavano gli angoli. Tutti i braccianti in cerca di lavoro si davano convegno lì e stavano appoggiati o seduti sul muretto a chiacchierare in attesa che passasse qualcuno a chiamarli per una giornata o due o, se si era molto fortunati, per una stagione. Fonso non ci andava spesso perché, se non aveva un ingaggio, preferiva aiutare qualcuno gratuitamente piuttosto che oziare nell'attesa. Alla fine della giornata qualcosa rimediava sempre: un fiasco di vino, un pezzo di lonza, una fetta di lardo per fare il soffritto per la pasta; zampe, collo, ali e frattaglie di gallina per farci il brodo.

Una mattina, mentre passava di lì, lo fermarono degli amici che aspettavano di essere chiamati a lavorare, e proprio in quel momento passò il fattore di Baccoli, un avvocato di Bologna che possedeva una vasta tenuta agricola nei dintorni del paese. Puntò il dito, indicando uno dopo l'altro sei uomini: «... tu, tu, tu e tu, andate al podere in via Emilia, che c'è da vangare una tornatura di stoppie per seminarci la spagna». I chiamati inforcarono la bicicletta e in gruppo si avviarono verso la destinazione. Nello stesso istante il fattore notò Fonso e la sua massiccia complessione, e aggiunse: «... e anche tu!».

Fonso ringraziò e inforcò a sua volta la bicicletta cercando di raggiungere i compagni che avevano un vantaggio di qualche minuto. Data la sua esperienza, si era già fatta un'idea del motivo di quel reclutamento. Per preparare una stoppia per la semina della spagna non era necessario vangare una tornatura di terra: un paio di buoi con un aratro e poi una passata di erpice avrebbero fatto il lavoro molto meglio e molto prima. Quella era quasi certamente una prova di forza e sapeva bene come si sarebbe svolta: i vangatori sarebbero stati schierati tutti sulla linea di partenza e ognuno avrebbe dovuto vangare più veloce che poteva sotto l'occhio del fattore che da dietro avrebbe controllato se nessuno barava affondando meno il ferro nella terra per avanzare più spedito. Alla sera si sarebbe andati per eliminazione. E così fu. Al tramonto Fonso aveva staccato tutti e il secondo se lo era lasciato indietro di una ventina di metri. Era una regola spietata ma che tutti accettavano: era giusto che vincesse il migliore. Ma in tanti casi contava anche il fatto che alcuni erano denutriti e non avevano energie sufficienti per resistere a un lavoro così pesante. Tutti avevano capito che era in gioco qualcosa di importante e si impegnavano al limite delle loro forze. Il più debole, un bracciante di cinquant'anni di nome Marino, si accasciò due volte la prima giornata, pallido e fradicio di sudore e, quando arrivò in fondo, aveva le lacrime agli occhi perché sapeva che non sarebbe mai riuscito a conquistarsi il posto di lavoro.

E infatti fu lasciato a casa il giorno dopo, poi il fattore ne mandò via un altro il secondo giorno, un altro il terzo, due il quarto, un altro ancora il quinto finché, il sesto giorno, Fonso si presentò da solo.

«Abbiamo bisogno di un primo uomo» gli disse il fattore, «e il posto è tuo. Sei assunto come fisso, la paga è settimanale e, se il padrone sarà contento, avrai anche una gratifica a Natale.»

Fonso ringraziò celando la sua soddisfazione ma, quando fu in strada, si mise a cantare i suoi stornelli a voce spiegata perché finalmente aveva avuto un colpo di fortuna. Se quegli amici non l'avessero fermato davanti al muretto proprio nel momento in cui arrivava il fattore di Baccoli questi non l'avrebbe notato e non l'avrebbe chiamato a vangare nel podere sulla via Emilia. Ora era un uomo con uno stipendio sicuro e un lavoro fisso che avrebbe potuto durare anche tutta la vita. Ora era in grado di mantenere una famiglia e avrebbe potuto chiedere in sposa la Maria sapendo di poterle assicurare una vita decorosa.

Avrebbe parlato prima con Floti o con la Clerice? Pensò che conveniva cominciare dal più difficile. Se il fratello avesse detto di sì gli altri si sarebbero adeguati.

Ma si vedeva lontano un miglio che la cosa non gli andava a genio, che in qualche modo era geloso di sua sorella. La Clerice invece gli voleva bene e quasi certamente lo avrebbe accettato senza opporsi. Aspettò due o tre giorni, un po' per farsi coraggio, un po' perché si diffondesse la notizia che ora era capo operaio in una grande tenuta, aveva un lavoro stabile e uno stipendio fisso, moneta sonante ogni fine settimana.

Poi un giovedì sera, verso la fine di aprile, si presentò nel cortile dei Bruni e chiese se c'era Floti, che gli voleva parlare un momento.

«È nella barchessa» rispose Fredo, «che stacca il cavallo dal biroccio.»

Fonso si avvicinò e se lo trovò di fronte mentre usciva.

«Buona sera, Floti» gli disse.

«Buona sera, Fonso. Come mai da queste parti a quest'ora?»

«Avrei da fare due parole con te.»

«Ti ascolto» rispose Floti.

«È per via della Maria.»

«La Maria non c'è.»

«Non c'è? È andata a fare la spesa?»

«No, è andata a Firenze e starà via un bel po'.»

«A Firenze? Come, senza dirmi niente?»

«Lo sai che ha una sorella sposata a Firenze che adesso sta passando un momento difficile e ha bisogno di compagnia. Abbiamo pensato che le faceva anche bene di cambiare aria, di stare in città per un po' di tempo, e poi a Firenze parlano tutti italiano così lo impara, che può sempre venire buono.»

Fonso chinò il capo scuro in volto: «Lontano dagli occhi lontano dal cuore, non è così?».

Floti sospirò: «Senti, Fonso, inutile che la prendiamo alla larga. È vero, l'ho mandata a Firenze anche per quello. Non ho niente contro di te, bada. Sei un bravo ragazzo, onesto e lavoratore. So cosa pensi: che quando ero in prigione eri sempre qui a dare una mano in campagna, a battere la canapa nell'ora del mezzogiorno, quando c'era da schiattare di caldo e di fatica, o a prenderla su dal macero, quando pesava come il piombo, inzuppata d'acqua e scivolosa. Vedi? Considero tutto e non sono un ingrato, saprò sdebitarmi. Non hai vizi di nessun genere ma secondo me non sei adatto per la Maria, e d'imparentarci a questo modo non se ne parla. Le donne quando s'innamorano non capiscono più niente, ma poi magari, se qualcuno glielo avesse fatto capire quando erano ancora in tempo...».

Fonso lo fermò con un gesto della mano: «Basta così, Floti. Ho capito, ma lo avevo capito anche prima. Tu hai perso tua moglie: era bella ed eravate innamorati, proprio come me e tua sorella, ma noi non ne abbiamo colpa. Ci vogliamo bene e vogliamo sposarci, fare una famiglia. È vero, lei è molto più bella di me, ma cosa importa? E poi adesso sono una persona che ha un lavoro fisso e una paga sicura e abbastanza buona. Fate uno sbaglio grosso: chi ti dice che sarà più contenta con qualcun altro? Potresti rovinarla dandole uno che va bene a te ma non a lei. Staremo bene insieme. Perché vuoi separarci?».

Floti si rabbuiò a quelle parole: «Questi sono affari miei, Fonso, non immischiarti. Maria se ne sta a Firenze e si vedrà come andrà a finire. Come dicono, se son rose fioriranno, ma io preferirei di no e non ci posso fare niente».

Fonso non si rassegnava: «Ti assumi una bella responsabilità, Floti, e mi meraviglio: proprio tu che hai sofferto la perdita della donna che amavi e sei stato in prigione innocente. Lo sai che cosa vuol dire star male, soffrire. Perché te la prendi con noi? Che cosa ti abbiamo fatto?».

«Niente» rispose Floti, «è così e basta.»

Fonso avrebbe voluto ancora ribattere ma capì che non c'era altro da dire. La voce già gli tremava e non voleva farsi compatire. Se ne andò con le lacrime agli occhi.

Uscì in strada tenendo la bicicletta per mano e s'incamminò verso casa con il cuore gonfio mentre cominciava a fare scuro. Fatte poche decine di metri si sentì chiamare sottovoce: «Fonso, Fonso...».

«Chi c'è?» domandò.

«Sono io, Maria» rispose una voce dall'altra parte della siepe.

«Maria? Ma allora non sei andata a Firenze!»

«Passa di qua, da questa parte: c'è un buco nella siepe.»

Fonso appoggiò la bicicletta sul ciglio del fosso e saltò dall'altra parte.

«Ma dove sei? Non ti vedo.»

«Quassù, sull'olmo. Stavo facendo la foglia per le vacche e ti ho visto: aspetta che scendo.»

«No, non ti muovere, salgo io, così non ci vede nessuno.»

Con poche bracciate si arrampicò lungo il tronco enorme e la raggiunse in mezzo alla chioma dell'albero. L'abbracciò stretta: «Ma cos'è questa storia? Dieci minuti fa tuo fratello mi ha detto che eri a Firenze».

«In un certo senso ha detto la verità. Parto domani. Mi porta lui in stazione a Bologna e là prendo il treno per Firenze. Ti ha detto che ero già partita perché non voleva che ci salutassimo. Temeva che io cambiassi idea.»

«E non puoi farlo? Non vuole che ci sposiamo, lo sai?»

La Maria abbassò lo sguardo: «Lo so. E spera che stando a Firenze io ti dimentichi. Ascoltami bene, Fonso: io non posso disobbedire a mio fratello, perché lui è il capofamiglia e mi ha sempre voluto bene. Pensa che sia giusto fare quello che fa; non si rende conto che sbaglia, ma se tu mi aspetti io tornerò, prima o poi, e ci sposeremo perché non ti dimenticherò. Qualunque cosa succeda, mai, hai capito?».

«Ma se tua madre...»

«Non si può, credimi. Ci sono già abbastanza occasioni per litigare in casa mia, è una pena che non se ne può più, non voglio crearne un'altra. Spero di tornare almeno per Natale, e tutto il tempo che dovrò passare là sarà come l'inferno e il purgatorio messi assieme.»

«Anche per me sarà la stessa cosa. Ti giuro che non guarderò mai nessun'altra, aspetterò finché non torni, e ti scriverò appena mi mandi l'indirizzo.»

Avevano tutti e due le lacrime agli occhi, anche se non si vedeva perché oramai era scuro, e fecero l'amore sull'albero come una coppia di passeri. Poi piansero abbracciati insieme e giurarono che nulla e nessuno avrebbe mai potuto separarli, come gli amanti nelle favole di Fonso.

Il giorno dopo Floti portò via sua sorella che piangeva come una fontana. Non si era mai mossa da casa e andare a Firenze equivaleva per lei ad andare in capo al mondo. Per tutto il viaggio non riuscì a dire una parola, e anche il fratello era scuro in volto e taciturno.

«Perché mi mandi via, Floti?» gli chiese quando arrivò il treno.

«Per il tuo bene. Tu meriti ben di più che il contafavole. Un giorno capirai.»

«No» rispose la Maria, «non capirò mai.» Poi salì sul treno e dal finestrino guardò suo fratello diventare sempre più piccolo, sempre più piccolo...

Passò l'estate e poi l'autunno, e cominciò l'inverno, ma Fonso non si presentò più all'Otel Bruni a raccontare le sue storie per non mettere nessuno in imbarazzo e così le notti trascorrevano uggiose e tristi.

Ormai in giro si era sparsa la voce che Floti era tornato e c'era chi gliel'aveva giurata a quel sovversivo, e voleva fargliela pagare, a lui e a tutta la sua razza. La resa dei conti non tardò molto e quello fu il più grande disastro nella storia dei Bruni. Accadde proprio pochi giorni prima di Natale, quando la novena stava per finire. La Clerice era tornata dalla chiesa, imbacuccata nel suo scialle di lana, e si era messa a preparare l'impasto per il panone e per le raviole: farina, miele, uva secca asciugata in casa nel forno tiepido, composta di mele cotogne e saba di uva rossa.

Quella notte erano già tutti a letto perché, da quando mancava Fonso, l'Otel Bruni aveva perso la sua attrazione principale, ma lei era ancora sveglia, fosse che presentiva qualcosa o semplicemente non aveva sonno perché i vecchi sanno in cuor loro che in capo a poco da dormire ne avranno anche troppo.

Nel gran silenzio le parve di udire delle voci: grida sembravano, o canzoni, o tutte e due, e il rumore di un motore che si avvicinava. Era vero, cantavano in coro ed erano ormai così vicini che si sentiva che cosa stavano cantando. «All'armi siam fascisti, terror dei comunisti!» Il cuore le balzò in gola e mormorò: «Madonna, aiutateci!».

La Clerice, che non s'era mai interessata di politica, era però abituata da tempo a vedere squadre di scalmanati andare in giro a picchiare, bastonare, umiliare in ogni modo quelli che ritenevano dei facinorosi e disfattisti nemici della nazione. Ed era sicura che quella volta stavano venendo per loro e per uno in particolare: suo figlio Floti. Salì subito di sopra, più in fretta che poteva, con una candela in mano a svegliarlo.

«Mamma, che succede? Cosa fate qui?» ebbe appena il tempo di dire Floti, che già udì le grida e vide il terrore negli occhi della madre.

«Vestiti e scappa da dietro, subito, che ci sono i fascisti. Senti come sono vicini? È questione di qualche minuto. Vengono per te, muoviti!» Aveva ragione e il canto ormai risuonava sotto le travi della camera da letto. Floti s'infilò i pantaloni e un maglione, si buttò sulle spalle un pastrano e scese di corsa le scale. La Clerice gli andò dietro con una sciarpa perché faceva freddo e minacciava neve, gliela strinse attorno al collo come un abbraccio e lo fece scappare dalla porta posteriore, verso l'aperta campagna. Lo guardò per un momento dileguarsi e l'ultima cosa che vide di lui fu la sciarpa che sventolava nel buio come una bandiera. Richiuse subito con il catenaccio e andò alla porta davanti per fare la stessa cosa. Subito dopo udì il rumore di un camion che si arrestava e un gran vociare. Dovevano essere in parecchi e la Clerice guardò fuori da una fessura degli scuri. Avevano tenuto il motore in moto e i fanali accesi perché era buio pesto. Gente che s'era vista in altre occasioni e che veniva da Sogliano, forse gli stessi che avevano picchiato Graziano Montesi.

«Bruni, vieni fuori!» gridò uno. «Sappiamo che ci sei!»

Non c'era dubbio su chi fosse il Bruni che cercavano.

«Consegnateci il Bruni!» gridò un secondo, e la Clerice contava i passi di Floti nella notte per figurarsi dove fosse arrivato a quel punto.

«Non c'è!» gridò da dietro la finestra chiusa. Intanto s'erano svegliati tutti gli altri. Gli uomini erano scesi in cucina, le donne infreddolite e coperte alla bell'e meglio portavano i bambini in cantina e cercavano di calmarli perché non piangessero. Una di loro, che aveva sentito le grida dei fascisti, disse: «Come non c'è? L'ho visto io andare a letto».

Gli uomini la zittirono con uno sguardo: «Se la mamma ha detto che non c'è vuol dire che non c'è».

«Consegnatecelo o diamo fuoco alla casa e vi mandiamo tutti arrosto!» gridò lo stesso di prima brandendo una torcia accesa. I compagni, uno dopo l'altro, accendevano le loro torce dalla sua e in breve il cortile fu tutto illuminato. Indossavano la camicia nera e gli stivali e portavano giubboni di pelle o di panno grigioverde. La minaccia rimbombò fino in cantina terrorizzando le donne che piangevano per il freddo e la paura.

«Per l'amor di Dio!» gridò Fredo dall'interno, «quello che cercate è Bruni Raffaele ma non c'è: questa notte non è rientrato.»

«Balle!» gridò un altro degli assedianti. «Mandatelo fuori o diamo fuoco alla casa! Questo è l'ultimo avvertimento.»

Checco guardò uno per uno i suoi fratelli e, a parte Savino che pareva abbastanza tranquillo, vide solo facce terrorizzate: «Che facciamo?».

«C'è poco da fare» rispose la Clerice, «visto che Floti non c'è. C'è solo da sperare che ci credano.»

«Se ci fosse, verrebbe fuori lui di sua volontà!» gridò Checco. «Ci sono donne e bambini qui.»

«Allora aprite altrimenti sfondiamo la porta e distruggiamo tutto. Non vi lasciamo nemmeno gli occhi per piangere!»

«Va bene» rispose Checco, «vi apro. Controllate voi stessi.» Fece scorrere indietro il catenaccio, ma non ebbe il tempo di aprire che una spinta violenta sul battente spalancò la porta e lo fece cadere in terra. Altri otto o dieci fecero irruzione nella casa quasi camminandogli sopra e si sparsero dovunque a perquisire ogni ambiente. Scesero anche in cantina dove le donne si strinsero l'una all'altra tremando e i bambini si misero a piangere e a gridare atterriti dal frastuono.

Non trovarono nulla e s'infuriarono ancora di più.

«Vogliamo farci prendere in giro da questi sovversivi?» gridò uno. «Sono sicuro che quel vigliacco è nascosto qui intorno. Diamo fuoco alla casa, vedrete che salterà fuori.»

«Ma sì, diamogli una lezione» gridò un altro, «così imparano a fare i furbi.»

«Bene» approvò quello che sembrava il capo, «fuori tutti! Per questa volta salvate la pelle, bastardi!»

Uscirono, e la Clerice che fino a quel momento era stata solo sulla difensiva passò all'attacco: ne aveva riconosciuti alcuni e li trattò come una madre che ha dei ragazzacci da correggere: «Vergognatevi! Venite di notte armati di bastoni come gli aguzzini di Gesù Cristo! Ve la prendete con uomini pacifici e disarmati, con donne e bambini. E tu!» disse puntando il dito su uno di loro. «Conosco tua madre, siamo state insieme nella compagnia del Santissimo, povera donna, la compiango. Tornatene a casa con questi scalmanati e non fatevi più vedere!».

«Lasciate perdere, mamma» disse Fredo, tirandola indietro per un braccio, «così è peggio.»

Savino riconobbe Nello che abbassò lo sguardo non riuscendo a sostenere lo stupore, la delusione e lo sgomento che leggeva negli occhi dell'amico.

Checco prese sotto braccio la madre e la moglie, che aveva in collo il piccolo Vasco, e guidò il breve esodo del resto della famiglia, fino al centro dell'aia.

Uno dei fascisti con la torcia accesa si avvicinò alla porta aperta e fece per gettarvela dentro, ma Nello lo fermò: «Aspetta!».

«Che c'è?» rispose l'uomo girandosi verso di lui quasi a illuminargli il viso.

«Non possiamo buttare in mezzo alla strada donne e bambini che non ne hanno colpa. Qui c'è anche della brava gente, che non ha fatto altro che sgobbare in campagna senza mai dare noia a nessuno. Fra qualche giorno sarà Natale, volete che dei bambini innocenti restino senza letto e senza casa?»

«Allora bruciamogli la stalla» replicò l'altro.

«Sì, sì, bruciamogli la stalla!» gridarono tutti come ubriachi, e si volsero con le torce accese verso il rustico che si ergeva, scuro, al limite opposto dell'aia.

I Bruni si guardarono l'un l'altro sbigottiti e increduli, con gli occhi pieni di lacrime: volevano bruciare il luogo delle favole e delle storie fantastiche, il rifugio dei poveri, dei vagabondi e dei derelitti. Volevano bruciare l'Otel Bruni!

19

Sotto lo sguardo impietrito dei Bruni, gli uomini in camicia nera si avvicinarono alla stalla e scagliarono le torce accese sul fienile pieno zeppo di balle di paglia. Bastarono pochi istanti perché il fuoco si propagasse spingendo verso l'alto una fiammata gigantesca che urtò, crepitando, le vecchie travi di quercia del tetto.

Certi che, a quel punto, neanche un miracolo avrebbe potuto spegnere il fuoco, gli incendiari risalirono sul 18 BL ancora in moto e se ne andarono cantando e imprecando.

I Bruni restarono per un poco attoniti e come paralizzati in mezzo all'aia, arrossati dal riverbero dell'incendio e investiti da una vampata di calore. Il ruggito delle fiamme si confondeva ora con i muggiti di terrore del bestiame incatenato all'interno della stalla: dieci vacche e quattro paia di monumentali buoi modenesi, vanto della famiglia nelle fiere e al tempo dell'aratura.

«I buoi!» gridò Checco. «Bisogna liberarli o bruceranno vivi», e si gettò in avanti contro il globo accecante.

La Clerice, atterrita, cercò di fermarlo: «No, Checco, per l'amor di Dio! Non c'è più nulla da fare per quelle povere bestie. La stalla ti crollerà in testa!». Ma era tutto inutile: l'idea di lasciar bruciare vivi gli animali non era nemmeno concepibile per uno che aveva sempre lavorato la terra. Checco aveva già raggiunto l'abbeveratoio, aveva rotto il ghiaccio con una vanga, vi aveva inzuppato il tabarro e se l'era avvolto attorno alla testa e sulle spalle slanciandosi subito dopo dentro il portone dell'edificio in fiamme.

Il gesto temerario di Checco scosse anche i fratelli che, dopo un attimo di esitazione, gli corsero dietro mentre la madre, sconvolta, si lasciava cadere in ginocchio in mezzo all'aia gemendo: «Per l'amor di Dio, per l'amor di Dio, Madonna, aiutali!».

La stalla non era ancora intaccata dall'incendio perché le fiamme erano trascinate in alto e divoravano la barchessa e la parte del tetto che la sovrastava ma lingue di fuoco già penetravano nelle connessure dei travi e l'intero ambiente era invaso dal fumo. I buoi, pazzi di terrore, scalpitavano e scalciavano muggendo disperatamente. Alcuni tentavano di strappare la catena che li legava alle poste, ma scivolavano sul pavimento umido dei loro escrementi e cadevano rovinosamente, si rialzavano, cadevano di nuovo.

Fredo e Savino si precipitarono ad aprire la porta posteriore per creare corrente e diradare un minimo il fumo, poi tutti quanti corsero alle poste tentando di sciogliere i buoi dalle catene. Era un'impresa quasi impossibile perché le bestie tiravano con tutta la loro forza all'indietro e in quel modo non si riusciva a far passare il fermo attraverso l'anella di fissaggio e a sciogliere la catene. Le lunghe corna degli animali sciabolavano a destra e a sinistra e c'era il pericolo di essere squarciati a ogni momento. Ma poi, un po' con le urla, un po' con qualche colpo di bastone, gli animali furono prima spinti contro le greppie e poi con un gesto fulmineo, una volta allentate le catene, slegati.

Appena liberate, le bestie si slanciarono al galoppo fuori, nel cortile illuminato a giorno dall'incendio, passarono furibonde in mezzo alle donne che fissavano inebetite quella tragedia e si dispersero nei campi.

Intanto, i travi del tetto, ormai completamente bruciati, cedettero di schianto e caddero uno dopo l'altro nel rogo sollevando una nube rovente e un turbine di faville che salì verso il freddo cielo stellato.

La Clerice si avvicinò alla porta della stalla e cominciò di nuovo a gridare per richiamare i figli dall'inferno: «Basta! Basta! Venite fuori, volete morire tutti!». Nello stesso momento uscirono al galoppo altri animali mentre crollavano le ultime travi della barchessa alimentando ancor più il vortice che si gonfiò come una palla di fuoco e poi si disperse in mille lingue fiammeggianti contro il buio della notte. Anneriti e mezzo soffocati dal fumo, riapparvero anche i figli, e subito Checco, che aveva contato tutte le bestie liberate, gridò: «Il Nero! Manca il Nero!».

«No, no!» implorò la madre piangendo. «Se vai dentro, questa volta sei morto!» Checco si fermò turbato dall'invocazione della Clerice ma Savino gli strappò dalle spalle il tabarro, lo inzuppò nell'acqua, immerse testa e tronco nell'abbeveratoio, poi se l'avvolse attorno alla testa e alle spalle e sparì dentro al portone spalancato.

Il Nero era un esemplare intero di oltre una tonnellata, di mantello scurissimo, alto al garrese più di un uomo e dotato di una forza spaventosa. Alla monta si dovevano mettere le vacche dentro un traliccio perché con il suo peso le avrebbe stritolate. Ora il Nero si dibatteva dentro a un inferno di fumo, fiamme e faville, puntava le zampe alla greppia e tirava indietro a grandi strattoni facendo tremare tutto il muro. La catena era ormai mezzo divelta, ma tirando a quel modo l'animale si strangolava. Savino capì immediatamente che mettere le mani su quella catena per sfilare il fermo dall'anella significava farsele tranciare di netto.

Gridò con tutta la forza: «Ooooh! Ooooh! Nero, buono! Buono!», e cercò di avvicinarsi. Dal soffitto sopra la posta giunse un crepitio sinistro. Savino fece per scappare dalla porta posteriore ma nello stesso istante si stagliò nel bagliore delle fiamme una figura che impugnava un palanchino di ferro massiccio: «Fatti in là che ci vuole questo».

«Floti!» disse Savino. «Andiamo via che qui viene giù tutto.» Ma Floti era già saltato sulla posta del Nero. Infilato il palanchino nell'anella, con un colpo secco la divelse dal muro. Il Nero la strappò via con un ultimo strattone e si lanciò al galoppo lungo il corridoio; uscì muggendo con la catena al collo che gli pendeva fra le zampe e dietro di lui Savino. Un attimo dopo l'intero edificio crollò, con un'ultima eruzione di fiamme, fumo e scintille che fu vista dappertutto.

Savino si avvicinò ai fratelli: «Dov'è Floti?».

Scossero il capo.

«Dov'è?» gridò più forte. «Era là dentro con me un minuto fa.»

«Sarà uscito da dietro» rispose Fredo e corse all'altra parte della stalla, ma non vide nessuno.

La Clerice si mise a singhiozzare.

«Mamma, non fate così» disse Checco, «vedrete che torna. Sarà in mezzo ai campi. Non vuole farsi vedere.» Ma anche lui, in cuor suo, temeva che fosse là, sotto quel cumulo di travi e di detriti che ardevano in un immenso falò.

«Bruciano i Bruni!» gridavano in paese i nottambuli che rientravano a tarda notte dall'osteria della Bassa. E la gente saltava giù dal letto e si faceva alla finestra: «Chi è che brucia?».

«I Bruni! Correte, andiamo a dare una mano!»

Ma pochi misero il naso fuori dalla porta: era tardi, faceva freddo, "e poi" pensarono in molti, "ora che arriviamo, il fuoco si è già mangiato tutto". Corse invece Fonso, benché abitasse lontano, e arrivò in bicicletta più in fretta che poté, con un secchio in mano. Ma ormai non c'era più niente da fare. I Bruni stavano in piedi e in silenzio, immobili come statue sull'aia, nel bagliore dell'incendio morente. Le donne piangevano tenendosi vicino i bambini impauriti e tremanti. Dalla campagna attorno si levava il muggito lamentoso dei buoi che vagavano nel buio.

Fonso constatò che oltre a lui erano arrivati solo Iófa, Pio e altri otto o dieci. Lasciò cadere il secchio in terra e disse: «Fatevi coraggio, vi hanno lasciato la casa e la vita e avete salvato i buoi. Al resto si rimedia sempre. Domani tornerò, dopo che ho finito di lavorare, a darvi una mano. Fatevi coraggio che siete tutti vivi».

«Manca Floti» disse Savino, «mi ha aiutato a tirar fuori il Nero e poi non l'abbiamo più visto», e fissava il grande braciere fumante.

«Non è là sotto» disse Fonso, «non ci credo. È troppo svelto di testa e di gamba: vedrete che salta fuori, ma non adesso.» S'intabarrò, inforcò la bicicletta e ripartì. Nessuno era venuto ad aiutare i Bruni, nessuno di quelli che le domeniche d'estate erano sempre lì a giocare a bocce e a bere, nessuno di quelli che tante volte si erano seduti nella stalla a mangiare e a sorseggiare il bel vino rosso che spumava nei bicchieri.

«Ma sì» disse Checco, «Floti sarà già lontano, in campagna, nelle stoppie della spagnara o del frumentone. Andiamo a dormire come si potrà, domani ci penseremo.»

Quella notte Fonso se ne tornò a casa con il cuore gonfio e le lacrime agli occhi: non solo perché la Maria era lontana, a Firenze, e chissà quando sarebbe mai tornata, ma anche perché era bruciato l'Otel Bruni, quella stalla grande come una chiesa dove d'inverno dormiva tanta povera gente, ed era stato proprio un miracolo che quella volta non ci dormisse nessuno. Quella stalla in cui tante volte era stato seduto fino a tarda notte a raccontare favole, dove si era innamorato della Maria, e lei di lui. Sentiva che il rogo dell'Otel Bruni segnava la fine di un'epoca povera ma forse più felice di quella presente, che il paese, la gente e forse il mondo intero non sarebbero stati più gli stessi.

Si coricò tardi e stentò a lungo a prendere sonno, anche perché la Maria non gli scriveva da un bel po', nemmeno una cartolina, e temeva che si fosse dimenticata di lui. E poi chissà, qualche giovanotto di città con la parlantina sciolta da toscanino e vestito elegante, all'ultima moda, poteva averle fatto girare la testa. Ma poi si ricordava dell'ultima volta che avevano fatto l'amore tra i rami del grande olmo e come si erano giurati fedeltà reciproca, e gli pareva impossibile che lei si fosse dimenticata di lui a quel modo, e soprattutto senza una parola, un cenno, due righe sia pure di commiato. Pensava allora a cosa potesse essere successo e non riusciva a darsi una risposta. Sospirò a lungo prima di cadere addormentato d'un sonno debole e agitato.

Se l'atmosfera notturna, il bagliore accecante delle fiamme, le sagome tragiche dei buoi al galoppo, le grida, i lamenti e i muggiti avevano creato la percezione di un incubo e dunque di un evento irreale, l'alba grigia e opaca che seguì, il rudere nero e fumante della stalla ferirono lo sguardo dei primi che osarono uscire nell'aia con la cruda violenza di una realtà ineluttabile, con cui era giocoforza confrontarsi.

La campana suonò l'Avemaria e la Clerice, che non aveva chiuso occhio tutta la notte, passò in mezzo ai figli e poi si volse indietro a fissarli uno per uno.

«In ginocchio» comandò. I più esitarono.

«In ginocchio» ripeté dando per prima l'esempio. Uno dopo l'altro i Bruni s'inginocchiarono e lei pregò: «Signore che nascesti in una stalla, fra un bue e un asino che ti riscaldavano e ti proteggevano dal freddo, guarda con compassione a noi poveretti che l'abbiamo persa per la crudeltà di uomini ingiusti, guarda le rovine di queste mura che accoglievano i poveri e i derelitti. Noi perdoniamo quei disgraziati perché non sanno quello che fanno, ma tu aiutaci, dacci la forza di ricominciare, fai vedere che sei dalla parte dei deboli e degli offesi. Non ci abbandonare. Amen».

«Amen» risposero alcuni. Altri tacquero.

«Io non perdono nessuno» disse Savino.

«E nemmeno io» gli fece eco un'altra voce.

«Floti!» gridò la Clerice.

Floti si avvicinò al rudere della stalla e guardava i muri sgretolati come se non credesse a quello che vedeva. Sentiva su di sé il peso della disgrazia e della responsabilità di ciò che era accaduto. Alla fine si rivolse ai fratelli: «È colpa mia» disse, «e se potessi vi ripagherei di tutto quello che avete perso. Purtroppo, quello che è successo non si può disfare. Perdonatemi se potete. Quello che ho fatto, l'ho fatto in buona fede...».

In quel momento uscì dalla nebbia un'altra figura: «Floti...».

«Brutto figlio d'un cane, traditore!» gridò Savino avventandosi contro al sopravvenuto.

«Fermati» disse Floti. Savino si fermò a una spanna da Nello e lo fissò negli occhi con un'espressione di sfida. Lo vide pallido e con le occhiaie, sembrava affranto e avvilito.

«Con che faccia ti presenti in questa casa? E io che ti credevo un amico. Vattene, e non farti mai più vedere.»

«Lascialo parlare!» disse Floti. «C'è sicuramente un motivo che lo ha spinto a venire qui.»

«Se non vi hanno bruciato la casa è perché io ero presente» disse Nello, «perché ho voluto esserci, ma non bisogna sfidare la sorte. Dico a te, Floti. Sono venuto a dirti che te l'hanno giurata e che sei in pericolo. Vattene, cambia aria. Se la situazione dovesse migliorare te lo farò sapere. Se te ne vai, anche la tua famiglia ne guadagnerà. Staranno tutti più tranquilli. Di più non ho potuto fare, Savino» aggiunse rivolto all'amico, «ma quello che potevo fare l'ho fatto. Non chiamarmi traditore, io mantengo sempre la mia parola. Addio, speriamo di rincontrarci in tempi migliori.» Sparì.

«Forse quello che dice è vero» disse la Clerice, «è stato lui a prendere le nostre difese, ricordate? Se non fosse stato per lui ci avrebbero dato fuoco alla casa. Ma hai sentito bene che cosa ti ha detto, Floti? Ha detto che te l'hanno giurata e che sei in grave pericolo. Devi lasciare questa casa o farai una brutta fine. Non voglio perdere un altro figlio.» E le scendevano le lacrime dagli occhi mentre lo diceva.

«Se volete che me ne vada, lo faccio» rispose Floti guardando in faccia i fratelli, «ma non è facile così su due piedi. Non ho dove andare e non saprei come sopravvivere, senza un lavoro e senza un alloggio. Io non credo che sarà così facile uccidermi: non sono una pecora, prima devono prendermi. Vi chiedo intanto di poter restare finché non troverò qualcosa e a quel punto vi prometto che lascerò questa casa e non mi vedrete più.»

Prima Savino e poi Checco si fecero avanti: «Floti, ti perseguitano perché sei stato l'unico che ha avuto il fegato di opporsi e nessuno ti può accusare per avere avuto questo coraggio: per quello che ci riguarda, puoi restare finché ti pare e contare su di noi per qualunque cosa».

Gli altri borbottarono qualcosa ma non furono altrettanto espliciti e così Floti, per non dare comunque fastidio a nessuno, si trasferì in uno stanzino adiacente alla cantina, da dove si poteva fuggire direttamente nei campi, in caso di necessità, senza farsi vedere. Con il ritorno della buona stagione ci avrebbe pensato. E, siccome così liberava una camera matrimoniale e qualcuno ci guadagnava, non ci sarebbero stati troppi mugugni. Quella stessa sera si era fatto vivo Fonso. Intabarrato fino agli occhi ma di umore abbastanza buono come era nella sua natura, si era informato di che cosa intendessero fare: «Pensate di tirarla su la stalla? Secondo me ci sono ancora dei muri che si possono utilizzare, i travi si possono trovare usati a buon mercato e anche nuovi». In qualche modo sembrava volesse incoraggiarli a rimboccarsi subito le maniche e a non lasciarsi prendere dallo sconforto ma le reazioni furono tiepide. Ognuno per sé e Dio per tutti sembravano pensare i Bruni dopo quella catastrofe. Forse alcuni avevano già un'idea, forse una qualche concreta possibilità di un lavoro indipendente. Forse solo Armando, dati il suo carattere e la scarsa propensione a faticare, poteva avere interesse a tenere la famiglia unita. Sua moglie avrebbe partorito una figlia di lì a quattro mesi.

In primavera arrivò la notizia che gli eredi Barzini avevano venduto il podere e anche quello sembrò un segno del destino. Il nuovo padrone si chiamava Bastoni, era un commerciante di bestiame, un tipo rozzo e presuntuoso che già si dava un sacco di arie, figuriamoci adesso che era diventato un possidente e poteva dare ordini e farsi obbedire. Floti aveva completamente abdicato alle sue funzioni di amministratore se non per la divisione del denaro comune depositato in banca, la Clerice era troppo abbattuta e sofferente a causa degli ultimi eventi e delle preoccupazioni per il futuro e così non c'era nessuno in grado di tener testa a Bastoni. A differenza di Barzini che passava sì e no una volta all'anno, il nuovo padrone era lì tutti i momenti perché, diceva, i contadini vanno tenuti d'occhio altrimenti si fregano la roba, nascondono il frumento, vendono di nascosto le uova e i polli, e toccava tacere per non fare a pugni. Spesso brontolava: «Siete troppi, siete troppi, fate figli tutti i momenti e poi tocca a me mantenerli». Una volta Fredo lo sorprese a fare apprezzamenti pesanti con sua moglie, e a momenti gli piantava il forcone nel culo. Una situazione insopportabile.

Nello si fece vivo di nuovo all'inizio dell'estate e avvisò Savino che Floti era di nuovo in pericolo: s'era saputo che stava a casa e gli volevano dare una lezione. Da allora il ricercato si trasferì nel casotto degli attrezzi in campagna e poi addirittura a dormire all'addiaccio, su un paglericcio in mezzo al granoturco. Ma non riusciva a dormire perché non voleva farsi sorprendere ed era diventato magro e pallido e con le occhiaie scure e profonde che faceva paura. Così la Clerice, perché potesse riposare, vegliava tutta la notte e gli teneva la testa in grembo. A ogni rumore, fruscio d'ali nel buio, verso di uccello notturno, doveva far violenza a se stessa per non sussultare, gridare, per non svegliarlo.

All'alba, alla prima luce, Floti si svegliava e si levava in piedi, guardava sua madre e lei guardava lui, in silenzio, poi si separavano. Lei tornava a casa per dormire qualche ora e lui vagava per i campi come un'anima in pena. Per giunta, la Clerice gli disse che da due mesi avevano notizie della Maria solo tramite la sorella Rosina e questo le creava grande preoccupazione, sicuramente le nascondevano qualcosa.

Una volta Fonso consegnò alla Clerice un libro perché lo desse a Floti, *I fratelli Karamazov*, di uno scrittore russo. Floti lo portava sempre con sé nei lunghi pomeriggi d'estate, e si fermava a leggerlo all'ombra di una quercia o lungo la sponda del macero sotto un pioppo. Quando ebbe finito lo riconsegnò a sua madre, con poche righe scritte a matita su un foglietto gualcito indirizzate a chi glielo aveva prestato.

Caro Fonso,

ho scritto poche lettere in vita mia, ma ho voluto scriverti questa per dirti che sono pentito di aver mandato Maria a Firenze. Da tre mesi riceviamo notizie soltanto attraverso sua sorella e questo significa che ci tengono nascosta una verità che non vogliono dirci. Se dovesse esserle successo qualcosa di brutto non me lo perdonerei mai. Perché avrei fatto male a lei e male a te, con l'intenzione di fare la cosa giusta. Il tuo libro non era facile ma l'ho letto tutto. La parte in cui si parla di Dio e del male nel mondo non la dimenticherò mai. Quasi tutto dipende dal caso, la nostra vita è un mistero.

Floti

20

La Maria non si era certo innamorata di nessun altro. Ciò che le era accaduto era ben altra cosa. I primi tempi che era arrivata a Firenze non aveva degnato di uno sguardo la città. Non faceva che piangere perché aveva una nostalgia infinita del suo paese, della sua casa, dei suoi fratelli e soprattutto di Fonso, a cui pensava notte e giorno temendo che la lontananza lo avrebbe disamorato. Inoltre non c'era l'erba a Firenze, non si sentivano i grilli e le raganelle di notte né le cicale di giorno, e gli alberi erano soli in mezzo ai muri e alle pietre.

Il cognato lo vedeva sì e no ma la Rosina le era sempre accanto che cercava di consolarla in ogni modo dicendole cosa credi, i primi tempi ero messa così anche io ma poi mi sono abituata e ho imparato a conoscere questa città che è una meraviglia. Qui parlano tutti italiano, lo sai? Non come da noi che lo parlano solo i signori e i poveri parlano il dialetto.

Con il passar del tempo le cose erano migliorate un poco, soprattutto dopo che le erano arrivate le prime lettere di Fonso. Ci metteva un po' a leggerle perché aveva fatto solo la quinta elementare, ma non voleva farsi aiutare da nessuno perché quelli erano fatti suoi e riguardavano solo lei e il suo fidanzato.

La Rosina cominciò a portarla fuori al mercato a fare spesa. Era una vista da lasciare senza parole. Lì ogni giorno era come al paese per la festa della Madonna, una sfilata di banchetti di tutti i colori che giravano attorno alla piazza e che vendevano di tutto: pezze di stoffa, camicette, borse, giacche e pantaloni, biancheria, ma anche frutta e verdura che era una meraviglia da vedere. Non c'era una mela o una pera che avesse un segno, tutte perfette che una pareva l'altra. E poi erano andate a passeggio nella grande piazza con degli uomini di marmo alti come una casa e nudi nati. La Maria guardava da un'altra parte perché si vergognava e la Rosina la prendeva in giro: «Cosa fai, sciocca, sono solo dei pezzi di marmo, mica sono uomini veri!».

«Ma perché non gli mettono i pantaloni?» chiedeva la Maria. La Rosina si era messa a ridere e un signore che passava vicino aveva detto con il suo accento fiorentino: «Oh senti un po' questa, la vol mettere le brahe al David di Mihelangelo!».

La Rosina aveva tentato di spiegarle che se i grandi artisti le avevano fatte nude quelle statue, ci doveva essere una ragione e che se gli avessero messo i pantaloni avrebbero fatto ridere i polli, ma lei non sentiva ragioni. Un po' alla volta però cominciava a comprendere che il luogo in cui si trovava era diverso da qualunque altro avesse visto e che c'era qualcosa di magico in quelle strade e torri e campanili, e in quel fiume che verso sera ci si specchiavano le luci delle case e tremavano e luccicavano sulle onde come pietre preziose. A volte andavano a vedere il tramonto, altre volte ancora le stelle e la luna e ad ascoltare le campane che tutte assieme, come in un coro, suonavano l'Avemaria.

La sorella l'aveva portata anche a vedere il duomo che era la chiesa più importante della città. Ma anche lì c'erano dipinti uomini e donne nude che le sembrava uno scandalo dentro una chiesa.

«Davanti a Dio si va nudi come si è nati. Non vorrai mica che gli mettano le mutande» rispose la sorella. «E poi quelli là sono già dannati, sono all'inferno. Vedi quella donna lassù con un diavolo che le ficca un tizzone acceso nella natura? È perché da viva si è comportata come una puttana. E quell'altro diavolo là che lo ficca nel sedere a quell'uomo? Sì, quello là più a destra: si vede che era di quelli che...» Ma qui si fermò perché la Maria probabilmente non avrebbe capito. E invece la Maria aveva capito benissimo, che le persone che andavano a messa, vedendo quello che li aspettava all'inferno, avrebbero preso paura e si sarebbero comportate bene, e pensò anche a quante cose avrebbe avuto da raccontare quando fosse tornata a casa. Capì che, poco alla volta, stava prendendo su le abitudini della città e in fondo non le dispiacevano per niente. Per esempio il fatto che ci si vestiva di nuovo ogni giorno con le scarpe lucide, la gonna e la camicetta, magari con uno scialle. Ma i momenti più belli erano sempre quando arrivavano le lettere di Fonso, non spessissimo, che anche i francobolli costano, ma inconfondibili. Biglietti postali di un colore grigio chiaro con sopra il francobollo con la testa del re. Le era perfino diventato simpatico, il re.

In casa non è che filasse tutto liscio. Il cognato siciliano era molto scorbutico, non la considerava per niente e litigava spesso con la Rosina. Una volta aveva origliato, sentendo che discutevano in camera da letto, e aveva udito lui che diceva: «E quella là, quand'è che se ne torna a casa sua? Mangia e beve e io pago».

La Rosina rispondeva: «Ma è mia sorella e mi dà una mano in casa: lava, stira, fa i letti e qualche volta cucina pure», ma lui insisteva con la stessa litania e le diceva anche che se ne doveva stare in casa e non andarsene in giro con lei mentre lui era al lavoro. Una volta ebbe anche l'impressione che fossero volati degli schiaffi. Il giorno dopo sua sorella aveva dei lividi in faccia.

«È stato lui?» le aveva chiesto. «È stato tuo marito a picchiarti?»

La Rosina non aveva detto niente ma le erano venuti gli occhi lucidi. Non c'era voluto molto alla Maria per capire qual era il motivo delle liti. La Rosina era bella come il sole, mentre lui era piccolo e brutto con quei baffetti da topo che aveva sotto al naso. Era geloso marcio, ecco cos'era, con tutti i giovanotti che si voltavano quando lei passava. Non voleva che si mettesse abiti attillati, né camicette scollate, non doveva mettere il rossetto sulle labbra né truccarsi, e invece a lei piaceva e si dava un po' di nero sulle ciglia. In più non potevano avere figli e dalle sue parti era considerato uno scorno perché era come essere impotente. Ma chissà poi di chi era la colpa: non era mica detto che fosse della Rosina.

«Sai?» le disse lei una volta. «In bassa Italia pensano che le donne dalle nostre parti siano tutte puttane perché a noi piace vestirci e darci il rossetto e andare a spasso; che c'è di male? Per esempio, a me piace andare a teatro e a lui no. Mica ci vado da sola, ci vado con delle amiche ma è lo stesso, lui pensa sempre e solo a quella cosa lì. Ma a te piace il teatro?»

«Sì, mi piacciono i burattini.»

«Ma che burattini! Domani sera al teatro Verdi danno *Cavalleria Rusticana* di Mascagni.»

«E cos'è?»

«Opera. È come una commedia però c'è anche da piangere e poi, invece di parlare, cantano, e tutti hanno dei costumi bellissimi e le donne, poi, gorgheggiano come usignoli.»

Una sera la Rosina decise di portare la sorella a vederla, la *Cavalleria Rusticana* di Mascagni. Si vestirono eleganti, si pettinarono e uscirono. La Rosina aveva un abito stretto di organza che si era cucito da sola, che frusciava a ogni movimento, e un cappellino con le piume che era una meraviglia. Voleva che la Maria se la ricordasse per tutta la vita quella serata e chiamò addirittura un landò. La città era illuminata e la gente passeggiava avanti e indietro e la Maria si sentiva proprio una signora, con un bel vestito scuro con un fiocco sul sedere e le scarpe nuove con il *gnic*.

All'ingresso del teatro gli sguardi furono tutti per le due nuove arrivate e in particolare per la Rosina e molti uomini la sbirciavano di sottecchi come se le loro mogli non se ne accorgessero.

«Se tu fossi stata qui da ragazza invece che al paese» disse la Maria, «avresti potuto sposare un gran signore, non vedi che ti guardano tutti e ti mangiano con gli occhi? Ma perché hai sposato Rizzi?»

«C'era tanta miseria in quel periodo e un uomo con uno stipendio sicuro tutti i mesi non era mica roba da poco. Così almeno la pensavano i nostri genitori e i nostri fratelli. Cosa dovevo fare? Almeno tu hai Fonso che non sarà bello ma ha un bel fisico e una gran parlantina che fa innamorare le donne.»

Salivano, mentre parlavano così, da un piano all'altro, finché entrarono da una porticina su una gran balconata che girava attorno al teatro e di lassù si vedeva tutto, anche il gran sipario rosso con le frange gialle e in alto un lampadario così grande e grosso che non si capiva come facesse a star su.

«Ma se cade?» domandò la Maria.

«Stai sicura che non cade.»

«E te come fai a saperlo?»

«Lo so e basta.»

«Ssst!» fece uno alla loro sinistra.

«Bisogna tacere» disse la Rosina a bassa voce, «perché fra poco comincia. Vedi che si apre il sipario?»

Il direttore alzò la bacchetta e l'orchestra cominciò con l'ouverture.

«Chi è quello là con la bacchetta?» domandò ancora la Maria, questa volta sottovoce.

«È il maestro. La bacchetta gli serve per dirigere i suonatori se no ognuno va per conto suo, ma adesso taci che diamo fastidio agli altri che vogliono ascoltare.»

La Maria non disse più niente e cercò di seguire lo spettacolo ma dopo un po' si stancò di guardare quei cantanti che strillavano senza che si potesse capire quello che dicevano. Si avvicinò alla sorella e le disse: «Non capisco niente; non potremmo andare a vedere i burattini che fanno Pia de' Tolomei?».

La Rosina la guardò con certi occhiacci e portò il dito alle labbra come per dire "taci che se qualcuno ti sente ci facciamo compatire". La Maria se ne stette zitta e cercò ancora di capirci qualcosa. Le sembrò che si trattasse di una storia di corna ma poi si addormentò sulla sedia e quando esplose il fatidico grido «Hanno ammazzato compare Turiddu!», aprì un occhio e disse: «Chi è che hanno ammazzato?».

«Lascia perdere» rispose la Rosina, «andiamo a letto.» E quella fu la conclusione della serata indimenticabile.

Il soggiorno fiorentino della giovane Bruni continuò con alti e bassi ma la sorella dovette, a un certo momento, rivelare al marito il motivo di una permanenza tanto lunga: i suoi fratelli volevano che dimenticasse un fidanzato che a loro non andava a genio.

«E io che c'entro?» rispose Rizzi, visibilmente seccato. «Che se la sbroglino da soli!»

La Rosina si sentiva in imbarazzo perché effettivamente era una storia che si protraeva oltre ogni ragionevole limite. Per di più la sorella impiegava non poca parte del suo tempo a leggere e rileggere le lettere del moroso e soprattutto a rispondergli, impresa molto più difficile. Tra le macchie che faceva sul foglio, le brutte copie, le belle copie, ora che ne aveva finita una era passata una settimana buona. E comunque lo scopo del suo esilio fiorentino era palesemente frustrato. La Rosina era ormai decisa a prendere lei carta e penna e scrivere a Floti per convincerlo a lasciar perdere con il suo tentativo di separare i due innamorati, quando in città scoppiò una epidemia di encefalite letargica. La Maria ne fu contagiata e venne subito trasferita all'ospedale. La chiamavano la malattia del sonno e infatti la ragazza dormì sette giorni e otto notti di filato. Fu inviato subito un telegramma ai Bruni con poche essenziali parole:

Maria ha malattia del sonno stop se si sveglia vorrà tornare a casa stop Rosina

La mittente del messaggio, intanto, benché il marito fosse contrario, anticipò i soldi per una visita di un professorone fra i più reputati in città il quale, una volta visitata la paziente, sentenziò di non potere assumersi nessuna responsabilità nella prognosi, ma che la ragazza, essendo giovane e di forte fibra, avrebbe anche potuto cavarsela.

«Una risposta del genere avrei potuto dartela anch'io e gratis» commentò, seccatissimo, Rizzi e non si poteva certo dargli torto.

La Maria alla fine si svegliò, ma il suo organismo aveva subito una tale offesa dalla malattia che la convalescenza, per forza di cose, avrebbe dovuto essere lunga, e di questo la Rosina informò la famiglia al paese.

I Bruni, già quando avevano saputo che la sorella era in pericolo di vita a causa dell'epidemia che aveva colpito la città di Firenze, si erano molto preoccupati. Ma mentre la Clerice si raccomandava alla Madonna e a tutti i santi, i fratelli litigavano perché secondo alcuni di loro era stata colpa di Floti che, per un capriccio, aveva voluto mandarla via da casa.

Intanto, a Firenze, la Maria cercava di recuperare le forze. La Rosina le portava a letto tazze di brodo caldo e qualche bicchiere di vino toscano che dava energia e buon umore. Poi, appena le giornate cominciarono ad allungarsi la accompagnava fuori nel giardinetto a prendere l'aria al riparo di un ombrellino che le aveva comprato apposta. Appena le fu possibile, la Maria si fece portare carta e penna e volle scrivere alla sua famiglia e a Fonso per dire che quello che le era successo era stato come una lunghissima notte senza sogni da cui s'era svegliata spossata ed esausta: sembrava che, invece di dormire, avesse lavorato per giorni e giorni. Fonso le rispose:

Carissima Maria,

Io sto bene come spero di te. La tua lettera è stata per me un balsamo. Per tutto il tempo che sono rimasto senza tue notizie la mia vita è stata un inferno. Pensavo a te dalla mattina alla sera e alla notte non riuscivo a addormentarmi. Spero che quello che è successo convincerà tuo fratello Floti che non si può andare contro il destino e che potremo così sposarci. In fondo al paese stanno costruendo delle case popolari e ho fatto domanda, così se ci sposiamo potremmo andare a starci. Non penso ad altro che al giorno che ti vedrò. Sta' in riguardo e stai sicura che ti voglio e ti vorrò sempre bene finché campo.

Alfonso

La Maria non smetteva di rileggerla, e ogni volta si commuoveva fino alle lacrime. Né Fonso né i fratelli, però, le avevano fatto sapere che la stalla era bruciata per non farla stare male.

Passata la Pasqua, la convalescenza sembrò terminata e la ragazza parve del tutto ristabilita. L'unico vero sintomo della passata infermità era una certa sonnolenza che la prendeva verso le sette di sera, tanto che il più delle volte andava a coricarsi. La Rosina scrisse allora a sua madre dicendo che ormai i tempi erano maturi per la partenza della Maria. Una volta tornata si sarebbe sentita ancora meglio e le sarebbe tornato anche l'appetito, che adesso non aveva granché voglia di mangiare e toccava sforzarla per farle mandar giù qualcosa.

Venne così il gran giorno. La Maria fece la valigia e un'altra gliela diede la Rosina per metterci tutti i vestiti che le aveva comprato nel tempo che era restata a Firenze. Indossò l'abito migliore che aveva, mise le scarpe con i tacchi alti e prese una borsetta di pelle marrone lucida che s'intonava con le scarpe. Chissà cosa avrebbero detto al paese e chissà cosa avrebbe detto Fonso quando l'avesse vista che sembrava proprio una signorina. Rizzi era così contento di togliersela di torno che fece venire un landò per portarla alla stazione. L'addio fu commovente per ambedue le sorelle. Per tutto il tempo in cui la Maria era rimasta a Firenze si erano tenute molta compagnia, conversando, passeggiando, facendosi confidenze. Nei momenti di malinconia la Maria aveva sempre trovato conforto e sostegno nella sorella che pure mostrava di avere momenti di profonda tristezza, ma preferiva non parlarne.

Tutto faceva pensare che nella sua vita matrimoniale non ci fosse gioia. In tanto tempo che era rimasta lì, la Maria non aveva mai visto un gesto di affetto da parte del marito, mai un complimento, una cortesia, e sì che la Rosina era così bella e dolce. Non ebbe mai il coraggio di farle una domanda chiara, di farsi raccontare come fosse il suo matrimonio, ma partì con il ricordo di un'ombra nello sguardo limpido della sorella.

«Ti scrivo» le disse, «e quando mi sposo voglio che tu venga al mio matrimonio. Sarà il più bel regalo che io possa ricevere.»

«Farò il possibile e l'impossibile per venire» rispose, «ma casomai non potessi, non avertene a male.» E le scendevano le lacrime dagli occhi mentre lo diceva.

Maria l'abbracciò stretta· «*At voi bein, Rusein*» le disse quasi in un orecchio, ti voglio bene Rosina.

«Sali, che il capotreno ha fischiato la partenza» rispose la sorella staccandosi da lei.

La Maria salì in carrozza e restò al finestrino a salutare con la mano finché poté vedere il fazzolettino bianco che la sorella continuava ad agitare. Poi si sedette e cercò di guardare il paesaggio. In breve il treno affrontò la collina e poi la montagna in direzione del passo. A ogni paesino si fermava e qualcuno scendeva mentre altri salivano. Ci volle più di un'ora per arrivare a Porretta, e lì scese parecchia gente. Sui muri della stazione c'era un cartellone con la figura di una bella donna in cappellino e busto attillato che beveva un bicchiere d'acqua da una fontanella e sotto la scritta "Terme di Porretta, fonte della salute". Questo le fece venire in mente che anche Fonso andava ogni tanto all'Acqua salata vicino a Bazzano a bere dalla sorgente per purgarsi e riempiva anche due o tre fiasche da portare a casa.

Il treno ripartì sbuffando e sferragliando e prese la discesa. I pali della luce adesso sfilavano più veloci davanti al finestrino, segno che si andava più forte e che fra non molto sarebbe arrivata. Ma anche in discesa toccava fermarsi nelle stazioni a far salire e scendere la gente, sicché ci volle un'altra oretta buona, se non di più, per arrivare a Casalecchio, dove la Rosina le aveva raccomandato di scendere e prendere la corriera che portava al paese. La Rosina le aveva anche spiegato per filo e per segno come doveva fare, ma lei si trovò presto confusa e pensò di chiedere informazioni a un signore di passaggio: «Galantuomo» gli domandò, «non sapreste dirmi, per caso, dove posso prendere la corriera per andare a casa mia?».

«E dove sarebbe casa vostra?» le domandò di rimando quel signore rendendosi conto che, nonostante l'abito elegante, la borsetta e le scarpe con i tacchi, quella doveva essere una contadinella inesperta.

Lei glielo spiegò e lui le diede tutte le informazioni per andare alla fermata delle corriere. Lì avrebbe trovato l'orario con le varie destinazioni. L'impresa però si rivelò molto più complicata del previsto e la Maria, stanca di chiedere informazioni e di fare la figura della contadinella, visto un cartello che indicava Bazzano, decise di andare in quella direzione a piedi, che non doveva essere tanto lontano. Una volta giunta a Bazzano non avrebbe più avuto problemi perché arrivare al paese sarebbe stata questione di mezz'ora o poco più. E così si mise in cammino nonostante la sua non fosse la tenuta ideale per un viaggio a piedi di quella sorta, con i tacchi alti, due valigie e una borsetta, ma tanta era la voglia di arrivare a casa e di rivedere la famiglia e il fidanzato che tutto il resto passava in second'ordine.

Prese quindi la strada che passava ai piedi della collina, sicura che, prima o poi, sarebbe giunta a destinazione. Ben presto cominciò a rendersi conto della scomodità della sua tenuta ma cercava di non farci caso guardando i campi e la gente che vi lavorava. Da lontano, voltandosi indietro, vedeva la chiesa della Madonna di San Luca sul suo colle e si segnò e disse tre avemarie per ringraziarla di averla riportata indietro sana e salva.

Dopo cinque o sei chilometri aveva i piedi pieni di vesciche, dopo altri tre o quattro le scarpe umide di sangue e le caviglie che le dolevano, ma aveva resistito fino a quel punto perché voleva presentarsi a casa ben vestita e in tacchi alti come una vera signorina di città. Alla fine però il dolore fu più forte della sua volontà: si fermò, si tolse le scarpe e se le buttò a tracolla dopo averle legate una all'altra con le stringhe. Ma ormai era tanto tempo che non andava più scalza fra le stoppie e aveva perso il callo sotto i piedi, per cui la ghiaia della strada le faceva un gran male. Si mise a camminare sul bordo dove c'era l'erba e le cose andarono un po' meglio, ma le valigie diventavano a ogni passo più pesanti ed era costretta a fermarsi sempre più spesso per riprendere fiato e massaggiarsi le braccia e le spalle indolenzite.

Un birocciaio che passava di lì con un carico di fave, vedendola così malconcia e affaticata, le offrì un passaggio: «Dove andate così a piedi, bella giovine?».

«Sarei contenta di arrivare almeno a Bazzano. Dopo me la posso cavare da sola.»

«Siete fortunata» rispose il birocciaio fermando il carro, «vado proprio da quella parte. Volete montare su?»

«Non dico di no» rispose la Maria e, caricate prima le valigie, andò a sedersi accanto al conducente.

«Da dove venite?»

«Da Firenze.»

«A piedi?»

«No. Sono arrivata in treno fino a Casalecchio e poi ho camminato fino qui. Sono stanca morta.»

«Lo credo bene, con quelle scarpe e con due valigie.»

Proseguirono chiacchierando per un certo tratto, mentre la Maria si informava di quello che era successo durante la sua assenza, giusto per tenere compagnia al conducente. Quello però la guardava con sempre maggior interesse, impressionato dal suo aspetto molto attraente. A un certo punto dovette convincersi che la ragazza fosse a tal punto esausta che avrebbe fatto qualunque cosa pur di non dover riprendere a camminare a piedi con due valigie e i piedi che le sanguinavano. Per cui, detto fatto, s'infilò giù per uno stradello fra due file di pioppi che pareva perdersi nella campagna e si fermò a lato di un folto ciuffo di robinie.

«Perché ci siamo fermati qui?» domandò la Maria.

«Ve lo dico subito» rispose deciso il birocciaio in dialetto bazzanese, *«o ch'am dèdi d'la figa o ch' andedi a ca a pii»*, o concedergli le sue grazie o proseguire a piedi fino a casa. E fece per metterle le mani addosso. Ma la Maria fu lesta a sbattergli la borsa in faccia così forte che gli fece un naso rosso e grosso come un peperone e mentre quello bestemmiava e imprecava lei scese a terra, riprese le valigie e tornò indietro verso la strada.

«Dove andate, matta che non siete altro!» gridava lui.

«Vado dove mi pare e piace, brutto sporcaccione!»

E riprese il cammino sotto il sole sempre più caldo. Fatte poche centinaia di metri sentì il rumore di un biroccio che veniva avanti e lo scalpiccio di un cavallo che si avvicinava. Quando le fu ormai quasi a fianco, sicura che fosse il molesto birocciaio di prima, senza nemmeno voltarsi gridò: «Andate di lungo, brutto porco che non siete altro».

«Maria, ma cosa dici? Sono io, Iófa!» Finalmente una voce amica. «Ma sei proprio tu. Ma come sei conciata, cosa ci fai a piedi con due valigie?»

«Torno adesso da Firenze» rispose la Maria, «tu da che parte vai?»

Iófa andava proprio al paese, grazie a Dio. L'aiutò a

salire e quello fu il colpo di grazia alla toletta della ragazza: dopo le scarpine eleganti sformate dalla lunga marcia e gettate a tracolla, fu la volta del bel vestitino comprato a Firenze, già tutto inzuppato di sudore, che s'impastò con la farina di cui i sacchi erano coperti, ma lei non ci fece caso. In quel momento avere a fianco una persona conosciuta e quasi di famiglia, poter sedere su qualcosa di morbido e relativamente comodo anziché camminare sui piedi feriti e doloranti era una tale soddisfazione che il resto non aveva più importanza.

Il birocciaio si fermò a scaricare i sacchi alla Compagnia, la fattoria da cui quella mattina presto aveva prelevato il frumento per portarlo al mulino e dopo proseguì, di sua iniziativa, fino al cortile dei Bruni. La Maria saltò giù e ringraziò, e avrebbe voluto invitarlo in casa a bere un bicchiere, ma la vista improvvisa della stalla bruciata la colpì con violenza, lasciandola sgomenta e addolorata. Si rassettò alla meglio e avanzò nel cortile: la stalla levava ancora verso il cielo i pilastri di mattoni anneriti, il fieno era ammassato da un lato in una bica perché non c'era più la barchessa dove metterlo al coperto. Non poté trattenere il pianto. Anche per lei la stalla era quasi più importante della casa: era là che aveva cominciato, nelle lunghe serate d'inverno, a filare la canapa con il filarino e a chiacchierare fra le altre donne di morosi e di mariti.

Non c'era nessuno nell'aia, erano tutti in campagna, ed entrò in casa. C'era l'Ersilia, una delle sue cognate, che preparava il pranzo.

«La stalla è bruciata» disse, «com'è successo?»

«Sono stati i fascisti» rispose l'Ersilia, «per colpa di Floti che faceva della politica.»

La Maria chinò il capo in silenzio non sapendo cosa rispondere, poi domandò: «Dov'è la mamma?».

«È in camera sua che dorme» rispose l'Ersilia con tono severo, «perché di notte sta sveglia a fare la guardia a tuo fratello.»

21

Quell'anno la primavera era venuta tardi e le prime rondini s'erano viste solo verso la prima metà di aprile. Avevano preso a volare rasente alle rovine della stalla strillando come anime in pena perché con la stalla erano andati bruciati anche i loro nidi. Avevano continuato a girare intorno al rudere per ore, come se non potessero rassegnarsi al disastro, poi, all'imbrunire, finalmente si erano disperse.

Fonso si presentò nel cortile dei Bruni due giorni dopo che era tornata la Maria. La trovò che dava il becchime alle galline e le andò incontro. Lei rimase così scossa al vederlo dopo tanto tempo che lasciò andare la cocca del grembiule e tutto il becchime cadde a terra, poi gli corse incontro e gli gettò le braccia al collo. Fonso era in imbarazzo ben sapendo come la pensava il fratello, e le diceva in un orecchio: «Maria, se ci vede Floti...».

«Floti non dirà niente. Lo sa che cosa ho passato per colpa sua. Questa volta decido io: puoi venire a morosa tutti i giorni pari, come è sempre usato, finché non ci sposeremo, se mi vuoi ancora.»

«Certo che ti voglio ancora. Le hai lette le mie lettere, no?»

«Tante volte. E tu le mie le hai avute?»

«Sì, certo, ed erano gli unici momenti belli, in tutti questi mesi. Ma dov'è Floti?»

«In giro» rispose la Maria e non disse altro perché non c'era bisogno.

A maggio la Clerice, che non si era fatta vedere in paese per lungo tempo, non aveva potuto evitare di andare a dire il rosario al pilastrino dell'incrocio della via Bastarda con la via Celeste, e le comari, dopo l'ultima Avemaria, le si erano strette intorno a chiederle se aveva notizie di Floti che era tanto che non si vedeva in giro. Rispose che era andato via e anche lei ne riceveva notizie assai di rado.

Il giovane Montesi, figlio dello sventurato Graziano, era il suo informatore e le riferiva di continuo che suo figlio era ricercatissimo e che non doveva farsi vedere perché se l'avessero preso avrebbe veramente rischiato la vita. E anche Nello aveva fatto sapere che tirava brutt'aria e di non commettere imprudenze. E così, ora che la stagione era di nuovo favorevole, Floti non passava più la notte in casa, nello stanziolo cieco accanto alla cantina, ma in campagna, nel casotto degli attrezzi o in mezzo al frumentone dormendo con la testa in grembo alla madre dopo che lei gli aveva portato la cena dentro alla sua gavetta da soldato.

Non si addormentava subito; restava a lungo con gli occhi spalancati e fissi e ogni tanto barattava qualche parola con lei. Erano momenti di un'intensità struggente di cui ambedue avevano pudore e per questo i loro silenzi erano più commoventi ancora che le parole. Poi, quando finalmente Floti cedeva alla stanchezza e al tepore del grembo materno, la Clerice, con la testa alta e la schiena eretta, vegliava sola e la sua sagoma si stagliava contro la notte come una sorta di cupa mater dolorosa. Si rivolgeva al cielo con una preghiera ardente e trepida che durava fino al primo tocco dell'Avemaria quando i due di nuovo si separavano e Floti riprendeva il suo vagabondare nei campi, lungo le scoline e i filari di loppi e viti, al riparo dagli sguardi di quelli che gli volevano male. Non pochi fra gli agricoltori e i mezzadri sapevano ormai chi era quella figura solitaria che attraversava i loro campi a passi lenti, ma non l'avrebbero tradito per tutto l'oro del mondo perché l'intima soddisfazione di proteggere un ribelle, un uomo d'onore e di coraggio, era un compenso inestimabile.

Così però non si poteva andare avanti e fu la Clerice stessa a dire a Floti che se ne andasse dove nessuno lo poteva più trovare: «Sei ancora giovane, ti riprenderai. Io divento ogni giorno più vecchia, non sono più quella di una volta».

«Non è vero, mamma, siete forte: adesso che è tornata la Maria e che siamo di nuovo tutti insieme le cose andranno meglio.»

«La preoccupazione che ho per te mi uccide, non c'è nulla che mi faccia contenta. Se mi vuoi bene, vattene.»

Floti rifletté in silenzio a capo basso: «È dura per me andarmene. Qui ho tutto: i miei ricordi, la mia famiglia, i miei amici. Andare via... si fa presto a dirlo. Per me è come se mi strappassero un braccio. Ma forse avete ragione voi. Sto passando parola in giro, aspetto delle risposte, poi prenderò una decisione».

Alla Maria, che stava risciacquando i piatti nel secchiaio e aveva sentito la conversazione, vennero le lacrime agli occhi, perché Floti era il fratello a cui voleva più bene anche se non aveva voluto che facesse l'amore con Fonso. La Clerice, già provata dalle preoccupazioni e dalla paura, di fronte all'idea che il figlio si fosse realmente risolto a partire si sentì quasi mancare, ma cercò di farsi forza e si appoggiò con la mano sinistra al tavolo.

«State bene, mamma?» domandò Floti preoccupato.

«Sto benissimo. Tu bada a te stesso che ne hai d'avanzo.» Floti annuì lentamente e se ne uscì dalla porta posteriore verso la campagna.

La Clerice si preparò da quel giorno all'arrivo in paese della Madonna della Provvidenza per l'ottavario, perché aveva una grazia da chiederle e sperava ardentemente che non gliel'avrebbe negata. Quando venne la mattina del penultimo giorno di maggio s'incamminò di buon'ora con gli abiti della festa, accompagnata dalla Maria che si era messa il vestito, lavato e stirato, che aveva tornando da Firenze. Gli ingressi dei cortili che davano sul passaggio della processione erano ornati di scritte o immagini in onore della Vergine, fatte con petali di rose. Attraverso la strada erano stesi gli addobbi rossi, gialli e bianchi e le campane suonavano a distesa. Svoltarono in direzione del santuario, mentre il sole sorgeva fra le chiome dei ciliegi secolari carichi di magnifici frutti rossi e lucenti come granati. A tratti, quando spirava un poco di brezza, si poteva sentire il profumo delicatissimo dei fiori del grano. Sarebbe stata una giornata radiosa.

Le due donne giunsero all'osteria della Bassa e presero a destra. Raggiunsero in pochi minuti la Cappacella, una cappellina subito fuori dal paese, e salutarono con un cenno del capo le donne più anziane, che se ne stavano raggruppate aspettando che la processione passasse di lì per accodarsi e percorrere con la Madonna l'ultimo tratto di strada fino alla chiesa arcipretale. I frontalieri mettevano fuori delle sedie perché vi si potessero sedere a riposarsi. A mano a mano che proseguivano, i gruppetti di persone si facevano più numerosi fino a formare un unico assembramento nella piazzetta antistante il piccolo santuario. Il parroco era già sul posto in cotta e stola, attorniato dai chierichetti con la veste di raso rosso delle grandi occasioni e la cotta con il pizzo bianco, che sembravano tanti piccoli cardinali. Poi uscì l'Immagine della Madonna della Provvidenza: una piccola terracotta smaltata inserita in un pannello di velluto bordò attorniato da una ricca fioriera di fiori di seta. L'intero apparato era montato su una base di legno in cui passavano due stanghe per i portatori, ruolo ambito da tutti i giovani credenti.

La processione si mise in moto. Davanti incedeva il crocifero, un pezzo di marcantonio bardato con bretelle e cinturoni di cuoio che portava una croce del peso di mezzo quintale per metà del percorso, fiancheggiato da un par suo che a quel punto gli avrebbe dato il cambio. A fianco, altri due giovani reggevano i paliotti, due stendardi rigidi con immagini della Madonna e di san Giacomo, patrono del paese. Seguivano gli uomini, quindi la banda e, in fondo, l'Immagine. Dietro, le donne, con il velo in testa e la corona del rosario in mano, chiudevano il corteo.

Gli ottimati non si mescolavano al popolo ma attendevano nella chiesa seduti nel coro dietro l'altare: un'usanza in vigore da sempre, che li poneva in una situazione di superiorità e di riservatezza di fronte alla gente comune. Avevano perfino un ingresso laterale riservato, che attraversava la sacrestia e che nessun altro osava percorrere.

Quando la processione giunse in vista della Cappacella, il regolatore del corteo, il ragioniere del Credito Romagnolo, fece segno di rallentare per permettere agli anziani che aspettavano di unirsi agli altri. In quello stesso istante un uomo attraversò la siepe che delimitava i campi sulla sinistra e s'infilò in uno spazio libero della fila fra il barbiere e il postino. Floti.

La voce che il ricercato delle squadre nere si era fatto vivo in pieno giorno e, lui, libero pensatore, si era unito alla processione della Madonna della Provvidenza, corse lungo la fila di sinistra in avanti e all'indietro, pervenne al parroco che sgranò gli occhi allibito, poi raggiunse, come un'onda di riflusso, la fila delle donne e la risalì dall'altra parte intercettando la Clerice e la Maria che ne restarono stupefatte:

«Floti è in processione!»

La Clerice pensò per un momento di raggiungerlo per parlargli ma si rese conto che un simile gesto avrebbe suscitato ancora di più la curiosità e attirato l'attenzione. Continuò allora a recitare il rosario nella speranza di convincere la Madonna a proteggere quel figlio così irresponsabile e temerario e indurlo a comportarsi da persona saggia.

Arrivarono così alla Cappacella dove, inspiegabilmente, la notizia era già volata e tutti gli anziani fedeli in attesa allungarono il collo per vedere la primula rossa dei campi di granoturco che avanzava, fra il barbiere e il postino, chiacchierando, ora con l'uno ora con l'altro, come sempre usavano fare gli uomini in quella circostanza. Quando apparve la torre civica della porta orientale, a un cenno del ragioniere che avanzava fuori dai ranghi come un ufficiale dei granatieri, il corteo si arrestò, e la banda cominciò a suonare. Tutti si rendevano conto che, poco dopo, Floti sarebbe transitato assieme agli altri davanti alla Casa del Fascio, sotto gli occhi degli uomini in fez e camicia nera ma anche sotto la protezione del manto impenetrabile della Madonna della Provvidenza e nessuno avrebbe potuto muovere un dito contro di lui, tenuto anche conto dei due carabinieri in alta uniforme che svolgevano servizio d'onore e di pubblica sicurezza. Anche gli uomini del Littorio erano già informati e assistettero impotenti alla spavalda apparizione del Bruni, come lo chiamavano in linguaggio burocratico-giudiziario, ma qualcuno si attivò perché non si perdesse l'occasione di metterlo sotto sorveglianza per poi stringergli attorno il cerchio.

Alla fine, la processione si sciolse nella piazza centrale del paese davanti alla chiesa e, mentre Floti spariva tra la folla, l'Immagine fece il suo ingresso trionfale nella navata centrale, accolta dal pieno orchestrale dell'organo e dal canto del coro:

«Mira il tuo popolo, o bella Signora
Che pien di giubilo oggi ti onora.
Anch'io festevole corro ai tuoi piè,
O santa Vergine, prega per me!»

Poi l'Immagine veniva portata dietro l'altare e appoggiata sul pianale di una macchina di legno che, azionata da una manovella, la sollevava lentamente fino alla sommità del fastigio e lì la collocava. L'effetto, visto dalle navate, aveva quasi del miracoloso, una sorta di breve ascensione che alla fine permetteva a tutti i presenti di vedere la Madonna, coronata d'oro, sul punto più alto del presbiterio. Per un anno intero era stata rinchiusa nel suo sacello e ora, finalmente, era tornata a visitare il suo popolo, ad ascoltarne le preghiere e le invocazioni.

La Clerice attese che fosse finita la messa e che la gente fosse uscita dalla chiesa. Disse a sua figlia di aspettarla fuori e andò a inginocchiarsi sul primo banco per essere sola, a tu per tu con la Madonna.

"Madre Santa" pregò in silenzio dentro di sé, "tu sai che cosa significa perdere un figlio e, purtroppo, ora lo so anch'io. Non potrei resistere a un altro dolore simile, per cui ti supplico, fai che il mio Floti trovi il modo di andarsene da qui dove lo vogliono morto, specialmente ora che li ha presi in giro camminando in processione davanti a te e non certo per tua devozione, perdonalo! Anche questo sarà molto doloroso ma almeno saprò che è vivo e ogni tanto, forse, potrò anche vederlo. Ti supplico, Madonnina, fammi la grazia e io ti prometto che farò un'offerta ogni mese all'ospedale dei poveri."

Accese un cero, si genuflesse facendosi il segno della croce e si avviò, più sollevata, verso l'uscita. L'investì la luce accecante di maggio, che inondava la piazza, e il suono festoso delle campane. La Maria la prese sotto braccio e si avviarono verso casa senza nemmeno cercare Floti con lo sguardo, ben sapendo di essere sorvegliate. Lui intanto, attorniato da un gruppo di amici, era riuscito a raggiungere la porta della fucina del gobbo Lazzari, altro libero pensatore, che lo portò prima in uno scantinato e poi, di là, attraverso un antico cunicolo sotterraneo, fuori dal paese, dove lo attendeva un carro. In capo a una mezz'ora o poco più era già in un casolare abbandonato dalle parti di Fossa Vecchia. Lazzari gli lasciò qualche pagnotta, un salame e un pezzo di parmigiano come mezzi di sussistenza, ma Floti gentilmente rifiutò: «Non ti preoccupare, gobbo, me la cavo, tieni questa roba per te che ne hai più bisogno. Grazie, comunque. Tutti pensano che tu sia un demonio e invece sei un uomo straordinario. Ci vediamo».

«Non credo» rispose il gobbo, «ora devi stare qui per qualche giorno e poi te ne devi andare.»

«Ma perché, accidenti? Non ho fatto niente di male, sono nato qui, ho sempre lavorato, ho fatto la guerra, non ho diritto di stare a casa mia?»

«Non ci sono più diritti» rispose il gobbo, «ti saluto. E non muoverti finché non ti do io il via libera. Ma perché mai una simile bravata? Che ti è saltato in mente di andare in processione?»

«Perché volevo dimostrare che io vado dove mi pare e non accetto intimidazioni da nessuno.»

Il gobbo scosse ripetutamente la testa brontolando sottovoce, poi si diresse verso il carretto con cui lo aveva trasportato, ben nascosto sotto un carico di fascine.

La Maria e la Clerice intanto erano arrivate a casa. In quel momento arrivava anche Savino, in bicicletta, con il suo bambino seduto dentro un seggiolino agganciato al manubrio.

«Resti con noi a pranzo, vero? E viene anche tua moglie?» domandò la Clerice.

«Mi fermo solo io con il bambino. Lei non può: deve custodire la casa perché non c'è nessuno.»

Si sedette in cucina con il bimbo sulle ginocchia a guardare sua madre e la Maria che apparecchiavano per venti persone e mettevano a bollire il brodo per cuocere i tortellini.

«Floti dov'è?» chiese cambiando il tono della voce.

«E chi lo sa?» rispose la Clerice con gli occhi lucidi.

«Dopo quello che ha combinato oggi, se capisce ancora qualcosa, deve tagliare la corda, e anche alla svelta. Fino a ora tua sorella gli portava qualcosa da mangiare in campagna, ma adesso... Lo sai cos'ha fatto, vero?»

«E chi non lo sa, mamma? In paese è tutto un dire. Io, comunque, sono sempre pronto a dargli una mano. Sono armato e non ho paura di nessuno.»

«Taci, per l'amor d'Iddio. Non le voglio sentire queste parole. Adesso sei sposato, hai un bambino, devi avere giudizio anche per tuo fratello. Oggi mangeremo senza di lui... Che brutta festa della Madonna!» disse. E si asciugò gli occhi con la cocca del grembiule.

Tre giorni dopo Bruno Montesi raggiunse il casale abbandonato in Fossa Vecchia con un'ambasciata da riferire a Floti.

«È da parte di Nello» disse, «ti manda a dire che questa volta l'hai fatta davvero grossa...»

«Tutto qui? Lo sapevo già.»

«Dice che una via d'uscita ci sarebbe.»

«Ah sì? E quale?»

«Nello dice che ti volevano fare la pelle e far passare la cosa per un incidente...»

«E invece?»

«Invece...» Il ragazzo esitava.

«Be' allora? Ti sei mangiato la lingua? Di che si tratta?»

«Dice che si accontenterebbero di una punizione esemplare, purché tu t'impegni, dopo, a mettere giudizio.»

«E quale sarebbe questa punizione esemplare?» domandò Floti con un ghigno.

«Io non so nemmeno se devo... ma piuttosto che vederti morto ammazzato... nessuno ti potrebbe criticare: alla vita ci tengono tutti.»

«Stai tranquillo, parla liberamente. Come si dice, ambasciator non porta pena. Guarda, ti volto le spalle così ti sarà più facile parlare.»

«Tu li hai resi ridicoli davanti a tutti apparendo in processione in pieno giorno al centro del paese. E loro ti vogliono restituire pan per focaccia: dovrebbe essere all'osteria della Bassa... ti farebbero bere olio di ricino... una bottiglia, due... finché non ti caghi addosso, davanti ai tuoi amici. Ecco, questo è il prezzo che dovresti pagare.»

Floti si voltò di scatto, rosso in viso, con gli occhi incendiati dall'ira: «Mai! Mi hai capito, ragazzo? Mai! Piuttosto mi faccio ammazzare. Tuo padre ci è morto di queste umiliazioni, più che per le botte che gli hanno dato, lo sai vero?». Il ragazzo annuì. «Diglielo a Nello, che non mi conosce se mi propone una cosa del genere. E adesso vai.»

«È quello che mi aspettavo da te» rispose il ragazzo, «niente di meno. Fra un'ora sapranno la tua risposta, l'unica che poteva dare Raffaele Bruni detto Floti!»

Uscì e corse via per i campi.

22

Due giorni dopo Floti fece sapere, tramite Bruno Montesi, che aveva trovato il modo di andarsene e che avrebbe avuto piacere di incontrare la famiglia il mercoledì successivo, per salutare tutti. Checco mandò a dire a sua volta che andava bene e che lo aspettavano.

E quando, la domenica successiva, la Madonna lasciò il paese per tornare al suo santuario, la Clerice la salutò e la ringraziò con un groppo alla gola. Aveva ottenuto la grazia che aveva domandato, ma era una amara soddisfazione. Si trattava di dire addio a quel figlio che sarebbe andato chissà dove per sfuggire al pericolo e chissà quando mai lo avrebbe rivisto. Accompagnò a piedi l'Immagine fino al santuario e quando la banda alla fine intonò *È l'ora che pia la squilla fedel* pianse tutte le sue lacrime mentre la Madonna le voltava le spalle per entrare nel santuario e sparire nel buio.

Mercoledì, pensava, mercoledì sarebbe stata l'ultima volta per chissà quanto tempo che la sua famiglia si riuniva tutta insieme. Pensava ai tempi andati, alle feste, ai matrimoni e ai battesimi, alle lunghe notti d'inverno passate nella stalla ad ascoltare storie, e anche ai funerali che le avevano passato il cuore, e, guardando avanti, non riusciva a vedere ragioni per sperare in tempi migliori di quelli che aveva alle spalle. Le mogli dei suoi figli spingevano per andarsene ognuno per conto suo senza rendersi conto che avevano tutto da perdere, che l'unione fa la forza e che in tempi così duri ogni famiglia isolata avrebbe avuto molte più difficoltà a cavarsela. Arrivò a casa che faceva scuro e si mise a preparare la cena con l'aiuto della Maria: un piatto di minestra di fagioli e dopo crescente con il prosciutto.

«*Seimper cal parsutàz!*» si lasciò scappare Armando visto che il secondo era più o meno sempre quello. Ma la Clerice non gliela lasciò passare: «Ti verrà in mente» rispose, «quel prosciuttaccio, come lo chiami tu, quando sarai per conto tuo».

Il giorno convenuto sedettero a tavola tutti assieme ad aspettare Floti, che apparve solo quando fu buio pesto. La Clerice, quando andò ad aprirgli, vide anche due altre sagome scure appoggiate all'olmo, entrambe con un fucile a tracolla.

«Sono amici, mamma, mi guardano le spalle» disse Floti, ed entrò.

Sedettero a tavola tutti assieme, per l'ultima volta. Chissà quando si sarebbero rivisti. La Clerice aveva tenuto da parte del brodo e un poco di tortellini dalle feste della Madonna, perché Floti non li aveva mangiati, e la Maria li servì passando intorno a prendere i piatti e a riportarli pieni e fumanti.

«Che lusso!» disse Armando questa volta, spargendo sul piatto abbondante parmigiano grattugiato. «*Turtlein al dé d'in dé*», i tortellini in un giorno feriale, e tuffò il cucchiaio nel piatto.

Per il resto parlarono poco e di cose qualunque come il tempo, la canapa e il frumento. Per fortuna che la Maria rievocò parte delle sue avventure fiorentine, alcune già raccontate, altre nuove. E non mancò la storia dei due uomini di marmo, alti come una casa e nudi nati, che la Rosina aveva detto che non bisognava farci caso perché erano opere d'arte e gli artisti fanno quello che gli pare. Ma anche quell'argomento non resse a lungo. Tutti continuarono a mangiare con la testa nel piatto perché era evidente che chi doveva parlare non aveva ancora parlato.

«Che cosa avete in mente di fare?» chiese a quel punto Floti come per dire "Che farete dopo che io me ne sarò andato?".

«Ognuno per sé e Dio per tutti» rispose Dante.

«Sì, è l'unica cosa da fare» confermò Fredo.

Savino non disse nulla perché la sua scelta l'aveva fatta e nessuno poteva biasimarlo. Checco poi aveva già cominciato un suo piccolo commercio e gli rendeva pure piuttosto bene perché soldi in tasca ne aveva sempre.

Floti si rivolse alla sorella: «Ho saputo che ti vedi ancora con Fonso. Allora lo vuoi ancora».

«Si capisce che lo voglio ancora. E lui vuole me.»

«*A t'al degh*» commentò Armando, lo credo bene, «e dove la trova un'altra come te il contafavole?», dimenticando che Fonso aveva un lavoro fisso e lo pagavano ogni settimana.

«Bene» disse Floti, «meglio così: la Maria si sposa e gli altri... ognuno per la sua strada e tanti saluti. Quanto a me, ho trovato un lavoro in Garfagnana a Camporgiano.»

«Che cos'è?» domandò Fredo.

«È un posto in Toscana. Qualche anno fa c'è stato un terremoto e molte case sono cadute, ma c'è ancora bisogno di muratori.»

«Ma se non hai mai tenuto in mano una cazzuola» commentò Fredo.

«Quando non c'è altra possibilità si fa in un momento a imparare. Non credo che sia tanto difficile.»

Seguì un silenzio di piombo. Floti voleva chiedere: "E la mamma con chi va?", ma non disse nulla perché sapeva che c'era in piedi una questione in cui non voleva immischiarsi. Guardò Armando che era il più debole e mingherlino: chi l'avrebbe preso a lavorare a giornata con quel fisico? E dentro di sé diceva come la Clerice: "Ti verrà in mente quel prosciuttaccio che ti toccava mangiare quasi tutti i giorni in casa dei Bruni".

L'atmosfera era opprimente e nessuno aveva più voglia di parlare. A un certo punto Floti ruppe il silenzio: «Be', allora io vado, prima che si faccia troppo tardi. Non vorrei farmi prendere proprio questa sera che è l'ultima. Allora vi saluto: buona fortuna».

«Buona fortuna anche a te» disse Checco, «ne hai bisogno.»

Dante e Fredo si alzarono per andarsene a letto e ognuno in quel momento si rese conto che anche l'anima dell'Otel Bruni svaniva con il disperdersi della famiglia. Gli fecero un cenno con la testa, come per dire stai attento, ma non riuscirono a proferire parola perché anche loro sentivano una profonda malinconia, e se avessero parlato forse gli sarebbe tremata la voce. Savino gli si avvicinò e gli batté una mano sulla spalla: «In gamba, Floti. Io ci sono sempre. Una parola e arrivo, sta' sicuro».

«Lo so» rispose Floti con voce stanca.

La Maria invece si alzò e gli buttò le braccia al collo dicendo: «Scrivimi appena arrivi. Io verrò a trovarti, anche in capo al mondo. Tanto in Toscana ci sono già andata e sono tornata a casa a piedi da Casalecchio. Non ho certo paura. Ti vorrò sempre bene perché io, quando voglio bene a una persona, è per sempre».

«Anche io te ne vorrò sempre» rispose Floti. Le asciugò le lacrime con un fazzoletto pulito e stirato che teneva sempre in tasca e le fece una carezza: «Mi perdoni?».

«Non ho niente da perdonarti. Tu l'hai fatto per il troppo bene che mi volevi.»

Floti fece gli occhi lucidi a quelle parole: «È proprio così. Sposalo pure il tuo Fonso. È un bravo ragazzo e sa raccontare bellissime storie. Ascoltare una bella storia è come sognare, ma poi bisogna svegliarsi, e la vita... be', la vita è un'altra cosa. Non scordarlo mai».

«Non me lo scorderò, Floti.»

«I miei bambini» le lacrime gli scesero dagli occhi lungo le guance ispide ma la voce era salda, «i miei bambini... te li affido, Maria, non hanno più nessuno. Un giorno tornerò a prenderli.»

Uscì dalla porta di dietro e scomparve nel buio.

La campana maggiore suonò l'ora di notte.

Salutò i suoi amici con il fucile e attraversò tutto il podere in direzione del Samoggia passando i fossi e le scoline finché sentì in lontananza la voce del fiume. Attraversò una siepe pungendosi con le spine e saltò in strada oltre il fosso che la fiancheggiava. Nello stesso istante, però, irruppe da una curva alla sua destra un cavallo al galoppo e quasi ne fu travolto. Rotolò a terra per evitare l'impatto e vide una luce che lo abbagliava.

Una voce gridò: «Disgraziato, ma che fai?» e sentì le zampe del cavallo percuotere il suolo a una spanna dalla sua testa. Si alzò indolenzito scuotendosi la polvere dai panni e si avvicinò. L'uomo ritto in sella lo squadrò: «Guarda che sono armato. Se fai un gesto ti buco, sono stato chiaro?». Lui abbozzò una scusa: «Perdonatemi, non vi avevo visto». E mentre parlava scrutò l'uomo che teneva in una mano le redini e nell'altra una lampada a carburo che lo illuminava a sufficienza da fargli rammentare qualcuno che aveva già visto. «Non c'è bisogno» riprese a dire Floti, «lo so che i galantuomini non vanno in giro a quest'ora, ma a volte le apparenze ingannano: io che cammino di notte e salto fossi e scoline non ho fatto male a nessuno, mentre quelli che mi perseguitano e se ne stanno tranquilli nel loro letto sono i veri delinquenti.»

L'uomo scese a terra e gli si avvicinò: «Chi sei?».

Floti scosse il capo.

Lui gli avvicinò al volto la lampada: «Ma io ti ho già visto da qualche parte. La tua faccia la conosco».

«E io la vostra. Mettiamo pure che io sia l'assaltastrada, voi, a quest'ora e in questo posto, non potete essere che un prete o un dottore. Ma i preti non vanno in giro a cavallo e armati, dunque siete un dottore... sì, il signor tenente medico!» E si portò la mano alla fronte come in un saluto militare.

«Codroipo del Friuli, l'ospedale da campo: ecco dove ti ho visto! Mi hai rotto i coglioni finché non ho segato un braccio a quel ragazzo.»

«Esatto. E voi eravate sporco di sangue come un macellaio. Che fine ha fatto il ragazzo?»

«E chi lo sa? Come ti chiami?»

«Bruni, signor tenente... dottore, Bruni Raffaele. Voi invece vi chiamate Munari, se non sbaglio.»

«Buona memoria, accidenti. E comunque mi sono congedato da capitano.»

«Che ci fate qui, capitano?»

«Sono il nuovo medico condotto. E tu?»

«Scappo. Le camicie nere mi vogliono...»

Il dottore alzò la mano: «Non una parola di più. Non servirebbe a niente. L'unica cosa che conta è che io e te siamo passati dall'inferno e siamo sopravvissuti. E siamo ancora degli esseri umani, a quanto pare. Peccato che te ne vai».

«Già... peccato. Non l'avrei mai fatto se non fossi stato costretto: è triste abbandonare la propria casa.»

«Te la caverai. Con quello che abbiamo passato non dobbiamo aver paura di niente. Quando tornerai fatti vivo. Ci beviamo un caffè e facciamo due chiacchiere.»

«Volentieri, anche se non sarà facile. Ma prendo questo incontro come un buon segno. Vi auguro la buonanotte.»

«Buona fortuna, Bruni, e speriamo che la notte non sia troppo lunga. E sai che cosa intendo.»

«Speriamo, dottore.»

Il dottor Munari incitò il cavallo e si rimise in viaggio verso il paese. Floti continuò a camminare in direzione del Samoggia, finché non ne vide brillare le acque sotto i raggi della luna. Lì trovò una cuccia che aveva utilizzato altre volte, al riparo di un intrico di robinie. Si coprì con un vecchio tabarro che vi aveva lasciato e cercò di dormire.

Il giorno dopo un amico gli diede un passaggio su un biroccio con cui andava a caricare della breccia, e lo portò alla stazione di Modena. Di là avrebbe proseguito in treno fino a Parma e poi a Lucca, dove avrebbe preso una corriera fino a Camporgiano. Il paese era già in parte ricostruito, ma restavano ancora parecchi edifici diroccati.

I Bruni continuarono il lavoro sul podere che avevano coltivato e rivoltato zolla per zolla da più di cento anni. Intanto ognuno dei fratelli si chiedeva con chi di loro la Clerice avrebbe scelto di andare ad abitare. Era un onore e un privilegio cui ognuno in cuor suo aspirava ma era pur vero che per alcuni c'erano degli impedimenti oggettivi. Savino viveva di fatto in casa del suocero e veniva, di tanto in tanto, a dare una mano. Non sarebbe stato facile per nessuno di loro convincere la madre a stabilirsi in casa d'altri dopo che aveva tenuto in mano il mestolo per una vita in casa sua. Fredo avrebbe lavorato come bovaro nella tenuta di un possidente di Zola Predosa, troppo lontana da tutti gli altri fratelli. Sarebbe stato un po' come sequestrarla. Il povero Floti era finito a casa del diavolo e chissà quando sarebbe stato in condizione di sbarcare il lunario per sé, figuriamoci per mantenere un'altra persona. Armando, poveretto, non aveva per il momento altra prospettiva che sperare in qualche giornata da bracciante e in un asilo per sé e per la sua famiglia nel tugurio che il parroco metteva a disposizione dei nullatenenti nella parte vecchia del paese. Prospettiva grama che lui cercava comunque di prendere con filosofia mettendola in ridere: «Anche i topi, in quel posto» diceva, «vanno in giro con le lacrime agli occhi».

Restavano Checco e Dante, e fu proprio Checco a farsi avanti per primo verso l'inizio dell'autunno: «Mamma» le disse un giorno che si erano trovati a tu per tu nel pollaio, «non vi piacerebbe venire a stare con me e mia moglie? Per noi sarebbe un grande piacere. Ho preso casa in fondo al paese, vicino alla villa dei Morandi. È bella e ampia, asciutta, e c'è una bella camera per voi che ha perfino il gabinetto proprio di fronte, nel corridoio, perché una volta era la depandans della villa e ci abitava il fattore. Io guadagnerò piuttosto bene perché ho cominciato un commercio all'ingrosso con un mio amico che compra e vende farinacci per i maiali e per le mucche. Starete come una contessa».

La Clerice lo guardò negli occhi: «Ti ringrazio, Checco, verrei molto volentieri ma sai, ho sempre vissuto in campagna, con le mie galline e i miei conigli. Mi piace svegliarmi con il canto del gallo e andare a letto quando la campana batte l'ora di notte. E sono abituata ad avere tanto posto intorno a casa. Stare in paese, dove vivono tutti uno attaccato all'altro e ognuno si occupa dei fatti degli altri, non fa per me. Starei volentieri con te perché sei un bravo ragazzo e tua moglie è una persona rispettosa e per bene.

Il mio posto però è con chi, fra i miei figli, ha più bisogno di aiuto senza che io sia di peso. Ho pensato quindi che è meglio se vado a stare con Dante. Lo prendono come mezzadro in un podere di trenta tornature vicino alla Cavazzona, ha già tre figli e sua moglie è incinta. Posso ancora rendermi utile, far da mangiare, governare i polli e scaldare l'acqua per i maiali, tenere i bambini più piccoli mentre loro sono in campagna... Hanno bisogno, Checco.

In casa tua sarebbe una vita che non ho mai fatto e alla mia età non è facile cambiare. Non saprei cosa fare dalla mattina alla sera e sono sempre stata avvezza a lavorare. Non prendertela a male, verrò a salutarvi e a prendere un caffè la domenica mattina dopo la messa. E tu potrai venire a trovarmi quando vorrai».

Checco chinò il capo senza riuscire a dire una parola

e la Clerice capì che ci era rimasto male. Forse ci aveva sperato e il suo rifiuto lo aveva ferito. Disse soltanto: «Come volete voi, mamma». E uscì.

Fonso avrebbe voluto sposarsi subito, a quel punto, perché le case popolari erano già quasi terminate. Mancavano le finiture e le finestre, ma era il male di poco. La Maria però non poteva, perché aveva la responsabilità dei nipotini. Un giorno di fine ottobre Floti finalmente si fece vivo: le mandò a dire che si era sistemato, aveva una casa e un lavoro e desiderava riprendere con sé i bambini. Le chiedeva dunque di portarglieli alla stazione di Bologna perché lui non poteva venire al paese. Una mattina nebbiosa la Maria li vestì con gli abiti più belli che avevano, li ravviò, mise alla bimba un bel nastro nei capelli, poi fece attaccare il cavallo al garzone e partirono. Ormai li sentiva suoi quei bambini, e pianse per tutto il viaggio al pensiero di doverseme separare. Corrado, il più grandicello, le chiedeva, di tanto in tanto: «Che cos'hai zia?».

Arrivati alla stazione, la Maria quasi sperò che il fratello non ci fosse. Invece, poco dopo, lo vide sbucare dalla nebbia e dal fumo della vaporiera e venire loro incontro. Floti li abbracciò tutti e tre stretti stretti e li portò in un caffè a prendere qualcosa di caldo. Stettero insieme un paio d'ore prima che venisse il momento di partire. I bambini tenevano lo sguardo a terra perché avevano soggezione di quel loro padre che non vedevano da molto tempo e con cui avevano perso ogni dimestichezza. La Maria guardava il grande orologio sopra la stazione e le lancette che si muovevano a scatti e segnavano, minuto dopo minuto, l'approssimarsi della separazione; più dolorosa, più triste forse, di quando aveva lasciato Fonso per andare a Firenze.

Quando venne il momento, la Maria scoppiò in un pianto dirotto, inconsolabile, e stette a guardarli mentre salivano in treno e si allontanavano. La nebbia li inghiottì subito e lei se ne tornò al biroccino stringendosi lo scialle intorno alle spalle. Non proferì parola per tutto il viaggio di ritorno, e il garzone, che era sempre innamorato di lei, diceva di tanto in tanto: «Fatevi coraggio, Maria». Ma anche lui aveva il magone: sapeva che ormai non c'erano più ostacoli al matrimonio della ragazza. Che infatti si celebrò subito dopo.

Era stata lei, a quel punto, a chiedere al fidanzato di accelerare i tempi perché non voleva vedere i suoi fratelli lasciare la casa degli avi. Lei e Fonso non avevano un soldo in più dello stretto necessario per vivere, e comprarono a debito le reti del letto e i materassi. Avevano però una casa nuova di zecca: un piccolo appartamento nelle case popolari appena costruite, che a loro sembrava un reggia. E dietro c'era anche un porciletto per allevarci un maiale. I primi giorni però stavano belli freschi perché il falegname non aveva ancora montato le finestre e le imposte. Con quella scusa passarono tutto il tempo che poterono a letto, e la Maria si consolò così dei suoi non piccoli e non pochi dispiaceri. Quando furono pronte le finestre, vennero a stare con loro anche la madre e la sorella zitella di Fonso.

A San Martino, intanto, i Bruni presero commiato. E se ne andarono ognuno per la sua strada perché ormai era più quello che li divideva di quello che li univa. Vi fu chi disse che fossero state soprattutto le mogli a dividere la famiglia. A nessuna di loro era mai piaciuto fare la contadina, e a stare a pigione gli sembrava già di salire un gradino nella scala sociale. Gli uomini, invece, partirono con il cuore pesante perché, in fin dei conti, erano stati felici a vivere tutti insieme per tanti anni. Alcuni di loro avevano le lacrime agli occhi mentre lasciavano l'Otel Bruni, dopo più di cento anni che la famiglia vi era entrata per la prima volta.

Checco fu l'ultimo a lasciare il cortile e, benché lo attendesse una vita più agiata, si sentiva pieno di malinconia. Guardò lo scheletro annerito della stalla pensando alle lunghe notti d'inverno quando la neve scendeva a grandi fiocchi e i buoi ruminavano tranquilli il fieno profumato, pensò alla grande cantina, vasta come una piazza d'armi, dove il bel vino rosso ribolliva nei tini, pensò al rito allegro e sanguinario della macellazione del maiale, ai bei giorni freddi di gennaio quando si conciava la carne per fare salami, salsicce e prosciutti. Non avrebbe saputo dire se rimpiangeva una felicità svanita per colpa della mala sorte, o soltanto la sua giovinezza trascorsa.

Si trasferì nella nuova abitazione con la moglie, il figlioletto Vasco e le sue masserizie. La casa dei Bruni si svuotò.

Da allora in poi Checco e Dante non si parlarono più. Non si seppe mai il vero motivo, e il fatto che la Clerice avesse fatto la sua scelta non sembrava sufficiente a generare una tale discordia. Forse Checco pensò che il fratello non si fosse fatto scrupolo di far lavorare ancora la madre quando era ormai vecchia mentre lui le avrebbe offerto una vita agiata e tranquilla. L'avrebbe portata al mercato a Spilamberto a mangiare all'osteria, a Bologna a vedere il santuario della Madonna di San Luca, che lei ci teneva tanto, invece di farla continuare a sgobbare fino all'ultimo momento. Qualcuno disse anche che i due si erano incontrati a tu per tu e c'era stato uno scontro a muso duro, dopo il quale non si erano più barattati parola.

Molto tempo dopo, due o tre anni prima di morire, Checco avrebbe scritto la sua verità su quella storia in una lettera alla sorella Maria. Ma la lettera, fra un trasloco e l'altro, andò perduta e non se ne seppe più nulla, e la Maria, che era l'unica ad averla letta, non ne rivelò mai il contenuto.

23

Floti era arrivato la prima volta a Camporgiano verso la fine di giugno, dopo una giornata intera di viaggio. Benché fosse sera, andò subito a presentarsi alla persona che gli era stata indicata dagli amici che lo avevano assistito nel cercare un lavoro. Era un anziano capomastro di grande esperienza e si alzò da tavola per aprirgli la porta.

«Tu devi essere il Bruni» gli disse squadrandolo. Floti aveva una valigia e una borsa a tracolla con quello che ci poteva stare dei suoi effetti personali.

«Vieni dentro» gli disse il capomastro, «hai mangiato?»

«Qualcosa, sì.»

«Siediti, che c'è rimasto un piatto di minestra e una pagnotta. Sarai stanco.»

Floti ringraziò e si sedette. La zuppa gli restituì un po' di vigore e anche il trovarsi in una famiglia, gli odori di cucina e il profumo dei fiori di castagno che non sapeva ancora riconoscere ma che gli ricordava quello dei meli.

«Qui sei al sicuro, e nessuno ti verrà a cercare. Hai mai fatto il muratore?»

«No, ma sono disposto a fare qualunque cosa per guadagnarmi da vivere.»

«Mi hanno detto che sei stato ferito in guerra e quindi non puoi fare il manovale: devi cominciare da mastro muratore. Imparerai qui, a tirare su con me il muro del pollaio e quello di recinzione. Per il momento starai con noi, e quando potrai lavorare mi restituirai i soldi della dozzina, un po' per volta. Qui la gente è un po' diffidente all'inizio, sai come sono i montanari con i forestieri, ma se saprai farti stimare te li farai amici e potrai sempre contare su di loro.

Nessuno sa chi sei e perché sei venuto a stare qua. Ma vedo che parli bene l'italiano e questo sarà un vantaggio. Intanto ti ho trovato un alloggio, una casetta abbandonata in fondo al paese. Era di una vecchietta che è morta senza eredi. Il terremoto l'ha danneggiata. Te la sistemerai tu appena ti avrò insegnato come si fa. Così te la farai come ti pare.»

«Posso pagare la dozzina: ho i miei risparmi da parte. E comunque non so come ringraziarti» rispose Floti, «non mi conosci nemmeno.»

«Certo che ti conosco» replicò il capomastro, «sei uno che si guadagna da vivere lavorando, sei stato perseguitato perché ti sei comportato da uomo libero, sei stato ferito in una guerra che non hai voluto ma che hai combattuto da uomo, con coraggio, e ti chiami Raffaele. Non mi serve sapere altro di te.»

Quattro mesi dopo la sua partenza, prima dei Santi e dei Morti, Floti scrisse alla Maria una lettera in cui le raccontava che si era definitivamente sistemato, aveva un salario regolare e aveva trasformato il suo rifugio provvisorio in una abitazione confortevole. Era allora che le aveva annunciato che sarebbe venuto a prendere i suoi bambini alla stazione di Bologna.

I bambini, dopo un primo periodo di smarrimento, si erano ambientati e stavano bene. Il maschietto andava a scuola e la piccola all'asilo, dove c'erano brave suore che se ne prendevano cura e la tenevano anche fuori orario se lui faceva tardi la sera. Cenavano insieme ed era lui a preparare la cena, cosa che non aveva mai fatto in vita sua. Qualche volta preparava anche delle frittelle di farina di castagne, che là ce n'era in abbondanza e ai bambini piacevano molto.

In quel paesino perso sui monti, fra boschi di castagni millenari, con il muschio che stendeva tappeti di velluto ai loro piedi, con il fiume che precipitava di balza in balza ribollendo fra massi enormi e quietandosi poi in pozze cristalline, Floti aveva preso a respirare in modo diverso e ad affezionarsi a una terra selvaggia e poverissima, ma capace di suscitare sentimenti forti e genuini.

Una sera di febbraio, verso il crepuscolo, era andato a prendere un secchio d'acqua alla fontana, per le necessità domestiche, e si era sentito in imbarazzo, unico uomo in mezzo a donne, ad assolvere a quel compito. Non che fosse la prima volta che ci andava, solo che lo aveva fatto in orari diversi. Alla fine restò lui solo con una donna di forse una trentina d'anni. Non era bella, ma aveva due occhi azzurri limpidissimi e una figura molto aggraziata. Lui insistette perché si servisse per prima e lei accettò con un sorriso, e mentre attingeva l'acqua gli rivolse la parola: «Voi siete quel signore forestiero che vive nella casa in fondo al paese, non è vero?».

«Sì, signorina, sono io.»

«E vi tocca fare anche il lavoro delle donne, vedo.»

«Sono vedovo, purtroppo, e faccio quello che posso.»

«Avete qualcuna che vi aiuta?»

«No, certo, non me lo posso permettere.»

«Capisco. Se non vi offendete, sarei felice di darvi una mano. Io lavoro più che altro di pomeriggio. Al mattino, se mi lasciate i bambini, li posso preparare e portare a scuola, e andarveli a riprendere la sera, e tenerli da me finché non passate voi quando tornate. Abito in quella casa di mattoni laggiù, quella con la pergola. Non è lontana dalla vostra.»

Floti sulle prime non seppe cosa dire, ma poi pensò che la ragazza gli faceva solo un atto di gentilezza e accettò: «Veramente siete troppo gentile. Non so come sdebitarmi».

«Non vi preoccupate» rispose lei, «a morire e a pagare i debiti si è sempre a tempo.» E lo disse con un sorriso così aperto che Floti ne rimase incantato.

«Vi ringrazio molto allora. E... permettetemi di presentarmi: mi chiamo Raffaele.»

«E io Maria, ma tutti mi chiamano Mariuccia.»

«Grazie, Mariuccia, davvero grazie di cuore.»

Si offrì di portare anche il secchio della ragazza e l'accompagnò fino alla soglia di casa.

All'inizio della primavera successiva Floti scrisse di nuovo alla sorella per dire che aveva conosciuto una brava ragazza che si chiamava Maria come lei, ma che tutti chiamavano Mariuccia perché era minuta di personale. Pensavano di sposarsi. Lei era contenta di prendersi cura dei bambini anche se non erano suoi. Diceva che stavano dimenticando il loro dialetto e avevano preso su la parlata e l'accento toscano come se niente fosse. Si raccomandava di dire a Checco, a Fonso, a Savino e anche a Dante di dare una mano ad Armando, che era quello che ne aveva più bisogno.

All'inizio la Maria aveva patito molto la mancanza dei nipotini, ma poi ebbe lei stessa una bambina e si sentì più tranquilla. Le lettere che scambiava con Floti si diradarono con il passare del tempo ma non cessarono mai e, per Natale, la cognata toscana le mandò per posta un sacchetto di farina di castagne e una cartolina di auguri. Gli altri fratelli si erano sistemati nella loro nuova condizione e sembravano trovarsi bene, a parte Armando che stentava a trovare lavoro, ma era talmente buffo e spiritoso che a volte lo prendevano a giornata per ridere e stare allegri.

Armando faceva debiti per tutto l'inverno sperando di pagarli l'estate, ma non sempre ci riusciva. Si era ridotto a vivere in un sottotetto dove pioveva quasi più dentro che fuori, e quando faceva brutto tempo toccava mettere pentole e catinelle per raccogliere l'acqua che gocciolava all'interno. D'estate il tetto si arroventava e il calore, sotto, era insopportabile. Il letto l'aveva collocato nell'unico angolo dove non cadeva acqua e ci dormivano tutti: lui con la moglie e anche i bambini. Ne vennero al mondo tre, uno dopo l'altro, perché si sa, a quel lavoro lì non si rinuncia mai, anche se si è poveri in canna e non si ha caldo nemmeno sotto la lingua. «Almeno» diceva, «non ci sono più topi, perché hanno capito che qui non ce n'è per noi, figuriamoci per loro.»

Quando era tempo di mietere, Fonso, che era caposquadra nell'azienda in cui lavorava, cercava di inserirlo fra gli operai che andavano alla macchina, e cioè dietro la trebbiatrice. Armando ci andava volentieri, anche se era un lavoro infernale: per giorni e giorni in mezzo alla polvere e alla pula, con le ariste del grano che pungevano dappertutto. Tuttavia gli piaceva, perché gli faceva ricordare quando erano ancora in famiglia e quelli erano giorni di festa, con i bambini che ruzzavano nella paglia e stavano a guardare a bocca aperta la grande macchina rossa piena di cinghie e pulegge che di sopra ingoiava covoni e covoni, dal davanti sputava la pula, dal fianco bel frumento biondo e lucente e da dietro cacava paglia che poi veniva imballata dall'"asino".

I compagni cercavano di riservare ad Armando i lavori meno pesanti, come insaccare la pula e portarla sotto la barchessa, perché i sacchi erano grandi ma leggeri.

Quando veniva l'ora di pranzo e ognuno si sedeva all'ombra di un albero per mangiare qualcosa, si vedeva bene che anche fra i braccianti e gli operai a giornata c'era chi stava meglio e chi stava peggio. Alcuni avevano un piatto di pastasciutta ben condita con ragù di carne e parmigiano, e dopo un pezzo di formaggio con pane fresco, altri, invece, avevano pane e cipolla o anche solo una mela. E Armando era fra questi ultimi.

Non aveva il coraggio di chiedere aiuto ai fratelli, perché era povero ma aveva il suo orgoglio, e non aveva la forza per conquistare un lavoro più impegnativo e più remunerativo. Succedeva allora che i suoi compagni di squadra gli dessero qualcosa da mettere sotto i denti, perché ne avevano compassione.

Ma il suo problema principale non era nei campi e nei cortili delle fattorie, nel guadagnarsi la sopravvivenza, il problema l'aveva in casa ed era sua moglie. Con il passare del tempo, e a causa delle condizioni di vita sempre più difficili, era spesso preda di depressioni. Passava giorni interi senza dire una parola, con lo sguardo perso nel vuoto, oppure, d'improvviso, dava in escandescenze, gridava, si agitava e a nulla valevano i tentativi del marito di calmarla o le grida e i pianti dei figli piccoli spaventati dal suo comportamento.

Eppure Armando l'amava perché era bella, aveva begli occhi e un bel corpo e per lui null'altro contava. Floti lo aveva messo in guardia a suo tempo, ma non era contato nulla perché, quando si è innamorati, non ci sono raccomandazioni che tengano, e il destino segue semplicemente il suo corso. Purtroppo Lucia continuò a peggiorare, e i vicini, che sentivano ormai in continuazione urla, pianti, rumore di oggetti scagliati contro i muri, spinsero il marito a chiamare il dottore.

L'uomo non era di quelli che si fanno amare: era brusco, spesso ai limiti del brutale, non risparmiava mai la cruda verità ai suoi pazienti perché lo riteneva suo dovere, e guardava alle donne con l'espressione rapace di chi ha visto la morte in faccia infinite volte e ogni volta si è assuefatto al pensiero che, in procinto di morire, si possono fare soltanto due cose: pregare e fottere. Lui di preghiere non ne sapeva, e se le sapeva le aveva dimenticate al fronte, in mezzo ai corpi macellati di ragazzi di vent'anni che doveva tagliare, amputare, rabberciare alla meglio mentre quelli urlavano sotto i ferri senza anestesia. Il verdetto fu laconico: «Tua moglie è pazza, va portata in manicomio».

«Non ci penso nemmeno» rispose Armando, trovando quasi miracolosamente il coraggio di opporsi a un uomo che ne sapeva tanto più di lui. Non voleva separarsi da sua moglie, non poteva nemmeno pensare di vivere senza di lei. Ma quando un giorno Lucia sembrò veramente uscita di senno e corse in strada urlando e rischiando di finire fra le zampe di un cavallo, mandò a chiamare di nuovo il dottore.

«Te l'ho già detto e non mi hai voluto dare retta. Lo vedi da te che non può stare da sola. Vieni stasera alle cinque che ti faccio la richiesta per il ricovero all'ospedale psichiatrico di Reggio Emilia.»

Quelle parole "ospedale psichiatrico" suonavano molto meglio di "manicomio", o almeno così pareva ad Armando, e lo aiutarono a rassegnarsi all'idea. Si presentò dal dottore all'ora convenuta. Ad aprirgli andò la moglie, una donna giovane e attraente, che lo introdusse subito nello studio del marito.

Il dottore stava seduto al tavolo di lavoro e tutto attorno c'erano librerie con i piedi a forma di zampa di leone, piene di libri, uno dei quali era aperto sul tavolo e si poteva vedere l'illustrazione che rappresentava l'incisione di un ascesso. Ai lati del caminetto c'erano due panoplie di armi arabe: scudo, lance incrociate, elmo conico con paranaso, scimitarra, tutte finemente damaschinate. Avrebbe voluto domandargli se li aveva letti, tutti quei libri, ma non voleva fare brutta figura. Il dottore gli chiese le generalità della moglie e si mise a compilare un modulo mentre lui stava in piedi con il cappello in mano.

«Siediti» gli disse senza alzare gli occhi dal foglio. Armando si sedette.

«Sei un Bruni anche tu, vero?»

«Sì signore, mi chiamo Bruni.»

«E sei parente di Raffaele?»

«Sì, è mio fratello, ma noi lo chiamiamo Floti.»

«L'ho conosciuto, ci siamo incontrati durante la guerra nel mio ospedale da campo. È un bravo ragazzo. A momenti lo mettevo sotto, l'altra notte: mi è saltato in mezzo alla strada subito dopo la curva.»

Armando non parve dare peso a quel racconto: «Che differenza c'è fra un ospedale pis... psica...».

«Psichiatrico» lo aiutò il dottore.

«Sì, fra quello lì e un manicomio?»

«Sono la stessa cosa.»

«Allora non se ne parla. Io credevo che...»

«Che cosa credevi?»

«Che fosse un ospedale.»

«Ascoltami bene. Tua moglie non può guarire. In qualche modo il suo cervello si è guastato. Scommetto che è un male di famiglia, non ne sai niente tu?»

Armando chinò il capo perché lo aveva sempre saputo, anche se non aveva mai voluto ammetterlo nemmeno con se stesso. Il dottore chiuse il libro che aveva fra le mani e riprese a parlare:

«Non c'è rimedio: le cose non possono che peggiorare. Tuttavia ci possono essere dei periodi, come dire, degli intermezzi di miglioramento in cui tua moglie ti sembrerà quasi normale, ma non devi farti illusioni. Quello che sta attraversando adesso è un periodo negativo e deve essere ricoverata.»

Armando scuoteva il capo, come un asino che rifiuta di seguire il padrone: «Non voglio: se non c'è rimedio perché la devo portare in manicomio?».

«Perché non faccia guai più grossi: guarda che se capita qualcosa sei tu il responsabile.»

«Ho capito» rispose Armando, «ma io non firmo. La saluto.» Si alzò in piedi e se ne andò.

«Ma dove vai? Fermati, maledizione!» gli gridò dietro il medico, ma Armando era già sceso in cortile.

Fu, il loro, un incontro difficile e brusco in cui nessuno dei due aveva voluto capire l'altro. Sta di fatto che

Armando si tenne la moglie ancora per parecchi mesi, con alti e bassi, ma erano più i giorni brutti che quelli belli. Lucia era incinta per la seconda volta e sopportava malamente la gravidanza, era nervosa, lunatica. A volte sembrava tranquilla e anche non priva di una certa soavità nello sguardo e nei gesti, altre volte era cupa e scontrosa e poteva avere crisi di collera irrefrenabili. Partorì alla metà di gennaio dell'anno successivo, dopo un Natale freddo e squallido in cui mancò tutto delle atmosfere a cui Armando era stato abituato in casa sua, tranne il cibo, che arrivò per la generosità di sua madre e di qualcuno dei fratelli che non volle essere riconosciuto.

Fu la Clerice a mandare l'ostetrica quando venne il giorno del parto, e verso sera Lucia mise al mondo una bambina. Sembrava che andasse tutto bene. La piccola era sana e in salute, la madre, che pure durante le doglie aveva gridato così forte che l'avevano sentita in tutto il paese, giaceva ora assopita e stremata per la fatica.

Nei giorni successivi le cose peggiorarono. La bambina piangeva in continuazione e non c'era requie, né di giorno né di notte. Forse perché la madre aveva poco latte, spiegò l'ostetrica quando la interpellarono. E d'altra parte, se una donna mangia poco e male il latte le torna indietro, e la bambina urla perché non si riempie lo stomaco.

Una sera Armando, aprendo la porta di ritorno dal lavoro, la fermò appena in tempo mentre cercava di gettare la bambina urlante dalla finestra. Non disse niente, non la sgridò. Anzi, cercò di calmarla e intanto prese in braccio la bambina e cominciò a cullarla cantandole una ninnananna in dialetto montanaro imparata una volta che aveva fatto la stagione delle castagne. La bambina, come d'incanto, si acquietò e Armando la mostrò alla moglie dicendo guarda com'è carina, ti assomiglia. E poco dopo mandò a chiamare il dottore.

«Sei convinto adesso?» gli disse il medico appena

si fu reso conto della situazione. «Ti rendi conto che può riprovarci in qualunque momento? *E te 'sa fèt?* E tu che fai? Stai qui a sorvegliarla tutto il giorno? E chi ci va fuori a guadagnarsi la pagnotta?»

Armando ruppe in pianto e si arrese. Sua moglie fu trasferita al manicomio di Reggio e ci restò per il resto dell'anno. Ogni tanto lui andava a farle visita approfittando di un passaggio o prendendo un treno o una corriera, le poche volte che riusciva a racimolare i soldi. Sarebbe andato volentieri anche in bicicletta, se avesse saputo andarci, ma non era mai riuscito a imparare. Lucia era sempre in condizioni penose. I medici la curavano ma gli ospiti erano tanti, il personale limitato e gli infermieri avevano modi duri e sbrigativi.

Lei stava nel reparto femminile e le infermiere, delle donnone dall'aspetto erculeo, assistevano ai colloqui con le braccia conserte e poi la riconducevano alla camera che condivideva con altre due o tre disgraziate. Lui le diceva: «Fatti coraggio, hai solo bisogno di tornare a casa e starai meglio: questo è un brutto posto, che ti fa solo male. Le bambine ti aspettano e hanno voglia di vederti» mentiva, «e tu ne hai voglia?».

Lucia lo guardava con i grandi occhi acquosi e un'espressione smarrita che avrebbe potuto significare qualunque cosa. Armando andò anche dal medico dei matti, ma non gli riuscì di capire granché perché parlava in difficile. Alla fine cercò di avere una risposta chiara con una domanda chiara: «Ma quando me la date a casa?».

«Non so, fra un mese, o due. Vedremo.»

«Ma io come faccio a saperlo?»

«Arriva una lettera dalla direzione del manicomio al tuo medico condotto, con la data e tutto quanto, e tu devi venire qui a prendere tua moglie e a firmare che ti assumi la responsabilità.»

La lettera arrivò tre mesi dopo, non tanto perché la paziente fosse guarita, gli disse il medico condotto, quanto perché non c'era più posto in manicomio e facevano dei turni: mandavano fuori qualcuno che non ritenevano pericoloso e prendevano dentro qualcun altro giudicato in peggiori condizioni. Tuttavia, il riprendere una vita più o meno normale, il vedere visi conosciuti, la casa in cui abitava da tempo e il paese in un certo senso giovarono a Lucia. Le davano almeno la parvenza di una vita normale.

Munari non fu tenero nemmeno questa volta: «L'hai presa a casa perché non riesci a stare senza la...».

«E anche se fosse?» rispose Armando risentito. «È mia moglie, no? E le voglio bene.»

«Fa' come ti pare, io ti ho già detto come la penso e, se vuoi un consiglio, vedi di non metterla incinta un'altra volta, che avete già abbastanza guai.»

Fiato sprecato. Tempo qualche mese e la Lucia era di nuovo incinta, di nuovo depressa e lunatica, con sbalzi improvvisi di umore, baruffe, pianti. Una tragedia, dicevano i vicini. Ma Armando aveva scaricato tutte le sue frustrazioni sul dottore. Era lui la causa dei suoi mali, non l'infermità della moglie. Che diritto aveva di immischiarsi negli affari suoi? Era un bastardo, volgare e senza cuore. Perché a lui non piaceva forse quella roba lì? Aveva una moglie che avrebbe potuto essere sua figlia e chissà dove l'aveva presa. Si sentivano delle chiacchiere in giro, in paese la gente mormorava. Che badasse a sé.

In casa, però, non perdeva mai la pazienza, era sempre affettuoso e comprensivo con le figlie e con la moglie, quando poteva portava a casa qualche piccolo dono, qualche ciliegia che rubava di nascosto dagli alberi, qualche pesca primaticcia che gli portava Fonso, e godeva a vedere la gioia delle bambine.

Qualche volta Fonso andava a dare una mano nella proprietà del dottore perché abitava a pochissima distanza dalla sua residenza, una villetta liberty con il piano sopraelevato e la balaustra della scala esterna in cemento bianco. Attorno c'era un appezzamento di terra con alberi di mele renette e pere di San Giovanni, prugne e pesche, che andavano potati, e un vigneto da trattare con il verderame. Di solito passava dopo che aveva finito la giornata di lavoro e, prima di andare a casa, si fermava a salutare.

«Come va, signor dottore?»

«Male, Fonso, l'artrite mi tormenta e quando dice davvero non riesco a muovermi. Ho dovuto vendere il cavallo perché non ce la faccio più a montare. Devo mettermi a letto, riempirmi di aspirina, sudare e sperare che migliori un po'.»

«È per quello che porta sempre gli stivali, se posso chiedere?»

«È per quello, Fonso. Mi dà un poco di sollievo. Lo sai, l'altro giorno è venuto Mario Gabella, lo conosci?»

«E chi non lo conosce? In una notte ha vinto un podere a tressette e poi, prima dell'alba, ne ha persi due.»

«Gran puttaniere» commentò il dottore, «comunque soffre di artrite anche lui e viene a rompermi le palle un giorno sì e l'altro pure. Lo sai che cosa gli ho detto? Gli ho detto: "Senti, Gabella, tu l'artrite l'hai presa ad andare a caccia di anatre in botte, io a operare dei poveri ragazzi in guerra, nelle trincee con l'acqua fino alle ginocchia. Sai che ti dico? Tu tieniti la tua che io mi tengo la mia".»

"Ecco perché la gente se l'ha a male" pensò Fonso fra sé, "è troppo brusco e scorbutico."

«Cosa pensa di me la gente?» domandò il dottore come se gli avesse letto nel pensiero.

«Dipende» rispose Fonso, «molti, anzi la maggior parte, sono ignoranti e permalosi e guardano più alla forma che alla sostanza. Per me la sostanza è che un medico deve sapere il fatto suo, saper riconoscere le malattie e come curarle nei limiti del possibile. Il resto non conta. Ognuno ha il suo carattere.»

«Sei un uomo fine, Fonso, perfino diplomatico e a

parlare con te c'è senso. Quando si parla con certa gente è come dare aria ai denti.»

«La ringrazio, signor dottore, sono onorato.»

«Sai niente di tuo cognato, quello che se n'è andato via?»

«Si è sistemato in Toscana, ha trovato lavoro e si è rifatto una vita. Mi dispiace solo che non sarà facile rivederci: la distanza è grande, il posto difficile da raggiungere. Io e lui abbiamo avuto da dire perché non voleva che sposassi sua sorella, ma è una persona onesta e intelligente e di questi tempi è merce rara.»

Di tanto in tanto Fonso e sua moglie andavano a trovare anche la Clerice, perché ormai aveva pure lei difficoltà a muoversi ed era sempre più raro trovarla all'uscita dalla messa. Armando era talmente preso dai suoi guai in famiglia che non pensava ad altro, e Checco non ne voleva sapere di incontrare il fratello con cui la madre viveva, e così, in un modo o nell'altro, era la Maria a tenere i contatti e a riferire ai fratelli quando li incontrava. E di tanto in tanto scriveva anche alla Rosina a Firenze. Avrebbe dato chi sa cosa per andarla a trovare o perché lei venisse al paese, ma ora che ognuno era andato per la sua strada era sempre più difficile perché non avrebbe saputo con chi stare.

Una volta fu lei a scriverle: una lettera strana, piena di allusioni che inquietavano senza dire niente di esplicito. L'unica cosa che si capiva era la sua infelicità, una sorta di malessere oscuro che la Maria aveva sempre ricollegato al suo matrimonio. Prima di andarsene via con il marito era piena di allegria, di voglia di vivere, e adesso Maria avrebbe tanto voluto esserle vicina e ricambiare l'affetto e il calore che lei le aveva donato durante il suo esilio fiorentino. Aveva anche domandato a Fonso se era possibile telefonarle.

«È una faccenda complicata» rispose Fonso, «a parte il costo. Bisogna sapere qual è l'ufficio del telefono a lei più vicino, poi bisogna darsi un appuntamento. E quando è il momento dovremmo andare in paese all'ufficio postale e chiamare. Ma poi non c'è neanche gusto perché sai che ogni minuto che passa devi pagare un tanto e non vedi l'ora di finire per non rovinarti.»

Passarono così quattro anni, con la Lucia che entrava e usciva dal manicomio, le lettere rassicuranti di Floti e quelle sempre più rade e malinconiche della Rosina da Firenze. Il quinto anno, verso ferragosto, la Clerice cominciò a declinare e verso l'inizio dell'autunno si ridusse a letto. Una sera di ottobre una delle figlie di Dante arrivò alla casa di Fonso in bicicletta dicendo che la nonna era grave.

24

La Maria arrivò per prima in bicicletta e lasciò detto a Fonso, non ancora rincasato dal lavoro, che aveva dovuto correre a vedere la mamma che stava male. Savino giunse poco dopo, seguito, molto più tardi, da Armando che aveva ottenuto un passaggio sul biroccio di Iófa, e poi da Fredo. Il parroco aveva preceduto tutti perché la Clerice l'aveva convocato per primo: non voleva presentarsi davanti a Dio senza aver ricevuto i sacramenti.

Savino mandò il suo garzone ad avvisare Checco, ma il fratello non si presentò, per via di quella vecchia ruggine con Dante.

La Maria trovò la madre nella sua camera, quasi seduta sul letto con due cuscini dietro la schiena, affaticata nel respiro ma lucidissima di mente. «Si è fatta il sangue cattivo dopo che le hanno bruciato la stalla» bisbigliò la moglie di Dante all'orecchio della Maria, «dopo la paura di quella notte non si è più ripresa.»

La stanza, benché fosse pieno giorno, era immersa nella penombra e il prete le stava impartendo l'estrema unzione.

«Mamma, come vi sentite?» le domandò la Maria tenendole la mano.

«Come Dio vuole, figlia mia.»

«I ragazzi sono tutti dabbasso. Manca Floti purtroppo. Gli abbiamo scritto che state poco bene ma non so se potrà venire, lasciare il lavoro...»

«Lo so, è meglio che non si faccia vedere da queste parti. È ancora troppo presto. Ma tu digli che l'ho sempre ricordato nelle mie preghiere e che pregherò per lui anche di là, se andrò a finire in luogo di bene.»

«Ma che dite, mamma, vi riprenderete.»

«Non credo proprio. Ormai per me è ora di piegare i tovaglioli. È un gran brutto segno, figlia mia, quando ti ungono i piedi, gran brutto segno» ripeté con le lacrime agli occhi. La Maria le strinse ancora più forte la mano. «Non si è mai pronti ad abbandonare la vita, non credere. Ci sono tante cose che ci trattengono quaggiù: i nostri affetti, le nostre abitudini, i sacrifici che abbiamo fatto per guadagnarci una vita decente... Tante cose.»

Non arrivò a mattina. Morì piangendo perché doveva andarsene senza vedere il figlio che più aveva nel cuore.

Checco non andò al funerale per lo stesso motivo per cui non era accorso al capezzale della madre e la cosa, in un paese tanto piccolo, non passò inosservata. Se ne dissero di tutte le sorte, ma la verità non la seppe mai nessuno. I figli che parteciparono non poterono comunque portare la bara a spalle come avrebbero voluto perché Armando era troppo piccolo e la cassa non sarebbe andata via pari. A Floti, in realtà, avevano deciso di mandare un telegramma solo dopo averla seppellita perché non si mettesse in testa di lasciare il suo rifugio e di venire al funerale.

La dipartita della Clerice fu vissuta come l'ultimo evento importante nella casa dei Bruni da quando si erano divisi. Dopo la scomparsa della Clerice ognuno badò a se stesso e a crescere i propri figli, e le occasioni per ritrovarsi tra fratelli si diradarono ulteriormente. In definitiva s'incontravano solo occasionalmente, tranne una volta, quando Checco andò di proposito a far visita a Floti per vedere come se la passava e se aveva bisogno di qualcosa. Vide che i ragazzi erano cresciuti e che si trovavano benissimo con la loro madre adottiva che li trattava come figli suoi in tutto e per tutto.

«Ti piacerebbe tornare?» gli domandò la sera prima di ripartire, mentre la Mariuccia rigovernava. «Presto o tardi le cose cambieranno e...»

«Non credo» rispose Floti, «ormai la mia vita è qui.»

«E non ti mancano gli amici, la nostra famiglia?»

«Sì, ma... cerco di farci l'abitudine. Salutami tutti però, mi raccomando.»

«Sì, certo» rispose Checco, «sarai servito.»

Il giorno dopo, all'alba, Floti accompagnò il fratello alla corriera. C'era una nebbiolina leggera, appena percettibile, e le foglie d'autunno cominciavano a cambiare colore. Quelle dei castagni, in particolare, erano di un arancione intenso e i ricci già mostravano i frutti al loro interno, lucidi come il cuoio. Sullo sfondo dei boschi dorati si ergevano le montagne già incappucciate di neve.

«*Alaura at salùt*» disse Checco.

«Magari ci rivediamo, una volta o l'altra» rispose Floti. Si guardarono negli occhi alcuni istanti per cercare ancora qualcosa da dirsi, ma intanto arrivò la corriera e Checco montò. Floti rimase a guardarla finché non scomparve.

Quando lo seppe Savino, se la prese non poco perché avrebbe voluto andarci anche lui a trovare Floti, e si ripropose di farlo alla prima occasione che poi non si presentò che diversi anni dopo.

Il suo rapporto con Nello intanto, benché travagliato dalle profonde differenze di opinione, continuava, perché alla fine era sempre l'amicizia ad averla vinta. Savino non poteva dimenticare che, non fosse stato per il suo amico, forse i fascisti gli avrebbero bruciato anche la casa. E poi era Nello che lo aveva sempre avvisato quando c'era pericolo per Floti.

Sia l'uno che l'altro avevano un figlio maschio. Quello di Nello si chiamava Rossano, quello di Savino si chiamava Fabrizio. Ambedue frequentavano l'asilo dalle suore e si trovavano piuttosto bene insieme, tanto che Nello permetteva a Rossano di andare a trovare il suo amico in bicicletta nella fattoria dove lavorava Savino. A Rossano piaceva molto perché nel podere c'era un grande macero ormai in disuso, non essendo più remunerativo piantare canapa, e ci avevano messo dei pesci: pescigatto, gobbe, carpe e tinche e anche pesci rossi che erano quelli che gli piacevano di più. Quando riuscivano a catturarne uno con il retino, Fabrizio prendeva un vaso di vetro di quelli per mettere via i pomodori, lo riempiva d'acqua pulita e ci metteva dentro il pesce così che l'amico potesse portarselo a casa.

Crescendo, i due ragazzi assorbirono gli atteggiamenti e le convinzioni politiche dei loro padri, anche se era obbligatorio per tutti e due essere iscritti ai balilla, e portarne l'uniforme quando facevano le esercitazioni il sabato pomeriggio.

«Lo sai che cosa significa "balilla"?» domandò un giorno Rossano a Fabrizio.

«Vuol dire un bambino fascista» rispose l'amico.

«No. "Balilla" era il soprannome di un ragazzo genovese che aveva la nostra età. Un giorno un gruppo di soldati austriaci che occupavano Genova si erano impantanati con un cannone e volevano costringere alcuni uomini ad aiutarli a tirarlo fuori dal fango. Balilla allora gli lanciò contro un sasso e tutti gli andarono dietro e così cacciarono gli austriaci dalla città. Per questo ci chiamiamo "balilla".»

Fabrizio non rispose perché suo padre gli aveva insegnato a non ripetere mai in pubblico quello che gli veniva detto in casa, e cioè che i fascisti avevano trasformato l'Italia in una caserma e che prima o poi avrebbero trascinato il paese in guerra.

Finita la scuola elementare, i due ragazzi presero strade diverse. Fabrizio andò in campagna con suo padre, per imparare a usare il rastrello, la zappa e poi, quando fosse stato più grande e robusto, anche la vanga e la falce da fieno, e da ultimo a potare e innestare, che è l'arte più difficile per un agricoltore. La sera suo padre lo mandava anche a lezione da un anziano ragioniere, perché gli insegnasse a tenere i conti della fattoria. Un giorno, chi lo sa, il suocero avrebbe potuto affidargli la gestione delle sue proprietà, visto che non aveva figli maschi.

Rossano invece fu mandato dal padre a una scuola di partito, prima a Ravenna e poi a Perugia. Se si fosse fatto onore sarebbe potuto arrivare anche a Roma.

I due ragazzi ebbero così sempre meno occasioni di frequentarsi; quando veniva il tempo delle vacanze, però, Rossano tornava a casa e i due si ritrovavano al centro sportivo dove si giocava a calcio o anche solo a bocce. Cercavano di evitare di parlare di politica per non guastare l'amicizia, ma non era facile. L'argomento saltava fuori comunque e sia l'uno che l'altro finivano per trovarsi in imbarazzo, tanto più che Rossano, dopo due o tre anni, cominciò a presentarsi in uniforme con la camicia nera e il fez con la frangia di seta.

«Che cosa vuol dire quell'uniforme?» gli domandò un giorno Fabrizio. «Almeno quando ci troviamo non puoi mettere un abito normale?»

«È questo il mio abito normale, non lo capisci? E significa che sono un volontario della milizia per la sicurezza nazionale.»

«Che bisogno c'è di una milizia? Non c'è già la polizia, non ci sono già i carabinieri a occuparsi della sicurezza nazionale?» ribatté Fabrizio.

«Ma noi siamo agli ordini diretti del Duce e pronti anche all'estremo sacrificio per lui e per il nostro Paese.»

«Vedo che ti hanno indottrinato bene.»

«Hanno indottrinato te i rossi, disfattisti e traditori!» sbottò Rossano.

Fabrizio chinò il capo senza reagire: aveva capito che ormai non c'era più niente da fare. Il suo amico era stato cresciuto al senso di un'obbedienza cieca e a un vero e proprio culto del capo supremo.

«Dobbiamo proprio litigare?» gli domandò.

Rossano tacque, di fronte a una domanda che riportava il dibattito su un piano di tranquilla normalità.

«Allora?» insistette Fabrizio.

«Non... non dovremmo, ma tu mi provochi.»

«Ho solo cercato di farti capire che da quando frequenti quella scuola non sei più lo stesso, cerchi un nemico anche dove non c'è, sembra che tu non veda l'ora di menare le mani. E comunque ti sei messo con quelli che picchiano la gente, quelli che hanno bruciato la stalla alla famiglia di mio padre solo perché non la pensavano come loro. Sai di che cosa sto parlando. Pensaci bene, Rossano, e torna indietro finché sei in tempo. Un'idea che divide amici cresciuti insieme fin dalla nascita è sicuramente un'idea sbagliata.»

Si persero di vista. Rossano continuò a frequentare la scuola di partito, prima a Perugia e poi a Roma, e le poche volte che tornava al paese non restava mai molto tempo. Se si vedevano, dopo i primi momenti di allegria, interveniva una sorta di disagio che rifletteva le loro divergenze di condizione e di convinzioni, ma anche il malessere di non stare più bene l'uno con l'altro. Sentivano la nostalgia dei giorni dell'infanzia e della prima adolescenza, quando avevano passato insieme lunghe ore di gioco e, dopo, di contemplazione silenziosa e assorta, distesi sull'erba a guardare le nuvole e il volo degli uccelli. Cercavano di parlare di ragazze, ma non funzionava. Poi si salutavano.

«Ci si vede.»

«Ci si vede.»

Fabrizio, di tanto in tanto, incontrava Bruno Montesi che era più grande di lui. Aveva aperto bottega alla Madonna della Provvidenza e così lo chiamavano tutti "il fabbro della Provvidenza". Quando c'era da fare qualche lavoro nella fattoria di suo padre lo chiamavano perché avevano la forgia e il mantice. A volte si trattava di costruire un'inferriata, o una barriera per il recinto dei maiali. Altre volte c'era da sostituire la staffa di un cardine nella porta del porcile oppure da affilare con il martello le falci fienaie o le lame delle vanghe e delle zappe con l'approssimarsi della primavera. Fabrizio stava a guardarlo, quel ragazzo esile e asciutto che maneggiava un martello da un chilo come fosse di legno e che aveva sempre addosso quel curioso odore di ferro e di fucina.

«Sai di ferro» gli diceva.

«È naturale, sono un fabbro. I tuoi braccianti invece sanno di terra.»

«E il bovaro di merda di vacca» rideva Fabrizio.

«Già. Ma lo sai che il tuo nome viene dal latino e significa fabbro?»

«Non ci avevo fatto caso. Quindi abbiamo qualcosa in comune.»

«Non solo questo, spero.»

Conversavano sempre, quando c'era il tempo, e si capiva bene che Bruno leggeva o studiava o frequentava qualcuno che aveva studiato. Sapeva di politica, di economia e parlava italiano con disinvoltura mentre il suo principale era semianalfabeta.

Bruno aveva vent'anni quando le radio in tutto il paese trasmisero la voce del capo supremo che annunciava la riapparizione dell'impero sui colli fatali di Roma. Fabrizio ne aveva quindici ma sapeva già di che cosa si trattava.

Savino aveva una radio, una CGE con tre bastoncini di bachelite e una tendina finto damascato che nascondeva l'altoparlante, e un occhio magico iridescente che lasciava capire quando la frequenza era ben centrata. Anche Bruno fu ammesso ad ascoltare benché fosse venuto per lavorare:

«Che cosa ti sembra, papà?» domandò Fabrizio quando il discorso fu finito.

Savino lasciò ciondolare la testa fra le spalle appoggiando gli avambracci sulle cosce.

«Niente di buono. Dei gran paroloni per gettare fumo negli occhi alla gente e far sembrare un disfattista chiunque non vada in delirio.»

«Una guerra che non potevamo permetterci» commentò Bruno, «e poi, proprio noi che abbiamo subito il dominio degli stranieri dovevamo andare a opprimere altri popoli? Meglio sarebbe stato investire tutto quel denaro in Italia a migliorare le condizioni delle nostre classi più povere.»

Ma in paese e in tutto il circondario furono organizzate celebrazioni e parate alle quali partecipò anche Rossano, sfilando in uniforme fra gli avanguardisti. Fabrizio incontrò l'amico di un tempo quella sera stessa al campo di calcio dove era in programma una partita fra le squadre di due paesi limitrofi. Rossano, più alto e muscoloso di quanto la sua età avrebbe fatto credere, stretto nell'uniforme nera, sembrava uno di quei giovani eroi che si vedevano sulle copertine della "Domenica del Corriere" e per un momento Fabrizio provò ammirazione per il suo entusiasmo e il suo fascino.

«Gli inglesi e i francesi ci hanno attaccato perché abbiamo conquistato l'Etiopia, ma loro hanno i più grandi imperi coloniali del mondo e non li hanno certo conquistati senza stragi e massacri.»

«E noi dovevamo fare gli stessi errori? Non era meglio imitarli nelle cose buone, come la democrazia, il rispetto delle leggi, il progresso economico e civile, l'organizzazione dei sindacati?»

«Sono degli ipocriti. Lo hanno detto anche gli americani. Ma chi ti ha raccontato queste frottole? Stai ripetendo la filastrocca che qualcun altro ti ha insegnato.»

Fabrizio avrebbe voluto rispondere: "Bruno". Come era in verità, ma pensò bene di non rivelare la fonte dei suoi discorsi. Disse: «So ragionare anche da me. Mi chiedo se tu puoi fare la stessa cosa».

Rossano gli appoggiò una mano sulla spalla: «Non ho voglia di litigare con te, oggi, Baruffa» lo chiamava così quando era di buon umore, «sono troppo felice. Non saremo più un Paese di emigranti, un popolo deriso e umiliato, dovranno rispettarci. Ora abbiamo un impero di cinque milioni di chilometri quadrati, ricco di materie prime, in una posizione strategica per i traffici con l'Oriente. Costruiremo strade, aeroporti, università, ci sarà lavoro per tutti».

Fabrizio cambiò discorso: «Lo sai che i nostri padri sono sempre stati amici?».

«È vero e lo sono ancora, ma ora i socialisti devono convincersi che dobbiamo essere uniti, un solo popolo con un solo capo.»

Fabrizio tagliò corto per non iniziare un'altra discussione e lo salutò: «Ci si vede».

«Ci si vede, Baruffa» rispose Rossano. Non si sarebbero rivisti per anni.

Nei mesi successivi, quando la Società delle Nazioni impose le sanzioni economiche all'Italia per l'invasione dell'Etiopia e fu proclamata l'autarchia, venne anche lanciata l'idea che tutte le donne del Paese offrissero le fedi d'oro che avevano ricevuto dal marito il giorno del loro matrimonio. La raccolta delle fedi venne fatta in pubblico di modo che nessuna donna avrebbe osato rifiutarsi. In realtà non tutte portavano una fede d'oro ma tutte quelle che l'avevano la misero nel paiolo di rame che alla fine risultò mezzo pieno. A ognuna venne data in cambio, gratuitamente, una fede d'acciaio. C'era una vedova in paese che non aveva l'anello nuziale perché dopo che era morto il marito l'aveva impegnato per tirare avanti e non era mai riuscita a disimpegnarlo. Un giorno, verso la fine di giugno, era andata con il figlioletto di una decina d'anni nella tenuta in cui lavorava Fonso e aveva chiesto di poter spigolare.

Fonso barattò due parole con il fattore che per caso era passato di lì e tornò indietro: «Potete spigolare quanto volete, Carolina. E spero che ne troviate un bel po'».

La donna cominciò a percorrere in su e in giù le stoppie, con un sacco vuoto in mano sotto il sole già alto, aiutata dal bambino. A mano a mano che le ore passavano, il sacco si riempiva. Lei aveva cura di pressarne il contenuto in modo che ci stessero altre spighe e alla fine della giornata ne aveva riempiti due di sacchi, belli stretti. Ce n'era abbastanza per fare il pane per sei, sette mesi e madre e figlio erano felici. Mentre però si accingevano a caricare i sacchi su un carretto a mano con l'aiuto di Fonso, entrò nel cortile un camioncino guidato da un tale del paese dal pomposo nome di Astorre, uno senz'arte né parte che, non sapendo cosa fare, si era messo al servizio del comandante della milizia del capoluogo e si rendeva utile facendo commissioni, portando plichi, recapitando dispacci. Vestiva sempre in uniforme perché non aveva altro da mettersi e perché in quella tenuta si sentiva più importante e rispettato. La gente in un certo senso lo temeva, non per la divisa ma perché lo sapeva capace di fare la spia e di riferire falsità e calunnie. Insomma gli accreditava un certo grado di pericolosità che già era un modo di dargli importanza. Fra di loro però, quando non li sentiva nessuno, lo chiamavano *buférla*, come l'uccello che si credeva si cibasse di sterco bovino.

Vedendo la Carolina che stava spingendo i sacchi di spigolature sul carretto, Astorre si avvicinò con le mani sui fianchi: «Ma chi vedo, qui, la signora Carolina!». Il bambino, impaurito, andò a nascondersi dietro la gonna della madre. «Per quello che mi risulta, tu non hai dato l'oro alla patria.»

«Ma non ce l'ho l'oro. L'anello che mi regalò il povero mio marito l'ho impegnato e non sono più riuscita a prenderlo indietro. Ve lo giuro, signor *buférla*» si lasciò scappare la donna senza volere.

Imbestialito per il nomignolo, rosso per l'ira come un peperone, quello sbottò: «Io non voglio sapere di storie. Se non hai dato l'oro, sai cosa facciamo? Mi prendo la metà di questo frumento che hai spigolato così saldiamo il conto».

Fonso, che aveva assistito alla scena, intervenne: «Non direte sul serio, Astorre. È una povera vedova che non sa come fare a tirare avanti. Quelle spigolature le abbiamo lasciate indietro apposta per lei, giusto per non dare l'impressione di farle l'elemosina. E sono le ultime. Ha sgobbato tutto il giorno sotto il sole con il bambino. È il loro pane per buona parte dell'anno».

«Non mi interessa. Anzi, adesso mi dai una mano a caricarlo, Fonso, se non vuoi che riferisca a chi di dovere che l'altro giorno sulla trebbiatrice c'era una bandiera rossa.»

Fonso accusò il colpo ma rispose deciso: «Fate quello che volete, Astorre, ma io non mi presterò mai a questa infamia».

Buférla sapeva bene che Fonso era un osso troppo duro per i suoi denti e si arrangiò da solo a mettere il sacco di frumento sul camioncino. Fonso intanto bisbigliava sottovoce alla vedova: «Non vi preoccupate, Carolina, che poi faccio in modo che il frumento per il pane non vi venga a mancare». Ma, mentre ancora parlava, il bambino si lanciò furibondo sull'uomo nero colpendolo con pugni, calci e morsi, e gridando: «È nostro il sacco, è nostro, lascialo stare!».

Buférla, imbestialito, gli rifilò un calcio e lo mandò a rotolare nella polvere. La madre cercò di soccorrerlo ma lui si rialzò da solo quasi rimbalzando come una molla, si avvicinò al suo nemico e gli disse: «*Quand a soun piò grand at màz*», quando divento grande ti ammazzo.

25

Quando il suocero di Savino si ammalò di cuore, Savino prese in carico l'amministrazione delle sue proprietà, progettò tutta una serie di migliorie nei fabbricati, negli impianti di irrigazione e anche nei macchinari acquistando un Landini da cinquanta cavalli, monocilindrico a testa calda, e un aratro da scasso. Fabrizio impazzì quando vide arrivare il trattore luccicante, nuovo di zecca, dalla fabbrica e il concessionario metterlo in moto e il pesante volano ruotare veloce vincendo la resistenza dell'unico grosso cilindro. La sola cosa che non gli piaceva era l'insignificante colore grigio e pensava a come sarebbe stato bello rosso o arancione.

Tutto attorno si erano radunati i braccianti, i due garzoni e il bovaro per assistere allo straordinario evento. Ai loro occhi la macchina rombante era un prodigio della tecnica capace, probabilmente, di qualunque impresa.

«Secondo te ce la farebbe a tirare giù quella quercia?» domandò uno dei presenti indicando un rovere secolare.

«Io dico di no» rispose un altro.

«E io dico di sì» ribatté il primo, «perché non proviamo?»

Savino, ovviamente, si oppose ma non c'era dubbio che, se avesse acconsentito e il trattore avesse avuto una potenza sufficiente, quell'uomo avrebbe volentieri cercato di sradicare una quercia secolare solo per il gusto della sfida tra il mezzo tecnologico e l'elemento naturale. Altri si produssero in una discussione accademica su quante paia di buoi avrebbero potuto pareggiarne la potenza e altri ancora si chiedevano se avesse veramente la forza di cinquanta cavalli, cosa che pareva difficile da credere. L'indomani, comunque, Savino avrebbe arato una mezza tornatura di stoppie e si sarebbe visto di che cosa era capace quel cavallo d'acciaio.

Purtroppo non ebbe la possibilità di farlo personalmente perché il suocero ebbe un'altra crisi e fu necessario andare a prendere il dottore con il calesse.

Giunto al capezzale del paziente, Munari prese ad auscultarlo più volte e in più punti del torace. Alla fine gli prescrisse dell'aspirina, una pasticca al giorno, e anche qualche bicchierino di cognac, poi uscì assieme a Savino.

«Non durerà molto» gli disse, «un anno, due se sono fortunati. Ha una grave insufficienza cardiaca e non c'è rimedio.»

«Ma mi scusi, dottore, se è messo così male cosa può mai fargli un'aspirina e qualche bicchierino di cognac?»

«Ah, l'ignoranza!» sospirò il medico. «Lo sai perché tuo suocero è così malmesso? Perché ha mangiato troppo nella sua vita. Arriva il momento che il cuore non ce la fa più a pompare il sangue in tutti i punti di quel corpaccione. Allora accumula acqua nei polmoni e...» fece un segno di croce con il medio e l'indice uniti «amen. L'aspirina mantiene il sangue più fluido e l'alcol del cognac dilata le arterie e quindi il cuore fatica meno. Per questo lo chiamano "cordiale".»

«Capisco.»

«Bravo. È così che potrebbe durare due anni invece che uno, ma non di più.»

Savino e sua moglie Linda osservarono alla lettera le prescrizioni del medico e il suocero durò ancora due anni esatti e questo ispirò loro una stima che si sarebbe detta più degna di un profeta che di un medico condotto.

Ma non era la stessa cosa per tutti in paese. Molti pensavano che il dottore andasse a visitare solo i ricchi che potevano pagare e non i poveri. Non era vero in realtà, perché curava anche i figli degli zingari che certo non avevano soldi per pagare, ma la gente crede quello che vuole credere e a volte nega persino l'evidenza.

La figlia di Fonso, Eliana, era spesso a casa del dottore, dove era trattata come una figlia e anche a lei piaceva molto stare con la signora del dottore, come tutti la chiamavano. A casa, oltre a sua madre che la sgridava spesso, c'era la nonna, madre di suo padre, e poi la zia zitella e ognuna aveva ordini da darle: e fai questo e fai quell'altro e impara a cucire e impara a fare la sfoglia. A volte la signora Munari le dava persino una banana da mangiare, frutto esotico dal profumo intenso e unico e del tutto assente sulle mense della gente normale.

«Mangiala qui» si raccomandava la signora, «se vai fuori e ti vedono le altre bambine se ne avranno male perché loro non la possono avere.»

Ogni tanto le facevano una fotografia e anche questo era un lusso. La signora la pettinava, le metteva un bel nastro nei capelli e la faceva sedere sul parapetto della scala esterna o sul dondolo e il dottore le scattava la foto.

Eliana si rendeva conto dei suoi privilegi e sapeva anche che la signora del dottore era di buon cuore e ogni anno per l'Epifania faceva la befana ai bambini poveri: un'arancia, un mandarino, delle arachidi e, alle bambine, delle bambole di pezza che comprava in città.

Una volta il dottore ebbe l'impressione che la ragazzetta si stesse curvando nelle spalle e convocò la Maria: «Questa bambina non mi piace» le disse, «si sta curvando e bisogna correre ai ripari. Fai esattamente quello che ti dico se non vuoi che ti diventi gobba».

La Maria sgranò gli occhi terrorizzata. «Però, se mi

dai retta, non succederà niente. Allora, stammi bene a sentire: ogni mattina, appena alzata, falla spogliare nuda e avvolgila in un lenzuolo inzuppato nell'acqua fredda. Piangerà e si metterà a gridare, ti chiederà di non farle più quella tortura ma tu non lasciarti commuovere, fallo finché non ti dico io di smettere. Poi dovrà saltare la corda mezz'ora minimo e bere almeno due bicchieri di latte ogni giorno e un cucchiaio di olio di fegato di merluzzo.»

«Non le piace per niente» rispose la Maria, «ma lo prenderà lo stesso.»

«Benissimo. Vedrai che in capo a qualche mese si sarà rimessa a posto.»

Le istruzioni del dottore furono seguite alla lettera e anche in questo caso il risultato fu conseguito e la considerazione della famiglia di Fonso e di sua moglie per Munari aumentò incondizionatamente.

Così Eliana si avviò all'adolescenza fortificata da olio di fegato di merluzzo, bagni gelati, lenzuola zuppe incollate al corpo acerbo con l'effetto panneggio bagnato come le cariatidi dell'Eretteo e con le spalle dritte come quelle di una principessa. Sua madre, dopo averle dato una sorella, Tommasina, aveva ripreso le sue attività preferite perché non poteva mai stare ferma e mal sopportava i brontolii della suocera. La vecchia non le risparmiava le critiche: e perché era cotta e perché era cruda e perché la sfoglia per le tagliatelle aveva i buchi e non si poteva nemmeno lasciare la porta aperta perché la gente che passava per la strada non vedesse che c'era da vergognarsi.

Lei non se la prendeva più di tanto: nella sua casa era cresciuta piuttosto selvaggia in mezzo a sette fratelli maschi, libera nei campi e su per le piante a cercare nidi. La casetta in cui era andata a vivere, benché confortevole, le stava stretta. Appena poteva sgattaiolava dietro casa, inforcava la bicicletta e via. Le piaceva andare ad aiutare le comari nelle case di campagna, a mungere le vacche, a rappezzare un paio di braghe dei loro mariti e soprattutto a stare in chiacchiera. Non tornava mai a mani vuote: qualche pagnotta appena sfornata, un pezzo di pancetta o di prosciutto, un vaso di strutto per friggere la crescente.

Le *rezdòre* le confidavano spesso i loro segreti, ben sapendo che la Maria era riservata e non si lasciava sfuggire una parola, nemmeno con suo marito e con le figlie. A volte, passando per le viottole di campagna nelle ore più calde del giorno, quando gli uomini erano a fare la gabanella nelle loro camere da letto esposte a settentrione, le capitava di vedere le mogli che si distraevano in altro modo in mezzo ai campi di canapa e di frumentone o all'ombra di qualche gelso. E quando qualche amica cercava di intavolare certi discorsi sulla tale che va a letto con il talaltro, lei rispondeva: «Non mi risulta e, se anche fosse, non parlano mica dietro a nessuno». Come dire che la calunnia e la maldicenza erano peccati peggiori che le debolezze della carne.

Con il passare del tempo e con l'abitudine di fare spuntini con le comari, cominciò a impinguarsi, un po' anche per trascuratezza, un po' per le molte ore passate a dormire, effetto postumo della sua letargia fiorentina, ma Fonso non glielo fece mai pesare e non le fece mai mancare le sue attenzioni quasi fosse ancora snella e formosa come quando era ragazza.

Il principale sostegno della famiglia era sempre il marito, mentre la Maria faceva lavori stagionali come la raccolta delle ciliegie, mostrando, nonostante il suo peso fosse aumentato, un'agilità sorprendente. L'abilità consisteva nel raggiungere i rami più lunghi e fuori portata perché erano quelli che producevano i frutti più belli e più nutriti. Solo che erano troppo sottili per sopportare il peso di una scala a pioli e della persona che vi saliva. Gli uomini allora, per non lasciare agli uccelli tanta graziadidio, tiravano due funi da un tronco all'altro, una per camminarci sopra a piedi scalzi, e l'altra, più in alto, per tenersi con le mani e agganciarvi il paniere.

Erano pochissime a riuscirvi, e molto ricercate. Non solo serviva l'abilità funambolica, ci voleva anche coraggio perché a volte la raccoglitrice si trovava sospesa a dieci metri dal suolo. Si andava a cottimo, un tanto al paniere, e il soprastante controllava che fossero belli pieni e con la colma perché ogni tre canestri se ne risparmiava uno. La Maria non trascurava mai di fermarsi la gonna fra le gambe con una spilla di sicurezza perché sapeva bene che gli uomini da sotto sbirciavano. Altre, invece, se ne guardavano bene e lo facevano apposta di mostrare le mutande, per trovare da far bene, come si diceva. Di una in particolare, una morettona prosperosa che veniva dalla collina, si raccontava che a volte le mutande non le avesse proprio per nulla quando c'era fra gli uomini qualcuno che le interessava, ma la Maria non si era mai curata di controllare se fosse vero, perché la cosa non la riguardava e ognuno con la roba sua ha diritto di farci quello che vuole.

Se la vita privata seguiva sostanzialmente le vecchie e consolidate abitudini, la vita pubblica era tutta una sfilata e una parata, le uniformi nere erano onnipresenti e la radio trasmetteva discorsi roboanti e bellicosi. Con il passare del tempo gli adulti in paese sentivano sempre di più la paura che sarebbe scoppiata una nuova guerra. Molti avevano ancora vivo il ricordo dell'altra e di quello che aveva significato per ciascuno di loro, per le famiglie, gli amici. In tanti avevano perduto un figlio, un fratello, un marito. Nella piazza del municipio c'era un monumento che rappresentava un soldato con la mantella e l'elmetto e la mano appoggiata sul fucile. Dietro di lui, su una lastra di marmo, erano incisi i nomi di tutti coloro che non erano tornati: decine e decine, troppi per un centro così piccolo.

Faceva paura soprattutto l'uomo che aveva il potere in Germania: un ometto con i baffi a francobollo appiccicati sotto il naso che gridava come un pazzo e assisteva a sterminate parate di soldati che si muovevano come fossero uno solo. Al cinema del paese, prima della pellicola in programmazione, proiettavano un film Luce dove facevano vedere che la Germania era il più forte di tutti i Paesi europei e che l'Italia veniva subito dopo, ma non erano in tanti a crederci anche se non lo dicevano perché sarebbero stati considerati dei disfattisti.

L'Eliana intanto si era fatta una ragazza e avrebbe voluto cominciare a frequentare le sale da ballo, ma la Maria non sentiva ragioni: «È meglio che stai in casa ad aiutare la nonna a fare le faccende, che poi un giorno sarai contenta. Troverai un fidanzato che ti farà dei bei regali e ti sposerà, perché agli uomini piacciono quelle che vanno a ballare e si fanno tastare per non dire di più, ma poi non le vogliono sposare e cercano quelle che non si sono mai fatte parlare dietro».

«Mamma, ma ci vanno tutte le mie amiche, perché devo stare a casa solo io?»

«Lascia che vadano, tanto domattina ti sentirai uguale a loro che ci sono andate, anzi meglio. E poi nemmeno tuo padre vuole che tu ci vada.»

La Maria era diventata così gelosa della figlia che se la vedeva uscire di casa chiedeva subito: «Dove vai?».

«Mamma, ma vado qui dalla Rina che facciamo due chiacchiere. Sono solo dieci passi.»

«E allora stai qui davanti» rispondeva la Maria. La ragazza non ne poteva più e cominciava a pensare che, se avesse avuto un fidanzato, almeno lui l'avrebbe portata fuori, magari al cinema o in piazza a passeggiare la domenica pomeriggio. E per Pasqua le avrebbe regalato l'uovo di cioccolata come accadeva alle sue amiche. Ma chissà quando mai sarebbe successo.

L'anno successivo la Rina cominciò a vedersi con suo cugino Vasco che intanto era diventato un bellissimo ragazzo e per di più molto simpatico. Aveva preso di sicuro dallo zio Checco, o addirittura dallo zio Armando che faceva sempre ridere con le sue battute. Con Vasco, a volte, c'erano altri due giovanotti più grandi di lui di due o tre anni. Uno si chiamava Nino e l'altro Alberto ma tutti, chissà perché, lo chiamavano Pace. Erano simpatici ma a lei che aveva appena sedici anni sembravano troppo grandi.

Ogni sera, quando tornava dal lavoro, Fonso andava a fare il bagno in Samoggia se era bella stagione, oppure nella tinozza se era d'inverno. Poi si metteva a tavola servito come un re da ben cinque donne: la moglie, la madre, la sorella e le due figlie. Prima di scendere a cena si fermava in camera da letto, appoggiato al comò e leggeva ad alta voce un libro riprendendolo da dove l'aveva lasciato la sera prima. E così la casa risuonava delle parole di Dumas o di Tolstoj o di Cervantes. Solo se leggeva libri proibiti, come quelli di Carolina Invernizio, lo faceva sottovoce. Quando lo chiamavano che era pronto in tavola, scendeva e raccontava com'era andata la giornata. O di quello che aveva letto nel giornale fermandosi da Bastianino, il sarto: brutte notizie, sempre più brutte: «Se continua così ci sarà la guerra» diceva, «la nostra famiglia non corre rischi. Io ho un difetto di vista e non sarò richiamato e non ho figli maschi, ma gli altri... povera gente. E poi quando va male va male per tutti, perfino per i ricchi. Le bombe non fanno distinzioni. Ancora paghiamo le conseguenze della Grande guerra. Com'è possibile, mi chiedo».

Quando avevano finito di mangiare, di sparecchiare e di rigovernare andavano tutti a letto per risparmiare la corrente.

La primavera successiva l'Eliana fu avvicinata dall'amico di Vasco, Nino, mentre tornava a casa in bicicletta dopo essere andata a fare la spesa.

«Posso accompagnarvi a casa, signorina?» disse

Nino accostandosi in sella a una fiammante motocicletta nera e cromo. Era molto elegante: pantaloni alla cavallerizza, stivali di cuoio lucido, camicia bianca aperta sul petto e giubbotto di pelle. Aveva i capelli ondulati e spettinati dal vento, brizzolati sulle tempie, e gli occhi verdi.

«A casa ci so andare benissimo da sola» rispose la ragazza secondo le istruzioni della madre. Ma il giovanotto le era entrato negli occhi con la sua aria spavalda su quella macchina abbagliante che profumava di benzina e di cuoio fresco.

«Questo lo credo bene» rispose Nino, tenendo la moto in prima e al minimo per regolare la sua velocità con quella della bicicletta, «era solo per tenervi compagnia per un poco.»

«Ma quanti anni avete?» domandò lei impressionata dalle tempie brizzolate del giovanotto.

«Ventidue» rispose lui.

Lei si fermò: «Non ci credo».

«Facciamo una scommessa. Se io vi dimostro che questa è la mia età voi mi permettete di accompagnarvi a casa. La moto la lascio qui e cammino a piedi, ma se vi va un giorno vi faccio fare un giro.»

«Ci credo, ci credo» rispose lei osservando da vicino gli occhi luminosi, la pelle liscia rasata di fresco, il petto muscoloso. «Quanto fa questa a tutto gas?»

«Arriva ai cento, ma se mi sdraio sul serbatoio e la strada è asfaltata anche centodieci, centoventi. Dipende dalla strada.»

Era fatta, pensò Nino, era riuscito ad attaccare bottone e si sentiva sicuro che lei lo avrebbe accettato. D'altra parte quale donna gli aveva mai resistito?

Non era solo una questione di aspetto e della moto fiammante. Era la sua parlantina, sciolta, scoppiettante, la capacità di tenere una conversazione senza incepparsi, senza mai restare senza parole. E in un italiano perfetto.

«Parlate bene» gli disse la ragazza, «dove avete imparato?»

«A scuola, come tutti. Solo che io non mi sono fermato alle elementari, ho fatto anche il ginnasio. Poi ho dovuto smettere.»

«Perché?»

«Perché ero un po' birbante e indisciplinato e poi perché non mi andava che le mie sorelle lavorassero in campagna e io a fare il signorino... Ma non potremmo darci del tu?»

«Fai presto a prenderti delle confidenze» rispose Eliana con un sorriso.

«Mi sembra di averlo chiesto, e con il modo condizionale.»

Eliana restò ancora più impressionata. Poi il suo sguardo fu attratto dalle mani di lui. Mani che lavoravano, con il caldo e con il gelo, con il legno e con il ferro. Mani di una persona seria che non si risparmiava e affrontava ogni giorno dure fatiche.

«Adesso vado a casa da sola perché, se arrivo scortata da uno come te e per giunta in motocicletta, mia madre diventa pazza. So che esci con mio cugino Vasco, la sua ragazza è una mia amica. Magari se usciamo tutti insieme i miei genitori mi danno il permesso. Sempre che tu non abbia un'altra ragazza.»

Nino capì che quella giovane meritava attenzione e che non si sarebbe trattato per lui di un'avventura: «Volentieri» rispose, «domenica c'è la fiera e verranno le giostre e gli altri giochi. Ci divertiremo. Ciao».

Girò la moto, innestò la marcia e sparì a tutta velocità in fondo alla strada. In capo a un mese Fonso e la Maria gli diedero il permesso di entrare in casa e di venire a morosa dalla loro figlia.

26

La guerra, come tutti temevano, arrivò. Anche se con un anno di ritardo rispetto agli altri Paesi che già l'avevano dichiarata. E gli italiani si trovarono a combattere contro quelli che erano stati i loro alleati nel primo grande conflitto mondiale e al fianco di quelli che erano stati i loro nemici, cosa che creò problemi a non pochi.

A quel punto Nino, Vasco, Alberto detto Pace e le loro fidanzate formavano da tempo una sola compagnia e avevano l'abitudine di uscire assieme a fare scampagnate in bicicletta, o passeggiate in collina, oppure andavano a ballare a casa di Nino dove prendevano parte anche le sue tre sorelle. Nino era l'unico che aveva la moto e quindi per poter stare in compagnia con gli altri si era preso una bicicletta bellissima, una Legnano verde pallido con i cerchi di legno, una vera rarità. Spesso si trovavano tutti a casa sua, con altri suoi amici. Si cucinavano un coniglio con le patate, stappavano qualche bottiglia di Lambrusco e poi si mettevano a cantare accompagnandosi con la fisarmonica.

Ma ben presto cominciarono ad arrivare le cartoline di arruolamento: prima per Pace e poi per Vasco, un anno dopo l'entrata in guerra. Tutti e due per il fronte russo. Nino organizzò per loro e per le fidanzate una cena per poter stare insieme un'ultima volta prima di separarsi e andare alla guerra. Fecero di tutto per rimanere allegri, per non pensarci, per raccontarsi storie divertenti, ma sedeva con loro a mensa un convitato di pietra: la nera signora con la falce che li avrebbe preceduti e aspettati al varco sui campi di battaglia.

Alla fine, mentre preparava il caffè, Nino cercò di convincere Pace, che aveva una bellissima voce di tenore, a cantare, ma non ci riuscì.

«Non ho voglia» rispose l'amico. «Parto dopodomani per la Russia, come faccio a cantare?» E dopo quella frase la compagnia si era sciolta perché non c'era più motivo di restare. I tre amici si abbracciarono l'un l'altro e Nino disse: «Su con il morale, ragazzi, che pensare solo ai guai porta male. Io scommetto invece che ci rivedremo tutti e faremo una di quelle feste che resteranno nella storia».

«Speriamo» rispose Pace.

«Speriamo» disse Vasco. Poi si avviarono a piedi, stretti alle loro fidanzate quasi per caricarsi del loro calore in vista di rigidi inverni, di campi sterminati di ghiaccio e di neve. Anche Nino andò con loro per accompagnare a casa Eliana e tenere ancora compagnia agli amici che chissà quando avrebbe riveduto.

A lui toccò raggiungere, tre settimane più tardi, un centro di smistamento nei pressi di Udine da dove avrebbe dovuto partire per i Balcani.

Anche il figlio di Floti, Corrado, fu mandato sul fronte russo, e così i Bruni che andavano in guerra erano due in tutto, gli unici maschi in età di combattere, uno a insaputa dell'altro.

Gli entusiasmi che avevano accompagnato la dichiarazione di guerra svanirono presto. Le informazioni erano contraddittorie e difficili da decifrare dai notiziari ufficiali dove le ritirate erano "rettifiche del fronte" e i piccoli successi settoriali "travolgenti vittorie". Ma le condizioni dei corpi d'armata schierati in Russia con mezzi scarsi ed equipaggiamenti completamente inadeguati divennero a poco a poco di pubblico dominio, perché i morti assiderati e i feriti che affollavano gli ospedali non si potevano nascondere.

Il primo a tornare fu Vasco, dopo due anni di aspri combattimenti, di notti all'addiaccio, di marce interminabili, e la notizia del suo arrivo, anziché recare gioia ai suoi genitori, portò sconforto. Checco, avendo saputo che Nino era a casa in licenza per due settimane, andò a trovarlo per mostrargli una lettera del comando di divisione.

«Ha riportato il congelamento di un piede» gli disse, «e non ci sono buone notizie. Si parla di una grave infezione. Adesso è vicino a Rimini in una delle vecchie colonie per i bambini trasformate in ospedale.»

Nino voleva bene ai genitori di Vasco come se fossero i suoi, perché i due giovanotti erano sempre insieme, come fratelli, o a casa dell'uno o a casa dell'altro.

«Volete che venga con voi?» domandò. «Vengo volentieri se non vi sentite di andare da soli.»

«Ci fai un grande piacere» rispose Checco, «abbiamo paura ad andare da soli. Paura di perderci...»

Nino li abbracciò, sapeva bene che non temevano di perdersi, avevano paura di quello che avrebbero visto e trovato. Partirono l'indomani dalla stazione di Bologna, dopo aver comprato da un banco di fruttivendolo un sacchetto di arance. Presero un treno diretto a Rimini. Era un accelerato che costava poco ma fermava in tutte le stazioni, e ci vollero due ore per arrivare a destinazione. Lì salirono su un autobus che percorreva il lungomare e che si fermò davanti alla colonia marina dove era ricoverato Vasco. Nino pensò bene di entrare per primo per rendersi conto della situazione.

«Voi restate qui, Checco, fate un giro sulla spiaggia con l'Esterina che poi vengo a prendervi» disse, ed entrò nell'edificio.

Si rivolse all'infermiere di guardia: «Cerco Vasco Bruni, sono un suo amico». L'infermiere gli diede il numero di un piano e di una camera. Mentre saliva si fermò a un pianerottolo e guardò in basso i genitori di Vasco che camminavano lungo la spiaggia deserta, lambita da onde grigie orlate di bianco, e gli fecero compassione.

Vasco sorrise quando lo vide ma non sembrava più lui: quando era partito era sano come un pesce, uno dei più bei ragazzi del paese. Ora era pallido, smunto e smagrito e aveva la fronte imperlata di sudore. Nino lo abbracciò e sentì che scottava.

«Hai la febbre.»

«È l'infezione, Nino. Non sto male ma questa febbre non scende mai, e quando cala, la sera poi aumenta ancora di più.»

«Che cosa dicono i medici?»

«Non mi sembra che gli diano un gran peso. Ce ne sono tanti qui di poveri ragazzi feriti, malati... Forse il mio problema non gli sembra così grave. Pare che mi manderanno in un ospedale a Bologna dove sanno curare queste cose.»

«E quando?»

«Spero domani, massimo dopodomani: sono già diversi giorni che mi trovo qui e nessuno prende provvedimenti. Qui non sono attrezzati e smistano i malati nei vari ospedali. Ma dove sono i miei?»

«Sono giù che camminano lungo la spiaggia. Gliel'ho detto io di aspettare, perché volevo vedere prima com'eri messo. Tuo padre mi ha chiesto di accompagnarli: avevano paura di perdersi o di non sapere come muoversi in questa situazione. Hanno paura, Vasco, cominciano ad andare in età.»

«Hai fatto bene, ti ringrazio... Come mi trovi? Non sono messo troppo male, vero?... e la Rina?»

«No» mentì Nino, «hai un buon aspetto e poi ti riprenderai presto. Rina ti pensa sempre. Aspettava con ansia le tue lettere, ma ne ha ricevute poche, credo.»

«Si saranno perse. Lo sai quanto è grande la Russia?

È tanto grande che non te lo puoi nemmeno immaginare. Come si fa ad attaccare un Paese così sterminato? Anche se non si dovesse combattere, uno diventa vecchio prima di arrivare da un capo all'altro. E poi che assurdità: i russi... non ne avevo mai visto uno prima di allora e dovevo spararagli addosso. Che cosa fai adesso?»

«Vado a prendere i tuoi genitori.»

«Grazie, Nino. Sei un amico.»

Nino scese in strada proprio mentre Checco e sua moglie si stavano avvicinando alla porta d'ingresso.

«Vi sta aspettando» disse Nino, «non vede l'ora di riabbracciarvi.»

«Come andiamo?» domandò Checco.

«Mah, potrebbe andare meglio ma non lasciamoci abbattere. Vasco è forte, se la caverà.»

Salirono insieme, ma poi Nino attese a entrare per lasciare che i genitori restassero soli con il figlio e dessero libero sfogo ai loro sentimenti. Entrò dopo qualche minuto e si fermò per il resto della visita in loro compagnia. Solo quando uscirono l'Esterina scoppiò in lacrime.

Tornarono insieme alla stazione e Nino osservava Checco e sua moglie camminare curvi sotto il peso delle loro preoccupazioni e del loro dolore. In attesa del treno che li avrebbe riportati a Bologna si sedettero a un bar a prendere un caffè. Nino cercò di far loro coraggio: «Vedrete che all'ospedale troveranno la maniera di curarlo. Forse dovranno amputargli il dito; alla peggio il piede, ma almeno potrà sopravvivere, che è la cosa più importante: al resto si fa l'abitudine».

In realtà non aveva cognizioni per giudicare e sperava solo che a Bologna lo avrebbero salvato. Era giovane, aveva un organismo forte, poteva farcela, o almeno così sperava.

Tre giorni dopo lo trasferirono all'ospedale Putti e Nino, appena lo seppe, andò a trovarlo e ci accompagnò pure Rina, la sua fidanzata. L'ospedale si trovava sui colli. Il posto era bello, affacciato sul panorama della città, circondato da un parco con alberi secolari. Nino lasciò entrare Rina, e se ne andò in giro per una mezz'oretta a guardare i cedri giganteschi e le magnolie che svettavano a trenta metri di altezza. A poca distanza c'era la villa dove abitava il cardinale Nasalli Rocca, un posto magnifico con due alberi giganteschi, due spaccasassi dalla corteccia grigia e liscia, davanti a una lunga e maestosa gradinata d'ingresso.

Fece passare ancora un po' di tempo, poi salì a sua volta a vedere Vasco nella sua nuova camera. «Fatti coraggio» gli disse, «che qui ti guariranno. Ci sono dei professoroni che girano per i corridoi con un codazzo di assistenti, e hanno l'aria di saperla lunga. Io vado spesso a casa dei tuoi e cerco di tenerli su di morale. Ti lascio il pacco che mi hanno dato per te: c'è della biancheria pulita, i biscotti di tua madre e ci sono delle arance. Mangiale, che ti fanno bene.»

Vasco lo ringraziò ancora: «Torna a trovarmi, Nino, quando puoi. Qui il tempo non passa mai e vedere qualcuno che si conosce è un sollievo. Almeno per un po' dimentico le mie disgrazie. Ho tanto desiderato di tornare a casa e guarda come sono ridotto».

Rina lo guardava con le lacrime agli occhi e gli teneva la mano stretta fra le sue.

«Qui sei vicino» gli rispose l'amico, «con la corriera in un attimo si arriva. Rina di sicuro verrà spesso a trovarti – è vero Rina? – e anche i tuoi genitori. Cerca di star su di morale, che guarisci prima.»

«Sì» rispose Vasco con gli occhi lucidi.

Rina lo baciò e seguì Nino giù per le scale asciugandosi le lacrime con il fazzoletto. Tornò il sabato successivo con i genitori di Vasco e, quando si trovarono tutti e tre sulla corriera che portava a Bologna, Checco disse che dovevano essere pronti ad accettare che al loro ragazzo venisse amputato un piede, perché era quello che sempre si faceva per scongiurare la cancrena: sarebbe stata dura ma l'importante era che si salvasse la vita e tornasse a casa.

«Io prego solo che si salvi» disse la Rina, «il resto non mi interessa. Lo prendo com'è, anche senza un piede, anche senza una gamba, non m'importa.» E piangeva a calde lacrime mentre lo diceva.

Quando finalmente furono ammessi nella camera di Vasco lo trovarono però ingessato dal collo all'inguine, e non seppero che cosa pensare.

«Cos'è questa roba?» domandò Checco.

«Papà, non riesco a capire» rispose Vasco. «Ieri sera sono venuti due infermieri e mi hanno ingessato così. Il dottore non si è visto ancora e non sono riuscito a parlargli. Non so perché lo abbiano fatto.»

I suoi genitori si guardarono l'un l'altro negli occhi e poi abbassarono lo sguardo a terra, costernati. Da quel momento iniziò l'atroce calvario del loro figliolo, divorato dalla cancrena in tutto il corpo.

Nino dovette rientrare al suo reparto, che era stanziato in Albania, ma prima di partire per altra destinazione si ferì a una mano mentre puliva una pistola e fu riformato. Alcuni malignarono sul suo conto, insinuando che si fosse procurato da solo l'invalidità. Le autorità militari, però, non aprirono nemmeno un procedimento disciplinare contro di lui e lo congedarono senza alcuna nota di biasimo. Appena rientrato a casa, Nino sentì che il sospetto di diserzione gravava su di lui, ma non tollerò mai né insulti, né insinuazioni, rispondendo sempre a botte e scazzottate. Quando tornò da Vasco a fargli visita, le cose erano di molto peggiorate. A stento riusciva a reprimere i conati di vomito per l'odore di putrefazione che ammorbava la camera.

La settimana successiva Checco riuscì a fermare il primario mentre passava in mezzo a uno svolazzare di camici bianchi lungo un corridoio: «Professore, professore, per l'amor di Dio...».

«Che c'è?» gli rispose quello con fastidio.

«Sono il padre di Bruni Vasco, camera 32, ortopedia. Quel povero ragazzo ci marcisce dentro a quel busto di gesso che gli ha fatto fare. Nella sua camera c'è un odore insopportabile.»

Il primario lo degnò appena di uno sguardo e rispose altezzoso: «Chi è il medico, io o lei? Lei faccia il suo mestiere che io faccio il mio» e si allontanò con il suo codazzo di assistenti.

Un giorno che erano presenti sia Rina che Nino, Vasco chiese all'amico di grattargli la schiena perché non sopportava più il prurito. Nino prese uno dei ferri da calza con cui la ragazza stava facendo una maglia e glielo infilò fra il gesso e la schiena. Quando lo ritirò era pieno di vermi. Vasco in qualche modo se ne accorse e gli si riempirono gli occhi di lacrime: «Dio, che orrore» disse, «perché deve essere così difficile morire?».

Dopo altri quattro mesi di straziante agonia, Vasco Bruni, un giovane bellissimo, intelligente e sensibile, morì nel fetore della sua carne corrotta e martoriata, rattrappito nel letto come un cane rabbioso. Al funerale del ragazzo c'era il paese intero e dopo che fu sepolto, la sua fidanzata continuò a portargli i fiori al cimitero per anni e anni, anche dopo essersi decisa a sposare un brav'uomo che l'aveva chiesta in moglie.

Checco, che era sempre stato allegro di carattere, si intristì, s'incurvò fino a ingobbirsi come se la fortuna maligna gli avesse assestato un cazzotto sulla schiena. Un giorno Nino venne a fargli visita e gli domandò: «Come state, Checco?».

«Come vuoi che stia» rispose, «questi sono dolori che non ti uccidono ma ti torturano ogni giorno di ogni mese e di ogni anno, finché non chiudi gli occhi.»

Corrado, il figlio di Floti, fu disperso in Russia sul fronte del Don e di lui non si seppe più né ramo né radice. Il padre ne rimase duramente provato anche se con l'esperienza della Prima guerra non si era mai fatto illusioni. La madre – che in realtà non lo era ma era come se lo fosse – per il resto dei suoi giorni continuò a fargli dire messe e ogni volta specificava al curato: «Da vivo, non da morto», per far capire che lei continuava ad aspettarlo quel figliolo che aveva amato proprio come se lo avesse partorito lei, e che un giorno o l'altro se lo sarebbe rivisto comparire davanti, sorridente, con quel ciuffo di capelli ribelle sulla fronte.

Dell'agonia e della morte di Vasco Bruni si continuò a parlare a lungo in paese perché era difficile da credere e perfino da spiegare. Perché un medico aveva dovuto condannare un ragazzo di ventitré anni a una fine così orribile? Perché farlo marcire vivo in una corazza di gesso, senza una spiegazione, senza una ragione?

Vasco era in quel momento sotto la potestà delle autorità militari e non esisteva alcun modo per sottrarvelo. Circolava anzi il terribile sospetto che il medico volesse punire il suo paziente, ritenendolo uno che cercava di evitare i pericoli e le dure fatiche della guerra, e che per questo avesse sadicamente infierito su di lui per fargli rimpiangere di non aver adempiuto al suo dovere.

Fonso ne parlò una volta con il dottor Munari, perché anche la sua famiglia era rimasta sconvolta e ferita dallo strazio del ragazzo a cui tutti volevano bene.

«Com'è stato possibile, dottore?» gli chiese una volta mentre lo aiutava a pulire il giardino.

«Sono stato anche io un medico militare» gli rispose, «e benché dovessimo spesso operare in condizioni proibitive abbiamo sempre cercato di salvare i soldati affidati alle nostre cure. Chiedilo a tuo cognato Raffaele, se ti capita di incontrarlo. Lui mi ha visto e credo abbia capito con che uomo aveva a che fare.»

«Lo credo, dottore, ma qui stiamo parlando di qualcun altro. Sa bene che di lei ho la massima stima, come uomo e come medico.»

«Ti capisco. Vedere un figlio morire in quel modo... non si può augurare al peggior nemico. C'è soltanto una spiegazione che potrei darti e che anche loro avrebbero potuto degnarsi di dare ai genitori del ragazzo. È probabile che una forma latente, cioè nascosta, di tubercolosi ossea si sia sviluppata sulla situazione del congelamento del piede e poi propagata a tutto il corpo e che i medici abbiano deciso di ingessarlo perché le ossa non gli andassero in pezzi. Forse qualcuno si era salvato con quel trattamento, forse ritenevano di non avere altra scelta. Diversamente non saprei che cosa pensare.»

Fonso esitò un momento a rispondere, cercando di capire il senso di quello che Munari gli aveva appena spiegato, poi disse: «Una cosa è certa di quel professore: se si fosse trattato di suo figlio non l'avrebbe condannato a una morte tanto crudele».

Il sole era ormai calato e Fonso non volle dire altro. Si mise la vanga in spalla e salutò: «Le lascio la buonanotte, dottore».

27

Il colpo inferto dalla guerra ai Bruni fu quindi durissimo, sia per il martirio di Vasco che per la scomparsa di Corrado e, purtroppo, non aiutò a comporre la discordia fra Dante e Checco. Di solito, chi si ritiene offeso, vedendo la disgrazia dell'altro, pensa che il caso e l'avversa fortuna lo abbiano punito a sufficienza e tende a mostrarsi magnanimo o, quanto meno, disposto a fare il primo passo, anche se si considera nel giusto. Ma così non fu tra i due fratelli, che nemmeno la morte della madre aveva contribuito a riconciliare, e che continuarono a ignorarsi.

Armando, che di tutti era il più debole, restò sempre più solo a confrontarsi con la miseria, con le difficoltà che non gli davano tregua, in particolare per l'infermità mentale della moglie che egli continuava tuttavia ad amare con grande trasporto e attaccamento. Anche la famiglia era un fardello ma, per lui, era anche la più importante ragione di vita e mostrava alle figlie tutto l'affetto di cui era capace, oltre alla sua straordinaria capacità di vivere con ironia anche i più duri disagi. In questa situazione, il contrasto con il dottor Munari peggiorava ogni volta che il medico doveva prendere la risoluzione di internare sua moglie nella clinica psichiatrica a Reggio. Armando subiva quella risoluzione come una violenza; non capiva perché, se lui era disposto a tenersela così com'era, qualcun altro dovesse prendersi l'arbitrio di strappargliela e condurla in un ospedale dove la trattavano sicuramente peggio e dove le cure non portavano ad alcun risultato.

Le sorti della guerra volgevano sempre più al peggio e l'ingresso degli Stati Uniti nel conflitto, con tutto il peso della loro enorme potenza economica e militare, aveva già da tempo ribaltato i rapporti di forza su tutti i campi di battaglia. Ormai ben pochi nutrivano ancora illusioni su chi avrebbe alla fine conseguito la vittoria. Nel cielo passavano sempre più spesso gli aerei alleati, che venivano a bombardare non solo le installazioni militari ma anche quelle civili come le industrie e le stazioni ferroviarie.

Molte famiglie erano alla fame e solo chi aveva i soldi per pagare i prezzi esorbitanti del mercato nero poteva nutrirsi a sufficienza. Gli agricoltori facevano eccezione perché la terra non tradisce chi la lavora e il cibo, almeno, non manca mai. Si dividevano tuttavia in due categorie: quelli che vendevano al mercato nero i loro prodotti e si arricchivano, e quelli – i più numerosi – che davano generosamente a chi pativa la fame. Nino e la sua famiglia erano fra questi ultimi e non un chilo di grano, non un pezzo di formaggio veniva venduto se non al prezzo ufficiale; spesso veniva regalato. La madre di lui, una donnina minuta e pia che si esprimeva in un improbabile dialetto a metà emiliano e a metà del nativo veneto, si assumeva in prima persona il compito, e una volta che era rimasta senza nemmeno un pugno di farina e si trovò davanti un bambino smunto e gracile che aveva aspettato il suo turno, non avendo altro, gli riempì le tasche di mele.

Fonso accettava lavori sempre più duri e rischiosi pur di sbarcare il lunario. D'inverno andava in città a scaricare i tetti dalla neve rischiando la pelle ogni volta. Scivolare sulle tegole bagnate o ghiacciate era un attimo e quasi sempre veniva chiamato dai condomini di palazzi di tre o quattro piani. Nessuna speranza se uno fosse caduto da quell'altezza.

Nino, una sera, si presentò da loro a chiedere in sposa la sua fidanzata. Avrebbe voluto con sé il compare d'anello, com'era usanza, ma il suo amico Pace, che sarebbe stato il designato, era disperso in guerra e di lui non si avevano notizie da parecchio tempo. Così, piuttosto che sostituirlo con un altro, che gli sarebbe parso un tradimento, andò da solo.

Fonso lo stimava come una persona seria e concesse di buon grado il suo benestare. Il matrimonio si celebrò di lì a poco con una certa modestia perché i tempi erano quelli che erano e non si poteva certo largheggiare. In viaggio di nozze gli sposi andarono in Veneto, dove Nino aveva i parenti da parte di madre, così non avrebbero dovuto spendere soldi in albergo. E fu proprio là, nel paesino di montagna ai piedi dell'altopiano di Asiago, che appresero dalla radio che Mussolini era stato destituito e trasportato in un luogo segreto fra i monti dell'Abruzzo.

«Dici che la guerra finirà?» domandò Eliana

«Non credo. Il re formerà un nuovo governo che dovrà trattare con gli americani e se la trattativa andrà a buon fine, che significa di fatto la resa dell'Italia senza condizioni, ci troveremo contro i tedeschi che sono dappertutto.»

I fatti gli avrebbero dato ragione.

L'Eliana, una volta tornata, vide subito che nella casa del suocero vigevano le usanze del modenese e le cognate lavoravano tutte in campagna come gli uomini, così non si sentì di comportarsi diversamente e di mettere in imbarazzo Nino di fronte a suo padre. Dopo la prima giornata di lavoro le mani con le unghie smaltate erano tutta una piaga e le sanguinavano. Dovette adattarsi a infagottarsi nei rozzi panni da lavoro, fare i calli ai piedi e alle mani, fare lavori massacranti dall'alba alla buia sera.

Ma la più buia di tutte fu quella dell'8 settembre, quando assieme a Nino ascoltò alla radio l'annuncio dell'armistizio: l'Italia si era arresa a un generale americano con la faccia da mastino in un paesino della Sicilia. Poi il re scappò con la sua famiglia al Sud e i suoi generali si tolsero l'uniforme e andarono a nascondersi. Nei giorni successivi, da un capo all'altro della Penisola, l'esercito, completamente abbandonato a se stesso, senza ordini, senza sostegno di alcun genere, senza coordinamento, si sbandò e quasi dovunque fu travolto dai tedeschi.

Al paese, molte famiglie precipitarono nell'angoscia perché non sapevano più niente dei loro ragazzi. Nino decise di restare con la sua famiglia perché la moglie aspettava un figlio.

Molti soldati italiani vennero fatti prigionieri dai tedeschi e mandati in campo di concentramento, fra di loro un cugino di Fonso appena tornato dalla guerra in Africa. In tanti si diedero alla macchia ma conservarono le armi e si organizzarono in gruppi di resistenza, spesso con i loro ufficiali, mantenendo l'uniforme e la bandiera.

In capo a sei mesi il Paese dovette affrontare una calamità anche peggiore, se possibile, della guerra

La guerra civile.

Liberato dai tedeschi con un'operazione di paracadutisti, Mussolini costituì una repubblica nel Nord e chiamò a raccolta tutti i giovani fascisti disposti a battersi contro gli invasori anglo-americani. Almeno questa era la ragione principale per la quale veniva propagandato il reclutamento. Ben presto, però, divenne evidente che queste truppe sarebbero state utilizzate soprattutto per reprimere le azioni delle brigate partigiane.

Nel volgere di pochi mesi ogni giovane italiano a nord dell'Appennino fu chiamato a una scelta di campo drammatica: o darsi alla macchia in montagna e unirsi ai partigiani o indossare l'uniforme dell'esercito repubblicano fascista o addirittura quella delle brigate nere. E siccome i giovani sono raramente moderati, diverse migliaia accorsero sotto le bandiere del principe Junio Valerio Borghese che comandava un corpo d'assalto agguerrito e feroce: la Decima Legione MAS. L'Italia era spaccata in due. Il re, fuggito al Sud anziché restare a Roma a combattere con i suoi soldati, aveva perso l'ultima occasione di riscattare quel che era rimasto dell'onore nazionale.

"A questo dovrebbe servire un re" pensava Fonso leggendo il giornale nella bottega del sarto Bastianino, "mettersi alla testa del suo popolo e se necessario morire con le armi in pugno, non fuggire portandosi dietro la famiglia mentre i poveri ragazzi figli della gente comune muoiono combattendo in Russia o vengono deportati in Siberia a morire di freddo, di fame e di disperazione." Pensava a suo nipote Vasco e all'altro nipote Corrado, figlio di Floti, e benché non fossero del suo sangue, gli venivano le lacrime agli occhi.

In paese, intanto, si erano verificate le stesse divisioni che c'erano in tutta l'Italia non ancora conquistata dagli Alleati. Molti, stremati dalla fame, dalla miseria e dalle dolorose perdite di figli, fidanzati, genitori, erano giunti ad augurarsi che i propri soldati venissero sconfitti e messi in rotta, le proprie città bombardate, le proprie navi affondate purché la guerra cessasse, purché si potesse finire di piangere e ricominciare a ricostruire con quello che restava.

Una sera di settembre Rossano tornò da Roma e si presentò a suo padre che rientrava dal lavoro per dirgli che aveva deciso di partire: «Mi arruolo volontario, papà, vado a combattere nell'esercito della Repubblica Sociale».

Nello si sentì gelare il sangue: «Ma perché, figlio mio?» gli domandò. «Non è tuo dovere partire ora.»

«È adesso il momento di batterci fino all'ultimo

uomo» rispose Rossano, «per ridare dignità alla nostra patria invasa e umiliata, per salvare il salvabile. Quanto ai rossi, sono dei traditori e vanno eliminati senza pietà. Ricevono armi e rifornimenti dal nemico.»

Nello si rese conto in quel momento dell'effetto terribile che avevano avuto l'educazione e l'addestramento a cui egli stesso lo aveva avviato. Il suo unico figlio avrebbe potuto morire nel volgere di mesi o settimane, o forse giorni. Chinò il capo cercando le parole per convincerlo a rinunciare ma non ne trovò alcuna.

«Sei stato tu a insegnarmi questi principi e ora che tocca a me vorresti che mi tirassi indietro?»

«Hai solo vent'anni, Rossano, non è ancora tempo che tu imbracci un'arma: devi studiare, prepararti...»

«Non c'è più tempo per queste cose, papà; non c'è bisogno di libri ma di fucili. La sola cosa da fare è combattere.»

La moglie di Nello, Elisa, li sentì che discutevano e s'intromise, allarmata: «Che cosa succede?» domandò.

«Rossano vuole arruolarsi volontario» rispose Nello, «e non sono riuscito a convincerlo ad aspettare.»

«E ti meravigli?» rispose la moglie. «Sei stato tu a volerlo mandare in mezzo a quegli esaltati e queste sono le conseguenze. Ricordati che se gli succede qualcosa sei tu il responsabile, tu che lo hai spinto. Io non vorrò mai più parlarti né vederti per il resto dei miei giorni.»

«Smettila, mamma» disse il ragazzo, «non sono un bamboccio che si fa manipolare, faccio questa scelta di mia spontanea volontà, nessuno me l'ha chiesto e né tu né papà potete indurmi a rinunciare. Non capisci che mi offendi con queste parole? Dovresti essere orgogliosa di me, invece!»

Elisa scoppiò in lacrime. Negli occhi di suo figlio, nel sangue che gli affluiva al viso aveva letto una determinazione irrevocabile. Vide che anche suo marito aveva le lacrime agli occhi.

«Non c'è nulla che possiamo fare per indurti a riflettere?» domandò Nello.

«Nulla papà. Te lo giuro. Mi dispiace darti un dolore, ma non avrei più rispetto per me stesso se non partissi.»

«Tu non hai mai ucciso un uomo, lo sai che cosa vuol dire? Vuol dire che dovrai sparare, accoltellare, togliere la vita ad altri ragazzi come te. O perdere la tua. Non sarai più tu, diventerai un altro, un essere che ora ti farebbe paura, forse orrore, se lo incontrassi.»

Elisa si rese conto dei sentimenti di suo marito e si rivolse al figlio: «Ascolta le parole di tuo padre, Rossano, per l'amor di Dio; ti pentirai di non averlo ascoltato».

«Mi dispiace, mamma. Non c'è niente che mi possa fermare. Ma credimi, non cerco la morte, cerco la vita, per tutti, anche per voi. E tornerò, te lo assicuro.»

Seguì un lungo silenzio, perché anche il ragazzo era commosso e non voleva mostrare di esserlo.

«Quando partirai?» domandò Nello.

«Al più presto: domani, dopodomani, non voglio rischiare di farmi convincere. Non sono di ferro nemmeno io.»

Nello scosse la testa al sentirgli dire parole più grandi di lui.

Cenarono quasi in silenzio. Appena ebbe finito, Rossano uscì e andò al bar del dopolavoro, che tutti chiamavano semplicemente "il Dopo". Non se la sentiva di restare in casa con i genitori a vedere sua madre piangere. Ordinò una birra e si sedette in un angolo fingendo di leggere il giornale sportivo che qualche altro avventore aveva lasciato aperto sul tavolo. A un certo punto vide che c'era qualcuno in piedi davanti a lui, immobile, e alzò lo sguardo: Fabrizio.

«Bevi qualcosa con me?» gli domandò.

Fabrizio si sedette: «Sì, una gazzosa, grazie».

«Siamo diversi anche in questo» disse Rossano con un mezzo sorriso, «a te piace la roba dolce, a me quella amara.» E fece cenno a Gianni, il barista.

«È vero: a me piace il rosso, a te il nero. Però possiamo essere amici lo stesso, no?»

«Sono tempi duri, Fabrizio» rispose serio Rossano, «e ognuno di noi deve fare la sua scelta. Io l'ho fatta. Parto domani, dopodomani al massimo.»

«E dove vai?»

«Mi arruolo volontario nella Guardia Nazionale Repubblicana.»

«Stai scherzando. Ti metti con i nazisti?»

«Non c'entrano i nazisti. Mi metto dove mi suggerisce la coscienza. E sono pronto a mettere in gioco la mia vita. È una mossa seria, ragazzo.»

«Mi dispiace, non posso nemmeno dirti buona fortuna.»

«Già, non puoi. Ma un augurio dobbiamo pur farcelo, Baruffa» disse Rossano con gli occhi lucidi.

«Ci si vede?» disse Fabrizio.

Rossano annuì: «Ci si vede» rispose.

Partì dopo due giorni con uno zaino sulle spalle diretto a Cremona, prima in corriera e poi in treno. Al comando di smistamento gli consegnarono l'uniforme e lo assegnarono al suo reggimento.

Tre mesi dopo Fabrizio venne a sapere che Bruno Montesi, il fabbro della Provvidenza, aveva evitato la cattura da parte dei tedeschi e che era tornato in paese, ma si teneva nascosto per non essere arruolato dai fascisti. Una sera se lo trovò nel cortile, magro e con la barba lunga, quasi irriconoscibile. Si abbracciarono.

«Lo sai che il mio amico Rossano si è arruolato nella Guardia Repubblicana?» gli disse.

«No, non lo sapevo, ma non mi stupisce.»

«Io credo lo abbia fatto in buona fede.»

«Alla sua età è probabile, ma il giorno in cui ucciderà qualcuno sarà comunque colpevole e degno di subire la stessa sorte. Io ho aderito alla resistenza. Mi sto preparando per diventare commissario politico.»

«Cioè uno di quelli che predicano ai combattenti l'ideologia comunista?»

«Non so che cosa intendi con questa domanda. Per me significa soprattutto schierarmi contro quelli che hanno portato al suicidio mio padre pestandolo e umiliandolo in tutti i modi. È la scelta di battermi per i più deboli e i più poveri contro i più forti e i più ricchi.»

«Ho capito. Allora buona fortuna, Bruno.»

«Non credo che ci sarà fortuna per nessuno in questa situazione, ma se vuoi un'altra ragione per cui ritengo di essere nel giusto è che dopo l'8 settembre i nazisti hanno deportato decine di migliaia di soldati italiani nei loro campi di concentramento, anche amici miei del mio reggimento. I nostri soldati non sono né bianchi né neri né rossi, né ricchi né poveri perché sono i figli di tutto il popolo, di tutti i padri e di tutte le madri. Chi collabora con i loro aguzzini è un nemico della nazione. Quindi i patrioti siamo noi, loro sono i traditori. Addio, Fabrizio, salutami tuo padre, quando lo vedi.»

«Dove vai?»

«A Bologna, per ora, poi in montagna. C'è un uomo di trent'anni lassù che ha costituito una brigata partigiana. Si stanno battendo come leoni. È uno di Sant'Agata, lo chiamano "Lupo".»

«È il suo nome di battaglia?»

«No. Lo chiamavano così i suoi compagni già alle elementari perché, quando c'era una rissa, lui mordeva come un lupo... È uno sbandato ma è un combattente formidabile.»

«È un comunista come te?»

«Macché, figurati, è cattolico, devoto di sant'Antonio. Ha le idee un po' confuse: ha solo bisogno di essere guidato.»

«Attento, Bruno, i lupi mordono.»

Montesi sorrise e partì.

28

Fabrizio lasciò la casa e la famiglia tre mesi dopo la partenza di Rossano. C'era stato, in montagna, uno scontro durissimo fra un reggimento tedesco appoggiato dai fascisti delle brigate nere e la formazione partigiana "Stella Rossa". I tedeschi erano stati sbaragliati e avevano lasciato sul campo più di cinquecento uomini. Una battaglia in cui il comandante Musolesi detto "Lupo" aveva sfruttato la sua conoscenza del territorio da consumato stratega. La notizia si era diffusa con la rapidità del lampo in tutta la zona, sollevando grande entusiasmo. Dopo la costituzione, su in montagna, della Repubblica partigiana di Montefiorino, quello era un altro grande successo militare. Volevano combattere e dare il loro contributo al riscatto della nazione.

Fabrizio da tempo covava quella aspirazione, ma non aveva voluto parlarne al Fabbro per paura di essere dissuaso, e fu tra i primi a partire. Prima dell'alba, alle quattro del mattino. La madre, in lacrime, gli preparò lo zaino con le provviste e fino all'ultimo sperò di poterlo convincere a rinunciare. Suo padre, che si era già reso conto dell'impossibilità di fermarlo, gli regalò un paio di stivali nuovi.

«Avrei voluto portarti con il camioncino, almeno fino al Sasso, ma non ho gasolio e non se ne trova da nessuna parte. Ti dà un passaggio Iófa, eccolo là con il biroccio, ma solo fino al Sasso, perché dopo deve tornare indietro.»

Prima di lasciarlo lo abbracciò stretto piangendo in silenzio.

Fabrizio cercò di controllare le proprie emozioni: «Papà, stai tranquillo: tornerò. So badare a me stesso».

«Non è di questo che ho paura. È di tutto il resto. Tu non ti rendi conto di che cos'è un combattimento, di che cosa significa la violenza pura, uccidere per non essere ucciso, nella mischia, o colpire a sangue freddo, avere le mani, le braccia, il viso coperti di sangue, sangue di altri uomini come te. Ma ti capisco e, se potessi, ti giuro, verrei anche io con te, ma devo proteggere tua madre, difendere la nostra casa.»

«Lo so, papà. Sei stato un combattente coraggioso e lo saresti ancora e sarebbe bello essere uno a fianco dell'altro. Ma è giusto così. Cercherò di mantenere i contatti. Non vi lascerò senza notizie.» Montò sul biroccio e Iófa diede una voce al cavallo.

Savino restò a guardarlo finché lui non si voltò per l'ultimo saluto, con la mano, prima di sparire.

Arrivato al Sasso, Fabrizio ringraziò Iófa per il passaggio e si mise in cammino. Marciò incessantemente per tutto il giorno, fermandosi solo per mangiare qualcosa e bere un sorso d'acqua dalla borraccia di suo padre, cimelio della Prima guerra mondiale. Le strade erano dissestate, rattoppate alla meglio con la breccia, e le sue scarpe, scadenti prodotti dell'autarchia, dopo qualche chilometro cominciarono a mostrare cedimenti.

Verso sera, quando ormai procedeva in salita attraverso l'Appennino, incontrò un altro ragazzo che andava, come lui, su in montagna. Aveva un fucile da caccia a tracolla.

«Mi chiamo Fabrizio» gli disse, «vai su anche tu?»

«Sì.»

«Conosci la strada?»

«Me l'ha insegnata uno che c'è stato.»
«Posso venire con te?»
«Se vuoi.»

Camminarono insieme per quasi un'ora senza dire una parola, poi Fabrizio ruppe il silenzio:

«Tu come ti chiami?»
«Sergio.»
«Hai mai combattuto prima?»
«No.»
«Pensi che ce la caveremo?»
«Quando imbracci un fucile impari subito le cose essenziali per non farti ammazzare.»
«Ormai è scuro, che facciamo?»
«Deve esserci un seccatoio di castagne più in alto. Là si può dormire.»

Giunti al riparo che s'erano scelti per la notte, si resero conto che altri avevano avuto la stessa idea: tre ragazzi come loro, Albino, Corrado e Filippo, i primi due di Savignano, l'altro del Sasso, anch'essi volontari delle forze combattenti, fra i venti e i ventitré anni di età. Riposarono per qualche ora, sdraiati sulle foglie secche, dopo avervi disteso il panno che ciascuno si era portato dietro.

A metà della notte si udì lo scrosciare improvviso di un temporale, lo sfrascare delle chiome dei castagni, il secco strepito del tuono. Il battere della pioggia sulle ardesie del tetto assieme alla sensazione di essere al riparo e all'asciutto li confortò. Quella sarebbe dovuta essere, per la maggior parte di loro, una specie di veglia d'armi, ma la gioventù e la stanchezza ebbero la meglio e in poco tempo tutti dormivano come bambini nella culla. Fino al primo chiarore dell'alba.

Ripresero subito il cammino per un sentiero molto ripido e sassoso e gli stivali di Fabrizio già messi a dura prova, si ridussero in uno stato penoso. Verso sera arrivarono al posto di blocco che presidiava il territorio di Lupo e della sua brigata.

Si resero conto immediatamente che la situazione era turbolenta. Disteso sotto la tettoia di un ovile c'era un ferito che urlava, e grida venivano dal bosco assieme a rumore di foglie secche calpestate. Quello vicino all'abbeveratoio, con cinturone, pistola e cartucciera, non poteva essere che lui: Lupo. Erano arrivati troppo presto o troppo vicini?

«Chi sono quelli là?» gridò Lupo indicando i cinque ragazzi. Fabrizio si fece avanti:

«Siamo volontari. Vogliamo combattere al vostro fianco.»

Lupo alzò gli occhi al cielo: «Vogliono combattere, gesumaria, vogliono combattere e non hanno un cazzo con sé, e non sanno un cazzo, hanno anche le scarpe sfondate e vogliono combattere. E io gli devo dare da mangiare a tutti questi qua, e armarli e vestirli».

Si udirono altri rumori e arrivò una pattuglia che spingeva davanti a sé con le canne dei mitra un gruppo di repubblichini delle brigate nere. Vestivano tutti l'uniforme ed erano giovanissimi, poco più che adolescenti. Lupo si volse a guardarli, poi tornò a guardare i nuovi arrivati.

«Volete combattere, eh? Bene, venite qua, vediamo se avete le palle.» I giovani volontari si fecero avanti mentre i ragazzi in uniforme nera venivano messi contro al muro con le mani legate dietro la schiena. «Dategli un pugnale, a tutti e cinque.»

Fabrizio, Filippo, Sergio e gli altri presero in silenzio ognuno il proprio pugnale.

«Adesso venite avanti» ordinò Lupo, «su, muovetevi.»

I cinque si trovarono davanti ai loro coetanei che avevano combattuto nel fronte avverso. Sia gli uni che gli altri già sapevano che cosa li aspettava.

«Questi sono dei criminali di guerra» disse Lupo, «e devono essere giustiziati immediatamente. Non voglio sprecare pallottole e non vogliamo far sentire gli spari. Usate il pugnale che avete in mano. Adesso.»

I cinque ragazzi erano ora a poco più di un metro di distanza dai loro coetanei in camicia nera.

«Allora?» gridò Lupo. «Che cosa aspettate?»

Fabrizio si fece avanti per primo con il pugnale in mano e arrivò quasi a contatto con uno dei prigionieri: ne sentiva l'odore, il terrore, o forse l'odio, percepiva una vibrazione di follia, che lo contagiava di un tremito infrenabile. Il ragazzo in nero lo fissava negli occhi con un'espressione indecifrabile: forse cercava di controllarsi, di non mostrare paura, di non cadere in ginocchio, di non piangere. Fabrizio vide in lui Rossano. Aveva la stessa età, gli stessi occhi. A ogni istante che passava gli somigliava sempre di più. Ora il pugnale era a pochi centimetri dalla gola del ragazzo.

«Dài» gli disse lui, «falla finita. Non riesco a sopportare questo momento. Non voglio dare spettacolo. Spingi, cazzo.» Sudava copiosamente. Fabrizio sentì un tonfo, si volse: Filippo era svenuto, e Sergio frenava a stento conati di vomito. Lasciò cadere il pugnale.

«Ho capito» disse Lupo, «siete dei cagasotto. Sugano! Suganooo!»

Accorse un uomo sulla trentina con mitra a tracolla e pistola nella fondina.

«Pensaci tu. Portali alla buca.»

Sugano chiamò due dei suoi che spinsero i prigionieri dentro al bosco. Dieci minuti dopo si udirono una raffica di mitra e un paio di colpi di pistola.

«Ecco fatto» disse Lupo e poi, indicando Fabrizio e Sergio, «voi due, andate alla buca e vedete se quelli là hanno delle scarpe buone, che con le vostre non arrivate da nessuna parte.»

I due si guardarono l'un l'altro smarriti.

«Che cazzo!» urlò Lupo. «Vi devo dire tutto? Muovetevi, ho detto, o vi rimando giù a calci nel culo.»

S'incamminarono e, in pochi minuti, raggiunsero "la buca": un avvallamento del terreno dove, in una pozza di sangue, giacevano i corpi dei ragazzi in camicia nera. Fabrizio vide che uno di loro, forse lo stesso che avrebbe dovuto pugnalare, indossava un paio di stivaletti da montagna con le suole di gomma a carrarmato, press'a poco della sua misura: si fece coraggio e cominciò a slacciarle. Appena sfilò la prima il ragazzo, ancora vivo, reagì: «Ammazzami, vigliacco! Uccidimi!».

Sugano gli allungò la pistola: «Tanto vale che cominci da subito. Dovrai farci il callo, e poi, a questo punto, gli fai un favore».

Fabrizio prese l'arma e sparò. Gli occhi del ragazzo si spensero. Lui terminò di sfilargli le scarpe. Scarpe maledette, pensò, mentre tornava verso il campo.

«So cosa provi» disse Sugano, «ma non c'è alternativa. Quando è tempo da lupi, le pecore devono stare al chiuso.»

Nel frattempo Bruno Montesi, che era stato nominato commissario politico della brigata Stella Rossa comandata da Lupo, si accingeva a raggiungerlo. Prima di partire gli era stato fissato dal partito un appuntamento con un elemento della resistenza, in un'osteria di Casalecchio prospiciente la via Porrettana. L'uomo si chiamava, in codice, Martino ed era il comandante di un battaglione d'assalto dei Bianchi di stanza dalle parti di Palagano, sul versante modenese. Montesi lo riconobbe dai baffi spioventi alla tartara e dalla cicatrice da ustione sulla mano sinistra.

«Sei Martino, giusto?» gli domandò.

L'uomo annuì e rispose: «E tu sei Montesi».

«Infatti.»

«Siediti e mangia: fagioli con patate in umido. Qui li fanno buoni e il pane è fresco.»

Montesi si servì e si versò un bicchiere di vino bianco.

«Sicché tu vuoi raggiungere Lupo.»

«Se ci riesco, è la mia intenzione.»

«Allora ti serve un nome di battaglia.»

«Fabbro, mi sembra adatto.»

«Se ti piace... Comunque auguri, ne hai bisogno.»

«Ho una lettera di presentazione del CLN.»

«Lo sai che ci fa quello con la tua lettera di presentazione?»

«Non dirmelo, lo immagino. Ma comunque lo devo raggiungere. Convincerò Lupo che gli conviene entrare nel CLN.»

«Ascoltami bene: Lupo non sopporta i commissari politici. Secondo lui parlano troppo e fanno poco. E poi è sfuggito già a due attentati e adesso non si fida più di nessuno. Uno dei suoi ha cercato di pugnalarlo e s'è salvato per miracolo, solo perché i suoi uomini lo adorano e lo vegliano tutta la notte. E quello che fermò la mano del sicario, Olindo Sammarchi, compagno di giochi d'infanzia, amico della prima ora, forte di una fiducia ancora più grande per avergli salvato la vita, fu quello che lo tradì e organizzò per conto dei nazisti altri attentati contro di lui. Ti rendi conto? Alla fine fu scoperto e passato per le armi immediatamente. Secondo te di chi poteva più fidarsi, Lupo? Se non poteva fidarsi del suo migliore amico ti puoi immaginare come tratterà uno sconosciuto.»

«Ma perché quello ha cercato di pugnalarlo?»

«Chi, il traditore? Amedeo Arcioni, si chiamava. Ha detto che ci era stato costretto perché i nazifascisti avevano in mano la sua famiglia. E Lupo lo perdonò. Il fatto è che li ha sconfitti tante volte i tedeschi, che ormai lo considerano il nemico numero uno. Ha perfino fatto deragliare un treno e si è impadronito del carico. I nazi darebbero qualunque cosa per fargli la pelle. In queste condizioni saresti diffidente anche tu, non trovi?»

«Ma è vero che quelli della Stella Rossa sono diecimila?»

Martino alzò le spalle: «Stai scherzando? E come farebbe a mantenere diecimila persone? Saranno sette, ottocento, che sono comunque una bella cifra, il massimo che può sopportare un territorio così povero. Il fatto è che la mobilità dei suoi gruppi è tale che appaiono nei posti più lontani e disparati, e agiscono con tale rapidità che danno l'impressione di essere molti di più. Lo sai quello che è successo a Monte Sole, vero?».

«È stata una grossa battaglia» rispose Montesi.

«Lo puoi dir forte. I tedeschi erano decisi a farla finita perché ormai la situazione sfuggiva loro di mano e una vasta porzione di territorio in montagna era sotto il controllo della Stella Rossa. Organizzarono quindi, con l'appoggio dei repubblichini, una operazione di rastrellamento in grande stile anche con armi pesanti, mitragliatrici e cannoncini. L'obiettivo era di circondare completamente il Monte Sole, l'altura dove Lupo teneva il quartier generale della brigata...»

«Il che significa che avevano degli informatori.»

«Per forza: il distretto che controlliamo comprende cinque o sei centri abitati, più tutti i piccoli insediamenti rurali. È facile per loro infiltrare qualcuno. Un contadino che zappa, un pastore che porta al pascolo le pecore... chiunque può essere una spia. Molti li abbiamo individuati e passati per le armi ma ne saltano sempre fuori altri. In ogni caso che cosa fa Lupo? Tiene i suoi uomini concentrati sull'altura fino all'ultimo momento poi, quando le staffette gli segnalano che i tedeschi sono a un chilometro, più o meno, li divide in tanti gruppi e li porta in basso, alla base del monte, li piazza, ben nascosti dalla vegetazione o dentro un campo di grano, attorno a tutti i sentieri di accesso. I tedeschi cominciano a salire, lui tiene fermi i suoi uomini con il dito sul grilletto, tutti ragazzi di vent'anni. Ci sono anche soldati inglesi rimasti tagliati fuori dai loro reparti.

Quando le staffette gli segnalano che anche l'ultimo è entrato nel bosco, Lupo scatena l'inferno. Sono circondati, non hanno via di scampo. Ne abbiamo fatti fuori cinquecentocinquanta. Gli altri si sono salvati fuggendo... Da allora abbiamo avuto volontari che arrivavano a frotte, anche trenta al giorno.»

«C'eri pure tu?» domandò Montesi.

«Perché, non s'è capito?»

«Altroché. Quindi mi puoi aiutare.»

«Solo fino a un certo punto. Sai, anche noi abbiamo i nostri scazzi, soprattutto per la divisione del contenuto degli aviolanci: a volte volano parole grosse ed è meglio che per un po' non mi faccia vedere da quelle parti. Ti condurrò fino a un paio di chilometri dal suo quartier generale e ti indicherò la strada. Poi dovrai arrangiarti. Ma sei sicuro che vuoi affrontarlo adesso?»

«Be', questi sono gli ordini. E poi mica mi mangia quello.»

«Non ne sarei così sicuro. Se arriverai a vederlo ti troverai di fronte uno con la faccia da ragazzino ma non fidarti, può diventare una belva da un momento all'altro: perché ha fatto una brutta notte, perché ha dormito poco, perché non ha scopato, perché...»

«Lo terrò presente. Allora che si fa? I fagioli sono finiti.»

«Ci fumiamo una sigaretta e poi si parte. Ho il camioncino qui fuori.»

Martino tirò fuori un pacchetto di Chesterfield e gliene offrì una: «Roba fine: Virginia, biondo, nell'ultimo aviolancio ce n'erano una cinquantina di stecche».

Partirono dopo la mezzanotte e percorsero il fondovalle per quasi un'ora fino a raggiungere Pontecchio, poi il Sasso e poi Fontana, Lama di Reno e Marzabotto. Verso le quattro di mattina Martino fermò il camion all'inizio di un sentiero.

«Siamo nel territorio della brigata Stella Rossa. Lassù c'è la tana del Lupo. Appena comincia a schiarire prendi quel sentiero e vai avanti finché troverai un bivio, lì prendi a destra e prosegui per un altro chilometro attraversando un bosco di castagni: quando vedrai che comincia la faggeta vuol dire che sei quasi arrivato.»

«E lì che faccio?»

«Niente. Ti trovano loro. Appena senti una voce che

intima l'alt, alza le mani. Quelli prima sparano e poi chiedono chi va là. Sei armato?»

«No.»

«Bene. Non sopportano la gente armata se non si tratta di qualcuno dei loro. In bocca al Lupo allora» ghignò. «È proprio il caso di dirlo.» Gli diede quello che era rimasto del pacchetto di Chesterfield.

Montesi lo guardò invertire la marcia e prendere la discesa, finché sparì oltre il primo tornante. Mentre Martino invertiva la marcia e prendeva la discesa, Montesi s'incamminò lungo il sentiero per togliersi dalla strada e si fermò al riparo di una roccia; si accese una sigaretta e aspettò che albeggiasse. Il versante della montagna da cui saliva era ancora in ombra, ma il cielo era di un azzurro acquamarina. Il verso del chiù, debole, svanì del tutto nel primo soffio di vento. Raggiunse il bivio in una ventina di minuti e continuò a salire per il sentiero sempre più ripido in mezzo a castagni secolari dai tronchi giganteschi coperti di muschio. Non c'era in giro un'anima viva, si udiva soltanto qualche frullo d'ali e si vedeva apparire e sparire, di tra le frasche, la vetta del Corno alle Scale striata di bianco.

«Un passo in più e sei morto» disse una voce dalla sua sinistra, né piano né forte, un'enunciazione più che un ordine e, per questo, ancora più efficace. Montesi alzò le mani.

«Sono disarmato e sono qui per incarico del CLN. Devo vedere Lupo.»

«Lupo non ha molta voglia di vedere gente. Chi sei?»

«Bruno Montesi, il Fabbro. Ho una lettera di credenziali dal CLN.»

«Prendi quel sentiero a sinistra e vai avanti senza voltarti finché non ti dico io di fermarti.»

«Posso abbassare le mani?»

«Sì, ma non voltarti e non fare mosse strane o...»

«... sono morto.»

«Bravo.»

Marciò ancora per una mezz'ora finché si trovò davanti una radura circondata da un bosco di faggi e, in fondo, una catapecchia cadente e un seccatoio per le castagne. C'era un posto di blocco con due partigiani armati con mitra inglesi Sten. La voce dietro di lui disse: «Vuole vedere Lupo: ha una lettera del CLN».

«Sei tu, Spino? Dove cazzo l'hai trovato?»

«Giù alla faggeta. Allora che cazzo ne facciamo? Avvertite Lupo che ha visite, no?»

Uno dei due del posto di blocco si diresse verso la casa e poco dopo uscì assieme a un altro.

«Hai avuto culo» disse Spino, «Lupo ti riceve. È quello là a sinistra.»

Spino era adesso al suo fianco: asciutto, infagottato in un giubbotto militare, dimostrava non più di diciotto anni, e anche gli altri che vedeva intorno a sé erano tutti giovanissimi. I nomi di battaglia, il gergo, la iattanza di chi vuol sembrare più grande di quello che è dicendo cazzo e culo ogni due parole, li facevano sembrare dei ragazzi che giocano alla guerra, ma invece facevano maledettamente sul serio.

«Quello a destra è suo fratello Guido» disse Spino sottovoce. «E quello laggiù vicino alla porta è Sugano, il suo braccio destro.»

Lupo se lo trovò di fronte, come glielo avevano descritto. La barba ispida, i capelli leggermente ondulati, gli occhi neri e grandi più del normale sotto una fronte molto spaziosa, le labbra carnose e il naso aquilino, da rapace, gli conferivano l'espressione inquietante di una tranquilla ferocia. Dal collo gli pendeva una medaglietta, forse di sant'Antonio.

«Chi sei e che cosa vuoi?» gli domandò.

«Sono il Fabbro e mi manda il CLN come commissario politico della tua brigata.»

«Non ti ho mai visto e non mi piaci. E non ho bisogno di un commissario politico. Quello che avevo era un rompicazzo.»

«Mi dispiace che la pensi così. È importante che i combattenti abbiano una motivazione politica.»

«Lo decido io quello che è importante per la mia brigata. Molti dei miei uomini sono di queste parti e combattono per le loro famiglie e le loro case, mi sembra una motivazione più che sufficiente.»

«Ma io ho disposizioni precise del Comitato di liberazione di insediarmi qui come commissario politico. Sono sicuro che ci metteremo d'accordo...»

Non aveva finito di parlare che arrivò di corsa uno degli uomini di Lupo e gli bisbigliò all'orecchio: «Hanno segnalato un'unità di SS che sta salendo da Pian di Venola».

Lupo fece cenno a Sugano di avvicinarsi: «Portalo alla carbonaia».

«Ma che succede?» domandò Montesi allarmato. «Cos'è questa storia? Ehi, guarda, ho qui una lettera del CLN, leggila!»

Ma Sugano già gli era alle spalle e lo spingeva verso il sentiero con la canna del mitra.

Montesi si sentì perduto.

Camminarono per una decina di minuti in silenzio poi domandò: «Senti, sono un partigiano, inviato del CLN, perché mi trattate così? Cos'è questa carbonaia? Che ci andiamo a fare?».

«A morire» rispose Sugano. «Ho l'ordine di Lupo di farti fuori.»

29

Bruno Montesi si sentì gelare il sangue ma continuò a camminare: «È pazzesco» disse, «sono un partigiano anch'io, sono dalla vostra parte, perché dovete fucilarmi?».

«Non lo so» rispose Sugano, «obbedisco agli ordini.»

«Ascoltami, il motivo per cui sono venuto è di convincere Lupo a riconoscere l'autorità del CLN. Avete tutto da guadagnare...»

«Ah, sì? E che cosa abbiamo da guadagnare?»

«Primo, gli Alleati trattano direttamente con noi e riconoscono soltanto le formazioni che fanno parte del Comitato. Voi, per ora, gli fate comodo, ma se cambiasse la situazione non esiterebbero a scaricarvi e ad abbandonarvi al vostro destino. Entrando nel Comitato diventate una formazione regolare riconosciuta dalla convenzione di Ginevra, e con tutto il credito e il prestigio che vi siete conquistati con le vostre vittorie. Restandone fuori siete solo una banda armata, per quanto temibile.»

Mentre parlava, Montesi contava i passi e i minuti che lo separavano dalla propria esecuzione capitale, anche se il silenzio di Sugano gli dava per lo meno la speranza che lo stesse ascoltando. Proseguì.

«Se accettate la mia proposta, gli Alleati vi forniranno sostegno con aviolanci regolari e in accordo con i nostri vertici. Addirittura potranno fornirvi esattamente quello che voi chiedete...»

Sugano continuava a restare muto.

«Voi siete costretti, per sostentarvi, a confiscare mezzi e soprattutto riserve alimentari alla popolazione, cosa che vi rende impopolari. Una parte consistente non vi ama: sono giunte fino a noi proteste, accuse di saccheggi...»

A quel punto Montesi temette che Sugano gli avrebbe sparato alla schiena ma non accadde nulla. Allora si fermò.

«Con il nostro sostegno riceverete più rifornimenti dal cielo e in ogni caso potrete consegnare dei certificati con cui le famiglie potranno riscuotere un indennizzo per quello che gli è stato confiscato. Ora non credi che se mi fucilate perderete gran parte del prestigio che vi siete guadagnati sul campo con la battaglia di Monte Sole?»

A quel punto, molto lentamente e con le mani in alto, Montesi si voltò fino a trovarsi a tu per tu con la canna del mitra.

«Siamo arrivati» disse Sugano.

Montesì annuì: «Allora? Che fai, mi spari?».

Sugano abbassò il mitra: «No» disse, «perché hai ragione tu».

Montesi tirò un sospiro di sollievo e si sedette su un tronco d'albero per calmarsi e recuperare un normale battito del cuore.

«Che si fa, adesso?» domandò. «Come la prenderà Lupo?»

«Non lo so. Ma dovrà farsene una ragione. Si metterà a gridare, forse mi punterà contro la pistola... chi lo sa? Tanto, prima o poi doveva succedere.»

«Allora andiamo?»

«No, non subito. Aspettiamo, magari si calma nel frattempo. Lo conosco» rispose Sugano.

Montesi gli offrì una delle Chesterfield rimaste e

restarono a chiacchierare seduti su un tronco d'albero. Non poteva credere di essere passato in pochi minuti dalla prospettiva di una fucilazione sommaria a fumare, e non l'ultima sigaretta del condannato a morte, in compagnia del suo giustiziere designato. Parlarono a lungo, finché Sugano ritenne che fosse ora e tornarono sui loro passi, camminando uno di fianco all'altro. Quando arrivarono, Lupo non c'era. Era partito con un drappello di una ventina di uomini per un sopralluogo.

«Meglio» disse Sugano, «così si scarica e quando torna magari ha cambiato idea.»

Entrarono nell'edificio che faceva da quartier generale e Sugano convocò Spino, la vedetta, per sapere se c'erano novità.

«Abbiamo preso un fascista e Lupo ha lasciato l'ordine di fucilarlo. Aspettavamo te.»

«Cristo, ma è una macelleria questo posto» sbottò Montesi.

Sugano gli diede di gomito, poi chiese: «Dov'è questo fascista?».

Spino aprì la porta di una stalla e gli altri lo seguirono. Un raggio di sole illuminò l'interno.

«Ma è un bambino» disse Montesi.

«È un fascista» ribadì Spino.

«Non potete fucilarlo» continuò Montesi, «è protetto dalla convenzione di Ginevra. Avrà quindici anni a dir molto.»

«Sedici» corresse l'interessato.

Montesi gli si avvicinò: «Perché ti sei arruolato?».

«Per difendere la mia patria dagli invasori e dai traditori come voi.»

«Traditori?» disse Montesi. «Forse non hai le idee molto chiare. Potremmo discutere su chi sono i traditori e su chi sono gli invasori. Forse dovremmo parlare.»

«A che serve? Fucilatemi e facciamola finita!»

«Stai zitto, accidenti, hai fretta di morire?» disse

Montesi, poi guardò Sugano che si strinse nelle spalle. Uscirono.

«Non puoi fare niente?» gli domandò.

«Stai scherzando. Già ho disobbedito e non ti ho ammazzato. Adesso risparmiamo anche il ragazzo, e chi lo sente quello quando torna?»

«Ci parlo io» rispose Montesi.

«Tu sei pazzo. Però, se te la senti e riesci a superare vivo i primi cinque minuti, forse hai delle probabilità.» Si rivolse a Spino: «Intanto tienilo sotto stretta sorveglianza. Se scappa è la volta buona che finiamo tutti fucilati».

Spino annuì e chiuse il lucchetto a doppia mandata.

«Che fine hanno fatto quei cinque ragazzi appena arrivati?» domandò Sugano.

«Lupo li ha mandati con Guerrino verso Montepastore e Monte Ombraro per controllare la zona fra noi e quelli di Montefiorino» rispose Spino.

«E quando tornano?»

«Non lo so. Quando hanno finito.»

Spino si rivolse a Montesi: «Lo sai? C'era anche uno delle tue parti fra questi cinque ragazzi appena arrivati».

«Come si chiamava?»

«Fabrizio, mi sembra» rispose. «Uno con i capelli castani e gli occhi chiari, ben piantato, con una voglia di caffè sul collo.»

«Cristo, il figlio di Savino!»

«E chi è?» domandò Sugano.

«Un mio amico. Non volevo che venisse qui. Per questo non gli avevo detto niente. Non c'è modo di richiamarlo? Non ha nessuna esperienza, non ha mai sparato un colpo in vita sua.»

«Calmati» disse Sugano, «è tutto regolare, come nuotare nell'acqua alta: si impara subito o si muore. È toccato a tanti altri prima, lui che cos'ha di speciale?»

«Niente. Solo che gli voglio bene e non voglio che muoia.»

Lupo ricomparve solo tre giorni dopo. Era stravolto.

«I tedeschi hanno bruciato tutto: case, borgate, fattorie. Non c'è rimasto niente a Monte Sole.»

Montesi si avvicinò: «Con quello che è successo era prevedibile che si sarebbero vendicati».

«E questo che ci fa qui?» disse notando quello che per lui era un morto che parlava. «Mi sembrava di avere ordinato di toglierlo di mezzo.»

«Ha convinto Sugano che hai torto e l'ha anche convinto a risparmiare quel ragazzo là, dentro la stalla» si intromise Spino.

«Sono troppo stanco per incazzarmi» rispose Lupo, «devo dormire, non mi reggo più in piedi, ma questa storia non mi va.» Poi, puntando il dito contro Montesi: «Comando io qui. Tu non conti un cazzo».

«Sì, sei tu il comandante, Lupo, ma quel ragazzo non merita di morire. Gli ho parlato, l'ho convinto che siamo noi dalla parte della ragione, siamo noi i patrioti. Starà con noi e sarà un grande combattente per la libertà, te lo garantisco.»

Lupo gli si avvicinò fin quasi a toccarlo e lo fissò dritto negli occhi: «Bene, prendo per buona la tua garanzia. Ma se ti sbagli, se lui scappa e va a raccontare tutto quello che ha visto ai nazisti, ti faccio fucilare com'è vero Dio».

«Non sarà necessario» rispose calmo Montesi. «E adesso che facciamo?»

«Si va a Monte Sole. Dobbiamo proteggere la nostra gente.»

«Se torni là, sarà la fine. I tedeschi verranno su con forze schiaccianti e ci faranno a pezzi: abbiamo soltanto armi leggere, non possiamo farcela. Andiamo dalla parte opposta. Raggiungiamo la Repubblica di Montefiorino e uniamoci alla divisione Modena. L'unione fa la forza.»

Lupo non disse una parola, si volse ed entrò nella casa.

«Ha bisogno di dormire» disse uno del suo gruppo, «non chiude occhio da quarantott'ore.» Sugano scelse tre uomini fra quelli più riposati e li destinò alla guardia del comandante, perché vegliassero sul suo sonno.

Lupo dormì nove ore filate e si svegliò alle quattro del mattino. Convocò Sugano e altri tre comandanti di battaglione, Corvo, Riccio e Labieno, e tenne consiglio:

«Dite chiaro e tondo se avete paura di combattere. Non abbiamo mai indietreggiato davanti a niente e nessuno. Non capisco perché non possiamo riprendere posizione a Monte Sole.»

Sugano si sentì colpito nel vivo: «Ma che cazzo dici, Lupo? Mi hai mai visto tremare? Non abbiamo combattuto per ore e ore di giorno e di notte, con la neve e con la pioggia? Mi hai mai visto scappare? Ti ho mai lasciato con il culo scoperto?».

«E allora andiamo, che problema c'è?»

«C'è che abbiamo munizioni per un'ora di fuoco» rispose Corvo.

«E questo taglia la testa al toro» concluse Sugano. «A meno che non vogliamo suicidarci tutti quanti. Ho parlato con il Fabbro stanotte, lui pensa che potremmo andare verso Castello di Serravalle. Lì ha degli amici che forse ci possono dare assistenza e vettovaglie, dopo di che...»

«Dopo di che se ne riparla» troncò netto Lupo. Nessuno in quel momento si sentì di contraddirlo. Fu data la sveglia a voce, uomo a uomo, quindi Montesi si mise alla testa della colonna tenendo al fianco Romolo, il ragazzo a cui aveva salvato la vita e di cui era personalmente responsabile.

Camminarono per un paio d'ore finché arrivarono a Monte Vignola, non lontano da Vergato. E lì Bruno Montesi riconobbe Fabrizio in mezzo ai suoi compagni e a una ventina di uomini della Stella Rossa. Si abbracciarono.

«Sei un pazzo» disse Montesi, «perché sei venuto quassù? Non hai mai sparato un colpo.»

«Purtroppo sì, l'ho fatto» rispose. E in quel momento si guardò le scarpe e pensò al ragazzo cui aveva dato il colpo di grazia e gli sembrava che somigliasse ancora di più a Rossano, anche se la cosa appariva impossibile.

«Inutile chiederti se non vorresti tornartene giù, a casa, vero?»

«Del tutto inutile» rispose Fabrizio, «non se ne parla. Il mio posto è qui.»

«Come preferisci, non voglio insistere ma stai attento, questo non è un gioco, morire è molto facile.»

Proseguirono marciando fino a sera senza particolari problemi ma sempre sul chi vive. Movimenti di truppe tedesche erano segnalati in varie parti del territorio. Pernottarono in un fienile dalle parti di Savigno e il mattino dopo raggiunsero Castello di Serravalle, a una quota piuttosto bassa. Lupo era nervoso e continuava a guardarsi intorno come fiutasse il pericolo. Un amico di Montesi si presentò e fece vedere dove stavano le provviste: un ripostiglio utilizzato fino a un paio di giorni prima da un comando tedesco.

A quel punto Lupo riprese la sua idea di tornare a Monte Sole ma trovò la decisa opposizione di Sugano: «Non abbiamo comunque abbastanza munizioni e sappiamo di sicuro che i tedeschi torneranno in forze e con armi pesanti. Ha ragione il Fabbro: dobbiamo andare verso Montefiorino e unirci agli altri della divisione Modena».

Lupo andò su tutte le furie. «Tu non vai da nessuna parte» disse, «lo decido io dove si va e tutta questa strada l'abbiamo fatta per niente.»

«Io e i miei andiamo a Montefiorino.»

«Provaci e ti ammazzo!» ringhiò Lupo.

«Fallo, sei hai coraggio!» gridò Sugano.

Lupo tolse la sicura al suo mitra ma Montesi intervenne mettendosi in mezzo: «Ma siete matti? Ci manca anche che ci spariamo addosso. Piantatela e ragioniamo, perdio! Piantatela, ho detto!» ripeté spintonandoli fino a separarli. Fabrizio era stupefatto ad assistere a una scena simile: due personaggi che lui considerava degli eroi si stavano puntando le armi uno contro l'altro. Ma il suo amico Bruno stava prendendo in mano la situazione.

«Ascoltate, comportiamoci da persone e non da bestie: qui nessuno dei due vuole accettare il punto di vista dell'altro. Non ci resta che separarci.»

Cadde un silenzio di tomba fra gli uomini, demoralizzati dalla vista di uno scontro fra i loro migliori comandanti. Lupo era stravolto. Non era mai capitato che la sua autorità fosse messa in discussione, ma probabilmente si rendeva conto che non era più possibile tenere unita la brigata. Montesi pensava anche che l'ostacolo più grande a una ricomposizione dello scontro fosse il rifiuto categorico di Lupo, quando la Stella Rossa si fosse unita alla divisione Modena, di sottoporsi al comando di un altro. Di chiunque altro.

Guardava prima Lupo e poi Sugano e poi gli uomi ni immobili con l'indice sul grilletto, cercando di decifrare chi stesse con chi. A un tratto Lupo parlò: «Va bene. Non voglio costringervi: non l'ho mai fatto. Mi avete sempre seguito con entusiasmo, avete sempre riconosciuto il mio comando. Se volete andare, non vi trattengo, ma le armi le dovete lasciare qui: quelle sono mie e dei miei uomini, di quelli che mi sono fedeli e non mi abbandoneranno».

Montesi pensò che la situazione stava per precipitare un'altra volta: il possesso delle armi era vitale per ciascuno dei due capi che si fronteggiavano di nuovo con i mitra spianati.

«Adesso basta» disse, «sapete benissimo che nessuno qui può sopravvivere senza armi. Lupo, questi uomini hanno preso una decisione che non ti piace. Ma è questo un motivo per condannarli a morte sicura? Sai che non si lasceranno disarmare e sai che l'unico modo per togliergli le armi è ucciderli. Non lo farai,

Lupo, perché sei un comandante, perché non vuoi che si sparga sangue fra coloro che fino a ora si sono considerati fratelli, più che fratelli, che hanno condiviso tutto: i pericoli, i sacrifici, le notti all'addiaccio, le ferite, le marce interminabili. Lascia andare chi la pensa diversamente da te, e ti rispetteranno, ti ricorderanno e parleranno di te ai loro figli e nipoti. Lasciamoci da amici e auguriamoci di ritrovarci in un'Italia migliore, più libera e giusta.»

Montesi si emozionava quando parlava, delle sue stesse parole, della misurata retorica che aveva appreso nella scuola di partito, e non si sentiva a disagio perché sapeva di essere il primo a credere in quello che diceva. Ma quella gente semplice era anche facilmente influenzabile. Alla fine Lupo accettò di lasciar partire il gruppo di Sugano con le armi e non cercò di convincere nessuno a restare con lui. Gli bastavano quelli che avevano un motivo per farlo. Sugano si allontanò con circa duecento uomini, Lupo tornò indietro con gli altri. Erano tutti provenienti dalla Valle del Reno, da Marzabotto, Grizzana, Vergato, Monzuno, Pian di Venola. Tornavano perché sapevano che cosa sarebbe accaduto e, se dovevano morire, preferivano almeno dare la vita combattendo davanti alle porte delle loro case.

Non ci furono abbracci né lacrime. Quando giunse al crinale, Sugano si voltò indietro a guardare la colonna di Lupo che tornava verso Monte Sole e dentro di sé gli augurò buona fortuna, perché era convinto che andassero incontro a morte sicura.

Benché si fosse unito da poco alla brigata, Fabrizio era passato attraverso un'esperienza lacerante e si sentiva già indurito come un veterano. Di tanto in tanto scambiava qualche parola con Montesi, quasi a cercare conforto per il rimorso che provava avendo lasciato partire Lupo e i suoi verso un destino segnato.

«Non è colpa tua, Fabrizio» gli rispose Montesi, «ognuno di noi, in cuor suo, ha fatto la scelta che ha ritenuto giusta e nessuno può sapere che cosa ci riserva il destino.»

Il giorno successivo la brigata di Sugano entrò a Montefiorino mettendosi agli ordini di Mario Ricci, "Armando", comandante della divisione Modena, che li schierò immediatamente a Frassinoro, non lontano dal confine con la Toscana. Pochi giorni dopo, una telefonata del comando li avvertì che due divisioni motorizzate tedesche avevano sferrato una grande offensiva contro il confine settentrionale del territorio di Montefiorino, verso valle. Si cercava di resistere in tutti i modi ma lo scontro era impari per mezzi, uomini, e armamenti. Il gruppo di Sugano ebbe l'ordine di spostarsi a ovest di Frassinoro, verso la val d'Asta sul confine reggiano, perché i tedeschi stavano cercando di aggirarli da quella parte per tagliare loro la via di fuga verso la Toscana e le linee alleate. La brigata si attestò in un villaggio sul crinale che dominava un vasto territorio e da cui si potevano vedere eventuali movimenti di truppe. Alle quattro del mattino una staffetta portò l'ordine di spostarsi ancora verso sud ovest in direzione del passo delle Forbici. Era un trasferimento difficile e pericoloso perché i tedeschi ormai si erano infiltrati in quella zona e avevano completamente distrutto diversi villaggi.

Verso le dieci della mattina Spino riferì a Sugano che c'erano delle novità: «C'è un pastore che è transitato dal passo delle Forbici, l'ho interrogato: pare che ci sia via libera».

Sugano volle vederlo: «Allora? Che cosa hai visto lassù?».

«C'è un gruppo dei vostri che presidia il passo. Sono sicuro perché li ho sentiti parlare.»

«Ma sei proprio certo di non sbagliarti?»

«Come di essere qui. È gente della divisione Modena.»

«Bene, andiamo a vedere. Occhi aperti e pronti a sparare al minimo allarme.»

La brigata si dispose a ventaglio e cominciò a salire.

Fabrizio perse contatto con Bruno Montesi che si era messo con altri due del paese: Aldo Banti e Amedeo Bisi. Avrebbe voluto chiamarlo per dirgli di aspettarlo ma non riusciva più a vedere dove fosse. Il terreno era scoperto perché la maggior parte degli alberi era stata abbattuta, ma gli uomini che salivano cercavano di mimetizzarsi comunque dietro a una vegetazione di arbusti, cespugli di ginepro e quercioli.

C'era un silenzio irreale, nemmeno gli uccelli cantavano, e Sugano, in posizione avanzata, faceva cenno, di volta in volta, di procedere verso la cima. A un tratto l'aria immota fu lacerata da un fragore assordante di mitragliatrici e di fucileria. Sugano gridò: «Al riparo, al riparo! Ci sono i tedeschi! Sparate a quel pastore, cazzo! Ammazzatelo, lo voglio morto!». Era furibondo ma i suoi avevano altro da pensare che sparare al pastore. Alcuni furono colpiti, gli altri cercarono come potevano di disimpegnarsi. Un inferno di ferro e di fuoco con migliaia di pallottole che grandinavano dovunque.

Fabrizio, frastornato, cercò di trovare riparo dentro un fosso. Vide in lontananza, sulla sua sinistra, passare Montesi con Banti, Amedeo Bisi e altri tre o quattro. Strisciavano appiattiti sul terreno mentre le pallottole colpivano i sassi e le rocce attorno a loro, facendo schizzare in alto una miriade di schegge roventi. Aspettò che il fuoco cessasse e si mise a correre piegato in due in direzione dei suoi compagni, ma le raffiche ripresero immediatamente. Sentì d'un tratto un dolore lacerante alla gamba sinistra che gli cedette sotto, schiantata.

Urlò, chiamò aiuto ma non lo sentiva nessuno. Cominciò allora a trascinarsi sul suolo per riguadagnare la scolina e, una volta rotolato dentro il piccolo avvallamento del terreno, continuò a strisciare lasciandosi dietro una scia di sangue, seguendo la pendenza del terreno, verso il basso. A un certo punto si vide protetto da un rialzo del terreno e si tirò fuori dalla scolina strisciando ancora penosamente fino al tronco di un faggio e lì si fermò, appoggiandosi con la schiena. Passò uno della brigata e poi un altro, di corsa, ma nessuno dei due si fermò né prestò attenzione alle sue invocazioni di aiuto. Pensò che in poco tempo si sarebbe completamente dissanguato e chiuse gli occhi per prepararsi a morire. Ne erano morti tanti, in fondo, di giovani come lui, da una parte e dall'altra in quell'orrenda carneficina, che cosa c'era poi di tanto speciale nella sua sorte? Era solo stata un'avventura breve, non aveva fatto niente di importante, non aveva dato alcun contributo. Di fatto sarebbe morto per niente. E l'unica impresa compiuta gli bruciava dentro come un ferro rovente. Le scarpe... le scarpe erano ancora quasi nuove. Magari sarebbero servite a qualcun altro. Sono importanti come un mitra le scarpe, quando si deve combattere e correre, correre...

Il mondo si era fermato e pensò che fosse venuta la sua ora, ma qualcuno gli aveva appoggiato una mano sulla spalla e lo scuoteva come per svegliarlo. Aprì gli occhi: «Bruno!».

Il Fabbro era di fronte a lui. Se lo caricò sulle spalle e lo portò fino a un boschetto di quercioli e lì aspettò. Arrivarono Bisi, Banti e altri compagni fra i quali i due che erano corsi via senza fermarsi: «Sono stati loro ad avvisarmi che eri ferito», e cominciarono a costruire una barella tagliando rami di frassino con la baionetta.

«Dov'è Sugano?» riuscì a dire Fabrizio.

«Non lo so. Ci siamo persi di vista. Ora cerchiamo di salvarci se ci riusciamo.»

Procedettero verso il più vicino centro abitato, spesso dovendo evitare pattuglie di soldati tedeschi, spesso incontrando gruppi isolati di partigiani, tuttavia ancora armati e organizzati. Non avevano nulla da mangiare, lo stesso Montesi perdeva sangue da una ferita al collo causatagli da una scheggia. Passarono la prima notte senza chiudere occhio, senza mangiare. C'era solo acqua limpida e fredda che scorreva in mille rivoli dalle cime dei monti. Fabrizio delirava. Il giorno successivo arrivarono in un villaggio minuscolo, dove però c'erano due medici che fino a quel momento avevano fatto funzionare una sorta di ospedale da campo per i partigiani feriti. Non avevano più nulla, né ferri chirurgici, né medicinali.

Dovettero amputare, senza anestetico, con una forbice da potatore e con un seghetto da macellaio. Le urla di dolore di Fabrizio si udirono da grande distanza.

Montesi pianse.

Quelli che poterono si rifugiarono in Toscana dietro le linee alleate. Sugano con un piccolo gruppo di fedelissimi tornò a Bologna.

Lupo e i suoi, raggiunta la zona di Monte Sole, impegnarono i tedeschi in una battaglia all'ultimo sangue, con mitra e pistole contro blindati, mitragliatrici e cannoni. Alla fine, del suo gruppo restò solo lui contro un ufficiale tedesco. Si affrontarono in un duello d'altri tempi, uno contro l'altro, finché il campione italiano esaurì i colpi e fu ferito a una spalla.

Riuscì a sganciarsi e a nascondersi nel bosco tamponando alla meglio l'emorragia. Poi, proprio come un lupo ferito, cercò una tana nascosta in un anfratto della montagna per morire.

Il suo corpo, rannicchiato e rattrappito, fu trovato un anno dopo, a guerra finita.

30

Alla fine i tedeschi riuscirono a smantellare la Repubblica di Montefiorino, ma i gruppi partigiani continuarono ad agire separatamente in varie aree della montagna, cercando di coordinarsi alla meglio in attesa che gli Alleati decidessero di dare corso all'offensiva finale. Bruno Montesi riparò con i suoi oltre le linee alleate. Fabrizio, per vie traverse, fu ricondotto a casa, dove i genitori lo accolsero con tutto l'affetto di cui erano capaci, cercando di celare, per quanto possibile, il loro sgomento per i segni terribili che la guerra aveva lasciato per sempre sul corpo, un tempo perfetto, del loro figliolo. Fecero tutto quanto era in loro potere per distrarlo e aiutarlo ad affrontare la vita in condizioni di inferiorità rispetto agli altri ragazzi, ma lo vedevano sempre triste e malinconico, seduto sotto la grande quercia in fondo al cortile con lo sguardo perso.

Di Rossano si persero completamente le tracce e, benché i genitori, affranti, lo facessero cercare dappertutto, non fu possibile averne notizia. Anche Fabrizio venne a sapere della sua scomparsa, e nei suoi incubi il ragazzo con la camicia nera cui aveva tolto le scarpe e poi dato il colpo di grazia prese definitivamente il volto dell'amico perduto. Un giorno che i suoi genitori erano nei campi ed era rimasto solo a casa, prese le scarpe dal ripostiglio in cui le aveva nascoste e le bruciò.

Sugano riuscì a raggiungere Bologna con i pochi compagni che avevano voluto seguirlo, fra i quali anche Spino. Disobbedendo agli ordini del suo comandante volle far visita alla madre ma fu riconosciuto e circondato da un gruppo delle brigate nere. Si difese strenuamente a colpi di pistola, ma non fece a tempo a montare i pezzi dello Sten che teneva in una borsa e fu catturato. Lo torturarono a morte per un giorno e una notte, infliggendogli ogni tipo di sevizie. Poi esposero il suo corpo inerte e martoriato come monito per chiunque volesse seguirne l'esempio.

Alla pari di Sugano, molti altri partigiani si erano concentrati nelle città pensando che l'offensiva alleata fosse imminente, ma il generale Alexander aveva fermato in novembre l'avanzata delle truppe alleate e rimandato l'offensiva a primavera, e i fascisti che prima erano fuggiti erano tornati indietro chiudendo in trappola i partigiani.

Quella fu forse l'ora più nera di tutta la millenaria storia d'Italia. Mai i suoi figli si erano accaniti gli uni contro gli altri con tanta ferocia.

Non ci fu limite alla violenza.

Il massacro durò per tutto l'inverno e la primavera quando i bombardamenti ripresero su larga scala e in forma massiccia e finalmente le armate di Alexander riuscirono a sfondare la linea gotica e ad affacciarsi sulla pianura. Gli Alleati entrarono a Bologna la mattina del 21 aprile del 1945: c'erano polacchi, inglesi, americani, ma anche soldati italiani delle brigate Friuli, Legnano, Folgore e un gran numero di partigiani.

Al paese ne tornarono molti: Bruno Montesi, Aldo Banti, Amedeo Bisi e altri ancora. Barbe lunghe, mitra a tracolla, bombe a mano nella cintura: le persone costumate li guardavano con diffidenza o con un misto di paura e disprezzo.

Montesi andò quasi subito a far visita a Fabrizio:

«Come stai?»

«Lo vedi da te come sto.»

«Devi considerare che sei vivo. Puoi vedere i tuoi genitori, i tuoi amici, puoi leggere e studiare, incontrare gente, viaggiare. Puoi vedere il tuo Paese liberato intraprendere una nuova strada, costruire un nuovo futuro. Per i morti, invece, è finito tutto.»

«Meglio. È quello che avrei preferito: un colpo secco.»

«Non è vero. Ti abituerai e, piano piano, le cose cambieranno.»

«Perdonami, Fabbro, tu hai fatto tutto il possibile per salvarmi la vita e io ti sto parlando come un ingrato.»

«Tu avresti fatto per me la stessa cosa e al posto tuo forse parlerei allo stesso modo. Avremo ancora bisogno di te. Cerca di recuperare le forze, sia fisiche che spirituali. Verrò ancora a trovarti.»

Montesi tornò più volte a fare visita a Fabrizio e gli espose i suoi progetti e i suoi programmi. Fu costituita in paese una sezione del CLN e per diversi mesi l'atmosfera in giro fu tesa: si temeva una resa dei conti che puntualmente si verificò. Alcune persone condannate, a torto o a ragione, per collaborazionismo, spionaggio a favore della Repubblica Sociale o dei nazisti, furono prelevate nottetempo e messe a morte. Per gli uni si trattò di giustizia, per gli altri di spietata vendetta. In un vuoto quasi totale di regole e di leggi, chiunque poteva decidere, da un giorno all'altro, di sbarazzarsi di un nemico, di vendicarsi di uno sgarbo, di prendersi la soddisfazione di punire un torto che riteneva di aver subito.

Un giorno si diffuse in paese la notizia che Tito Ferretti, uno dei maggiori possidenti della zona, era stato ammazzato vicino al Samoggia mentre andava in calesse a Bologna, al borsino, per controllare il prezzo della carne di maiale. Non aveva figli né figlie perché era putto e per questo operai e fittavoli lo chiamavano rispettosamente *sgnuréin*, signorino. La madre, un'anziana nobildonna, si era ritirata in città perché, con il clima che c'era, in paese non si sentiva sicura. Aveva più volte esortato il figlio a seguirla, ma lui si era rifiutato perché era troppo affezionato alla terra e agli animali delle sue fattorie per abbandonare tutto.

«E poi» diceva, «chi volete che ce l'abbia con me, mamma? Soldi ne ho dati a tutti: ai fascisti, ai partigiani...» E mentre parlava gettava delle pannocchie di granoturco ai maiali.

«È che non vuoi separarti dai tuoi porci: ti premono di più di chiunque altro. Ci morirai, su una baracca da maiali, Tito» continuava altezzosa la contessa, alludendo al carretto con le sponde con cui il figlio portava al mercato i verri e le scrofe a fine carriera.«Comunque sei grande e fai quello che ti pare. Io ti ho avvertito.»

Purtroppo la profezia si avverò quasi alla lettera.

Per due giorni e due notti il corpo del signorino rimase abbandonato al margine dello stradello polveroso, perché nessuno osava avvicinarsi al luogo dell'assassinio. Alla fine fu la nipote, una ragazza di venticinque anni, a recarsi sul posto, a caricare il corpo su un biroccino e a portarlo in paese. Attraversò l'abitato passando per la strada principale, sudata, stremata, tra porte chiuse e persiane accostate, in un silenzio di tomba, in un deserto di paura. L'unico suono era il cigolio delle ruote e il rumore dei cerchioni di ferro sull'acciottolato. A volte la ragazza si fermava perché non ce la faceva più a trascinare quel peso, ma la forza dell'odio le dava nuova energia e la spingeva avanti. Sapeva che da dietro le finestre qualcuno la osservava, forse addirittura l'assassino, e voleva che sapesse che non aveva paura, che non si lasciava intimidire.

Cinque giorni dopo, i carabinieri di Verona mandarono ai loro colleghi di Castelfranco la richiesta di passaggio di proprietà di un calesse con traino che era stato venduto alla fiera dei cavalli. In quel modo risalirono all'assassino, che però intanto era fuggito in Belgio dove avrebbe trovato lavoro in miniera. Morì schiacciato sotto le forche di un carrello elevatore, spiaccicato come uno scarafaggio. Dissero perché aveva deciso di parlare e di rivelare il mandante. Ma se questo era il segreto, nessuno lo avrebbe mai più conosciuto.

Qualcuno sostenne che era stato un partigiano che si era fatto dare dei soldi rilasciando una ricevuta sulla carta intestata del CLN e poi se li era intascati lui e non voleva che si venisse a sapere, altri parlarono di certi attivisti del partito che, sognando un nuovo ordine comunista, volevano fare una cooperativa con le terre del signorino Ferretti. Non mancò chi suggerì motivi e moventi del tutto futili perché qualunque motivo, a quel tempo, poteva sembrare più che plausibile.

Nuovi lutti alimentarono nuovi odi e risentimenti. Fabrizio sapeva bene che il suo amico aveva sempre parlato e agito contro la violenza, ma si rendeva conto che, in quel periodo ancora così oscuro e incerto e senza regole sicure, chi si era abituato all'uso della forza e a decidere della vita o della morte altrui non si sarebbe fermato tanto presto.

Astorre Roversi, detto *buférla*, fu trovato morto lungo la strada che andava al Magazzino. Qualcuno gli aveva sparato una fucilata da dietro una siepe.

Con il passare dei mesi e il riorganizzarsi delle strutture dello Stato, l'emergenza cessò ma non la tensione. Molti partigiani si erano rifiutati di consegnare le armi o avevano consegnato armi difettose e inefficienti. Molti pensavano che fosse giunto il tempo di una rivoluzione proletaria come quella che era avvenuta in Russia nel 1917, ma pochi pensavano che la cosa fosse realmente possibile. Subentrava la stanchezza, la preoccupazione per un futuro incerto, la sensazione che il sangue versato, i morti e i feriti, gli aspri combattimenti sarebbero stati dimenticati. Le regole sarebbero state amministrate dagli stessi burocrati che avevano servito il vecchio sistema e di cui il nuovo non avrebbe potuto o voluto fare a meno.

Il fuoco, lentamente, diventava cenere.
Con il nuovo anno, con il ristabilirsi delle strutture e delle regole del vivere, sembrò che le turbolenze fossero cessate. Le ultime schegge impazzite del movimento vennero eliminate. Subentrò una calma greve e sorda.

Alla fine di febbraio Armando Bruni si trovò di nuovo nella dolorosa necessità di fronteggiare una delle crisi sempre più frequenti della moglie e, come le altre volte, il dottor Munari predispose una richiesta di ricovero. Vi fu allora chi sentì Armando minacciarlo, una volta che se lo trovò davanti: «Se la mandi ancora in manicomio ti ammazzo!». O almeno questa fu la voce che circolò in paese.

Tre mesi dopo, una domenica di maggio verso le undici del mattino, il dottor Munari uscì di casa, come era solito, per andare davanti alla chiesa, non per devozione, ma per ammirare, com'era sua abitudine, le belle signore che uscivano dalla messa cantata. Non aveva fatto più di cento metri dalla sua abitazione che qualcuno gli sparò tre colpi di pistola facendolo stramazzare in un lago di sangue. La giovane moglie che aveva udito gli spari, come se avesse avuto un presentimento, si precipitò in strada e lo vide in quello stato. Gli corse accanto gridando disperata e fece a tempo a raccogliere il suo ultimo rantolo. Si accasciò sul corpo del marito singhiozzando.

Gli spari si udirono distintamente anche in paese e Aldo Banti, che era davanti alla Casa del Fascio, già Casa del Popolo e ora restituita alla sua prima funzione, si precipitò nella direzione da cui era venuto il rumore e tornò indietro poco dopo gridando: «Hanno ammazzato il dottore!».

Nessuno osò accorrere sul luogo del delitto, temendo di essere in qualche modo coinvolto e si preferì aspettare che arrivassero i carabinieri. Il maresciallo cercò di interrogare le persone che abitavano nelle vicinanze, ma senza risultato. Stilò un rapporto da inviare alle autorità giudiziarie che però non ebbero altra scelta che archiviare il caso. Era ancora fresca la memoria dei regolamenti di conti, meglio tenersi alla larga da un simile evento: nessuno aveva visto niente, nessuno sapeva niente.

Corse voce che una signora che abitava alla Bassa sopra l'osteria avesse visto due individui scappare a gran velocità in bicicletta in direzione della Madonna della Provvidenza, ma la cosa finì lì. Tempo qualche mese e nessuno ne parlò più. La vedova si chiuse nel suo dolore. Fece della casa in cui abitava un museo alla memoria del marito: sul tavolo dello studio rimase il libro aperto alla pagina in cui l'aveva lasciato, i vestiti e le scarpe nell'armadio, e faceva lucidare le panoplie della sua collezione tutti i sabati.

Fonso e la Maria l'andarono a trovare cercando di tenerle un po' di compagnia, ma era inconsolabile. Non faceva che parlare del marito, di cui aveva una sconfinata ammirazione. Teneva quasi sempre le finestre chiuse, fuggiva la luce del sole, mangiava poco e male e non cucinava quasi mai. La Maria ogni tanto le portava un pentolino con una minestra calda o un pezzo di lesso con del pane fresco e le diceva: «Mangiate qualcosa, signora. Siete giovane, non potete lasciarvi andare così». Fonso pensava che solo il tempo avrebbe potuto lenire un dolore così grande, una ferita così dolorosa. Tanto più che non aveva un colpevole contro cui dirigere il suo odio.

Passarono tre anni durante i quali accaddero grandi cose: il re fu mandato in esilio e fu proclamata la Repubblica. Qualcuno sparò al segretario del partito comunista e tutti temettero che scoppiasse la rivoluzione o la guerra civile. Non accadde, ma la gente era divisa su tutto. Perfino nel ciclismo, che era lo sport più seguito dopo il calcio, ci si divideva. I bianchi tenevano Bartali, i rossi Coppi, e nei bar le liti raggiungevano il calor bianco: canottiere zuppe di sudore, vene del collo turgide. La rivalità politica avvelenava tutto e ognuno vedeva nell'avversario un nemico da distruggere. Al tempo stesso tutti si sentivano a disagio e avrebbero voluto che il mondo fosse diverso. Il lavoro era poco, molti migravano in Belgio e finivano nelle miniere di carbone, al buio, come topi, respirando polvere nera.

A controllare una situazione che pareva sempre sul punto di esplodere fu mandato da Roma un maresciallo dei carabinieri duro come il ferro. E poco dopo il paese fu di nuovo sconvolto. Un giorno si diffuse la notizia che Armando Bruni aveva firmato un verbale in cui dichiarava che il rimorso lo aveva infine costretto a parlare, e cioè che era stato lui a uccidere il dottor Munari. Ma la cosa non finiva lì: indicava come mandanti Bruno Montesi, Aldo Banti e Amedeo Bisi. Fabrizio, che in quei tre anni si era quasi adattato alla sua nuova condizione di persona menomata, ne fu stravolto. Montesi venne a fargli visita il giorno dopo, terreo in volto, con gli occhi arrossati come chi non ha chiuso occhio tutta la notte.

«Sono venuto a salutarti. Sicuramente verranno a prendermi: questione di giorni, o di ore. Volevo solo dirti che non ho fatto niente. Io sono sempre stato contrario alla violenza e poi, perché mai avrei dovuto fare uccidere il dottore? Non si è mai occupato di politica e, per quello che ne so, era anche un ottimo medico. Non ha alcun senso. E non ce l'ha nemmeno per Aldo e Amedeo. Sono delle teste calde ma tutt'altro che stupidi. E in ogni caso mi avrebbero passato parola e avrei detto di no.»

«Fuggi allora, vai all'estero, in Jugoslavia: il partito ti aiuterà.»

«No. Resto e affronto il giudizio. Non hanno niente contro di me, se non...»

Fabrizio chinò il capo, confuso.

«Non ci ho creduto nemmeno per un momento. Armando è talmente disperato che chiunque lo avrebbe convinto a firmare qualunque cosa, con minacce o promesse di qualunque genere. Anche per un piatto di minestra per la sua famiglia.»

«Troveranno altri testimoni. Vi incastreranno comunque: questo è solo l'inizio.»

«Comunque io non me ne vado, questo è il mio Paese e ho combattuto per liberarlo. Come te. Alla fine la verità viene sempre fuori.»

Fabrizio lo fissò negli occhi: «Nei sei sicuro?».

«Lo spero» rispose Montesi. «Addio.»

Fabrizio lo guardò allontanarsi con la sigaretta in bocca e le mani sprofondate nelle tasche com'era sua abitudine. Si sentì salire le lacrime agli occhi.

«Buona fortuna, Fabbro» mormorò fra sé.

La stessa sera la Maria si presentò a casa della "signora del dottore", come la chiamava lei, con la scusa di portarle dei panni che aveva lavato e stirato ma appena la vide scoppiò in lacrime singhiozzando: «Non è stato lui, signora, non è stato lui. Lo conosco bene: è un poveretto ma non è un assassino! Non sarebbe nemmeno capace».

La signora le fece una carezza: «Lo so, Maria, nemmeno io ci credo. Sono stati quegli altri fanatici facinorosi». Ma la Maria non aveva inteso incolpare nessun altro. Se ne andò confusa e sconvolta. Era il secondo dei suoi fratelli che veniva accusato di omicidio.

Gli imputati furono trasferiti a Sondrio per essere giudicati da quel tribunale in virtù della legittima suspicione. Ma il processo aveva assunto ormai una grande importanza politica ed erano presenti, in trasferta, giornalisti di varie testate emiliane. Il giorno dell'inizio del procedimento c'era quindi una discreta folla in aula e tutti i presenti guardavano la signora Munari, in abito nero, pallida, con gli occhi pesantemente bistrati e un rossetto rosso sangue che la faceva sembrare un'Erinni. Fissava gli imputati con sguardo sprezzante. All'ingresso della Corte il brusio quasi si spense e cessò poi del tutto quando il cancelliere disse: «Imputati, alzatevi».

Armando, imputato principale ma anche testimone d'accusa, era separato dagli altri tre e non li guardava mai.

Dopo che ebbe giurato, il giudice gli domandò: «Che cosa vi ha spinto a parlare dopo tre anni?».

«Il rimorso» rispose, «non potevo più tacere la verità.» Il Fabbro cercò inutilmente il suo sguardo.

La sua non fu una grande testimonianza: si confondeva, si contraddiceva. L'avvocato della difesa, molto abile e agguerrito, ebbe buon gioco. Armando boccheggiava come un pesce fuor d'acqua sotto l'incalzare delle argomentazioni sempre più stringenti. Sudava, e aveva la bava secca agli angoli della bocca. La giornata si chiuse con le parti più o meno in equilibrio e con l'aula in tumulto.

Com'era da attendersi l'accusa produsse altri testimoni: un bambino di dodici anni che il giorno del delitto si sarebbe trovato in vetta a un ciliegio e di là avrebbe visto tutto. E una chiromante, una donna di poca consistenza che dava la sgradevole impressione di parlare sotto suggerimento. Alla fine però la difesa produsse una perizia medica secondo cui il bambino sul ciliegio mancava di sette diottrie su dieci e da quella distanza avrebbe a stento riconosciuto sua madre. L'intero castello accusatorio vacillò. Alla fine gli imputati furono assolti per insufficienza di prove.

Il pubblico ministero non si arrese e si appellò contro la sentenza per salvare la faccia a chi aveva costruito l'intera macchina investigativa e processuale: il maresciallo di ferro e coloro che lo avevano inviato. Saltò fuori anche il memoriale di un ufficiale dei carabinieri, suo diretto superiore, che lo accusava di abusi, violenza, sadismo e di ogni altra nequizia, ma a nulla valsero i suoi sforzi di far conoscere la verità. L'ufficiale fu prima trasferito e poi allontanato dall'Arma.

Alla fine, accusa e difesa si accordarono, a spese di Armando. L'accusa avrebbe valorizzato altri testimoni più attendibili che erano in paese al momento degli spari, si sarebbe trovato un movente più credibile di quella frase che Armando aveva gridato in faccia al dottore quando voleva rimandare sua moglie in manicomio. Avrebbe avuto una pena più mite ma la stessa sua difesa avrebbe dovuto farlo passare per scemo.

Fu una scena penosa: «È un poveretto, non lo vedete? Non sa nemmeno pronunciare due parole in fila, un povero deficiente...».

Armando piangeva per l'umiliazione e la vergogna, singhiozzando e coprendosi il volto con le mani mentre i presenti in aula ridacchiavano. Ma, a un tratto, apparve nell'aula, come dal nulla, un personaggio che nessuno aveva mai visto prima e gridò:

«Adesso basta!»

Floti.

Giunto chissà da dove fin tra quelle montagne, prima che qualcuno potesse fermarlo raggiunse il fratello e lo abbracciò stretto come per proteggerlo da quel consesso ostile e beffardo. Scese sull'aula un silenzio profondo; il presidente della Corte, che stava per gridare qualche severa ingiunzione, si fermò con il martello a mezz'aria. Nulla minacciava il buon andamento del processo, niente metteva in pericolo l'incolumità dei presenti. Conveniva quindi lasciare spazio, anche se per poco, alla scena dei sentimenti umani, agli umili attori di una tragedia molto più grande di loro e di cui erano al tempo stesso le vittime.

«Ha già sofferto abbastanza» disse ancora Floti nel silenzio che gravava sui presenti e con la voce che gli tremava di sdegno, «lasciatelo in pace o verrò io a cercarvi, e allora vedremo chi dovrà piangere!» E se ne andò.

Tornò, per poco, al paese, senza farsi vedere. Passò

per i campi come un randagio, guardò, non visto, Savino, il più coraggioso e il più spavaldo dei suoi fratelli, precocemente incanutito e segnato in volto dalla sorte avversa, vide suo nipote, il bel Fabrizio, passare arrancando sulle grucce lungo il fosso di confine e sedere malinconico sull'argine a guardare lo scorrere dell'acqua.

Passò dal cimitero e lasciò il suo piastrino di riconoscimento sulla tomba del tenente Alberto Munari che aveva segato un braccio al suo compagno nella speranza di conservargli la vita. Poi riprese la strada dei suoi monti. I troppi dolori gli riaprirono la vecchia ferita, l'afflizione insanabile per la perdita del figlio lo finì.

Nessuno lo vide più.

Epilogo

Il processo, si concluse con pene ridotte, poi del tutto amnistiate. Ma Armando fece un anno di carcere in più degli altri imputati perché il suo avvocato aveva dimenticato di firmare l'istanza di scarcerazione.

Montesi e gli altri furono accolti con grandi festeggiamenti dai loro sostenitori e compagni di partito.

Nessuno si curò di Armando, nessuno notò la sua assenza. Quando tornò al paese era irriconoscibile.

Una sera, verso la metà dell'autunno, Fabrizio era venuto in paese accanto a suo padre Savino che guidava un piccolo furgone a gas metano. Doveva caricare del mangime per i maiali al mulino e Fabrizio era sceso per prendere il giornale. L'avrebbe aspettato davanti al caffè quando fosse tornato indietro. Ogni tanto alzava gli occhi dal foglio per guardare in fondo al viale se tornava il padre. E a un tratto vide, in mezzo alla strada, camminare nella sua direzione un giovane vestito con un paio di pantaloni di fustagno, un maglione a collo alto color grigioverde, scarponi e un giubbotto di pelle marrone. Aveva capelli lunghi che gli scendevano sulla fronte, e la barba gli copriva solo in parte una cicatrice che gli traversava il viso dallo zigomo sinistro alla base del naso. Molto cambiato, ma sicuramente lui.

Rossano.

E Fabrizio era l'unico ad averlo riconosciuto. Nessun altro di quelli che stavano davanti al caffè mostrava di averlo individuato.

Si appoggiò alle grucce, si alzò in piedi a fatica e gli andò incontro. Si fermarono uno di fronte all'altro a un metro di distanza. Una folata di vento portò loro profumi d'infanzia e colori d'autunno.

«Sei tu» disse Fabrizio quasi con sollievo.

Rossano guardò la sua gamba: «Mi dispiace».

«Cose che capitano...» Restò in silenzio per un poco. «Non posso neanche dirti "sono contento di vederti".»

«Immagino di no, date le circostanze. E non possiamo nemmeno stringerci la mano...»

«No. Purtroppo.»

«Forse, un giorno o l'altro potremo... parlare?»

«Forse» rispose Fabrizio in un brivido, «forse, parlare...»

«Ci si vede» disse Rossano mentre riprendeva il suo cammino tra nuvole di foglie morte.

"Ci si vede" pensò fra sé Fabrizio, ma non disse nulla.

Quando venne il tempo dell'aratura Iófa si presentò una sera nel cortile per parlare con Savino.

«Che succede, Iófa?» gli domandò.

«Succede che Bonetti vuole spianare le montagnole del Pra' dei Monti per farci del seminativo.»

«E allora? La terra è sua e ci fa quello che vuole.»

Iófa lo prese per un braccio e lo tirò da una parte con un fare misterioso: «Una notte, tanti anni fa, io e tuo fratello Floti andammo laggiù perché un tale, un girovago con gli occhi di fuoco e la barba lunga fino alla cintura che si era fermato all'osteria della Bassa, aveva detto di aver visto la capra d'oro».

«E l'avete trovata?»

«No. Ma abbiamo trovato dell'altro. Ti ricordi l'ombrellaio?»

«Vagamente.»

«Era dentro una buca sulla terza montagnola, rannicchiato come un cane. Morto.»

Savino si rabbuiò: «Che storia è mai questa? Floti non mi ha mai detto niente».

«È la pura verità. Trovammo degli attrezzi in un capanno e lo seppellimmo con qualche palata di terra...»

«Vai avanti, Iófa.»

«E se adesso lo trovano?»

«Se lo trovano non fa niente. Che problema c'è?»

«Quella terra l'hai avuta tu in affitto fino all'anno scorso. Con quel maresciallo che c'è adesso, capace che pensa che è uno di quelli che sono spariti dalla circolazione negli ultimi anni. Potrebbe venire a cercarti, a fare domande... Con quello che è successo ad Armando, non ci mancherebbe altro...»

«Capisco dove vuoi arrivare. Ma che posso farci?»

«Io so esattamente dove si trova. Andiamo là stanotte e lo portiamo via: saranno rimaste quattro ossa, non ci mettiamo niente.»

Savino trasse un lungo sospiro e cercò di raccogliere le idee.

«Muoviamoci» lo sollecitò Iófa, «prima facciamo e meglio è. Te l'ho detto. È questione di dieci minuti.»

«Va bene» rispose Savino, «andiamo con il tuo biroccio. Dà meno nell'occhio.»

Caricò una cesta, un sacco, due badili, una lanterna e partirono dopo aver lasciato detto a Linda di andare pure a letto, che sarebbero tornati molto tardi.

Arrivarono al Pra' dei Monti a notte fatta e cominciarono a scavare nel punto indicato da Iófa; quando furono a quattro, cinque spanne di profondità, trovarono la testa e poi il resto. Misero tutto nel sacco e il sacco nella cesta, e non si diedero nemmeno il disturbo di sistemare il terreno, perché un buco in più, su quei tumuli, non avrebbe fatto differenza, e si prepararono a partire, ma Iófa notò qualcosa in mezzo alla terra smossa e accostò la lanterna.

«Che cos'è?» domandò Savino.

Iófa raccolse una specie di sacchetto di tela cerata che

conteneva un cilindretto di cuoio, e lo aprì: c'era un foglio di carta con una quindicina di righe scritte con una grafia molto semplice e regolare. E lo passò a Savino.

«Che cosa c'è scritto?»

«Si capisce poco o niente... deve essere latino.»

Iófa diede una voce al cavallo per togliersi da quel luogo e si avviarono verso casa attraversando l'aperta campagna. Era freddo ma Savino non ci faceva caso: continuava a pensare alle parole scritte sul foglio e si arrovellava per cercare una spiegazione. Perché l'ombrellaio era morto a quel modo? Che cosa voleva dire quel messaggio vergato in una lingua morta da secoli? A un tratto gli venne in mente una soluzione:

«Amedeo!» esclamò. «Amedeo Bisi. Lui ha studiato in seminario dai preti e sa il latino. Abita a meno di un chilometro da qui...»

«E vuoi svegliarlo a quest'ora?»

«Perché no? Mica mi spara.»

«Di questi tempi...» borbottò Iófa.

Bisi, tirato giù dal letto nel cuore della notte, aprì uno spiraglio nell'imposta con la canna del fucile e guardò giù: «Chi va là?».

«Sono io, Amedeo» rispose Savino a mezza voce, «e qui c'è Iófa.»

«Che ci fate qui a quest'ora?»

«Abbiamo bisogno di parlarti. È urgente.»

La moglie di Bisi si allarmò: «Ma chi è? Che succede? Non andare...».

«Tranquilla. Sono due amici.»

Scese in pigiama, accese la luce e aprì la porta.

«A momenti vi sparavo» brontolò.

«È quello che gli ho detto» commentò Iófa, «ma non c'è stato verso.»

Savino tirò fuori l'astuccio e gli raccontò la storia dell'ombrellaio: «Magari l'hai visto anche tu» concluse.

«Mi pare di sì. Era un cliente dell'Otel Bruni se ricordo bene.»

«Proprio così. Iófa mi ha detto che Bonetti vuole spianare il Pra' dei Monti e che forse, data la situazione, era meglio che non venissero trovati i resti... fino all'anno scorso sono stato io l'affittuario di quel terreno e sai... con quello che è successo ultimamente...»

«Ce l'avete con voi?»

«In un sacco. Ma poi, mentre stavamo per tornare, Iófa ha trovato questo. Mi sembra che sia latino e ho pensato che tu... Scusa l'orario, ma ero talmente curioso di sapere che cosa c'è scritto.»

Bisi prese il foglio: «È un pezzo che non leggo del latino» sospirò, «vediamo un po'».

Inforcò gli occhiali e cominciò a scorrere lentamente le righe; di tanto in tanto scarabocchiava qualcosa, con un mozzicone di matita, sul retro di un calendario di Frate Indovino. Si alzò a un certo momento: «Devo avere un vocabolario da qualche parte, dai tempi del seminario». Aprì uno stipetto. «Eccolo qua, per fortuna.»

Si rimise al lavoro e, a mano a mano che procedeva, la sua espressione si faceva sempre più intenta, lo sguardo, dietro le spesse lenti, dilatato e pieno di meraviglia. Savino spiava ogni contrazione del suo volto, ogni battito delle sue ciglia.

«Cristo santo!» esclamò alla fine Bisi.

«Che cosa c'è? Non tenermi sulle spine.»

«Lo sai chi era l'ombrellaio?»

Savino si strinse nelle spalle. Iófa si avvicinò zoppicando per non perdere una sillaba.

«Don Massimino, il vecchio parroco morto in odore di santità.»

«Non è possibile!»

«La barba, i capelli lunghi, gli strapazzi di una vita da mendicante, i rimorsi per un tragico errore commesso in gioventù, gli anni e le penitenze lo avevano reso irriconoscibile.»

«Ma cosa dici? Quando l'ombrellaio frequentava la

nostra casa don Massimino era morto da tempo. Ed è sepolto nel nostro cimitero sotto una quercia.»

«Don Massimino è dentro un sacco sul carro di Iófa» replicò Bisi.

«E allora chi c'è al cimitero?»

«E chi lo sa? Sassi, sabbia, il corpo di qualcun altro... Per saperlo bisognerebbe aprire quella tomba. Fu don Giordano a fargli il funerale, ricordi? Forse venne a conoscenza di questa storia, ma preferì avere al cimitero la tomba di un santo che in paese il ricordo di uno spretato.»

«Ma perché don Massimino lo avrebbe fatto?»

«Per sparire e per espiare. Qui c'è scritto che ebbe una storia con una ragazza quando era giovane parroco in montagna. La ragazza rimase incinta e per paura dello scandalo si uccise con un veleno. La madre impazzì.»

«Oh santo Dio» esclamò Savino, «ma questa è la storia della Desolina!»

«Sì» confermò Iófa, «tale e quale!» E gli raccontarono della povera pazza che ogni tanto veniva all'Otel Bruni, a cercare rifugio e calore nel mezzo dell'inverno.

«Forse l'ombrellaio frequentava la vostra casa per tornare ogni tanto al paese che lo aveva considerato un santo... forse perché vi era affezionato, o forse per incontrare questa povera Desolina, senza mai trovare il coraggio di chiedere perdono. Alla fine non ce l'ha fatta e ha voluto morire come la ragazza che aveva amato, con un veleno. Una morte orribile. Guardate qui:

Venenum quod semper mecum habere consueram, sumpsi. Bevvi il veleno che ero sempre solito tenere con me. È un latino facile, è preso da un autore che si usa per i primi esercizi di traduzione... Nell'ultima frase invoca il perdono di Dio. *Miserere mei Domine.*»

«Ma perché avrà voluto morire in quel luogo? Un luogo che per lui era infestato da un demone?»

«Per scacciarlo? Per esorcizzarlo con il sacrificio della sua vita? Non lo sapremo mai.»

«Ecco perché l'ombrellaio era così strano, ecco perché a volte parlava come un mago o un profeta... Non dire a nessuno, quello che è successo stanotte, Amedeo. E nemmeno tu, Iófa.»

L'uno e l'altro annuirono in silenzio. Savino e Iófa tornarono a casa e seppellirono le ossa di don Massimino ai piedi di una rovere centenaria, al bordo del campo che confinava con la terra consacrata del cimitero.

L'inverno che seguì fu particolarmente rigido e, poco prima di Natale, venne una grande nevicata. Dicono che un viandante sorpreso dalla tormenta si affrettò per la strada che tante volte in passato aveva percorso, sicuro di trovare un rifugio e un piatto di minestra calda. Non era un uomo, era una vecchia lacera che si trascinava a fatica con le scarpe rotte nella neve alta, stringendosi alle spalle uno scialle logoro. Era la Desolina, sparita per tanto tempo senza lasciare traccia.

Entrò nel cortile della casa dei Bruni, stranamente immerso nel buio. E si guardò intorno smarrita, come se stentasse a riconoscere il luogo. Guardò l'intrico dei travi carbonizzati e dei muri sbrecciati che un tempo era stata l'enorme stalla, il Grand Otel Bruni. E poi la casa. Non c'era dubbio, era quella. Bussò ripetutamente, chiamando con voce querula: «È la Desolina, poverina, aprite alla Desolina...».

Ma nessuno poteva rispondere dalla casa buia e vuota. La vecchia si guardò intorno, guardò il noce secolare che levava le braccia nude nel turbinio dei fiocchi candidi e poi, di nuovo, la porta chiusa. Si accovacciò sulla soglia e attese, non volendo credere che l'Otel

Bruni non potesse accoglierla, che prima o poi non sarebbe apparsa la Clerice con il suo grembiule bianco e con il mestolo in mano.

Iófa, il birocciaio, la trovò così il giorno dopo, coperta di neve, con la testa appoggiata alla porta, con le lacrime ghiacciate sul volto terreo e un'espressione di doloroso stupore negli occhi spalancati.

Arnoldo Mondadori Editore S.p.A.

Questo volume è stato stampato
presso Mondadori Printing S.p.A.
Stabilimento Nuova Stampa Mondadori - Cles (TN)

Stampato in Italia - Printed in Italy